光文社文庫

本格推理小説集

マーキュリーの靴

鮎川哲也「三番館」全集 第2巻

鮎川哲也

光 文 社

目次

割れた電球

1

梅岡(うめおか)しな子(こ)は、山手線を五廻り半したところで、ようやく踏ん切りがついたように立ち上った。いま内廻り線は新宿駅のフォームに入り、ひらいたドアから乗客がこぼれるように降りていく。時刻は九時になろうとしているので、男の乗客の大半はほろ酔い加減であった。座席に坐っていたときの彼等はアルコールがかなり廻っていた筈なのに、フォームに降りるときの足取りはみなしゃんとしていた。毎度のことながら、しな子にはそれが理解できない。男達は、どうして酔っ払ったふりをしたがるのだろうか。彼等のあとにつづいてフォームに降りながら、しな子は、酔っ払いの心理を不可解に思った。

しな子はこれから新宿の高利貸しのところへ、かなりの額の金利を払いにいくところだった。馬鹿馬鹿しくて気がすすまぬことだったけれど、給料日の今日という日をのがすと、利息は雪だるま式にふくれ上り、手に負えなくなる。不愉快だが止むを得ないことだった。

あのときスキーに誘われさえしなかったら……。電車の座席に腰をおろして山手線をぐるぐる廻りながら、何度そう後悔したことだろうか。去年の暮れにデラックスなスキーツアーが或る旅行会社で企画され、それに参加を予定していた同僚の堀光子が流感にやられたため、三割引きという好条件で、しな子に一切の権利がゆずり渡されたのである。往復のバスもデラックスであれば、ホテルも上等でしかも個室が割り当てられ、食事もすこぶるつきの豪華な献立であった。加うるにそれが三割引きでいいという夢のような話である。このチャンスをみすみす逃がす手はない。

しな子はそれに飛びついて、不足の額を、電柱のポスターで目にしたサラリーマン金融の借金でおぎなった。それが高利だと知ったのは、第一回目の督促をされたときのことである。スキー旅行を前にしてうきうきしていた彼女が、契約書の裏面にこまかい活字で印刷されている定款を読むわけもない。そしてそこがまた高利貸しのつけめなのであった。それから半年が経過したいま、彼女の借金は、一介のオフィスガールの収入ではどうしようもない額にまでふくれ上っていた。

しな子は人波に揉まれながら階段をおり、地下道をぬけた。夜の新宿駅は日中とかわりない混雑ぶりを見せていたが、しな子は、砂漠のなかを唯一人でさまよっているような孤独な思いであった。いまの環境から脱出したくとも、救ってくれるひととてはなく、救いを求めるわけにもいかない。

彼女が桐山吾平訪問を逡巡する理由はほかにもう一つあった。高利貸しの魁偉な容貌を見るのが生理的にたまらなく不快なのだ。のぼせ性だという吾平は髪を剃り上げ、まるまるとした坊主頭である。その猪頸で脂ぎった造作の大きな顔をみるたびに、しな子は異形の悪僧といった印象をうけるのであった。特に彼女が嫌悪するのは、ある種の軟体動物を連想させる唇で、分厚くふくれ上っていて、男のくせに妙に赤い色をしていた。あの唇で迫られたらどうしよう。そう空想しただけでしな子の全身から血の気がひいてしまう。

駅の西口の改札口をぬけると、商店街をとおって淀橋の浄水場へむかった。車に乗るほどの距離でもないかち、しな子はいつも歩くことにしている。というよりも、利息を支払ったあとの彼女は、すべての点で切りつめた生活をすることが要求されていたからである。しな子はまた週に一度は昼めしをぬくことさえあったが、これは美容上に効果があるとして、むしろ嬉々として絶食をした。物事は考えようによっては辛くもなれば楽しくもなるというのが、この事件から得た人生哲学であった。

二、三年前に廃止された浄水場の更地に、あたらしくビルや高層ホテルが建ったものの、場所によっては空地として放置されたところがある。桐山吾平の小さな住居は、この空地に、三方をかこまれて孤立した形で建っていた。

いつだったか、しな子がそのことに触れると、吾平はナメクジみたいな唇をぺたぺたさせて、「陸の孤島ってとこだな」と含み笑いをしたものだ。どういうわけかこの高利貸しは呵々大笑したことがなく、鼻の奥を鳴らして含み笑いをするだけであった。

彼の機嫌のいいのはいうまでもなく利息を払ったときのことで、それがサービスだと思っているわけでもあるまいが、板につかない冗談をいったりする。しかし払いがとどこおると、子分のチンピラを使ってきびしくとりたてるのだった。去年のこと、深夜のフォームから落ちて終電車に轢かれた商店主がおり、新聞には泥酔して転落したと報じられていたのだけれど、真相は、チンピラに突き落されたのだという。そのことを、しな子は桐山自身の口から聞かされた。

「他山の石ってことがある。他山の石ってったっていまの若い娘にゃ意味がわかるめえが、要するに気をつけろってことだな」

しな子の体の線をなめるような目つきで眺めながら、彼はそう警告した。それを聞いたしな子は暖房のよく効いた部屋にいたにもかかわらず、体のしんまで冷えてきた。

夜道を歩きながら、しな子はさまざまなことを回想した。側道に曲ってからはしな子ひとりになり、舗装した道路にハイヒールの硬い音だけが反響していた。どこかで犬が遠吠えをしはじめ、その物真似をするように救急車のサイレンが鳴り出した。吾平の家はもうすぐである。

高利貸しの家はコンクリート壁の不粋なもので、家というよりは四角い箱といったほうがいい。それは、金を貯める以外には趣味がないという彼の性格がそのまま表われているようでもあった。鉄の窓を内側から閉めると、その家はまるで城砦のようになる。プロの強盗でも歯が立つまい、というのが彼の自慢で、おれの家をぶちこわせるのは自衛隊だけだ、とうそぶいていたものである。

しな子が訪れたときも窓は閉じられ、空地をバックに立ったその家は廃墟を連想させた。花の美しさに無関心な彼は庭の手入れをしたことがなく、一面にセイタカアワダチ草が生えている。通行人が無人の住居と間違えたとしても無理ないことであった。

しな子は小さなポーチに立ってベルを押した。いつもはベルが鳴るとすぐに返事があって、ドアを閉じたまま内側から「誰だね?」という声が聞えるのだが、この夜にかぎって二度三度と鳴らしても応答がない。

「今晩は、桐山さん……」

呼びかけても依然として応答はなかった。妙だと思ってノブを廻すと、これが手応えもなく開いた。変だなと思いながらなかに入った。

そこは桐山が客の応対をする部屋で、彼がオフィスと呼んでいる場所である。十畳ほどの広さがあり、壁際にスチール製のファイルボックスだの金庫だのが並べられ、床の中央に接待用の応接セットがおいてある。絵も飾られてなければ花一ついけられていない、いかにも高利貸しの事務室らしい殺風景な洋間なのであった。いまその部屋は真っ暗である。

何度か訪れたことのあるしな子は内部の勝手を知っていた。彼女はなかば反射的に手を伸ばし、壁のスイッチを入れた。が、どうしたわけか電灯はつかない。二、三度カチカチとやってみたが点灯しなかった。

事務室の向うは居間兼寝室になっているのだが、桐山がそっちにいるのなら、ドアの下から灯りが洩れてくる筈であった。しかしそうした様子もないのである。しな子は、桐山が外出しているものと判断した。それにしても、商売がら用心深い吾平が、ドアに施錠もせずにでかけるというのは合点がいかないことだった。

鍵をかけずに出ていったことからみて、それは短時間内の外出であるに違いなく、しな子は、多分、通りのタバコ屋へでもいったのだろうと思った。出直してくるのは面倒だし、第一、今夜をのがせばその分だけ利息がふえてしまう。だから、ここは桐山の帰りを待ったほうが賢明である。

心を決めたしな子は、手さぐり足さぐりで室内に入っていった。どの辺にソファがあり机がおいてあるかは知っていたが、暗闇のなかでは全く見当がつかない。喫煙の習慣のある彼女はバッグのなかにライターを持っていた。ふとそのことを思い出すと、それをとりだして点火した。

だが、ライターの灯はいたずらに彼女の顔と手元ばかりを照らすだけだった。眩しすぎて室内の様子がわからない。彼女はライターを持った右手を伸ばして、それをトーチランプのようにかざすと、事務机のかどを曲ろうとした。その途端に床の上の物体につまずいて転倒し、バランスを失って尻餅をついた。同時に、火の消えたライターはどこかに飛んでいってしまい、室内はふたたび真っ暗になった。

暗闇のなかでは急激に恐怖感がわいてくる。それも、二倍にも三倍にもふくれ上るものだ。彼女は悲鳴をあげ、なかば泣きべそをかきながら、そこに横たわる物体が何であるかを知ろうとした。それが服を着た男であることはすぐに解った。なおも手さぐりをつづけていくうちに、指先は顔にゆきあたり、そしてつるつるの頭に触れた。死んでいるのが桐山吾平であることはもはや間違いない。

しな子は前よりもいっそう鋭い悲鳴をあげると、手さぐりで探し当てたバッグを抱えて死の家をとびだした。

2

「ま、こういうわけなんだ。金貸しが殺されていることは翌朝出勤してきた書記、というのは例のチンピラのことなんだがね、この書記によって発見された。屍体の服の硝煙反応と射入孔の解剖結果からみて、桐山は少し離れたところから胸を一発射たれて、即死したものとみられている。ただ、犯人にとって予想外だったろうと思うのは、桐山が大きな懐中時計をチョッキのポケットに入れてたことでね、弾丸はほぼそいつの真中をぶちぬいているんだ。そのことから、犯行時刻が七時だってことがわかった」

「ちょっと待ってくれよ。悪賢い犯人だったら針を進ませるなり遅らせるなりして、犯行時刻をごまかすと思うんだがどうかね」

「いや、この場合はそこまで疑ってみなくてもいい。ガイシャが夕めしを食った時間がわかっているんだが、それを勘案しても、兇行が七時という数字がでてくるんだ。つまり、胃の内容物の消化状態から逆算したわけだがね」

「なるほど、了解した。犯行時刻がピタリとでるなんて、珍しいケースだよな」

弁護士は黙ってうなずいた。この肥った法律家は、あと三カ月たつと大嫌いな暑い夏がくるというので、このところ、とかく不機嫌なのである。

「いや、兇行時刻が正確にでたのは結構だが、梅岡しな子君の場合はそれが裏目にでたんだ。なにしろ、犯行時刻の七時頃は山手線にのってぐるぐる廻っていたものだから、アリバイを立証することができない。顔が売れたテレビ女優だの流行歌手なんぞとは違って平凡なオフイスガールだからね、彼女がほかの乗客の印象にのこるわけがないんだ」

「しかし、アリバイがないといっても、それだけの理由で逮捕されることはないのだから、そう心配したもんでもないと思うな。ありがたいことに、わが国は法治国だ、有無をいわさずぶち込まれるということはない」

「そう、証拠がなくてはどうしようもない。ところがその証拠がそろっているから困るのだ。第一に、彼女のライターが現場のソファの下で発見された」

「でもライターぐらいで恐れ入ることはないだろう。前回訪ねたときにおっことしたんだと

「そんなことはいわれなくても知っている」

と、肥っちょの弁護士はすげない口調で答えた。

「だが、そうはいかないんだ。その日退社するまで、タバコを吸うたびに問題のライターで火をつけていたんだから。そのことは課長からヒラの社員までがとっくりと見ているんだ」

「女のくせにタバコなんかのむからいけないんだ。おれの考えが古いのかもしれないが、タバコをふかしたりビールを呑んだりしている女を見ると、亭主がどんなツラしてるか会ってみたくなるね」

「好奇心が旺盛なのは結構だが、それは立場の違いでもあると思うね。きみが私立探偵なんぞでなくて、ビール会社の社長か専売公社の総裁だとしたら、タバコをふかしたり酒を呑んだりしている女性が神様みたいに思えてくるに違いない。まあ、何だな。そんなことを考える暇があったら、自分の嫁さんの心配でもしたらどんなものかね」

わたしが不自由な独身生活を送っているので、この弁護士はなにかというと早く女房を持つようにすすめるのである。こちらは耳にタコができているから、いい加減にあしらっている。

「証拠の第一がライターだというと、第二は何なんだい?」

「ガイシャの血が梅岡君の服についていたことだよ。これについて彼女は、屍体にけっつまずいたときに付着したと弁解している」

「それじゃ三拍子そろっているじゃないか。動機があり証拠があり、しかも肝心のアリバイがないときている。第三者であるおれから見ても、彼女が犯人であることは間違いないと思うな」

と、わたしは正直な感想をのべた。

「きみはどっちの味方なんだ」

弁護士が頸をわたしのほうにねじ曲げると、肥った贅肉がカラーのあいだからはみだした。

「ま、そう心配したものでもないさ。彼女がシロなら、当局がいくら嗅ぎ廻っても兇器を発見することはできないからね」

わたしは慰めるつもりで発言したのだが、弁護士はわたしの頭の鈍さを嗤うような、なんとも感じのわるい目つきをした。

「わたしが心配しているのも正にそこなのだ。本物の犯人は、新聞かテレビで梅岡君が有力容疑者となったことを知るだろう。この場合犯人は、彼女がたんなる有力容疑者となっただけでは安心するわけにはいかない。真犯人だと断定されなくては、枕を高うして眠ることはできないのだよ。となるとこの際に彼はどういう行動にでると思う？」

「さあ」

「すでに兇器のピストルを海底に投げ捨てていたならともかく、まだ手元に所持していたとするならば、そいつの指紋を入念に拭きとった上で、梅岡君の自宅の庭にそっと埋けるなり、会社の机の引き出しに入れるなりするに違いないんだ。そして電話かなにかで警察にヒントを与えて、発見させることだろう」

「………」

「兇器を発見した警察は、それこそ鬼の首でもとったように大喜びだ。指紋が消してあるのは犯人である梅岡君がしたことだと解釈するだろう。われわれとしては、暗黒街とつながりを持たぬ一介のオフィスガールには兇器の拳銃を入手し得る手段がないことを主張するが、正直にいって勝味はないからねえ」

「ふむ」

「そうしたわけで、彼女は正に累卵(るいらん)の危(あやう)きにいるわけなのだよ」

と、弁護士は古めかしい言い方をした。

「わかった。梅岡しな子嬢がすこぶる危険な立場にいることはよく理解できたが、真犯人の見当はついていないのかい？」

「問題はそこだ。帳簿をしらべた結果わかったことだが、彼女のほかに鈴木十郎(すずきじゅうろう)という英語の翻訳家と、金井吟松(かないぎんまつ)という琴の師匠がいるんだ。この両人も、桐山によって鼻血もでないくらい絞り上げられていたのだからね」

「警察の調査ではどうなっているんだ？」

「警察がどう考えたかなんてことは、この際気にする必要はない。要は翻訳家とお琴の先生のどっちが犯人かをつきとめることにある」

弁護士はニベもない返事をした。毎年この季節になるとヒステリィを起こす彼のことだから、わたしも腹を立てたりはしない。

「ところで、梅岡さんというのは美人かい？」

と、わたしは相手の機嫌をそこなわぬように猫なで声をだした。

「そんなことを訊いてどうなる？　きみは依頼された仕事をやっていればいい」

「そういってもね、美人とババアでは張り切りようが違うんだ」

「きみの女好きにも困ったもんだ」

と、彼は修身の先生みたいな尤もらしい顔をした。

「しな子さんは芳紀まさに二十歳、窈窕たる美人だ。可愛らしいおちょぼ口でね、ラーメンやスパゲッティを喰うときも、一本ずつ縦に吸い込まないと、口につかえちまうくらいだ」

「へえ、美人となると不自由なもんだね」

わたしはこの美しき容疑者に同情した。

3

事件の調査に奇手なんてものはない。刑事がやるのと同じように、容疑者をひとりひとり当って質問攻めにするという、地道な方法しかないのである。ただ、わたしが本職の刑事に比べて有利なのは、あまり大きな声ではいえないけれど、いざという場合に非合法的な手段がとれることだ。プロの刑事がそんなことをやったらゆゆしき社会問題となり、総監が国会に呼びだされて釈明しなくてはならない。しかしわたしみたいな泡沫探偵ならどうということもないのだった。というよりも、尻尾をつかまれぬように巧く立ち廻っているから問題にならないのである。

弁護士が帰るとまもなく、わたしはフォルクスワーゲンに打ちまたがって巣鴨の金井吟松を訪ねることにした。この愛車はポンコツ寸前の哀れなやつで、走っていると車輪がぬけてしまいそうな危険な状態にあるのだが、女房のいないわたしには、ある意味ではこの車が女房みたいなものであった。拗ねたり不機嫌になったり、ときには甘えたりするのが別れた家内にそっくりだからである。だから少し工合がおかしくなったといって、そう簡単にスクラップにすることはできなかった。運悪くハンドルが効かなくなって事故死を起こしたとしても、病気勝ちの古女房と無理心中をやらかしたと思えば、諦めもつくというものだ。

わたしはポンコツ女房をなだめ励ましながら、ようやく吟松の家にたどりついた。それは和風の三間か四間の平家で、玄関の前に立つと、家のなかから聞き覚えのある琴の音が洩れてきた。和洋を問わず音楽には趣味のないわたしだけれど、その箏曲が《六段の調べ》であることぐらいはすぐにわかった。

渋茶色の格子をあける。たたきの上には弟子のものらしい美しい色合いの草履が、きちんと揃えて脱いであった。こういうお嬢さんを相手に教えて、しかも授業料をたんまりもらえるなんて羨ましい商売だ。わたしはそうしたことを思いながら案内を乞うた。

出てきたのは吟松の奥さんなのだろうか、これも美人の中年増で、ほっそりとした静かなひとだった。金井先生にお目にかかりたいといって名刺を渡すといったん奥に引っ込んでいったが、すぐに玄関脇の三畳間につれ込まれた。わたしのようなむくつけき醜男が入口に立っていると、やってきたお弟子さんがびっくりして逃げ帰ってしまう。すんなりと部屋にとおされたのはそのためであろうと推測してみたけれど、これはわたしのヒガミかもしれない。

わたしは小さなテーブルを前にして座布団の上であぐらをかき、奥から聞えてくる琴の音に耳をすませていた。山田流だか生田流だかわかるわけもないが、こうやって聞いていると、琴の音もなかなか奥床しくていいものである。

演奏が止み、ついで弟子らしい女性が玄関からでていく。ほどなく襖があいて吟松が入ってきた。セルの着物に小倉の袴をつけた吟松は面長で白面の堂々たる偉丈夫だったが、黒い眼鏡をかけている。吟松の腕をとってテーブルの前に坐らせた奥さんは、わたしに軽く一礼すると部屋をでていった。

わたしは盲人に会うのはこれがはじめての経験であり、ちょっとした戸惑いを感じていた。実生活の上においても物語のなかにおいても、盲人はつねに弱者の立場にいる。わたしのためらいがそこに根ざしていることは間違いなかった。

「桐山吾平という高利貸しが殺されたことはご存知でしょうな?」

「ええ、先日も刑事さんがみえましたから」

吟松は琴唄できたえたのだろうか、朗々たる美声の持主だった。ものを喋っても、それが唄うように聞える。

「桐山という男をどう思いますか」

「絞られていたのですから、いい感情を持っているわけがないでしょう。殺されたと聞いて、正直のところほっとしました」

「なぜあんなやつから借りたのですか」

「家内が通りがかりに電柱の広告を見ましてね、それが低利でひどく親切そうに思えたもので……」

「失礼ですが生活にお困りのようにも見えない」

「弟子が急病で入院したものですから、当座の費用としてお金が欲しかったのですよ」

「なぜ警察に訴えなかったんですか」

「ただではおかないと脅されまして」

吟松の指は芸術家特有の白いほっそりとしたものだった。しかしいくらデリケートな指でも引き金を引くぐらいのことはできる筈である。だが、引き金を引くことはできたとしても、盲目では正確な狙いをつけることはまず不可能だろう。接触発射ならばともかく、桐山殺しの犯人はある程度の距離をおいて射っているのだ。

「失礼なことをお訊きしますが、事件当夜の七時頃、どこでなにをしておいでしたか」

「家で夕食をとっていました。家内とふたりで」

「もう一つ失礼なことをお訊きしますが」

と、わたしはできるだけ穏やかな口調でいった。

「あなたは本当の盲人ですか」

「とおっしゃいますと？」

「つまりです、盲人のふりをしておいでだが、じつは目が見えるのではないかということですよ。目があいていれば桐山を射殺できる」

「目が見えればこんなうれしいことはないのですが、生まれつきの盲人です。お疑いなら、わたしが卒業した盲人学校にでも、お琴を習ったお師匠さんにでも訊ねて下さい」

わたしの質問に腹をたてた様子もなく、淡々とした口調で答えた。いつもいうことだけれども、私立探偵という商売は図々しくなくてはやっていけない。このときもわたしは相手の感情なんか頭から無視して、盲人学校の担任教師と琴の先生の住所と名前を訊き、それをメモにとって吟松の家をでた。

巣鴨から、千葉県との境にちかい小岩（こいわ）へ向う。吟松が学んだ私立の盲学校は国電の小岩駅から徒歩で五分のところにあるのだった。来年で創立五十周年を迎えるという古い学校で、吟松を担当した小柴(こしば)先生は教頭になっていた。小柄でいが栗頭のこの先生はそろそろ定年になろうという年輩だったが、盲人教育に対する情熱はいっこうに衰えをみせなかった。

「金井君は落着いた素直な性格の児でしたよ。あの頃から音楽にすばらしい才能をみせましたから、箏曲の道へすすんだのはいいことだと思っています」

「その金井吟松さんですが、目が見えるということはありませんか」

わたしの質問の真意を、小柴教頭は理解できずにとまどい気味の表情をうかべた。

「そういうことはありません、金井君は全盲です。お母さんのおなかにいる時分に、風疹(ふうしん)を患(わずら)ったのが失明の原因だといっていました」

「すると先天性というわけですか」

「ええ」

「なにかの拍子で見えるようになるということは考えられませんか」

教頭は坊主頭をよこに振った。

「考えられません、絶対に。なんと申しても目が見えないというのはいちばん辛いことです。彼等はあこがれの目あきになった夢をみます。しかし、物の形も色も知らない生徒達は、目はあいたものの、眺める対象物がありません。山だの川だのという話を聞いていても、それは彼等にとって観念的なものでしかないのですから、夢のなかで具象化することができないわけです。金井君もそういった内容の綴方(つづりかた)を書いたことがありました」

小柴教頭は声をおとしてそう語ると、目を窓の外にむけた。もう授業時間は終っていたが、校庭では居残った生徒達がふた組に分れてハンドボールを楽しむ姿が見えた。彼等のあいだからは、ときどき健康的なわかわかしい笑い声が聞えてきた。それを眺めながらわたしは、金井吟松が盲人であることが明らかになった以上、容疑者からはずすべきであると断定した。

4

金井吟松がシロとなったいま、本命は翻訳家の鈴木十郎ということになる。弁護士から仕入れた知識によると、彼は二、三冊の翻訳小説を刊行したものの、語学力の不足のせいか誤訳が多く、最近ではほとんど翻訳の注文がこないのだという。そこで方向転換をはかった彼は推理短編を書いて作家としての再出発をこころみたが、これがまた凡作ばかりで作品が陽の目をみたことがなく、どの雑誌社からも相手にされなかった。

「しかも彼は遊び人ときてるもんだからね、派手に札ビラを切らなくては女が寄ってこない。年中ピイピイで利息を払えるどころではなかったのだよ」

弁護士はそういって話をしめくくったものだ。遊び人というのは時代劇なんかに登場するヤクザのことだが、それにしても翻訳家が遊び人だという意味がつかめなくて、わたしは小首をかしげた。

「そんな簡単な英語がわからんのか。プレイボーイを日本語に翻訳すればそうなるのだ」と、彼は鼻を鳴らして答えた。相手を軽蔑するときに、この弁護士は鼻を鳴らすというういやな癖を持っているのである。

わたしが盲学校の電話を借りて鈴木十郎に会見を申し入れると、彼は池袋のレストランを指定し、夕方の六時キッカリに待っていると答えた。いうまでもなく、晩めし代をたかろうというのである。調査のためにはその程度の散財は止むを得ないが、レストランで会うとなると現金の用意をしていかねばならない。すでに銀行は終ってしまい預金を引き出すことはできなかったので、わたしは愛車をカタに質屋を拝み倒して五万円を借りた。

「明日の朝、いの一番に銀行へいくからな」

わたしはデコボコのボディをひと撫でするると、そういってしばしの別れを告げた。

鈴木が指定したレストランは池袋でもトップクラスの店であった。彼はひと足先にきて、食前酒をちびりちびりとなめながら、窓の外の夜景を眺めていた。三十代の面長でのっぺりとした好男子だが、翻訳家という職業からうける知性はどこにもない。女と酒で人生を浪費しようというプレイボーイにふさわしく、ずるそうな、淫蕩的な目をしていた。

「やあ、あなたもどうです。ここのアペリチフはなかなかいける」

挨拶がわりに彼はそういい、ボーイを呼んで酒の追加を命じた。わたしは毎度のことだが仕事中は酒断ちする習慣がある。このときも女子中学生が呑むようなバイオレットフィーズを注文し、ボーイに軽蔑したような顔をされた。

彼は、せっかくの酒がまずくなるからといってわたしの口を封じ、おなじような理由で、事件の話はそっちのけで一枚が一万五千円也のビフテキをがつがつした様子で喰った。そのがっついた有様をみていると、鈴木十郎の懐中がいかに淋しいかということがよくわかるのであった。指にはめている猫眼石も、まずイミテーションだといって間違いないだろう。

「このあいだもデカがやって来てねえ、お前に桐山殺しの動機があるというんですよ」

そう語り出したのは食後のアイスクリームが出されたときだった。高級すぎるせいかレストランには殆ど客の姿がなく、話を聞かれる心配もいらない。

「だからいってやったんです。ぼくの犯行だなんてとんでもないってね。あのシャイロックがぶっ殺された頃、ぼくは横浜にいたんだ、立派なアリバイがあるんです」

アリバイと聞いたとき、わたしは危く桜ン坊のタネを飲み込みそうになった。

「どんなアリバイです」

「横浜のホテルである女性とデートすることになっていたんだが、約束の六時という時刻を一時間すぎても姿をみせない。そこでロビイの電話で自宅を呼び出してみると、急病で四十度の熱がでている、というんです」

「なるほど」

「意外な話にびっくりしましたが、売店でホテル自家製のクッキーを売っていることに気がついたもんで、早速彼女の自宅あてに送らせようとした。しかし送り状に書き込もうとしてふと考えてみると、そんなことをすれば、ぼくと彼女の仲が家人に知れてしまう」

「そりゃそうだ」

「といって今更買うのをやぁめたというわけにもいかないでしょう、だから、インボイスにはぼくの住所氏名を記入した。つまり自分あてにてめえでプレゼントしたというわけですよ」

そうしたいきさつがあったものだから、売り子も彼のことはよく覚えていたし、保管してある送り状が証拠になって、刑事は一も二もなく納得したのだという。

「だからあんたも横浜へいってみることですな、ぼくを怪しいと思うならね」

「買い物をした時刻というのは間違いなく七時だったのですか」

「いいえ、正確に七時だったわけではないです。七時を二、三分すぎたときにダイアルしたんですから、クッキーを買ったのは七時五分か十分頃でしょう。しかしいずれにしても、ぼくが横浜にいたのは否定できない事実です、したがって犯人である筈がない」

話をしているうちに彼の自信はいよいよふくれ上ってきたとみえ、口調も態度もしだいに尊大になった。忌憚なくいえば、わたしはこの小僧っ子にアリバイのあることが腹立たしかった。アリバイさえなければ、彼の犯行であるなしにかまわず、留置所へぶち込んでやりたかった。

「その女性の住所氏名をおしえて頂きたいですな」

当人に面会して、彼女の口からプレイボーイの話が事実かどうかのウラをとろうと考えたのだが、彼はのっぺりした顔に小馬鹿にしたようなうす笑いをうかべて、うそぶいた。

「冗談じゃない、ぼくはこれでも騎士ですぜ。彼女の家庭を破壊するようなことはいえんですな。たとえ溶けた鉄を口に注ぎ込まれてもね」

こういうプレイボーイに限って口ほどもない臆病者なのだが、いうことだけは景気がよかった。

わたしはますます気負いたった。刑事は簡単に敗退したというけれど、わたしにはわたしなりの意地がある。なんとしてでも偽アリバイのからくりをあばいてやろうと決心した。彼が問題の時刻にクッキーを買ったこと、それも自宅あてに発送させたなどということは、いかにもアリバイ造りのための口実みたいで、不自然な気がするのである。

「では、そのホテルというのは何処にあるんですか」

「横浜の山下町ですがね」

そのホテルなら、わたしも以前に八階のレストランでめしを喰ったことがある。といってもわたし風情の私立探偵が自腹を切って豪遊できるような場所ではないのだから、ある事件が解決したのを祝して、肥った弁護士がおごってくれたのだ。

「あの日の女の子が欠勤でもしているとつまらない。まず電話でたしかめておいてから出かけることですな」

略図を書いてくれたあとで、彼はそうアドバイスした。親切なのは結構だけれど、ひと皮むけば、この男が冷酷な自己中心主義者であることを、わたしは見抜いていた。それだけに、調査されることをむしろ歓迎するような彼の態度から、この男が自分のアリバイ工作にどれほど自信を持っているかということがよくわかるのである。

食事がすんだときは七時になっていた。彼と別れたあと、早速そのホテルに電話を入れてみると、売店は九時まで開いているという。わたしは受話器を叩きつけるようにのせ、地下鉄の階段を走りおりた。うまくいけば八時半には向うに到着することができる。

東京駅で湘南電車にのって横浜までいくと、東口のタクシー乗り場で車をひろって山下町へ走らせた。途中、わたしは何度となくシャツの袖口をまくって腕時計をみた。

ホテルに着いたのは予想よりも少し早い八時二十五分であった。港を見おろすこのホテルは、海に面したほうから入るとロビイが一階にあるが、山ノ手の入口から入っていくとエレベーターで一つ下に降りなければならないという構造になっている。しかし、わたしは以前に一度来たことがあったので、迷わず売店に直行した。

売店には紺のブレザーコートを着たふたりの少女が坐っていたが、どちらも垢ぬけした美少女で、東京のデパートガールなどに比べるとはるかに親切だった。

わたしはポラロイドカメラで写した鈴木十郎の写真をカウンターにのせた。池袋のレストランで、鱈腹喰ったプレイボーイが充ち足りた幸福感にひたりながら、葉巻に火をつけようとしているカラー写真である。レンズを見つめた目のあたりに、彼の狡猾そうな表情がよくでていた。

「このあいだも刑事さんが見えましたわ。一体どんなことをしたんですの？」

どちらも興味津々といった顔で眸をかがやかせている。

「刑事はなにも教えてくれなかった？」

「ええ」

「じつはね、この男は殺人容疑者なんだ」

こうした場合、刑事は箝口令をしかれているから軽率なことはできないが、私立探偵にはそのような制約はない。ペラペラ喋って女たちのご機嫌をとり結ぶのは、刑事には真似のできないことなのである。

「新聞で読まなかった？　東京の新宿で金貸しが殺されたんだが、この写真の男はそいつから高利の金を借りていて、首が廻らなかったんだ。そんなわけで、警察ではこの男の仕業ではないかと考えている」

夜も八時をすぎるとホームメイドのクッキーを買おうという酔狂な客もなく、売店の周囲は閑散としている。われわれは誰に気がねする必要もなしに話ができた。

しかし質問が肝心の点におよぶと、鈴木十郎のアリバイには毛を吹いたほどの疵もないのである。クッキー発送依頼の伝票には彼の筆蹟で自分の住所氏名がしるしてあるし、女店員の枯れた字で、日付や受付時刻、金額その他のデータが記入してあった。これだけ証拠がそろえば、プレイボーイがその日その時刻にここでクッキーを買っていたことは、否定しようのない事実となる。わたしにはこれ以上は手の打ちようがなかった。

「ありがとさんよ」

精一杯あいそのいい笑顔で挨拶をすると帰途についた。が、来るときの元気はどこかへすっ飛んでしまい、なんともやりきれぬ重たい気持だった。琴の師匠とプレイボーイがシロということになると、犯人はしな子以外にはあり得ない。この報告を聞いたときの弁護士の不機嫌な顔が、目に見えるようだった。

5

有楽町駅で国電をおりて、バー『三番館』に寄ってみる気になったのは、この憂鬱な気持を、会員たちと駄弁ることによって発散したいと思ったからでもあるけれども、本心は、あの達磨みたいなバーテンの推理の知恵を借りたいがためであった。彼ならば、一見完璧と思われるプレイボーイのアリバイをぶち壊してくれるかもしれない。ぶっ壊さないまでも、謎を解くヒントぐらい与えてくれぬとも限らないのである。

わたしは旧数寄屋橋の交叉点をわたり、新橋のほうへ向った。わたしの心のなかの東京地図にはすべて「旧」の字がついている。それは麻布の旧市兵衛町であったり旧笄町であったりするのだ。昔から伝えられた町名を、三丁目だの四丁目だのという散文的な数字に替えてしまったのは、地方出身の小役人の東京人に対する反感からでたものではなかったか、とわたしは思う。こうした役人共が歴史のある町名をいじくり廻すことにも腹が立つが、諸々として彼等のいいなり放題になった東京人の意気地なさにも腹が立つのだ。

エレベーターで六階へ昇ると、バーの入口で手洗いにいく葬儀屋の若旦那とすれちがった。彼が参加した探険隊が、エジプトは王家の谷の近くの砂原をほじくって、貴重な数体のミイラを発見したニュースが新聞にのったのはつい一週間ばかり前のことである。

「おや、もう帰国されたのですか」

「正午に羽田につきました。しかし女房の顔よりもあなた方やバーテンさんと会いたくてねえ」

「ではごゆっくり」

と、わたしはわれながら間の抜けたことをいって別れた。だが、この隊員の気持はわたしにもよく理解できるのである。『三番館』の会員ほど、気が合って愉快な話相手はないからだ。

「お珍しい。しばらくお見えにならなかったので、お噂をいたしておりましたのですよ」

わたしを見ると、バーテンは剃り痕の蒼々とした顔をにこりとさせた。

「いつものやつを頼む。半ダース、ずらりと並べてな」

わたしはバイオレットフィーズを注文した。ほかの会員はホールの向うの窓際のテーブルで談笑している。農業大学の助教授、消防署長、銀行マン、世間では嫌われているが当人はこの上ない好人物の税務署長等々、いつもの愉快な顔ぶれがそろっていた。

「お疲れのようにお見受けいたしますが……」

「横浜まで往復したんだが収穫がなくてね」

渡りに舟とばかり、一件について掻いつまんだ話をして聞かせた。バーテンはシェイカーを振りながら、熱心に耳をかたむけている。そして出来上ったカクテルを六つのグラスに注ぐと、端の一つにだけ氷を入れてくれた。

「ありがとさん」

まず美しい紫色をたっぷりと堪能しておいてから、おもむろにグラスに口をつける。さわやかな液体が喉をうるおす。

わたしがグラスをコトリとおくと、それを待っていたようにバーテンが語りかけた。

「その事件の大体のことは新聞やテレビニュースで存じておりましたが、あなたが担当しておいでだとは――」

「世間はせまいものなのさ。で、なにかいい考えでもあるのかい？」

単刀直入に訊ねた。

「はい、ないわけでもございませんが……」

それきた、と思った。この返事を待っていたのである。

「あいつのアリバイを崩せたのかね？」

「いえ、そうではございませんので、あれはどう見ましても本物で……」

わたしはちょっとがっかりした。クッキーのアリバイが本物であるとするならば、あのプレイボーイはいよいよ潔白だということになる。わたしが二杯目のグラスを手にとろうとするとバーテンがあわてて氷を落としてくれた。

「失礼いたしました」

「プレイボーイがシロで、盲人には犯行が不可能だとすると、やはり梅岡嬢の犯行ということになるな」

ラーメンを縦にすすらなければならぬという美人のおちょぼ口を脳裡にえがきながら、わたしはカクテルを呑んだ。おなじ酒であるというのに、二杯目はちょっと味がなかった。

「いえ、そうではございませんので。梅岡さまが潔白であるならば、犯人は残ったふたりのなかにいます。これは論理的に証明のできることでございまして」

「おい、頼む。勿体（もったい）ぶらずにすんなりと聞かせてくれないか」

わたしは相手の肩に手をかけ、ゆすぶらぬばかりにいった。

「承知いたしました。しかし、まことに申しにくいことでございますけど、今回に限りまして授業料を……」

「おいおい、しみったれたことをいうなよ」

無遠慮に声をはり上げた。金をよこせとは、このバーテンらしからぬいいぐさである。

「申し訳ございませんが、なにぶんにも当節はインフレで……」

「まあいいやな。で、幾らだい？」

「はい、二千七百五十円で……」

なんとも中途半端な金額の月謝である。

「夕めしを喰ったときの釣り銭があるからいいようなものの、あぶなく恥をかくところだぜ」

「相済みませんです。では、五分ほどあちらのお席のほうへ」

「ここにいては邪魔になるのかい？」

「はあ、さようで。ついでに、どなたかおひとり呼んで頂けませんでしょうか。これは立会人ということになりますのですが」

「いいとも」

いわれたとおりホールを横切って会員の仲間に入ったわたしは、となりにいる銀行マンに立会人となってくれるよう依頼した。

「なんでしょうな？」

彼は首をひねり、算盤(そろばん)ダコのできた指で鼻の下をこすった。それが、なにやらわけのわからぬ現象に直面したときの癖なのであった。彼がもし宇宙人にひょっこり出遭ったら、鼻の下の皮膚がひん剝けるほどこすることだろう、とわたしは思う。

「わたしにも一向にわからんのです」

彼が小首をかしげながらいってしまうと、ソファに坐って会員達の磯釣りの自慢話を聞いたが、うわの空のわたしにはそれがどんな話だったか少しも記憶にない。ともするとバーテンのほうに気をとられていた。途中で二度ばかりガラスの砕ける音がしたようだけれど、空耳だったのだろうか、話に夢中になっている会員たちは気にもとめなかった。

間もなくホステスに呼び戻された。銀行員はスツールに坐って頬杖をついており。その前に金属盆が二つおいてある。盆の上にはそれぞれ一個のリキュールグラスが割れ、みどり色の酒が散っていた。

「なんだね、これは？」

「はあ、実験の結果でございまして……。先程の授業料は酒とグラスの代金になっております」

「ふむ」

「そこで、盆の上の情景でございますが、こうなりました事情をお考え頂きたいので……」

「え？」

「いいえ、難しくお考えになる必要はございません。ただ、どうすればこうなるかという……」

「酒の入ったグラスを叩きこわせばこうなるじゃないか」

相手のいう意味がよくわからぬままに、わたしはそう答えた。

「いかにもそのとおりで。では、こちらはどうでしょうか」

と、バーテンは左側の盆を指さした。

「おんなじことじゃないか」

「いや、それがそうじゃないんですな」

銀行屋は、自分の出番がくるのを待っていたように口をはさんだ。

「この右の盆のほうは、いまあなたがいわれたとおり酒の入ったグラスを叩き割ったのですが、左の盆はそうではありません」

「……？」

「まず酒をこぼしておいて、その後でグラスを割ったのです。ではこれで……」

それだけ語ると用はすんだといわぬばかりに、会釈をして退場していった。わたしはわけがわからずとまどっていた。宇宙人に出くわした銀行マンみたいに、なんとなく鼻の下がムズムズしてきた。

「どういうことだい？」

「つまりでございますね、外見上は似たようなものですけれど、結果にいたるプロセスには違いがあることを実験したかったからで」

「それが事件とどんな関係がある？」

「はあ。あの新宿の現場では、天井の電球が割れていたそうでございますね？」

と、バーテンは飛んでもないことを話題にした。その後の捜査本部の調査でわかったことだが、桐山の事務所の天井には、リフレクターフラットと称する写真現像用の三百Wの電球がつけてあった。非常に明るく、これ一つあれば電気スタンドの必要もない。事実、彼は天井の電灯一つですべての用を弁じていたのだった。その電球が笠ごと叩き落とされていたから、梅岡嬢がスイッチを入れても点灯しなかったのである。

「警察では殺人のあと、なにかの拍子に割れたものと単純に考えているようですけど、いまのグラスの実験でもおわかりのとおり、もう一つ裏側の解釈ができますので」

「というと……？」

「殺人のあとで、犯人が故意に割ったということも考えられるのではないかと……」

「故意に……？　なぜそんなことをする必要があるんだね？」

反射的にそう反問していた。いまの実験で裏の解釈というもののあることは納得できたが、故意に割ったとするとその狙いがわからない。

「電球を割らなければならなかった理由として、どんなことが考えられましょうか」

「そうだな、犯人の指紋がついたからか」

「いいえ」

と、バーテンは達磨みたいな顔を横にふった。

「指紋ならばハンカチで拭けば消えます」

「ほかにどんな理由がある？」

どう考えてみても、電球を割った理由を思いつけなかった。

「理由は一つございます。それも、ただの一つだけで……」

「勿体ぶらずに教えろよ」

「はあ、簡単な、日常的なことでして……」

「勿体ぶるなといったら!」

「はあ、じつは電球が切れていた場合でございます。切れていたことを当局側に悟られぬためには、割る以外に方法がございませんので……」

いわれてみれば尤もなことである。砕いてしまえば、切れていた電球も切れていなかった電球も区別がつかなくなる。そこまではわかるのだが、では、切れた電球をなぜ叩き割らなければならなかったのか。

「あの現場の電球は寿命がきて切れていたのでございますね。金貸しは新品ととり替えるつもりでいたのでしょうけど、そうする前に殺されてしまったようなわけでして……。それに気づいた犯人は、真っ暗な部屋のなかで——」

急に頭の中でひらめいたものがあった。

「ちょい待ち。それ以上説明されたのでは名探偵の名がすたる」

手を上げてバーテンの発言を制しておき、残ったバイオレットフィーズを片端から呑み干した。

「お蔭で一切がはっきりした。ありがとさんよ」

6

時刻はそろそろ十時になろうとしていたが、一刻も早く吉報をつたえたかった。わたしはバーの前でタクシーを拾うと、洗足（せんぞく）のマンションへ直行させた。

弁護士はもうベッドに入っていたらしく、寝巻姿で失礼するといいながらでてきた。ＬＬ型の特大のパジャマを着用しているけれど、キングサイズの寝巻でも彼には小さすぎて、ボタンがかからずヘソが顔をだしていた。子供のおヘソは可愛いものだ。だが、爺さんのヘソはうす汚なくていただけない。

わたしは彼のヘソから目をそらせた。

「なんだね、夜分」

「犯人がわかったから耳に入れとこうと思ってね。電話では充分に説明できない」

ヘソからそらせたわたしの視線は、棚の上のキング・オヴ・キングズに引きつけられていた。この報告がすんだら、何よりもまずこのウイスキーの栓をぬいて、事件の解決を祝ってもらいたかった。事件を調査しているときのわたしが節酒していることは、この弁護士もよく知っているのである。

「そいつは嬉しいね。聞こうじゃないか」

と、目をかがやかせて身をのりだしてきた。わたしは電球が割れていたことについて二つの解釈ができることを語り、おもむろに本題に入った。

「真っ暗だと、たとえそこが自分の部屋であっても動きがとれないものだ。桐山だって例外ではない。彼は逃げようとしてあっちの家具こっちの家具にぶつかった揚句、絨毯に足をとられて引っくり返ったんだ」

「ふむ」

「だが犯人が盲人だとすると、暗かろうが明るかろうが変わりはない。いってみれば、獲物を水中にひきずり込んだカワウソか河童みたいなもんでね、断然有利なんだよ。目は見えなくても、桐山の動き、悲鳴といったもので彼の位置は確認できるんだ。吟松は充分に狙いをさだめておいてぶっぱなした」

「…………」

「われわれは犯行当時、現場の電灯がついているものだとばかり思っていた。その後で、何かの拍子に割れたものと簡単に考えていたんだ。灯りの下では盲人のほうが不利だ。拳銃をつきつけられても、相手が盲人であったら桐山は逃げることもできたし、反撃することもできたろう。だが状勢が一変して電球が切れていたとなると、暗黒のなかでは事態が逆転するのだよ」

「…………」

「しかし、切れた電球をそのままにしておいたのでは、吟松の犯行であることはすぐに知れてしまう。だから彼にしてみれば、是が非でも電球が切れていたことはカバーしなくてはならない。それには叩き割るのがいちばん手っ取り早いことなんだ」

われながら感心するような名演説であり、名推理であった。わたしは、自分がこれほどの雄弁家だとは思ってもみなかったのである。

しかし弁護士は寝入りばなを叩き起こされたことに腹を立てているのか、さして感心した顔はしなかった。

「いちおう筋はとおっているが、一つ疑問がある。桐山は、なぜ電球を買い替えておかなかったのかね？」

「だからさ、その日の夕方になって点灯しようとしたときに、初めて切れていることに気がついたんだろうよ。さもなければ、日が暮れかけて、スイッチを入れたときのショックで切れたのかもしれない」

「ふむ」

「吟松が訪ねてきたのは夕方のことだと思うんだがね。話をしているうちに暗くなる。桐山は立ち上ってスイッチを入れたが、つかない。しまった、電球が切れた。別室のスペアをとってくるから待っててくれ。桐山はそういったろう。あるいは、スペアを買いにちょっとでてくるから、といったかもしれないな」

「ふむ」

「拳銃を用意して来た吟松は、当然のことだが桐山を殺すつもりだったんだ。だからこのチャンスに飛びついた。電球をとり替える必要はない、おとなしく坐っていろ。そういって拳銃をつきつけたわけだ。それがまあ、時刻にして六時を過ぎた頃だろうね。間もなく日が暮れる。吟松は拳銃で脅して窓をしめさせたのち、射殺したのさ。窓があいていたのでは銃声が外にもれてしまうが、閉じてしまえば何一つ聞えやしない。スチール製の頑丈な窓なんだから」

「ふむ。しかしきみの説には二つの欠陥がある。吟松がピストルをつきつけて窓を閉めさせたということだが、それならばなにも暗くなるまでジリジリと待つことはない。外があかるくとも、スチールの窓をしめてしまえば室内は真っ暗になる。暗くなってしまえば、きみがいったとおり、ことは盲人に有利になるのだからね」

「まあ、そういえばそうだけど」

なんとか言い返してやろうとは思ったが、適当な反論が思いうかばなかった。いいニュースをもたらしたのに、この弁護士は、なにが不服でふくれっ面をしているのだろう。

「で、欠点のもう一つというのは何です？」

「吟松は犯人ではあり得ないってことさ」

「なぜ」

「きみの調査がどれほど入念なものかは知らないが、吟松にはアリバイがある」

「奥さんと晩めしを喰っていたというアリバイだろう？　しかし女房なんて証人にはなりませんぜ」

弁護士は不機嫌そうに首をふった。

「だからきみの調査は上っつらを撫でているというんだ。食事中の吟松のところに電話がかかってきたことは知らないのか」

「電話？」

「そうさ。彼の師匠の金井松風(しょうふう)という琴の先生から電話があって、この夏ひらかれる琴のリサイタルについていろいろと打ち合わせをしているんだ。勿論、電話口にでた吟松の声はテープに吹き込んでおいたものではない。だいいち、松風から電話がかかるなんてことは吟松は知らなかったんだ、テープの用意をしていた筈がないのだ」

「…………」

「もう一つ、松風の質問に対して吟松はちゃんと筋のとおった応答をしている。あらかじめ録音しておいたテープの声を再生したのでは、とてもああはいかない」

わたしはコテンパンにやられてしまい、グウの音もでなかった。キング・オヴ・キングズの瓶がそっぽを向いているように見えた。

7

その翌日、質屋からとり返したフォルクスワーゲンに打ちまたがると、夕方になるのを待ちかねて『三番館』へ出かけた。客の姿はまだなく、ホステスもまだ出勤していない。バーテンひとりがせっせとグラスを磨いていた。

「おや、今日はお早いですな」

「昨夜はえらい目にあったよ。お蔭で恥をかいてきた」

「どうもおっしゃることが吞み込めませんですが……」

白い歯をみせてにこにこしている。わたしもいい加減腹が立ってきたので昨晩のいきさつを復元して聞かせると、彼は声を殺してクッくッと笑った。

「申し訳ございません。わたしの話を途中までお聞きになってとびだしてゆかれたので、てっきりプレイボーイが犯人であることをお見抜きになったものとばかり思っておりました」

「おいおい、冗談いっちゃいけないよ。彼が犯人であるわけがないじゃないか。横浜でクッキーを買っていたアリバイがある。あれを本物だと認めたのはきみなんだぜ」

セーブがきかなくなってわたしの声は次第に大きくなってくる。誰もいないからいいようなものの、聞くひとがいたら口論でもしていると思ったろう。尤も、バーテンのほうはわたしと反対にあくまでもの静かな口調であった。

「ですから、殺人は山下町のホテルの近くでやったのでございますよ。新聞によりますとあのプレイボーイはシボレーを持っているそうでございますから、それに桐山をのせて、横浜を見物しようとでもいって誘い出したのではないかと思います。そして、ホテルのそばに駐車して射殺したのち、クッキーを買いに売店におりていったのでございましょう」

「………」

「その屍体を新宿の桐山の家に持ち込んで、そこが現場であるように見せかけるために家具を引っくり返したりしたのでございます。梅岡さまがお訪ねになりましたのはその直後のことで……」

なんとなく納得できない。

「それじゃなぜ電球を割ったのかね？　盲人でもない彼に、電球をぶち割る必要はないじゃないか」

「そこでございますよ、問題は。屍体を運び込んだプレイボーイがいざ電灯をつけようとしてスイッチを入れると、つきません。停電かなと思ってよその様子を見ますと、ほかの家はみんなついております。そうしたわけで桐山家の電球が切れていることがわかったわけですが、プレイボーイは考え込んでしまいました。なぜなら、ここが現場であるように思い込まれているあいだは、横浜にいた彼には立派なアリバイが成立することになります。しかし、現場の電球が切れていては工合がわるうございます。真っ暗ななかでピストルのタマを正確に目標に命中させるなんて、不可能にちかいことでございますからね」

「なるほど。そこで電球を砕いたというわけか」

「はい、さようで。そこまではよろしいのでございますが、利巧な男のことですから、おそらく兇器は処分してしまったでしょう。どうやって証拠を発見するか、これから先が難しいことだろうと存じます」

「ありがとさんよ、まかしとき」

彼の肩をポンと叩いてエレベーターに飛び込んだ。わたしにはわたしなりの作戦がある。

一時間後に浄水場裏の桐山の家の前に立っていた。桐山には妻子がないと聞いていたから、おそらく空家になっているのだろうと思いながら、ポケットからペンナイフをとりだして、簡単に錠をあけた。刑事時代に学んだ技術が、私立探偵になってからも役に立ってくれるのである。

スイッチを押すとちゃんと灯りがついた。非常に明るいところをみると、以前と同じ写真用の電球をとりつけたのだろう。事件当時は乱れていたという事務所のなかも、いまはきちんと取り片づけられている。

手袋をはめた手で机の上のペン皿をさぐり、引き出しのなかを改め、ようやくのことで洋服だんすにぶら下っている服の内ポケットから万年筆を探しだした。一端に片仮名でキリヤマと彫ってあるから、誰が見ても桐山の所持品であることがわかる。その意味で、これは理想的な品なのであった。

「野郎！　手を上げろ、ぶち殺してやる！」

いきなり背後で声がした。無人の家だとばかり思い込んでいたのはわたしの不覚だった。ふり返ってみると兇悪な顔つきの若い男がナイフをつきつけて立っている。テーブルの上に食パンを入れた籠がおいてあるから、明日の倉糧を仕入れに外出していたらしいのだ。

「コソ泥め。万年筆を盗んでどうする気だ」

切れ味のよさそうなドスを鼻先につきつけやがった。刃を下に向け、本気で刺そうとしているのがわかる。その瞬間、わたしのドタ靴が宙にとび上った。ドスは壁にぶち当って床にころげ、男は顎をぶち割られてあっ気なく気を失った。

二度三度とぶん撲(なぐ)ってやるとようやく気がついたらしく、薄目をあけた。わたしも知性にあふれた顔をしているわけではないけれど、この男はわたしに輪をかけた間抜け面をしている。

「いいか、おれが万年筆を盗んだことを誰かに喋ってみろ、ぶっ殺してやる」

男はもぐもぐと意味にならぬことをいった。

「商店の旦那をフォームから突き落として殺したのは手前(てめえ)の仕業だろう！」

「しょ、証拠があるもんか」

「馬鹿野郎、おめえみたいなドブネズミを裁くのに証拠なんているものか。もし万年筆のことを喋ってみろ、今度は貴様をフォームから蹴落としてやる。覚えとけ」

起き上がらせておいてもう一発思い切りぶん撲ると、チンピラは天井ちかくまで飛びあがり、それから音をたてて床に落ちて、また気絶してしまった。わたしは万年筆をポケットにしまい込み、愛車にのって家に帰った。ひと晩の別居生活がこたえたのだろうか、フォルクスワーゲンはいつになく素直であった。

わたしが再度鈴木十郎に会ったのはその翌る日のことである。といっても、わたしの目的は彼の車に乗ることにあるのだから、真正面から訪問したのではうまくない。わたしはフォルクスワーゲンをアパートに駐車したままで出かけていった。

幸いなことに、大塚の彼のマンションの前には通りをへだてて喫茶店があるので、わたしはそこのテーブルに陣どって、プレイボーイがでてくるのを待った。車で外出してしまったらアウトだから、わたしは少し早起きをして、午前十時頃からこの監視をつづけていた。

尾行や監視という仕事は私立探偵にとって日常茶飯事的なことであり、第三者が想像するほど辛くて気骨のおれることではない。だが、いつでてくるかわからぬ相手を待つのは、愉しい仕事ではなかった。しかも喫茶店にいると、三十分に一度は珈琲なり紅茶なりを注文しなくてはならないので、腹のなかはダブダブになる。それが、辛いといえば辛かった。

夜更しが習慣のプレイボーイだから、特別の事情でもないかぎり、起床が遅いのはわかっている。この日も、四階の彼の窓のカーテンが払われたのは午後の一時過ぎであった。それを見たわたしは一段と緊張した。

二時半ちかくになった頃に、彼はポロシャツ姿ででてきた。わたしは料金を払い、釣り銭をうけとっている暇がないのでくれてやり、そっと後をつけていった。と、鈴木は駐車場にはゆかずに、百メートルほど先の理髪店に入っていった。お洒落の彼だから、頻繁に整髪をするらしいのだ。

わたしはまた喫茶店にもどって、サンドイッチにミルクを注文する。ウエイトレスが呆れ顔で頷き合っている。

四時前に、彼はふたたび姿をみせた。今度は黒のドスキンの礼服を着ているので、結婚式かパーティに出席する気なのだろうと想像した。わたしは今度も釣り銭をくれてやって、尾行をはじめた。鈴木はマンションの角を曲ると側面にある駐車場に入っていく。彼が車にのろうとしていることは、もう明らかであった。

「鈴木さん。ああ息がきれる。何度呼んでも聞えないんだから」

と、わたしは肩で息を切りながら嘘をついた。鈴木十郎は入念にめかし込んでいる。上等の香水がにおってきた。

「やあ、シボレーではないですか。いい車ですな」

「なにか用ですか」

つっけんどんな、迷惑そうな口吻(くちぶり)である。

「いや、このあいだは疑ったりして申し訳なかったと思いましてね。横浜へいった結果をご報告しにきたんですよ」

「親切な探偵さんだ」

彼は皮肉をいい、わたしは聞えぬふりをして車を眺めていた。わたしのポンコツとは違い、象牙(ぞうげ)色の上品な外車だった。

「やはりシボレーは気品がある。いいなあ。その辺まで乗せていってくれませんか」

「何処までです」

「近くの地下鉄の駅までで結構です」

彼は助手席にのせるつもりでいたらしかったが、わたしは何喰わぬ顔で、そのくせ強引に後ろの座席に入り込んだ。わたしがいい車だといったのはお世辞ばかりではない。車内も豪華だったが、辷(すべ)るような流動感がなんともいえず気持よかった。

わたしは山下町のホテルを訪ねた件を報告しながら、手袋をはめた手でポケットの万年筆をとりだすと、それをシートの奥へそっと押し込んでおいた。

三分も走ると、もう地下鉄の駅である。

「ではご機嫌よう」

わたしはあいそよく挨拶をして、車が小さくなるまで見送っていた。そしてすべてが上首尾に運んだことを心のなかで祝福しながら、地下鉄の階段をおりた。

8

ことは敏速を要した。弁護士を通じて当局へ連絡をとっているうちに、あのプレイボーイが車の掃除でもやって、万年筆を発見してしまったら万事休すである。だからわたしは警視庁に電話をして、もと同僚の山岸につないで貰い、三十分後に近くのしるこ屋で会うことを申し入れた。

わたしが店に入っていったとき、図体の大きなこのデカ長は、肥った脚を窮屈そうにおり曲げて、小さなイスに腰をのせていた。わたしはいつものとおり御膳じること田舎じるこを注文し、わたしの分も彼の前に並べてやった。都合四つの椀が勢揃いしたことになる。

「悪いなあ」

「世話になっているのはこっちのほうだ、遠慮するなよ。ところでね、今日はいつも世話になっている返礼の意味で、情報を提供しようと思うんだ。ま、ゆっくり喰いながら聞いてくれ」

他に客はいなかったけれど、内容が内容なので囁くように声をしぼって説明した。やがて話が電球をぶち割った裏面の解釈におよぶと、さすがの彼も箸をおき、身をのりだして謹聴していた。

「いやあ、大したもんだ。きみにそのような推理と分析の才能があるとは思わなかったよ」

「そこが本庁の刑事と一匹狼のおれとの違いさ。こっちは身を張って喰っていかなくちゃならんのだから、真剣さが違う」

バーテンの知恵を借りたことなんぞはオクビにもださない。

「そういうわけでさ、そのプレイボーイが自分のシボレーで屍体を運んだとすると、トランクのなかなり座席なりに桐山の毛髪だとかなにかが残っているに違いないと思うんだ。それを発見することができたら、勝利はこっちのものだ。しかしこれも早目に手を打たないと駄目だぜ。ひと足先に掃除されてしまえば、物証は消えてなくなるんだからな」

どちらかというと山岸はのんびりとした性格の男だから、ある程度オーバーに脅かさないと効果があがらないのである。しかし、この薬はすぐに効いた。デカ長は大好きなシソの実には手をつけずに立ち上った。

「いいことを聞かせてくれた、恩に着るぜ」

「なあに、武士は相身互いだ。礼をいうことはないさ」

財布をとりだしながら鷹揚に答え、しかし心のなかでは、彼がうまくわたしの話にのってくれたことにホクホクとしていた。

シボレーのシートからキリヤマというネーム入りの万年筆が発見されたこと、それが桐山の所持品に間違いないことなどの連絡が入ったのは、さらにその翌日の夕方であった。

「お蔭さんでホンボシを逮捕することができたよ。ひょっとするときみは表彰物かも知れないぜ」

と、デカ長は電話の声をはずませた。

「賞状なんて欲しくないね。おれの名前なんて出す必要はないんだから、一切はきみが推理したことにしておけよ」

と、わたしは友人に花を持たせた。

「鈴木は自白したのか」

「うむ、殺したことと屍体運搬したことは認めているがね、万年筆が後部座席に落ちていたことについては頑強に否定している。横浜までは助手席にのせていったんだし、帰りはトランクにぶち込んできたのだから、後部座席から万年筆が発見されるわけがないというんだ」

「おかしな男だな。女道楽がすぎて、脳梅毒でもうつされてるんじゃないのかね」

さり気なく笑ってみせた。

二日後に梅岡しな子は釈放された。その後の数日間というものしな子は民間テレビの各局から出演を要請されて、ちょっとした茶の間の人気者となった。一週間ちかくつづいた心労からやつれてはいたが、それが彼女をいっそう痛ましくみせ、ブラウン管を見るひとの同情をさそった。

わたしも弁護士もそれぞれ多忙がつづいていたため、テレビを見る暇もなかった。だから、日比谷のレストランで解決祝いをやったとき、個室にそなえた大型のテレビで、はじめてとつくりと眺めることができたのである。

弁護士は食後の珈琲をすすりながら、わたしはオールド・ポートというシガーをふかしながらそれを見ていた。しな子は頭の回転のはやいたちとみえ、司会者の質問に対してウイットに富んだ答え方をしている。そのたびに、スタジオの出演者のあいだから好意的な拍手や、あたたか味のこもった笑い声が湧いた。

彼女はカラーテレビの効果を充分に計算にいれたのだろうか、赤と緑のスーツを上手に着こなしていた。肢体はすんなりとして均整がとれており、顔は少し小さ目でおもながであった。活きいきとかがやく大きな目と、すんなりとした恰好のいい鼻とが彼女をいっそう魅力的な女性にしていた。ただ、しいて欠点を上げれば口が大きいことだった。ずばぬけた大口というのではないにせよ、ハンバーガーをひと口で飲み込めそうな幅は持っていた。

「あなたは嘘つきだな。スパゲッティを一本ずつ吸わないとつかえてしまうくらいの小さな口だといったじゃないか」

「ああいわないと、美人好きのきみが張り切らないからだ。あれも戦術だよ、怒るな、怒るな」

弁護士は笑顔でそういうと、湯気のたった珈琲カップを口へもっていった。

屍衣を着たドンホァン

1

「トモ子」

と声をかけられたとき、トモ子は一瞬どきりとした。顔色が変ったのではないか、それを夫に悟られたのではないか。内心そう思い、ますます狼狽してしまうのだった。

「何でしょう？」

しいて平静をよそおって訊く。

「鎌倉の展覧会だがね、きみ行って来いよ。残念ながら今日限りだ、無駄にするのは勿体ない」

ルソーの作品展の入場券を、トモ子の鼻の先でひらひらとさせた。ルソーの絵は美術に素人の彼女にも解り易く、かねてから観たいと思っていたのである。ただ、会場の鎌倉の近代美術館まででかけるのが億劫で、つい行きそびれてしまったのだ。

そういわれて入場券に印刷された文字に目を落とすと、六月一日（日曜）まで、としてある。

「あなた、まだ痛みますの？」

「ああ。ものを喋ってもがんがんひびく。これが男の更年期障害ってやつかもしれんな」

片手を頭の側面にあてると、夫は細い顔をしかめて、やり切れないといった表情をした。昨夜からの頭痛が、今朝になってもおさまらないというのである。

「お医者さまにみていただいたら……？」

「原因は解っている、あの蒸気ハンマーだ」

表通りでビルの建設が始まったので、ここ数日来、蒸気ハンマーの音がうるさかった。音楽評論家の夫は当然のことながら音には敏感で、人一倍騒音を苦にしているのである。イライラしている彼にこれ以上ものをいわせると、癇癪をおこすのは解りきっている。トモ子は素直に鎌倉へ向うことにした。

「それじゃ行かせて頂きます。帰りにちょっとお父さまのところにお寄りしないと悪いですわねえ」

「そうだな、ついでに顔を見せてやってくれ」

夫の両親は、良彦の兄一家とともに、逗子に住んでいる。後ろめたい心を抱きながらの訪問は気のすすまないことだが、鎌倉まで行ったからには、夫の両親に挨拶をするのが妻としての務めであった。

「帰りが遅くなりますわね」

「ああ。夕めしは兄貴のところで喰ってこいよ。おれの心配はいらない。ひとりでいるほうが静かでいいからな」

蒼白い顔でそういい残すと、二階へ上って行った。尤も、良彦は平素でも蒼い顔色の男なのである。

トモ子は、人妻にふさわしい落着いたダークグリーンのスーツに着替えると、階段の下でちょっと声をかけておいて、家をでた。この頃のトモ子は意識してこのスーツを着る。考えてみると、それは立花修一郎にほめられて以来のことであった。夫の良彦は演奏の良否についてはよく肥えた耳で判断することができるが、妻の服装についてはまるで関心がない。そうした些細なことの一つ一つが積み重なり、彼女を立花へ傾斜させていったのだ。それが当を得ているか否かは別として、トモ子はよろめきの理由を、自分なりにそう分析をしていた。夫を裏切った彼女にしてみれば、なんとか理屈をこねることによって、自分を正当化する必要があったのである。

しかし、胸中のやましさはどうしようもない。だから夫から声をかけられる度に、立花との一件がばれたのではあるまいかと思い、はっとするのだ。

横須賀線の電車は、日曜でもあり行楽の季節でもあるために、グリーン車でさえ満席であった。十人ちかい客が通路に立っている。トモ子は窓際の席に坐ってかるく目を閉じると、夫のこと、立花のことをとりとめもなく思いつづけた。そして、自分が多分に脅えていることに気づくと、赤い唇をかすかにひきつらせて、苦笑するのであった。よく考えてみれば、音楽一辺倒の夫が、ふたりの情事に気づくわけがないではないか。しかもその逢い引きは、良彦が演奏会へいく日に限られていた。新聞の文化欄の音楽批評を担当している彼は、最低週に二回は音楽会にでかけねばならず、したがってトモ子はどの人妻よりもデートする機会に恵まれていた。

今日も立花さんといっしょだったら楽しいのになあ、とトモ子は思う。東京駅の地下通路の赤電話でダイアルしてみると、立花は自宅にいることはいたが、なんとなく煮え切らぬ口調でことわった。自分も同行したいのはやまやまだけれど、ちょっと避けられぬ用事があって……と含み笑いをしながらいうのである。今日は天気もいいし、絵を見たあとで寺巡りをするのに絶好のハイキング日和だから、ことわる立花も残念そうであり、トモ子にとっても思いは同じことだった。

「まだチャンスはあるよ。きみの旦那さんがマチネに行くときなんかいいじゃない？」

「そうだわね」

「鎌倉にもいいホテルがあると思うんだが、今日は一つそれを見つけてくれないかな」

立花は独特の喉をくすぐられたような笑い方をすると、通話を切った。

トモ子の耳の底には、あれから小一時間たったいまもなお、彼のその笑い声が残っている。喉を羽根かなにかで軽くくすぐられたような彼の声は、同時に、トモ子の魂をくすぐった。

2

逗子の家で夕食を馳走になり、食後にちょっと雑談をしているともう七時半である。慌てていとま乞いをして電車に乗った。東京までは正味一時間かかるから、杉並の自宅に帰り着いたのは九時を過ぎていた。

「只今。すみません、遅くなってしまって……」

「なあに。きみがいないだけでも静かでよかった。蒸気ハンマーの音には閉口だが……」

そのハンマーの音も午後の五時でピタリと止む。それ以後は静かになり、住民は生気をとり戻すのである。

「お父さまもお母さまもお元気でしたわ。やはり空気がいいせいなのね」

「不便で物価のたかいところだ。空気のきれいなのが唯一のとりえなのさ」

良彦は吐き捨てるような調子だった。東京生まれの彼は、どこよりも東京が好きなのだ。

トモ子はそそくさとお茶をいれ、鎌倉みやげの菓子を皿に盛ると、ダイニングキチンのテーブルをはさんで向き合った。夫はタオル地の寝巻姿である。いままで寝ていたとみえ、濃い髪がみだれている。

「美術愛好家ってずいぶん沢山いるんですのね。落着いて鑑賞しているひまがないの。トコロテンみたいに押し出されてしまうんです」

「日曜日と最終日が重なったからだな」

「頭痛はいかが？　なおりまして？」

本当のことをいうと、愛情のさめかけた夫の頭痛なんかトモ子にとってどうでもよかった。

「それがね、薬を嚥んだお蔭でぐんと楽になった」

この夫は、薬はすべて毒物であるという話を聞いて以来、よほどのことがなくては薬を嚥もうとはしないのである。トモ子のほうはそれと反対に、ちょっと鼻風邪をひいたといっては薬箱のふたを開ける。

「それはよかったですわね。でも今夜は早目にお寝みになるといいわ。ところでお食事は？」

「まだだ」

「なにか軽いものでもこしらえましょうか。サンドイッチでも……？」

「いいよ、まだ食欲はない。ところでルソーはどうだった？」

良彦はその話が聞きたいらしく、テーブルの上に身をのりだしてきた。彼の細面の顔にはふちなしの近眼鏡がよく似合い、そうした夫の容貌を見るたびに、トモ子は鋼鉄の針金を連想するのだった。卓上にのせた手の指も女のように華奢でほそくて、針金細工を思わせる。

かつてのトモ子はその繊細な神経と知的な顔立ちに魅かれて結婚したのだけれども、昨今では夫のナァーヴァスなところが少しばかり鼻につきかけていた。

「ルソーって素敵だわ。もっと時間をかけてじっくりと観てみたいと思いましたわ。でも、人物画はあまり面白くないの。おじいさんはおじいさんとして描くほかはないから、空想が羽搏く余地がないせいかしら。それにひきかえて、風景画や幻想味のある作品はよかったですわ」

「そうか、残念なことをしたな。ルソーの絵がこれだけ大量に日本へくることはもうあるまいからね」

「旅行なさったときに、ルーブルでご覧になればいいのに」

良彦は音楽評論を仕事としているので、自分の耳を肥やすために、またコンテストの審査員を委嘱されたりして、しばしば海外にでかける。夫婦のあいだで旅行といえば、それは海外旅行を意味していた。

「そうだわ。このあと京都で三週間やるって書いてありましたわ」

トモ子がそういうと、夫は眸をかがやかせて歓声をあげ、とたんに眉をよせて頭を抱え込んだ。

「いけない。ついうっかりしてでかい声をだしてしまう。それじゃぼくは失敬して、二階に行くからね」

良彦はヨーロッパ人がするように妻をかるく抱擁して額に唇をあて、くるりと後ろをむいて出て行った。彼の足音が階段をのぼってやがて聞えなくなると、トモ子はふっくらとした丸顔に初めてほっとした表情をうかべ、ふうっと吐息をした。夫の前で演技をするようになってからそろそろ半年になる。一体、この先いつまでお芝居をつづけなければならないのか。そう思うと、知らず知らずに溜息がでてしまうのである。

3

編集者の鈴木千吉は池上線の池上駅で下車すると、くず餅屋がならぶ商店街をぬけて、本門寺のほうへ向って少し急ぎ足で歩いて行った。立花修一郎から、うまい葡萄酒とうまいチーズが手に入ったという口上で招待されたのだが、原稿のあがりが遅いことで有名な推理作家につき合っていたために、心ならずも約束の時刻に一時間あまりも遅れてしまったのである。

しかし立花も酒には目のないたちだから、先にひとりで呑み始めているに違いなかった。元来がアルコールが入ると陽気になるほうで、遅刻したからといって陰にからんでくるような男ではない。鈴木千吉はそうしたことを思いながら歩いているのだが、やはり気になるとみえて、足の運びはひとりでに速くなってしまう。もう時刻が九時をすぎているせいか、本門寺の正面の大通りにはほとんど人影がなかった。

本門寺の裏手のちょっと淋しい一画に、立花の洋風の家がある。恋愛結婚をした夫人が実業家のひとり娘だったものだから、持参金の一部として、父親が建ててくれたのだった。スペイン風とでもいうのだろうか、白い壁とブルーの瓦が美しい開放的な感じの建物であった。

立花の女漁り(あさ)は、夫人が外国旅行中に、フランスで航空事故のために死去してから始まったのだといわれている。悲しみを忘れるための放蕩(ほうとう)であるともいい、生まれつきの蕩児(とうじ)であった彼が、夫人の死を期に、大威張りで本性をあらわしたのだともいわれているが、千吉のつとめている会社の雑誌が十パーセント近い売れ行きの伸びを示したのは、この昭和のドンホアンともいうべき男の、女体遍歴の回顧録を載せるようになってからだった。きまじめな読者からかなりの数の批難めいた投書がきている。が、ありていにいうならば、雑誌が儲かりさえすればよかったのである。だから立花修一郎は編集部にとってドル箱的存在であった。

今夜、立花から招待されたといったとき、編集長は千吉の肩をたたいて笑ったものだ。

「あの先生、ホモの気はないらしいから安心だけどな、人間いつ心変わりがするか解ったもんじゃない。万一の用心に、女の子が護身用に持っている笛を買っていったらどうかね。いざというときピーと鳴らせば、先生びっくりして手を放してくれるかもしれない」

編集長の冗談をふっと思いうかべた千吉は、ほの暗い寺の側道を急ぎながら、くすくすと笑った。現代っ子の彼は幼児のころからチーズに馴染んでおり、この乳製品には目がなかった。珍しいチーズとうまい葡萄酒という殺し文句に、若い編集者はすっかり参っていたのである。

原稿を、といっても自分がいかに女を征服したかについて誇らし気につづった軽い随筆風の読み物だけれども、その原稿を何度もとりに通った道だから、暗くても迷うことはない。

まもなく寺の背後にでると、立花の家の前に立った。庭の手入れのわるいのも、奥さんが亡くなって以来のことなのだ。

　彼はポーチに上がってチャイムのボタンを押した。家のなかで澄んだ打音が鳴ったが、どうしたわけか立花がでてくる気配がない。千吉はしばらく待ってもう一度ボタンを押し、声をかけた。が、依然として返事はなかった。留守かと思いカーポートに目をやると、新車のフィアットが停っている。自宅にいることは明らかであった。

　そのときになって千吉は、ようやく様子の訝しいことに気がついた。あたりの不気味な静寂に気圧されておどおどした目つきになり、落着きを欠いた腰つきでそっとノブに手をかける。するとそれは軽く半回転し、ドアは音もなく開いた。

　扉が開くと、なんとなく入らねばならぬような気持になって、及び腰で一歩二歩と踏み込んだ。電灯が消されたままになっており、真暗である。そして玄関のたたきに立ったまま、なおもふた声み声呼んでいたとき、参道のあたりを一台の車がみじかくクラクションを鳴らして通りすぎていった。開いたドアからさし込んだヘッドライトの光芒が玄関ホールを照し出し、その一瞬の間に千吉は意識の下でなかば予期していたものを、板の間にごろりと引っくり返っている立花の姿をみとめたのである。

「あわ、あわ、あわわわ……」

　若い編集者はわけのわからぬ声をあげ、ついでペタリと坐り込んでしまった。

4

肥った弁護士が新宿の裏通りにあるわたしの事務所を訪ねてきたのは、やがて梅雨に入ろうとする六月中旬の、うっとうしい曇った日のことだった。この汗かきの法律家は気候のせいか、いつになくイライラとしていた。なにしろ冬の真最中でも汗をかくほどの暑がりなのだ、梅雨入りをひかえた昨今の気候で不快指数があがりっぱなしなのは当然のことだろう。しかし、そのとばっちりがわたしの身に及ぶのは閉口であった。

「早く嫁さんをもらったらどうだ」

イスにどかっと腰を落とすと、のっけから憎々しげな調子でいった。

「汗くさいシャツを着ているじゃないか。独身でいるからこういうことになる。もらうんなら気立てのいい女性に限るな。発展家のきみのことだ、女はわんさといることだろうが、なんなら世話してやってもいいんだぜ」

「ま、そのうちにね」

わたしはいい加減にあしらっておいた。これも毎度のことなのである。

わたしの女房は、わたしが神楽坂(かぐらざか)署の刑事をしていた時代に、亭主であるわたしに愛想をつかして出て行ってしまった。もう少し正確にいうならば、わたしが呼び戻しにくることを計算の上で実家に帰って行ったのである。その胸のうちを読みとったわたしは、頑として迎えに行かなかった。いまのモヤシの出来損いみたいな若い者とはちがい、昭和一桁のわたしには根性もあればバックボーンもある。甘いつらをして女房を迎えに行くなんていうことは、わたしの意地が許さないのだ。で、それっきりになっている。

それっきりになってから七年間が過ぎていった。めし炊きなどという器用なことのできないわたしがともかく生き延びてこられたのは、電気釜と冷凍食品のお蔭であった。汚れ物はまとめておいて、月に一度だけ電気洗濯機で洗うことにしている。もう一方の欲望も、相手になってくれる女にはこと欠かないから、女房なんぞいなくても不自由を感じたことはない。これは強がりではなく、現に安ホテルの一室を月極めで借りているほどだ。弁護士が嫌味ったらしく「発展家のきみ」といったのは、このことを意味している。

彼のお説教には慣れっこになっているわたしだから、聞き流していた。

「序論はその辺でストップして本論に入ってくれないかな。小生、ちと多忙でね」

「どこかに女を待たせてるとでもいうのかね？　この真っ昼間から」

と、肥った法律の番犬は鼻を鳴らした。

「女ってやつはだね、待たせれば待たせるほど従順になるものだ。わたしの家の池に緋鯉がいるが、こいつがいつまでたっても馴れようとしない。それでね、十日ばかり餌をやらないで腹ペコにさせておいたんだ。いよいよ飢え死にしそうになる頃合をみて、喰い物をばらまいてやった。それを四、五回くり返したかな。以来うちの鯉どもは、わたしの足音を聞いただけで寄ってくるようになった。赤い着物を着ている点でも、煮ても焼いても喰えない点でも、緋鯉と女は似とるんだ。悪いことはいわん、待たせてやることだな」

どうもこの弁護士は、肥った男に特有な鈍感なところがあるらしく、それが思考の短絡という形となって表われてくるようだ。

わたしが相手にならないのを見てとると、もう一度鼻を鳴らし、ようやく本論に入っていった。わたしは、この刑事弁護士の顧問探偵とでもいう関係にある。

「プレイボーイとして鳴らした立花修一郎が殺された話は知ってるね？」

「いまもいったとおり多忙でね、三面記事を読むひまはないんだが、色事師が射殺されたことは聞いてますよ。女の恨みはこわいから、おれも身をつつしもうと思ってたところだ」

「それでは少しくわしく話すことにするが、発見者は雑誌記者だ」

大正生まれとなると、やはりいうことが古いのである。編集者のことを雑誌記者だなんていう。

「事件が発生したのは先々週の日曜日の午後で、修一郎は池上の自宅のホールで腹部を二発ぶち抜かれて、床の上にぶっ倒れていた。きみの腹はどうか知らないけど、世間一般の人間の腹はやわらかいからね。貫通した弾丸は背後の大時計にぶち当って、二発が二発とも時計のなかに喰い込んでいるんだ」

「大時計なんていうところを見ると、そいつは金持ちなんだね？」

「高等遊民であることは事実だが、この大時計というのはグランドファーザーズ・クロックと称する大型の振り子式時計で、彼が二、三年前に横浜の古物屋で発見して、うんと値切って買ってきたというしろものなんだ。柱にぶるさげるんじゃなくて、壁をバックに、床の上に立てておくんだ」

ことわっておくけれど、ぶるさげるとはぶらさげるの謂（いい）である。この法律家は東京生まれの下町育ちだから、ときどき妙な日本語をつかう。

「被害者はその時計の前に後ろを向いて立っていた。そこを狙ってやったんだな。背中の、腰骨のやや上のあたりを至近距離から射たれている。屍体の位置をもう少し正確にいうと、脚の先を時計のほうに向けて、背中を下にして倒れていたんだ」

「で、時計の針は何時をさして止っていたのかね？」

わたしがそう訊ねると、彼は、安易な表現をさせてもらうと豚みたいに、鼻を鳴らした。軽蔑の意を露骨にあらわす場合にやる癖である。

「ふむ。できの悪い探偵小説の読み過ぎだな。犯人は壊れた時計の針を動かして、三時の犯行を五時にみせかけたりする。だがね、この事件の犯人はそんなプリミチヴな小細工はやっておらんのだ」

「えらく自信のありそうな断定だけど、やっとらんことがどうして解るんですか」

「馬鹿だな、きみは」

と、また鼻を鳴らしやがった。いやな、下品な音である。

「わたしは時計が止っていたとは一言もいっておらんのだよ。弾丸が当っているのは、きみの好きな言葉でいえば時計の『下腹部』なんだ。器械に異状はないから、発見されたときも正確に刻をきざんでいた」

これはわたしの早とちりだった。鼻を鳴らされても止むを得ない。

オフィスなどというと聞えはいいけれど、わたしは「貧乏暇なし」を地でいっているような、しがない私立探偵なのだ。月々の収入から女と酒の出費をさし引いてしまうと、高級なマンションを借りるなどといった芸当はできない。だからいま弁護士が坐っているレザー張りのイスも、表皮が裂けて詰め物が顔をのぞかせている。クーラーを買う金もなければ除湿器をそなえる才覚もつかない。わたしの部屋に入った途端に弁護士は不機嫌になり、鼻を鳴らさずにはいられないのである。

「屍体の発見者は雑誌記者だといったが、これがまた年端もゆかぬ若者だから胆がすわっていない。びっくり仰天した拍子に腰の蝶番がおかしくなって玄関のたたきに坐り込んでしまったんだが、ふと気がつくとズボンが濡れている。はて面妖なってわけで闇をすかしてみると、ホールの真中に据えてあった被害者自慢の海水魚の水槽のガラスが割れて、流れ出した水が現場の床から玄関のたたき一面にたまっていたんだ。大きな水槽だから水圧もかなりある。勿論、屍体はズブぬれだ。可哀想に、笛吹きダイだとか髭ヤッコなんていう熱帯産の魚はみんな死んでしまった」

立花が抵抗した際に割ったものらしく、床の上に彼の指紋のついたブロンズの像が転っていた。彼好みの裸婦像だったそうだ。

「その冷やっこというやつは喰えないのかね？」

彼はまた鼻を鳴らした。生き返るならともかく、死んでしまった魚なら焼いて喰うなりするのが合理的というものではないか。軽蔑される理由がわからない。

5

「犯行推定時刻はどうなっている？」

これ以上いやな音を聞かされるのはかなわないので、話をオフィシャルな方向へ引きもどした。

「当日の午後二時から四時という線がでている」

「兇器は？」

「まだ発見されていない。しかし鑑識のほうではデリンジャーだろうといってる」

わたしにも拳銃の知識はある。デリンジャーは口径が大きくてずんぐりとしたやつだ。人間でいえば、さしずめこの弁護士みたいな恰好のわるいピストルである。

「盗られたものはあるのかい？」

「なに一つとられた形跡はない。だから怨恨説が有力でね。名にしおうドンホァンだ、彼のほうではほんのつまみ喰いをした気でいても、女のほうは捨てられたと思って恨むだろう。わたしも動機はその辺にあるとみているから、捜査本部の方針に反対するわけではないんだが……」

「で、どうしたってんだい？」

「少々やっかいな事件でね、今度ばかりは失敗に終わるんじゃないかという予感がする」

「弱音を吐くなんてあんたらしくもないじゃないか」

わたしは意地わるく嘲笑った。先程の返礼の意味もある。

弁護士は大きな顔をわたしに向けると、きっとした表情になった。

「わたしの気がすすまないのはきみのことを思うからなんだ。常勝将軍であるきみに、苦い思いをさせたくないからだよ」

「あんたの友情には感謝するけどさ、まず話を聞こうじゃないか」

わたしはでかい態度にでた。ここで白状しておくならば、わたしが百パーセントの打率を誇っているのは確かな事実なのだけれど、それはわたし個人の才能によるものではなく、バックに控えている山本勘助みたいな軍師のお蔭なのである。このヤマカン氏がついている限り、わたしには、どんな難問題を持ち込まれても解けないものはないという自信があるのだ。

「……容疑者として逮捕されたのは峰小路（みねこうじ）トモ子（こ）という人妻でね、夫の目を盗んでは立花とよろめいていた女性なんだ。彼等は毎回ホテルを替えて、同じ場所には二度といかないように用心していたのだが、なんといっても相棒の立花がその道の名士だからね、ホテル側の従業員の印象にのこっている。そうしたわけで、トモ子が少なくとも半年前からわりない仲になっていることが判明した。これは彼女も認めていることなんだがね」

この一週間ばかり仕事で沖縄へ行っていたわたしは、あたらしい容疑者が逮捕されたという話は初めて聞いた。それ以前にも二、三人の容疑者がうかび、新聞の社会面をにぎわしていたのである。

「わたしの知り合いのまた知り合いがトモ子の旦那と親友でね、その縁でわたしが依頼されたわけなんだ。トモ子の夫というのは有名な音楽評論家だそうで、妻の裏切りを知らされて非常なショックを受けている。早急に離婚の手続きをとるということだが、それはそれとして、自分の妻は人殺しをするほどの悪人だとは思えない。ついては彼女がシロだという反証をあげてもらいたいというんだな」

わたしも音楽なんてものにはてんで興味がないから、彼の名を聞くのはこれが初めてのことだった。わたしにとっての音楽は、せいぜい「妻を娶（め）とらば才長（さいた）けて……」といった歌ぐらいでしかない。

「しかし、また何で愛人を殺す気になったんだい？」

「これは当局の見解だけれど、彼女が夫に対する愛に目ざめたんだな。そこで立花と手を切ろうとしたが、向うさんにも面子(メンツ)がある。自分のほうから女を捨てたことは数え切れぬほどあったろう。だが女のほうから別れ話を持ちかけるなんていうのは彼にとって初めての経験であり、ドンホァンとしての面目丸つぶれだ。だからあっさりと承知してくれるわけがない。それればかりか、お前の姿態のあることないことを雑誌に書いてやると脅しもしただろう。そうなれば彼女としても、殺すほかに逃れる道はないからね。拳銃を隠し持ってのり込んでいったわけだ」

「兇器はどこから手に入れたんだい？」

「問題はそこだ。鉄火(てっか)な女ならともかく、山ノ手の上品な奥さんが拳銃のバイ人に接触して入手するなんてことは考えられない。本部でも入手経路をつかむことができなくて音をあげているんだ。目下、これを解明するために全力を投入している」

「いずれにしても情況証拠ばかりだ、その程度のことでは逮捕される理由にならない」

「ところがあるのさ、当局が舌なめずりをして喜びそうな物証がね」

弁護士は、彼自身が舌なめずりをしてでもいるような言い方をした。

「居間のテーブルの上にワイングラスが二個とスペイン産の赤ワインの瓶がのせてあるんだがね、その瓶から彼女の指紋が検出されたのだ。それに対して彼女は、立花の家を訪ねたときにしばしば葡萄酒を呑まされているから、その際についたのだろうという弁明をこころみた。勿論、本部は信用してはいない」

「そんなに頻繁に逢っていたのか」

「ああ。旦那のほうは演奏会を聞いて批評を書くのが商売だが、リサイタルというのは殆ど毎晩のようにあっちこっちで催されているからね、しょっちゅう家を留守にしていることになる。よろめき夫人にとっては頻繁にチャンスがやってくるわけだ」

「呆れた女だな」

「いや、いまの人妻の半分はよろめいているそうだよ。テレビドラマのヒロイン気取りでね」

と、弁護士は苦々しい口調でいった。

「ところで事件当日の彼女の行動だが、それについてはどう説明しているんだい？」

「旦那からもらった入場券で鎌倉の美術館に行ったと称している。絵を見た後で逗子の夫の両親を訪ねているんだ。しかしルソーを見たというのは嘘であって、立花を射殺した後で逗子へ行ったということも考えられるわけだ。会場の模様について質問するとかなり具体的な返事をするそうだが、それは予め下見をしておいたためかもしれない」

「美術館側に目撃者はいないのかい？　犯行時刻に、彼女が鎌倉で絵を見ていたという目撃者だが」

法の番犬は大きくかぶりを振った。カラーからはみ出た贅肉がぷりぷりと躍動した。

「大した人出だったというから到底無理な相談だ。あの混雑のなかでは、自分の細君がいたって気づくまいよ」

わたしが溜息をつくと弁護士も真似するように長い吐息をした。トモ子夫人の犯行であるか否(いな)かはかるがるしく判断すべきことではない。しかし、悪い条件が重なりすぎているのは事実であった。当局が彼女を真犯人だとみなしたのは、むしろ当然なことなのである。弁護士が困惑した理由を、わたしはようやく理解することができた。

6

わたしはまず、先に容疑者としてマークされた二人の人物について洗い直してみることにした。わたしの中学時代の後輩が社会部の記者となって本庁に詰めているし、神楽坂署の同僚刑事が本庁の一課に勤めている。したがって情報を入手するにはこと欠かなかった。

そのときは後輩のほうを喫茶店に呼んで話を聞かせてもらった。それによると、最初に槍玉にあがったのは公務員の石塚富平(いしづかとみへい)という男で、婚約者だった女性を立花に奪われている。単にそれだけなら殺意を抱くまでには至るまいが、彼女は立花の魔手から逃がれようとして裸足で外にとびだして、本門寺前の大通りにでたところを車に撥ねられ、即死したというのだ。朗らかで楽天家だった石塚は、そのとき以来一変して無口で陰鬱な男になり、休暇がたまると山登りにいく。いつも単独行だ。二日も三日も黙々として尾根を歩きつづけて、へとへとになって帰ってくる。

もうひとりの容疑者とされたのは小笠原早智子というデパートガールであった。美人で勝気なこの女性は、一日の勤めを終えて裏の通用口からでたところを、網を張っていた立花にスカウトされたのである。美人であると同時に高慢であった早智子も、立花の洗練された手練手管にあってはひとたまりもなく、忽ちにして骨抜き同然になってしまった。

彼女と立花との関係は二ヵ月後に急に終止符をうたれた。べつの言い方をすれば、早智子はあっさりと立花に捨てられたのである。負けん気のつよい彼女としてはこれだけでもかなりのショックだったろうが、最近号の雑誌の随筆で立花は早智子のことをS子という名でとり上げ、興奮すると体臭の濃くなる女の例として紹介した。この動物的な臭いに辟易して袖にしたといういきさつを、かなり誇張した筆遣いで面白おかしく綴ったのである。立花に思慮が足りなかったのか、あるいはわざとしたことか明らかではないけれど、知る者が読めば、S子が誰であるかはすぐに解ることであった。

早智子が立花と別れてから一年ちかくたっている。その後の彼女はある商社のまじめな社員と見合いをして、縁談もまとまり、この六月に式を挙げる予定であった。少女の頃からジューン・ブライドという言葉に憧れをいだいていた早智子は、長年の念願がようやくかなえられるところまで漕ぎつけていたのである。その夢が一瞬にして崩れ去ったのは、立花の女体遍歴の物語が雑誌に掲載された直後のことだった。逆上した彼女は電話のコードを引きちぎっただけでは気がすまず、受話器を床にたたきつけたという。

　この両名には充分すぎるくらいの動機がある。にもかかわらず嫌疑がはれたのは、彼等に否定し得ぬアリバイがあるからであった。当然のことだがわたしも、このアリバイをチェックすることからスタートした。問題の日曜日の午後、公務員の石塚富平は京浜急行で逗子に近い鷹取山へ行き、ロッククライミングの練習をしていた。そのときもひとりで出かけ、むっつりと押し黙ったまま登ったりくだったりしていたのだが、何人かの登山仲間がそれを目撃しており、そのことを証言したのである。彼等は善意の証人ばかりであり、その証言に疑いをさしはさむ余地はなかった。

　小笠原早智子のほうはもっと簡単にして明瞭だった。日曜日はデパートの書き入れどきだから当然のことだが、彼女も出勤して、三階のネクタイ売り場で働いていた。この場合は同僚のデパートガールや上司のほか、わたしが刑事をしていた頃の先輩だった男までが証人になった。警察界から退いた彼は、このデパートに警備員として勤めており、当日は万引きを警戒するために休むことなく各階の売り場を歩いていたのである。

「なんてったって美女は目立つからね。あれだけ綺麗な顔をしているくせに売れ残るなんて妙な話だが、あんまり美人すぎると、男性のほうが尻ごみしちゃうんだな」

　元先輩刑事はそういった感想をもらした後で、また警備を続行するために売り場へもどっていった。わたしもついでにネクタイ売り場をのぞいてみたのだが、ツンととりすました日本人形みたいな彼女の顔立ちは、美人ぞろいのデパートガールのなかでもひときわ美しく、鶏群の一鶴といった趣きがあった。これではどこにいても目立つ筈である。

　ふたりのアリバイチェックという仕事に、わたしは丸二日を投入し、結局はから振りに終った。いや、収穫がないといっては正しくない。むしろ、マイナスの収穫があったというべきだろう。マイナスとは、峰小路トモ子にとっては不利な情報のことである。

　わたしが石塚富平の身辺調査をするために彼の役所をおとずれて、仕事をすませてさて帰ろうとした際に、廊下の階段のところで声をかけられた。ふり返ってみると、石塚の向い側の席で帳簿をひろげていた男である。石塚もずんぐりとしているが、これもまた彼に似たような体つきであった。脂気のない長髪を肩までたらし、その髪が顔の半分をかくしている。わたしは彼の右の目と話をした。

「石塚君はシロですよ。なんといってもアリバイがあるんだから。それよりもね、いま取り調べをうけている評論家のよろめき夫人ですがね、彼女が拳銃を入手したルートがあるんです。ぼくもモデルガンの蒐集をしてますから、デリンジャーという名を聞いたとき、さては、と思ったことがあるんです。といってもこれはぼくの想像で、それが事実かどうかを調べるのが探偵さんの仕事だろうと思うんですが……」

　情報をわたしに売り込んでなにがしかの報酬にありつこうという、ケチな魂胆が見えすいていた。わたしの目的はトモ子にとって有利なネタを入手することであり、彼女を窮地に追い込むようなアドヴァイスは欲しくない。だが、わたしが買わなかったがために、この話を週刊誌にでも売り込まれてしまっては困る。

「あと十分で退庁時刻になります。駅のそばに田舎料理を喰わせる店があるんですが、そこへ行きませんか。安くて酒がうまいんで、ぼくもちょくちょく利用するんです。商談なんかに向いた店でね」

つまるところ、わたしはこの男と差し向いでドジョウ鍋をつつきながら、トモ子夫人にとって不利な情報を買ったのである。

「しゃぶしゃぶという変ったペンネームの漫画家がいるのを知りませんか」

「ナンセンス漫画で有名な……？　新聞で毎朝みてたけど面白かったなあ」

「本名は渋谷(しぶや)というんですが、あいつとぼくは小学校が一緒で、ぼくは餓鬼大将だからよくいじめてやったもんです。渋谷は泣き虫でね」

独酌でひっきりなしにグビグビやっている。わたしも酒好きだが、事件と取っ組んでいるときは禁酒である。刑事時代にアルコールで失敗した経験があり、それが肝に銘じているのだ。

「先頃その同窓会があったんですよ、赤坂のホテルで。ところが庭の隅でその漫画家とトモ子君がひそひそ話しているのを見てしまったんです」

「トモ子君ってあの評論家の奥さんのかい？」

「ええ」

「なぜ彼女が会場にきていたんだろう」

「あれ、説明しなかったかな？　トモ子君もぼく等とおなじクラスだったんです。特に彼女と彼女とは幼馴染みで仲よしでしたからねえ、ぼく等はてっきり好いた者同士で結婚するものとばかり思っていたんです」

「ませた小学生だな」

「いえ、成人してからの話ですよ。大人になってからもちょくちょく逢っているようでしたね。ところが急に音楽評論家と結婚してしまったもんですからね、あれよあれよってんで、ぼく等びっくりしたんです。渋谷のほうが結局はバカをみたという評判でしたね。あいつがまだ独身でいるのは、トモ子君が諦め切れないからだって話があるくらいで……」

「あの漫画家がそんなに純情なのかな」

「漫画家になるくらいだから、ひとをからかうのが得意でしたね。ぼく等はよく彼にかつがれて、地団駄（じだんだ）ふんだものです。しかし話がトモ子君となると、もう純情一路ってやつでしたねえ」

隣りの小部屋に客がとおされてきた。ひとしきり女中と客とのあいだで、料理の注文をする声が聞えてきた。同時に、われわれの声もまた先方につつぬけになるのである。

「渋谷もモデルガンを集めているんですが、あいつは指先が器用なものだから、おもちゃを改造して本物につくり替えたことがあるんです。マンションの部屋で試射しているのを誰かに密告されて、刑事が調べにきたという話も聞きました」

「ふむ」

「ですから、トモ子君に頼まれて彼が、改造したやつを貸してやることもあるんじゃないかと思うのですがね」

辺りに聞えるのをはばかって、彼は声をおとして語った。滑稽なのは、それとともに呑んだり喰ったりする音まで小さくなったことだった。その態度から、ゴミ箱を漁るどろぼう猫を連想したくらいである。

時間がたつにつれせまい店のなかはいよいよ賑わってきた。わたしは頃合いをみて腰をあげた。わたしが漫画家に関心を抱いたのは彼が拳銃を貸したかもしれぬということではなく、いまもってトモ子に熱をあげていると噂される漫画家が、窮地に立たされたトモ子に義憤を感じて、彼女に替って立花に制裁を加えたのではないかと思ったからだ。わたしはこの公務員に一杯呑ませたことにより、新しい容疑者と新しい動機を発見したのである。

7

石塚と小笠原早智子のアリバイを確認した翌日、青山のマンションに漫画家を訪ねた。入口で電話をかけると目下仕事中だから待つようにいわれ、仕方なく地階の喫茶店で珈琲を飲んでいたが、なかなか現われない。約束の一時間が倍の二時間になろうとする頃に、ようやく姿をみせた。派手な色のゴルフウェアを着ているが、どことなく不似合で、率直にいわせてもらうとチンドン屋じみていた。

　渋谷は、トモ子と同期だというから三十歳前後のはずだが、むさくるしい顎ヒゲを生やしているせいか十歳はふけて見える。栄養満点のふくぶくしい顔と、どことなくだらしのない服装とから、わたしは今戸焼の布袋和尚を思いうかべた。わたしの第一印象を率直にいえば、こんなうす汚ない男がトモ子夫人に懸想するなんて以てのほかだ、ということだった。

　向い合って坐ると彼は生欠伸をかみ殺し、「忙しくってねえ」といったきり、待たせたことに対しては詫びようとしなかった。往年の泣き虫小僧は成長してぶくぶくと肥り、同時にふてぶてしい男となったようだ。珈琲カップが運ばれてくると首をふってミルクをことわり、わたしに向きなおると顎をしゃくった。用件を聞こうではないか、というゼスチュアである。

「わたしも忙しいもんでしてね」

　と、わたしは切り出した。

「時間を節約するために手っ取り早く質問しますが、峰小路トモ子さんとは筒井筒の仲だったそうですな」

「ぼくは現代人だからね、筒井筒って言葉の意味は解らないんだが、幼稚園の頃から不思議にウマが合ったですよ」

「そのトモ子さんが立花殺しの容疑者にされているわけだが、わたしは彼女のご主人の依頼で、彼女に有利な証拠をあつめているんです」

「そいつは結構だ。せいぜい一所懸命にやっていただきたいですな」

くわえていたタバコの灰が長くなったことに気づくと、カップの上につきだして指先で軽くたたいた。彼の場合、珈琲カップは灰皿がわりなのである。

「こうすれば火事にならないからね」

幾分得意そうに漫画家はいい、わたしはわたしで、彼がなぜ得意になるのかその理由が解らなかった。

「ところで、ある人の話によるとですな、同窓会の会場で、あなたとトモ子夫人とがひそひそ話をしていたという。断片的に耳に入ったものを綜合して判断すると改造拳銃の貸与の申し入れだったそうですが……」

「そんなバカな話を本気にされちゃ困るな。でたらめもいいとこだ。ぼく等が話をしていたのは事実だけど、話の内容はぼくの漫画傑作集が本になることと、リッチーが三度目のお産のために欠席したことと、宇宙人てほんとにいるだろうかということと、それぐらいだな。拳銃の話なんてまったくデマですよ」

興奮しやすいたちとみえ、喋っているうちに顔面が紅潮し、まだ半分も吸っていないタバコをカップのなかに投げ入れてしまった。リッチーが子を産んだというとペットの猫の話みたいに聞えるけれど、これは共通のクラスメートの綽名である。

「誰ですか、そんな阿呆なことをいうやつは？」

「いや、もっと阿呆なことを噂してるものがいますよ。あなたはカッとする性質の持主だから、トモ子夫人から立花の話を聞くとものすごく腹をたてて、あの色男の家にでかけて射ち殺してしまったというんですがね。あなたにはモデルガンを改造した前歴があるそうだし、いまでもトモ子夫人を愛しているそうだし、腹をたてやすい性格だし、条件がそろっている。いずれ明日にでも刑事がやってくるんじゃないですかね」

「刑事がきたって平気です」

「トップ屋が押しかけてくる。それでも平気ですか」

「平気ですよ。あの日のぼくにはれっきとしたアリバイがあるからです。友達とロードショウを見ていたんだから。ロイドの喜劇を二本立てでね。《足が第一》というのと《教授、ご用心》というやつです」

「そいつはよかった、本物のアリバイがあれば安心だ。刑事が来ようがトップ屋が来ようが平気だよ」

調子を合わせておいて、その友人の住所氏名と劇場の名とをメモにとり、漫画家とわかれて地上にでた。

彼が多血質であることはいまの会見でしかと見届けたつもりである。ドンキホーテ型のこの男なら、義憤を燃やして立花の家に突撃しないとも限らない。そう考えたわたしは勇躍して上野駅へ向った。漫画家の友人は、高崎駅前でみやげ物店を経営しているのである。

上野から高崎までは急行で二時間半を要する。わたしが到着したのは午後五時を廻った頃だったので、フォームは通勤するサラリーマンでかなり混雑していた。そのあいだを掻きわけて改札口をぬけ、駅前に立つと、バスの発着場の向う側に、鉢巻をしめたダルマの看板をかかげた店が目についた。わたしは歩道をぐるりと廻ってみやげ物屋の前までいった。

店の品物の大半はダルマに関係のあるものばかりで、菓子から饅頭にいたるまでダルマの形をしていた。軒先にぶらさげられている中国風の武器は少林寺拳法にひっかけたのだろうか、ヌンチャクや、木でできた青竜刀などの物騒なものばかりである。

わたしは客と間違えられてしまい、止むなく木彫りの小さな五色のダルマを買ってから、主人に会いたい旨をのべた。女店員が店の奥へ入っていったかと思うとすぐに半袖姿の三十男がでてきて、わたしの用向きを訊いた。

「漫画家の渋谷さんのことでちょっとお訊ねしたいのですがね」

その前置きをしておいてから、ふたりの間柄について質してみた。彼等はおなじ大学で政治学を学んだ仲だというのだが、漫画家になったりみやげ物屋のおやじになったりするためになぜ政治学を研究する必要があるのか、わたしにはさっぱり呑み込めなかった。世の中、解らぬことが多いものだ。

「大学院に進んだり新聞社に入ったりしたクラスメートもいますがね、わたしと渋谷は授業をサボってばかりいたもんですから、こんなことになってしまったんです。でも、渋谷は才能があったからよかった。あいつは漫研にも入っていなかったので、漫画家になるとは思わなかったです」

髪を職人刈りにしたこの主人は、塩辛声を張り上げてひとりで喋っていた。みやげ物を買いにきた観光客がびっくりした表情で彼をふり返り、脅えた顔になって買わずに行ってしまっても、意に介する様子はまるでなかった。

「渋谷君がどうかしましたか」

「どうもしやしませんよ。いま会ってきたばかりだがピンピンしていました。ところでね、その渋谷氏といっしょに映画を見にいったことはありませんか」

「学生時代に、ですか」

「そうじゃない、つい先頃のことですよ」

ダルマ屋は即座に首をよこにふり、呆気にとられた面持になった。

「なにかの間違いではないですか。わたしが渋谷と会ったのは二年前のことですが……」

「ロイド映画のロードショウを見たといってるんですよ、あなたと一緒に」

「ロイド？　あのハロルド・ロイドですか？　それは嘘です、彼が冗談をいったんですよ。わたしはこれでも映画に強いんですが、チャップリンやキートンが再認識されているのに、ロイドは忘れられたままなんです。戦後、彼の映画が劇場で上映されたことは一度もありません。アメリカ本国ではテレビで放映されているそうですから、いずれ日本でも紹介されるでしょうけどもね」

ダルマ屋の主人は事情を知らずに、漫画家の主張を否定しているのである。わたしはポーカーフェイスをよそおっていたが、心のなかでは快哉を叫んでいた。はるばる高崎まできた甲斐があったと思い、同時に、こうも容易にバレる嘘をついた漫画家がなんとも愚かな男に思えてきた。

8

上野まで戻ったときは八時を過ぎていた。わたしは待合室の隅にある赤電話で弁護士宅のダイアルを廻し、キナ臭い男がうかび上ったことを告げて、わたしの大車輪の活躍ぶりを三割方誇張して伝えた。

「そうか、ご苦労さん。そういう意外な容疑者がいるとは思わなかったな。いや、ありがとう。ありがとう」

弁護士はいつになく率直に喜んでくれた。そして、事件が解決したら滅法うまい広東料理を喰って祝盃をあげようといった。この弁護士の数少ない長所の一つは、絶対に約束をやぶらないということである。それを思うとわたしの心もおのずとはずんできた。広東料理には特別な飼育法でまるまると肥らせた家鴨の丸焼きがあるという。こいつを肴に老酒をチビチビとやったらこたえられまい。わたしは反応に敏感な体質だから、そう考えただけで唾液が湧いてくるのである。

その夜は上野駅で買った弁当をかかえてわが家に直行した。わが家といっても、安アパートの根太のゆるんだ一室なんだが、そこに寝床を敷いて寝酒を呑み、眠くなるまで小説本を読んでいるときが、ガタピシとしたわたしの生活のなかで最も静謐な一刻なのであった。

翌日の正午過ぎに、心安い山岸部長刑事を、桜田門の近所にあるしるこ屋に呼び出した。こわもてのこの刑事は何の因果か知らないけれども甘いものが大好物で、「鶯餅の季節になったネ」だとか「葛桜が並ぶようになったネ」などというのが挨拶がわりになっている。本庁の一課の刑事たるものが饅頭を眺めて目尻をさげるなんて堕落もここに極まったという感じだが、本人は至って幸福そうである。

「待たせたな」

と、わたしは詫びた。フォルクスワーゲンが半蔵門のあたりでエンストを起こしたものだから、約束の時刻に十分あまり遅れてしまった。

「なアに」

例によって彼は幸福そうに答えた。小皿の上には柏の葉っぱが四、五枚のっていることからみて、柏餅を喰っていたことがわかる。

「まだしるこが入るかね？」

「平気だ。三杯ぐらいは入る」

バンドをゆるめ、早くもにこにこしている。

栗ぜんざいと称するものを二杯注文しておいて、わたしはタバコに火をつけた。酒好きの男がしるこ屋に入ったときに抱く違和感というものは、左党でなくては想像もつくまい。そのときのわたしには、タバコをふかす以外にポーズのとりようがなかった。

「いつも情報をもらってありがたいと思うよ」

「水臭いことをいうなよ。同じ釜のめしを喰った仲じゃないか」

小さな朱塗りの椀越しに、上目づかいにわたしを見ながら彼はいった。同じ釜云々というのは、山岸もまた神楽坂署にいたことがあるからだ。

わたしはしきりにピースの煙を吐き出して、その合間に漫画家の件を語って聞かせた。話が、アリバイが偽物であることを確認したくだりに及ぶと、彼は箸をおき、手の甲で唇のまわりをこすった。

「これはきみ総監賞ものだぜ。わが警察界を代表して、ぼくはきみが退職したことをすこぶる残念に思うよ。われわれでさえ見逃していた容疑者をきみが発見してくれるとはね」

「まあ、しるこを喰いねエ」

と、わたしは虎造みたいなことをいった。

「齢のせいか酒量がおちてねえ。その反動かも知れないが、近頃は菓子の味が解ってきた」

言わずもがなの世辞をいうと、山岸はそれを真にうけて嬉しそうに目尻をさげた。

「結構なことだな。人間酒を呑むとろくなことはやらんが、菓子を喰って酔っ払うということはないからな」

せっせと音をたててしるこを喰っている。それを横目に見ながら、漫画家に対する当局側の調査が進展をみたら、わたしのほうにも情報を流してくれるように頼んでおいた。

彼からの連絡は、早くもその日の夕方とどいた。ちょうど弁護士がきていて、解決の前祝いに出かけようとしていたところであった。

ベルが鳴り、受話器をあてたわたしの耳に、山岸の不機嫌な声が伝わってきた。彼はのっけから「困るなあ」といってわたしを批難した。

「あれはガセネタだったぜ」

「ガセネタ？　だってきみ、みやげ物屋の親爺はたしかに——」

「そうじゃないんだ。みやげ物屋の主人は正しいことをいっているんだ」

彼のいうことが呑み込めずに、わたしは受話器に齧りついていた。かたわらに弁護士のいることも忘れて大きな声で反問した。

「それじゃガセとはいえないじゃないか」

「そうガミガミいわないでくれ。きみは思い違いをしている。漫画家にはちゃんとしたアリバイがあるんだよ。しかし根がおっちょこちょいの男だからね、ちょっとしたいたずら心から映画を見ていたなんていう嘘をついたんだ。きみがまんまと引っかかって高崎まで行ったことを知ると、腹を抱えて笑っていたぜ」

「あの野郎。あの蒼ンぶくれめ……」

「まあそんなに怒るなよ。ところで彼のアリバイだが、これは文句なしに成立したよ。あの日曜日には自分の部屋で午後からマージャンを始めて、結局は徹夜をしてしまったといっている。メンバーは編集者と同業の漫画家などだが、彼等の証言もあるんだ」

「メンバーがグルになっているのじゃないか」

「証人はほかにもいる。窓を開けてジャラジャラやっていたもんだから、隣りの部屋の住人がうるさいといって文句をつけにいったんだ。そのときに渋谷が顔をだして謝っている。その人は、蒼くて丸くてむくんだような渋谷の顔を見間違えるはずはない、といっているんだ」

「なるほど……いや悪かった。おれのミスだ、勘弁してくれよ、な」

わたしは素直にいい、人の好い山岸は忽ち機嫌をなおしてくれた。

「いいともさ。近いうちに新宿のデパートで全国銘菓大会というのがある。一緒に行かないか。珍しい菓子がうんと集るんだぜ」

「うむ、時間があったら是非とも行きたいね」

そう答えて通話を切ると、弁護士はおおよその成行を察したらしく、すでに立ち上っていた。

「広東料理は延期したほうがよさそうだな」

憮然とした口吻でいって廊下にでて行った。

9

久し振りに西銀座の三番館ビルに出かけたのは、その夜のことである。小さなエレベーターで六階まで昇ったところに会員制のバー『三番館』があり、ささやかな贅沢としてわたしもここのメンバーになっているのだ。会員はいうまでもなく男性ばかりで、しかも話の解るさっぱりとした社会人がそろっている。気心の知れた彼等と雑談をしていると、毎度のことだが心のなかのわだかまりも消えてしまい、按摩に肩の凝りをもみほぐしてもらったように、いい気持になれる。

街角の磨き屋で靴を磨いてから、わたしはエレベーターに乗った。このバーに行くときは、わたしはわたしなりに身嗜みに気をつかうのである。

時刻がまだ早かったのでバーテンひとりがグラスを磨いていた。髪のうすい、髭の剃り痕の蒼々としたこの中年男がわたしの軍師であった。

「お早うございましたね。まだ、どなたさまもお見えではございません」

わたしはバーのなかを見廻す。広いホールを隔てて窓際にソファやイス、テーブルが並べてあるが、客の姿はひとりもいない。四方の壁には天井から床まで黒いビロードのカーテンがたれており、床には真赤なカーペットが敷かれているので、一切の反響音が吸収され、都心の雑踏のなかにいることを忘れてしまうのである。そしてすべての光源が巧みにカバーされた間接照明になっているものだから、わたしの焦立った気持も一分とたたぬうちに平静になってくる。

「お忙しそうでございますね」

「ああ、どうもね、行きづまって往生(おうじょう)しているんだよ」

会員の前では知恵を借りるわけにはいかない。だからこうした場合は少し早目にくるのである。

「それはどうもご苦労さまで……」

バーテンはつねに控え目だ。それが彼の人柄からくるものなのか、バーテンとしてのモラルからくるものなのかは知らないが、自分のほうから事情を訊ねるといった出過ぎたことは決してしない。わたしが説明して聞かせたあとで、遠慮勝ちに意見をのべる。

「聞いてくれるかね？」

「はあ、うかがいます」

「プレイボーイが池上の自宅で殺された事件だがね、容疑者として音楽評論家の奥さんが取調べをうけている。一応の条件はそろっているから、まずは彼女が本命だとみられているんだが、旦那が異論をとなえてね、女房の犯行であるわけがないというんだ。その結果、わたしが靴の底と腹をへらして歩いているわけなのさ」

「それはお疲れさまでございます。事件のあらましは新聞で読んでおりますが……」

手を休めずにリキュールを調合するとグラスを六個並べ、シェイカーを振った。仕事をしているときのわたしは禁酒をするかわりに、女子学生が呑みそうなバイオレットフィーズをまとめて半ダース呑む。そうすることによってどうやら飢渇（きかつ）状態をまぬかれるのである。

「被害者は有名な女蕩（おんなたら）しだそうでございますから、恨んでいるものはまだ幾人もいるのではないでしょうか」

「あとの女はホステスだとか芸能界の人間だとか、要するにくっついたり離れたりするのが日常茶飯事的な連中ばかりなんだ。だから、捨てられたからってべつに腹を立てたりはしない」

「なるほど」

「勿論、彼女等のアリバイも調べたが、どいつもシロになっているんだ。だからこの連中はオミットしていいんだが、問題は素人衆でね」

わたしは十五分ちかい時間をかけて、調査のあらましを語って聞かせた。いうまでもないことだが、このバーテンは口が固いから、秘密を厳守してくれることは解っているのである。

「一つ二つ質問してもよろしゅうございますか」

「いいとも」

「大時計は動いていたのでございますね」

「ああ。弾丸は文字盤には当らなかった。二発とも文字盤ではなしに、下の箱にぶち込まれている。振り子がゆれているあの空洞の部分だがね、あの箱を射抜いてぶあつい背板に喰い込んでいるんだ」

「解りました。ついでにもう一つお訊ねしますが、水槽が破壊されていたそうで」

「ああ。立花がブロンズの像をふりかざして犯人に撲りかかったときに、手がそれたらしいんだな」

わたしがそう答えたのと同時に、エレベーターが停って扉の開く音がした。六階にあるのはこのバーだけだから、エレベーターの扉が開けば、それは客のきたことを意味している。

バーテンは急に早口になった。

「動機のあるものがまだいるではございませんか」

「なんだって？」

「トモ子夫人のご主人ですよ」

「まさか。あの人は調査を頼みにきた本人なんだぜ」

「お言葉でございますが、それは煙幕で。立花を殺したのは妻を盗んだ男に対する復讐だと存じます」

「ふむ」

「トモ子夫人を犯人に仕立てたのは、自分を裏切った妻に対する制裁であるというふうに考えられるではございませんか」

「待てよ……。ふむ」

会員が入ってくる。靴音はぶあつい絨毯（じゅうたん）に吸い込まれて聞えないが、気配でそれと解るのだ。

「なるほど、そいつはうっかりしていたよ。いや、いいことを聞かせてくれた。礼をいうぜ」

飛び出したわたしと入ってくる客とが、入口のところで鉢合わせをしそうになった。背後でバーテンの声がしたが、そんなものを聞いている暇はない。

「お珍しい。もうお帰りですか」

客は農科大学の助教授であった。モグラの研究で学位をとった農学博士である。

「忙しいもんで。どうぞごゆっくり……」

あわただしく挨拶をかわし、扉が閉じかかったエレベーターに乗り込んだ。

10

杉並の峰小路家の前に立つと、なかからなにやら音楽が聞えてくる。運のいいことに今夜は音楽会がないとみえ、この評論家は浴衣一枚のくつろいだ姿でレコードを聴いているところだった。

わたしが弁護士から依頼されて事件の調査をしていることを自己紹介すると、なにかいい情報でも持ってきたと思ったのだろうか、洋風の居間にとおしてくれた。部屋の両隅に大きなスピーカーボックスがおいてあり、三方の壁につくられた棚には、音楽関係の書物とレコードがぎっしりと、しかし幾分か乱雑につまっている。細君を連れ去られたこの音楽評論家は、ここでひとり暮しをしているようであった。

「わたしは奥さんの調査について報告にきたんじゃない。あなたにも動機があることをいいに来たのです」

すすめられた高級タバコをことわると、わたしはいった。

「可愛さ余って憎さが百倍といいますが、あなたがそれなんだ。奥さんを奪った立花に復讐をする、そしてその罪を裏切り者の奥さんにかぶせる。一石二鳥というやつです」

「意外なことをおっしゃる」

彼は落着いた声で、幾分気取った口調でいった。

「意外でしょうか。あなたが入場券を与えて奥さんを展覧会へ追いやったのも、当日になってうまい工合に頭痛になったのも、計画的にしたことだと思うのですがね」

「色眼鏡をかけると世の中は赤くも青くもなるものです。あなたはわたしを犯人だと思っているから、すべてのことがこのわたしとつながりがあるように見えてくる。第一、わたしは拳銃を手に入れるような方法を知らないのですよ。わたしは音楽評論家であってギャングではないのだから」

「海外旅行の帰りに持ち込んだのかもしれない」

「どうもあなたは物事を論理的に見る目にとぼしいようですな」

細面の顔にかすかな蔑笑をうかべて彼はいった。

「わたしの最後の外国旅行は去年の春です。プラハの音楽祭に招待されたときでした。しかしその時点では家内と立花とはまだ知り合っていなかったのですよ。したがって当時のわたしには憎むべき人間というものは存在しなかった。当然のことですが拳銃を持ち込むなんて愚かなまねをする必要がないのです。まかり間違えば新聞ダネになって、友人知人や日本中の読者から軽蔑されかねない。そんな冒険をするわけがないのです」

ふちなし眼鏡が天井の灯りを反射してキラリと光るとき、この瘠せた男の顔は驕慢（きょうまん）そのものにみえた。

「それに、あなたにとっては気の毒だがわたしにはアリバイというやつがあってね」

「意外なことをおっしゃる」

先程の彼の発言をまねていった。

「で、どんなアリバイです」

「その前にはっきりさせておきたいのだが、犯行があったのはいつです？」

「午後の二時から四時のあいだです」

すると評論家は勝ち誇ったように甲高い笑い声をたてた。

「それ見なさい。わたしのアリバイは完璧だ。あの日わたしは頭痛がしてね、それで家内を展覧会へ行かせたのだが、ひとりで寝ているうちにいよいよ酷くなってきた」

「………」

「そこで隣町に住んでいる石原という医者にきてもらったんだ。大学時代からの友人というのは、こうしたときには便利でね。ところが単なる血管の痙攣で心配するほどのこともないといわれた。ほっとしたせいか薬が効いたせいか痛みも軽くなったものだから、夕方まで雑談をしていた。つまり、午後の二時頃から五時過ぎまではこのドクトルと一緒だったわけです。嘘だと思うなら会ってみるといい」

「隣町のなに医院です？」

「いや、自宅開業ではない。お茶の水近くの病院勤務です」

彼は白く細い指の先でテーブルをゆっくりと叩きながら、落着いた口調で否定した。

「もうそろそろ帰宅した頃と思いますね。電話で訊いてみたらどうです？」

イスの背にもたれていやに自信あり気な様子だった。漫画家にこりたわけでもないが、アリバイと聞くとわたしも緊張せざるを得ない。

「直接会って訊きますよ。じっくりと気のすむまでね」

この男の悠揚迫らぬ態度から、ひょっとすると彼のアリバイは本物かもしれないという嫌な予感が胸をかすめた。わたしはそれを打ち消すように、挑戦的な言い方をした。

その足で隣町の公団住宅の五階に医師を訊ねた。彼はいま帰宅したところだといい、まだ服を着たままの恰好で、わたしを小さな書斎にとおしてくれた。評論家の棚が音楽関係の本で埋まっていたように、この部屋の本箱には医学関係のぶあつい書物や雑誌類がぎっしりとつまっていた。

「お食事前にお邪魔をして、どうも……」

「なに、峰小路君のことならかまいません。大学時代におなじ部屋を共同で借りたくらいの親しい仲なんです」

評論家とは逆に、この医師はふっくらとした童顔の持主で、体つきも小肥りだった。峰小路とは違ってトゲトゲしたところがない。

「あいつは神経質ですからね、自分の病気を大袈裟に考える傾向があるんです。あの頭痛にしても脳血管のちょっとした痙攣にすぎないものを、アメリカの音楽家で、若くして死んだガーシュウインの病気と結びつけて、心配で気がおかしくなりそうだと訴えてきたわけですよ。それがあなたのおっしゃる日曜日の午後のことでした」

「その、ガーシュユウインといいますと？」

「ジャズをとり入れたことで有名な作曲家ですよ。《ポーギーとベス》というオペラも傑作ですし、《パリのアメリカ人》だとか《ラプソディ・イン・ブルー》といった曲は日本でも演奏されています。ところが脳の病気で三十代で死んでしまった。三十八歳でしたかな? そういう不運な人です」

「で、わざわざ峰小路家へお出かけになったのですか」

「ええ、ほかの医者は日曜休診ですからね、止むなくわたしが往診しました。ガーシュウインがかかった病気は視覚に異常が生じたり、運動神経に障害を起こしたりするので、簡単に区別がつきます」

「それからどうなさいました」

「薬をあたえて、しばらく様子をみていました。そのうちに気分がよくなったというので引き止められるままに雑談をして、五時半頃に帰ってきましたね」

評論家の主張と彼の証言とは、重要なポイントである時間の問題でも一致をみせ、わたしの予感は不幸にも的中することになった。反射的にわたしの脳裡には、あの肥った弁護士のむっつりと押し黙った不機嫌な顔がうかび上ってきた。

わたしは車を走らせながら、状況が少しも有利に展開しないことを思い、少なからず焦っていた。交叉点で信号待ちのダンプの運転手とちょっとしたことから怒鳴り合ったり、交通係りの警官に停車を命じられてあやうく口論を始めそうになり、辛うじて自制したりした。

あてにしていた評論家がシロになったショックで、わたしの精神が変調をきたしていたことは確かであった。

こうした気分を和らげるには『三番館』へ行くのがいちばんである。そう思い、途中から車首を銀座の方角にむけた。そして小さな鋼鉄の函にのって六階に昇り、バーに顔をだしたとき、バーテンはグラスを磨きながら、にこにことした顔で声をかけてきた。

「先程はお早いお帰りでしたね。手前が声をおかけしたときはもうエレベーターのなかで……」

「声をかけたというと、なにか用でもあったのかい？」

「はあ。その評論家は、ひょっとするとアリバイを持ち出すのではないかと存じましたので。アリバイと申しましても、本物ではございませんが……」

11

わたしが再度この音楽評論家を訪ねたとき、彼はテラスに水道のホースで水まきをしていた。半袖シャツに半ズボンといった見るからに涼しげないでたちである。わたしに気づいた瞬間、うるさいやつが来たというふうに、とがった目つきをした。

「まだ用があるのですか」

「あるから来たのですよ」

最初から喧嘩腰になってしまった。

「今度はちょっと内密の話ですからね、なかでお話したほうがいいと思いますが」

彼はなにか抗議をしようとしたらしく口を開きかけたが、すぐに思い返したように、先に立って居間にとおした。テーブルの上に、二、三枚のレコードがジャケットに入れたままのせてある。

「石原君から電話がありましたが、昨夜あれから訪ねていったそうですね。で、どうでした、わたしのアリバイに満足したでしょうな？」

「そう。しかしね、こうした仕事をしていると物事を裏からみる習慣がついてしまってね。ですから、事件を最初から検討しなおしているうちに、あの時計に射ち込まれた弾丸はもののはずみではなくて、故意にやったことではないかということに気づいたのです。立花を時計の前に後ろ向きに立たせておいて、腰骨の上を目がけて二発発射すれば、腹部を貫通した弾丸は間違いなく時計に喰い込みますからね」

「また妙な話を始めたものだ。ま、いいでしょう、先をつづけて下さい」

「わたしはね、水槽を割ったのも犯人が自らブロンズの像を振りおろしてやったことだと思いたいのです。その後で自分の指紋を拭いて消しておいて、立花の指紋をつけておく。こうすれば、立花がガラスを割ったように見せかけることができます」

「わからんですな。なぜそんなことをする必要があったのだろう」

「わたしもそれを考えてみましたよ」

わたしは、昨夜バーテンから受けた講義を懸命に思い出しながら、あたかも自分の推理であるかのように、確信に充ちた口吻で語りつづけた。

「水槽をぶち壊すとどうなるか。あのとおり床が水だらけになります。なかの魚は死んでしまいます」

峰小路のとがった鼻が軽蔑するようにフンといった。

「床を水浸しにした結果どうなったか。屍体が水に浸ったために、傷口からでた血はあらた流れてしまいます。わたしは、ここに犯人の狙いがあったと思うのですよ」

「まだわからんな。血を洗ってどうなるというんです?」

「わたしもその点を考えましたね。しかしいくら頭をひねっても答がでてきません。ですから、この場合も裏から眺めてみることにしたのです。つまり、血を洗う必要がないのに血を洗ったというのは、元々そこに血なんぞ流れていなかったのではないか、と……」

「なんだって?」

「つまりです、立花の屍体からは血が流れだしてはいなかった、そういうことですよ。言い換えれば、よそで殺して搬び込んだということになるんです。息が絶えた死体からは血がでない。立花の家を現場であるように見せかけるためには、血が流れていなくては困るんです。血痕がついてなければそこが第二現場であることは一見しただけでわかってしまう。それをカバーするために、屍体から吹き出した血がすべて水で洗われたように見せかける必要がでてくるのです。この推理、違っていますか」

評論家の顔にははっきりとした変化があらわれていた。軽蔑するようなうす笑いは消え、それにかわって、脅えと驚愕とをミックスした表情が貼りついている。

「時計を射ったのはどういうわけだい？」

「そこがあんたの狡猾なところだな。時計はあのとおり壁際にでんと立って時を刻んでいる。しかも、被害者の体をぶち抜いた血まみれの弾丸が喰い込んでいる。こうなると、鈍感な警察の連中は、立花があの場所で射たれたものと信じてしまう。刑事なんて他愛のないものでね」

「…………」

鋭い目でわたしを見据えたまま、彼はなにも発言しなかった。

「あんたがいつ頃から奥さんの不貞に気づいたか知らないが、復讐を決心して計画を練り始めた。あんたらしい、しんねりむっつりとした遣り方でね。そして立花殺しの罪を、裏切りの報酬として奥さんにかぶせることを考えた。展覧会の入場券を買ったのも、最終日に奥さんを見に行かせたことも、前の晩から頭痛がするふりをしたのも、すべてあんたが引いた設計図どおりのことなんだ。どうです？」

「…………」

「奥さんが外出したところで、立花を、口実をつけて呼び寄せた。じいさま時計を持ってくるように、とね。どんなことをいって騙したのかは知らないが、やって来た彼を時計の前に立たせておいて射殺する。銃声はあのうるさい蒸気ハンマーの音にまぎれて、誰からも聞き咎められなかった。そうでしょう」

「………」

「荷物を抱えた立花が車でくることは間違いない。あんたは一時その屍体と時計とを車のなかに隠しましたね？　そうしておいて、石原氏の往診を依頼した。勿論、アリバイの証人に利用するためです」

「見かけによらず頭のいい探偵さんだ」

豹変という言葉がそっくり当てはまりそうな評論家の居直り方だった。

「見くびっていたのはわたしの誤りでしたよ。いかにも頭痛にことよせて石原をアリバイの証人にした。その後で車を運転して立花の家へいくと、屍体を転がしたり、時計を元の場所に立てて振り子を動かしたり、水槽をぶち割ったりしたんだが、お利巧な探偵さんのことだ、それ等のこともすべてお見通しでしょうな」

わたしは黙って肯定の意を示したが、一切はバーテンの受け売りなのだから、お利巧さんなんていわれると、内心照れぬわけにはいかないのである。

「立花とはゴルフ友達でね、だから彼の家に招かれたことがあるし、したがって時計のことも知っていれば、水槽に海水魚を飼っていることも知っていたわけだ」

「彼等が親密になったのは？」

「それは立花のほうが誘惑したに違いない。名の知れたドンホァンだというからね。しかし当時のわたしは、彼のそんな噂はちっとも知らなかった。だから気を許していたんだが、そのうちに家内の身辺から本能的に情事の匂いを嗅いだ。そこでトモ子の日記を覗いてみると、去年の八月から、ところどころにT＆Tという符号がでてくるんだな。それをわたしは、トモ子と立花がデートした意味に解釈したんだがね」

他人事のような淡々とした喋り方である。

「ところで屍体はあいつのフィアットで運んだのか」

「そうとも。車を、やつのカーポートに戻しておく必要もあるからな」

「葡萄酒の瓶の指紋は？」

「あれはわが家にあった葡萄酒の瓶をおいてきただけの話さ。つまりだね、家内に内緒で買っておいたワインの瓶を、彼女がテレビに夢中になっているときを狙ってちょいと握らせる。だから彼女の指紋がついているのも、葡萄酒の瓶に記憶がないのも当然なことなんだ。そのワインを、あの日訪ねてきた色男にすすめてやったんだよ。したがってやつの指紋がついているのも当り前の話なのだ」

その瓶もまた、屍体や時計とともに、立花の家へ持ち込んだのだという。

「拳銃についてだが、昨夜もいったように、わたしには拳銃を手に入れるルートなんかはない。これは友人からの預り物なんだ。その友人に死なれてしまったので持て余していたんだが、それが役に立った」

いつの間に取り出したのか気がつかぬうちに、彼の手には不恰好な形のデリンジャーが握られていた。目の色が変わり、わたしを射つ気充分というところである。

「冥途(めいど)のみやげに」

観念したふうをよそおって、両手を挙げたままでわたしはいった。

「ぜひ聞かせてもらいたい。あのドンホァンをどんな口実で呼んだんだ？」

「家内がアンチックに興味を持っている。それを利用した。あいつがきみの時計を欲しがっているが譲ってくれないか、という口実だよ。誕生日に贈って妻をびっくりさせたいから極秘裡にたのむというと、立花は本気にして、すべてを内密に運んでくれた」

「どこで殺った？」

「この部屋さ。時計のいじり方を教えてくれというと、後ろを向いて説明をし始めた。そこを素早く射止めてやったのさ」

「絨毯に血がついていないじゃないか」

「カーペットをはずしておいたのさ。後で血をふいて、大急ぎで元どおりに敷いておいた」

「それだけ聞けば沢山だ」

いうのと同時に彼のデリンジャーを蹴り上げた。わたしの蹴りのテクニックは、神楽坂署時代に、「靴形平次」のニックネームで知られた先輩刑事から仕込まれたものなのだ。自慢じゃないがわたしの脚は、その辺のラインダンサーよりも高くあがるのである。

拳銃は天井にぶつかって鈍い音をたて、床の上に落ちた。彼に拾われぬように、わたしは横に飛んで拳銃の上に足をのせたのだが、慌てる必要はなかった。音楽評論家は腑抜けのように、ただ呆然としてつっ立っているばかりであった。

これで家鴨の丸焼きにありつける。いやしい話だけれど、ふと、そう思った。

走れ俊平

1

ミチルがこの貿易会社に勤めるようになって三年がすぎた。同期に入社した女子社員のなかには同僚の男性と結婚したものが半数以上もあり、子供が生まれるというので退社していったものも何人かいた。そうした連中を横目に見ながら、ミチルがべつに恋愛するでもなく、結婚生活を羨望することもなく過してきたのは、彼女がマニアといってもいいほどのマージャン狂だからだった。デートをする時間があったら一荘（イーチャン）やったほうが楽しい、というくらいの凝りようである。女であるからには、やがて家庭生活に入るのは止むを得ぬことだと思っている。だが、それまでは誰からも束縛されることなしに、マージャン一途に打ち込みたいとねがっていた。彼女の両親や兄弟は郷里の山口県に住んでいるので、監督の目はとどかない。それを、ミチルはいいことにしていたのである。

入社して一年目に、二泊の社内旅行があった。一泊目が福島県の飯坂（いいざか）温泉、そして二泊目が栃木県の鬼怒川（きぬがわ）温泉というコースだったが、ミチルが四人の同好の士と知り合ったのはこの慰安旅行のときだった。メンバーは庶務課の桜井茂、営業部の小村哲之介、業務部の里見均、輸出部の川崎俊平といった男性ばかりで、彼等は観戦側にまわったときに慌しく温泉に入り、冷えた食事をすませるという按配で、それこそ寝る間も惜しんで卓をかこんだ。この温泉旅行では夕食に自慢の山菜料理をだしたのだが、アク抜きを怠ったとみえ、帰京した社員の大半が胃をやられてしまい、二カ月ちかく不愉快な思いをした。が、マージャンに夢中だった五人の男女はろくろく料理には箸をつけなかったものだから、全員がそろって難をのがれた。

「マージャンの神様が護って下さったのね」

ミチルがそういうと、桜井が即座に同意した。人一倍の大めし喰いである彼のことだから、まともに膳に向ったなら山菜をひとつ葉のこらず平らげたことは確かで、今頃はただれた胃を撫でて蒼い顔をしているに違いなかった。

「今後とも雀道に励まなくては神様のバチが当ろうというもんだ。どうだい、帰りに一荘やっていかないか。いい店を知ってるんだ」

マージャンを知らぬものから見れば、どうしてこのようなゲームにうつつを抜かすのか理解に苦しむのだけれど、桜井達にしてみると、こんな楽しい遊びを知らずして一生を送っていく連中が哀れに思えてならないのである。それはともかく、五人のメンバーはそのとき以来いっそう結束を固めて、週に一回は小村のところに集ってパイをいじった。週に一回といって、週に一日の意味ではない。金曜日の夜から始められたマージャンは蜿蜒（えんえん）とつづいて、月曜日の暁方に果てるのが常であった。それは文字どおり果てるのであり、五人はその場にぶっ倒れると欲も得もなく眠り込んでしまう。そして目覚し時計のベルで数時間の仮眠から叩き起こされると、あわてて身支度をととのえて新橋の会社にむかうのである。

「今度の金曜が楽しみだわね」

あわただしく服装をととのえながらミチルが寝不足の目をしばたたく。

「われわれにとってはウイークデーが休養日みたいなものなのさ、ぶっつづけにやったんでは体がもたないからね」

小柄の小村がアクビを噛み殺しながら、不明瞭な口調でいった。

グループが小村を中心として集ることにしていたのは、彼が独身で気兼ねをする必要がなかったのと、防音効果のよくできたマンションに住んでいたからであった。建物のすぐ傍らを山手線が走っているものだから、建主は居住者から苦情のでぬよう、その点に充分な意を用いて施工させたのである。だから、徹夜でパイの音をたてていても、隣人に文句をいわれたことはただの一度もない。

尤も、独身なのは小村ひとりではなかった。五人のうちで妻帯者は桜井茂だけであり、里見は縁談が何度かあったがマージャンに夢中でいつも見合いをすっぽかしていた。昨今では縁談を持ち込む酔狂な人間もいなくなって、里見はむしろせいせいとした気分でパイをいじっている。だが、この仲のいいマージャン狂のグループも、思いがけぬことから解散しなくてはならぬ状態に追い込まれていった。

それは気象庁が梅雨明けを宣言した翌日のことであった。待っていたように夏物のワンピースに衣更え(ころもがえ)したミチルは、はずんだ気持で出社した。うっとうしい梅雨が終ったというただそれだけの理由で、抑圧から解放されたように晴ればれとした気分になり、なんとなく今日はよいことがありそうな予感がした。

新橋の貿易ビルのなかにある彼女の会社はようやく株式が上場されたばかりの新顔だが、営業成績は急カーヴで上昇をつづけており、いわば発展途上にある貿易会社であった。

エレベーターから吐きだされたミチルが、十八階の東側に面した秘書課の前までいったとき、だしぬけに声をかけられた。

「お早う、ミッチイ」

「あら、お早う」

相手は小村哲之介である。うすい色のサングラスをかけ、同じくうすいピンクの半袖シャツを着ている。シャツにもズボンにもアイロンがぴしッと効いていて、見るからにフレッシュな感じがするが、どうしたことか当人の顔は冴えなかった。マージャンをしているときはキラキラとかがやく吊り気味の目も、今朝はどろんとして濁っている。

「なにかご用？」

そう訊いたのは、彼が所属する営業部は十六階にあるからだった。わざわざ昇ってきたとしか思えない。

「ああ、急な用事があってね」

廊下の端に寄ると、小村は人影がなくなるのを待ってから切りだした。

「じつはね、今週の初めのことなんだが交通事故を起こしてしまったんだ。睡眠不足だったのと、雨で道がぬれていたのとが重なったのがまずかった。まず人の姿に気づくのが遅れた。あわててブレーキを踏んだらスリップして、歩道をあるいていた定時制の高校生を三人もはねてしまった」

「大変だったわね、ちっとも知らなかった」

「死人がでなかったのは不幸中の幸いだったけど、おれ保険に入ってなかったから見舞い金だの治療費を出すことで頭をいためている。是非まとまった金が入用なんだ。早速だが、マージャンの賭け金を払ってもらいたいと思ってね」

「あら」

といったきり、ミチルは即座に返事ができなかった。

2

グループのマージャンには、いうまでもなく金が賭けられている。といっても彼等にとってはお遊びなのであり、その金を生活費にあてるといったプロとは違っていたから、実際には現金を支払うようなことはなくて、借用書をとりかわす程度だったのである。ただ、今年になってからツキが廻ったのか、小村の成績がぐんとよくなったため、あとの四人はせっせと借用書ばかり渡していたのだった。

「……ちょっと待ってよ」

ミチルはバッグから小さい手帳をとりだして掌の上でひろげてみた。そして思わず息をのんだ。総額が一千万を越えていたからである。

「……いきなりそんなことを申し込まれても無理だわ」

「無理なことは承知の上さ。郷里のお父さんに泣きついたらどうだい？　山林を持っているって話じゃないか」

いつだったか自慢話をしたことがある。小村は、それを覚えているのだ。

「きみ達に貸した金をかき集めれば切りぬけることができる。いますぐに払ってくれとはいわない。明後日の、土曜日の晩まで待っている。銀行の口座へ払い込んでくれればいい」

「…………」

「土曜日の銀行は午前中だけだ、それを忘れないようにしてくれよ」

「…………」

「それから、ことわるまでもないが今週のマージャンは臨時休業ということにする。なんとなく気が落着かないからな」

小村が一方的に喋りまくった。

この男は、山林が簡単に換金できるとでも思っているのだろうか。それに、山林を持っているのはミチルの父親ではなくて伯父のほうなのである。泣きついたとしても、この吝嗇な伯父がなんの保証もなしに大金を貸してくれるわけがないのだ。

「なにいってんのよ。貨幣価値がさがった世の中でも、一千万円あればチャチな家が建つのよ。大金だわ」

「そんな話はおれの知ったことじゃないさ。本当のことをいえば、きみ達の迷惑にならないように他の方面に手をうってみたんだが、どこでも断わられてしまったんだ。だから万止むなくきみ達に頼むことになったのさ。おれがシャイロックみたいな冷酷な男だと思われちゃ間尺に合わないからな、その点は了解してもらいたい」

エレベーターが停り扉があくと、上司や同僚がでてきた。彼等がミチルと挨拶をかわして通り過ぎていくいとまだけ、小村は口をつぐみ、さり気ない表情であらぬ方を眺めている。

「ねえ」

と、ミチルはひと気がなくなるのを待ってから話しかけた。

「払えないといったらどうなるの？」

「どうなるのって、決まってるじゃないか、おれは刑務所ゆきだ。前科者になるんだよ。会社だっておれが出てくるまで席をあけて待っていちゃあくれない。おれは居心地のいい職場からも追い出されてしまう。きみ達がおれを刑務所にぶち込んだも同様なんだぜ。だからおれは何としても貸金を請求する。これはおれの当然の権利なんだぜ」

「ほかの人は何ていってるの？」

「里見君達はこれから口説くのさ」

小村は勝算あり気に肩をそびやかしてみせ、その濃い眉のあたりには、どうしても支払わせてやるとでもいった、強固な決意のほどがうかがわれた。

「桜井さんは別よ、あの人のお父さんは土地成金なんだから。でも、里見さんや川崎さんは無理だと思うな。あたしとおなじだわよ」

「ふむ」

「ない袖は振れないっていうじゃないの。払えなかったらどうする気？」

小村の眉が一瞬キリッと動いた。

「そんなことはさせないさ。貸した金を返してもらえなかったがためにおれだけが刑務所にいくなんて、そんな理屈に合わない話があるものか。こうなったら無理ずくでも取り上げてみせる」

小村はきっぱりといい切ると、薄い唇をきっと結んだ。

3

ただ面白おかしく暮すのが人生だと割り切って考えているミチルは、ほかの女子社員とは違って結婚ということを考えていなかったから、それにそなえて貯金をするような習慣は持たない。郵便局の通帳をひらいてみても、現在高は三百三十円というわびしいものであった。ミチルには、たとい十年間の猶予を与えられたとしても、一千万円を捻出する手段も当てもなかった。

小村が冗談をいっているのでないことは確かだ。あのいつになく真剣な、思いつめた目の色をみただけで、彼が追いつめられてにっちもさっちもいかなくなっていることは明らかであった。

指定された二日間という期間を考えぬいた揚句に、ミチルは、事情を話して取り立てを待ってもらうほかはないという、平凡な結論に到達した。あとの三人は自分とは違って男性なのだから、なんとかして調達することもできるだろう。それを集めれば示談金なり見舞い金なりもまかなえるのではないか。そうした考え方をしてみると、ミチルの心にもゆとりが生じてきて、前途に小さな希望の灯がともされたような気がした。

が、話がつうじなかった場合にはどうするのか。ミチルは、自分が女性である特権を最大限に活用することを思いついた。涙をながして哀願し、それでも聞いてもらえなかったら体を投げだすまでのことだ。そこでミチルはひと頃はやったスケスケルックの服を着ていくことにし、当日は夕食のあとで風呂に入って、念入りに化粧をした。それもできる限り濃厚な化粧である。まぶたを蒼く染めて目ばりを入れ、鳶色のかつらをかぶると、最後にフランス製と称する香水をスプレーした。元来がミチルは、細面でうるんだような目つきの、化粧ばえのする女であった。

薄物をまとったミチルの姿は、自分が考えていたよりも遥かに目立つとみえ、プラットフォームではすれ違った中年の女性から、四十女特有の底意地のわるい眼差しでじろじろと眺められたばかりでなく、フンと鼻の先で蔑笑された。プロフェッショナルと間違えられたらしいのである。そして電車に乗ってからは、学生や、いわゆるオジサマ族の好奇の視線を浴びた。彼等は先の中年女のようにギロギロした目で睨みつけるのではなく、チョロチョロと盗み見をするのであった。

この分だと小村に対しても予想以上の効果を上げるのではないか、とミチルは思う。マージャンをやっているときはお互いに性の相違などは念頭におかない。小村にとってミチルは異性であるよりも、雀友でしかないのである。だから、今夜のこのよそおいを凝らしたミチルを前にしたらば、パイの鬼である彼も目をみはるに違いなかった。

小村のマンションは渋谷区代官山(だいかんやま)のはずれにある。七階建てのお伽噺(とぎばなし)にでてくるような屋根のとがった建物で、彼の部屋は一階のいちばん奥まった一画であった。窓をあけると、目の下を山手線がとおっている。

金曜毎に通ってきたマンションだけれども、今夜のような用向きで訪ねるのは初めてのことである。廊下を通って小村の部屋の前に立ったときには、さすがに胸がときめいた。ミチルは大きな呼吸を一つしてから、バッグを抱えなおし、ドアチャイムを鳴らした。

いつもならばインターフォンからサビの効いた小村の声が返ってくる。が、今夜に限って応答がなかった。きっとおトイレだわ、とミチルは思い、くすりと笑った。緊張をとくためには無理にも笑う必要がある。

しばらく待ってからまたチャイムを鳴らした。返事がないことは前と同じである。まだお手洗いだわ。そう考えてまたくすッと笑った。ミチルは笑うと糸切り歯がのぞき、あどけない顔にみえる。だが、いまの彼女はあどけないどころか、表情が凍(い)てついて、インドネシアの踊りに登場する悪女の仮面みたいだった。

ミチルのかたわらを小肥りの中年男がとおりすぎた。赤と黒の格子縞のポロシャツを着ている。その派手好みな様子から、テレビドラマによく出演している役者であることが解った。

コミカルな好人物がはまり役とされている彼は、小村から聞いた話によると傲慢で不愛想でマンション中の鼻つまみ者だということであった。通りすぎながら、横柄な目つきでジロリと一瞥したように思えたのは、そうした噂を耳にしたせいかもしれなかった。役者は自分の部屋の入口に行きつくまでに、二度もふり返ってミチルを見た。どうやらそのとげとげした視線から想像すると、空巣狙いとでも思っているらしかった。

ミチルは男の視線を跳ね返すようにして、またチャイムを鳴らした。それでも答えがないのに業を煮やした彼女は、外にでて、通りの角の電話ボックスに入ってダイアルを廻した。が、結果はおなじことで、受話器をはずす気配はない。

根のいいミチルも遂にあきらめて恵比寿駅へつうじる路を戻りはじめた。ときどき電車の音が聞えてくるほかにはすれ違う人もなく、さわやかな夏の夜だというのに、ミチルはいよいよ気が滅入っていった。

4

「小村という貿易会社の社員がマンションで殺された事件だが、知っているかね？」

と、肥った弁護士が訊いた。冬のさなかでさえ汗をかくというこの肥満漢は、いま本番の夏を迎えて気息奄々としている。ふだんの毒舌は影を引っこめてしまい、ものをいうのも億劫そうに見えた。

「新聞で読んだかな。背中を果物ナイフで刺されてイチコロだったという……」

「即死じゃない。辺りが血だらけだったことからみてかなり抵抗したものの、出血多量で力つきたらしい。雀友仲間の話から分かったのだが兇器はリビングルームのタンスにしまってあるやつでね、犯人はこれを使っている」

「なるほど」

「犯人があらかじめ兇器を携行しなかったことから、突発的な犯行だと考えられるんだ。さらにまた、犯人は果物ナイフがそこにしまってあることを知っている人間だ、という推測ができる。そうしたことから、小村とおなじ会社のマージャン仲間が容疑者となった。小村はここんとこ、秘かに専門の雀士に弟子入りして腕をみがいていたものだから、最近は勝ち込んでいたんだな。言い換えると、あとの連中は負け込んでいたことになる」

そのあたりのことも新聞で読んでいる。

「交通事故を起こして急に大金が必要となった、そこで賭け金の支払いを請求したのがことの始まりだったという話じゃないか」

弁護士は大儀そうにこっくりをした。

「だから容疑者は請求をされた四人の常連のなかにいる、ということになった。といっても桜井茂は父親が土地成金だからな、一千万や二千万ははした金に過ぎまい。請求されたその日のうちにポンと払っている。金額は九百六十万円だがね」

「えらいもんだな」

「三十そこその若者だが、外車を三台も持っているという豪勢さだ」

その男のことも新聞で読んだ覚えがある。やはり土地成金の娘と結婚して、自由ケ丘だか田園調布だかの豪邸に住んでいるというのだ。西洋の探偵小説を読んでいると、賊が入って銀の食器を盗んでゆき、召使があたふたする場面にでくわすものだけれど、桜井家の食器は純金製だという。このナイフを厚いビフテキの上にのせると、ナイフ自体の重みでひとりでに肉がチョン切れるのだそうだ。

「その金満家がツケでマージャンをやっていたのかね？」

「ああ、銀行へいって現金をおろしてくるのが面倒くさいので、いつも借用書を書いてすませていたという。今年に入ってからは一方的に小村が勝ちつづけていたんだが、それまでは五人のメンバーが五人ともに勝ったり負けたりしていたわけだ。そして全員が借用書のやりとりをやっていたのだから、桜井が現金で精算しなかったことは、格別ふしぎがるほどのものではない」

「すると、支払い済みの桜井には動機がないわけだな？」

「ああ。問題は、払いたくとも払えなかった三人の仲間にある。にもかかわらずミチル君の犯行とみなされたのは、それなりの理由があるんだ」

その話も読んだ。あのテレビ俳優が捜査本部に出頭して、当夜目撃したことに若干の誇張をまぜて語ったことの内容が、ミチルの立場を不利な方向へと追い込んだのである。

「ぼくはあの女が出てくるところを見たんですぜ」

と、彼はいったそうだ。

「ぼくに見られたことに気がつくと、図々しいじゃないですか、これから訪問するんだといわぬばかりのゼスチュアをするんです。チャイムを鳴らして、返事がないので小首をかしげたりね。なかなか芝居が上手でしたよ。本職はだしだなあ、あの女は」

しかし、本部が役者の目撃談を頭から鵜のみにしてミチルの犯行だと断定したわけではない。小村が倒れていたテーブルの下に一枚のメモが落ちておりそれにボールペンで『サト』と走り書きしてあったことが、彼女の容疑を決定的なものとしたのだった。殺意に気づいた被害者が、相手に悟られぬようにこっそりと、すばやくしたためたメモで、いうまでもなく犯人を告発する目的のものである。ミチルの姓は佐藤なのだ。

「あの筆蹟は、まちがいなく小村のものだったのかい？」

「うむ、事が事だから三人の専門家に鑑定を依頼したのだが、三人が三人とも被害者の書いた字だといっている。残念ながら疑問の余地はない」

弁護士は不機嫌であった。終始、牡丹餅のように大きな顔をしかめたままである。

「その『サト』という字を他の意味に解釈することはできないのかね？」

「できないことはない。メンバーの一人に里見均というのがいるんだから、あるいはこの男の名を書こうとして、書き終わらぬうちに刺されたことも想像できる。だがね、里見にははっきりとしたアリバイが成立したものだから、オミットせざるを得なくなったんだ」

どんな内容のアリバイかということを、敢えて訊かなかった。それを調べなおすのがわたしの仕事だからである。

「ところで三人目の川崎というのは、事件のあった夜、新宿の大通りでストリップをやったあの男のことかね？」

軽犯罪法の現行犯として逮捕されたストリップ男の名も、たしか川崎といった筈である。

「その男さ。彼はよほどの恥かしがり屋だとみえて、社内旅行で温泉に泊っても、同僚と一緒には入浴したことがないのだそうだ。みんなが入ってしまった後で、そっと一人きりで浴室へいく。その照れ屋の川崎が衆人環視のなかで裸で走ったというのだから、朝刊をみた社員達はびっくり仰天した。なかには発狂したんじゃないかと思ったものもいたそうだ」

「肉体的なコンプレックスというのは強烈だからね。といって、でかすぎても困る」

と、わたしは応じた。過ぎたるは及ばざるが如しというけれど、全くもってそのとおりだと思う。

「だが、この男にも動機がないのだ。小村を殺さなくてはならぬ動機がないのだよ」

弁護士はぐったりとしたようにイスの背にもたれかかって、とぎれとぎれにいった。

「だって大金を請求されていたんじゃないのかい？」

わたしがそう問い返したが、彼はもう返事をするのも大儀だといった顔つきで、首を横にふってみただけだった。

「ところで彼女が現場をたずねたのは何時頃かね？」

「八時半だ。この時刻は例のテレビ役者の証言とも一致している」

「小村が殺された時刻は？」

「八時から九時までの間、とされている」

「入口のドアは施錠されていたそうだが」

「うむ、この扉は閉じさえすれば錠がかかる形式のやつだから、犯行を終えたミチル君がいったん廊下にでて扉を閉めた上で、あらためてチャイムを鳴らしていたというふうにも解釈できるんだ。疑惑の目でみるとね」

肥った法律家は大儀そうに吐息した。

「窓が開いていた、という話だね？」

「当局にいわせると、これも彼女の擬装工作だとされている。じつにくだらん！」

「メッセージが書いてあった紙は？」

「会社のメモ用紙さ」

「筆記に用いたのはボールペンだってね？」

「ああ、現場のテーブルの下に転っていた」
弁護士はこまめにハンカチで汗を拭いた。彼が勤勉に手を動かすのは、汗を拭うときぐらいのものであった。

5

わたしがまず最初にとるべき手段は、里見に会って、事件当夜のアリバイを調べることであった。その後で成金息子の桜井と、裸で歓楽街をつっ走ったというストリーカーを訪ねる予定である。

里見はふてぶてしい感じのずんぐりとした男で、眉が濃くてギョロリとした目つきに特徴があった。わたしはビルの入口に張り込んで昼食にでる里見をキャッチすると、尾行して食堂に入った。昼食時のオフィス街はサラリーマンで混雑をきわめているから、張り込みも尾行も楽なものである。わたしは食事がすんだところで里見に声をかけ、近所の喫茶店で話を聞いた。里見の態度には悠揚せまらぬところが多分にあった。もしそれが擬装だとしたなら、この男は一筋縄ではいかぬ曲者(くせもの)ということになる。

「ほう、あんたが私立探偵ねえ。ふうむ、そういえば典型的な探偵づらをしているなあ」
わたしが自己紹介をすると、彼は感心したように唸ってから、人を喰った口調でそういった。

「いや、悪くとってくれては困るよ。私立探偵というのはタフでなくてはつとまらない。ピルのセールスマンなら色男のほうがいいだろうがね。ぼくがいったのはそういう意味なんだが……」

ニヤニヤしている。口が悪いのと反比例して笑顔が人なつこそうで、見たところでは善人タイプである。

「借金はとうとう払わず終いになったそうですな。おめでとうといっていいのか悪いのか解らないが、小村氏が死んでくれたのは、いってみればもっけの幸いではないですか」

「そうあけすけな言い方をされると否定のしようがないんだけど、やっぱりね、これで助かったという感じがしたのは事実ですよ。といっても長年の友人だったから小村君の死が悲しいことも、犯人に対して怒りを感じていることも事実なんでね」

「刑事に突っ込まれた質問をされたんじゃないですか。彼等はしつこいからなあ」

わたしも退職刑事だなんてことはオクビにもださない。

「でもねえ、しつこいのも無理ないと思うよ。彼等にも生活がかかってるんだから」

「よく納得してくれたですな」

「だってアリバイがあるんだもの。事件が発生したのはあの晩の八時から九時の間だっていうけど、そのときぼくは静岡市にいてねえ」

「出張ですか」

とんでもない、というようにつよく首を振った。

「金を借りるためですよ。兄貴夫婦が静岡で商売やってる。日ゼニがザクザク入ると聞いていたから、八百万円の借金を申し出にいったんだ。あっさりと断わられてねえ」

依然としてニコニコ顔である。

「ほんの二カ月か三カ月でいいといったんだよ。小村君だってそういつまでもツキが廻ってるわけじゃあない。ツキというものはね、そのうちにパタッと落ちるものなんだ。ぼくは、それをあと二、三カ月と踏んだんだが」

笑顔でいってるが、さすがに口調は無念そうである。

「兄貴は貸したいらしいんだけど、兄嫁がしまり屋なもんだからね」

「しかし、肉親のアリバイとなると信憑性がうすいもんだが、刑事がよく了解してくれたですな」

「兄貴の証言じゃ信用してはくれないよ。談判が決裂した以上、静岡にいたって仕様がないからね、兄貴の店をでて、のぼせた頭を冷やすために喫茶店に入った。いまもこうして珈琲を飲んでるように、ぼくは一種のカフェイン中毒とでもいうのかな、日に七回は珈琲を飲まなくちゃ気がすまない。静岡にいく度にその喫茶店にもちょくちょくいくもんだから、向うさんも顔を覚えていてくれたんだな。それで、マスターとボーイが証言してくれたっていうわけ」

喫茶店の名が『マミイ』ということを聞いた上で、さらに略図を書いてもらって、この珈琲中毒患者とわかれた。

わたしはその足で静岡市へむかうと、駅前にある『マミイ』を訪れてアリバイの裏をとり、里見の話にウソのないことを確認した。東京では夜の八時になると閉店する珈琲屋が多い。そうした点から考えると、夜の九時頃に店があいていたというのは少しおかしく聞えたのだけれど、現地へいってみてその疑惑はすぐに解けた。『マミイ』は終夜営業の店だったからである。

それはともかく、当夜の九時に静岡で珈琲をのんでいた里見には、東京で犯行することはできるわけがない。わたしは手帳にしるした四人の容疑者リストのなかの、里見の名を抹消した。

里見もいったとおり、わたしのような職業の人間は何よりもタフでなくてはならない。静岡から東京に到着したのは五時半だったが、わたしは駅から大岡山(おおおかやま)の桜井家へ直行した。そこは高級住宅地とでもいうか、わたしなどには生涯縁のなさそうな大きな家が並び、しゃれた西洋風の住宅が建っていた。

桜井茂の住宅はひろい芝生にかこまれた白い壁の二階建てで、窓には子供の絵本で見かけるような、だんだら模様の、色あざやかな日覆いがついている。水銀灯の照明にうかび上ったその家は、舞台でフットライトを浴びているレビューガールを連想させた。

お手伝いさんが出てきて桜井はバスを使っているというので、二十畳はありそうな、どでかい部屋で待たされた。金持らしく骨董に凝っているとみえ、棚の上にも本箱の上にもうす汚れた茶褐色の皿やつぼが並べてあり、よく見るとどれもこれも稚拙で出来損（できそこな）いみたいで、ひょっとするとここの亭主は古道具屋のいいカモにされているんじゃないか、と思った。

「やあ」

と、声がして、バスタオルで裸身をくるんだ桜井が入ってきた。頭全体を包帯でグルグル巻きにし、てっぺんから一掴みの毛がつきでている恰好は、なにやら果物屋の店先で見かけるパイナップルに似ていた。桜井茂は肥料をたっぷり吸収してヌクヌクと育ったウドの大木みたいな男で、よくいえば楽天的な、わるくいうとしまりのない顔つきをしている。まだ二十代だというのに、旨いものをタラフク喰っているとみえ、早くも下腹がつきでて中年肥りの気配があった。

「刑事さんにも話しましたけどね、ぼくはね、金を払ったんですよ。だから彼を殺す必要はないです」

「さすがお金持はちがいますな、気前がいい」

「そういわれると照れるんだなあ。小村君が勝っているのは勝利の女神が彼のほうをむいて微笑んでいるからなんです。そのうちには女神だって飽きがくるだろうし、そうすれば今度はぼくのほうを向いてニンマリするに違いない。そうなったら利息をつけて取り返してやろうとね、そう考えて払ったんです。だから、取り返さないうちに殺されてしまったのはショックだったなあ……」

実感のこもった口吻である。九百六十万という金額が小村の預金口座に入っていることは事実であり、したがって彼の発言には説得性があった。小村が死んでしまえば金を取り戻すチャンスが失せたことになる。それも確かなことだった。

「あの晩の八時から九時にかけて、何処でなにをしておいでしたかね？　差支えなかったら――」

「差支えなんてないですよ。刑事からもしつこく訊かれたことですから。だけどね、ぼくにはアリバイがないのですよ。家内と子供を郷里の実家にやって、ぼくはワインを呑みながら一人でテレビを見ていたんだから」

「ふむ」

「でもね、ぼくには動機がないんだ。小村君を殺さなくてはならぬような理由がないんです」

動機がないからアリバイなんて問題にならない。桜井の発言を要約すれば、こういうことになるのである。

わたしはワインというやつを馳走になった。仕事中は禁酒をする方針だが、フランスでは赤ン坊までが水のかわりにワインを呑むという話だから、べつに戒律を犯したことにもなるまい。

ただで酒を振舞われるというのは何となく居心地のわるいものである。だからわたしは酒の上等であることを褒め、二杯目に家の立派であることを褒め、三杯目に桜井の男っ振りがいいことを褒め、さぞかし女にもてるだろうなどとタイコ持ちみたいなことをいった。それほど、彼のブドウ酒はこたえられなかったのである。

「もう一杯」

「いや、もう結構」

「そんなことをいわずに、いや、もう一杯だけ」

「おっとっと……」

何を褒めようかと思ったがタネ切れである。細君が美人であるといえば喜ぶことはわかっているけれど、まだ見たこともない女性を褒めるわけにもいかない。そこで、頭の負傷のことを訊ねた。

「撲られたんです。髪の毛にかくされているんでよく解りませんが、医師の話では頭蓋骨の陥没しなかったのが不思議だ、というくらいです」

「誰ですか、相手は」

「友達ですよ。平素はとてもおとなしい男なんですがね」

「酔っていたんですか」

「しらふでした。血相を変えて撲りかかったもんで、よけることができなかった」

場合が場合、時が時である。容凝者の一人である彼が襲われたということにちょっと不審な感じがした。が、桜井のほうもそれに触れられることを好まぬらしく、つとめて話をそらせようとして、しきりにワインをすすめた。こうしてわたしは、ワインを呑んで酔っ払ってしまったのである。

6

わたしがストリップ男の川崎俊平と会ったのは、その翌日のことであった。前日と同じように、ビルの前で網をはって待っていると、写真で見覚えのある川崎が降りてきた。べつに謙遜していうわけではないけれど、わたしの風体(ふうてい)はどう工夫して眺めても紳士風とはいえないので、まっとうな会社の受付に立つと頭から警戒されてしまう。事実、会社ゴロと間違われて金一封の如きものを貰い、慨歎(がいたん)これを久(ひさ)しうした経験があった。で、以来、正面から面会を求めるという正攻法は避けて、外で待つことにしている。

わたしはなんとなく尾行をつづけて、つぎのブロックにあるそば屋に入った。そば屋は会社の裏も一軒あるが、ここはつゆの味が甘すぎるので、そば好きには敬遠されているのだそうだ。この一事でわたしは、川崎がそばについては一言居士(いちげんこじ)であることを摑んだ。

「よう、川崎さんじゃないですか」

呆気にとられている彼の隣りに坐ると、機先を制して大声を上げた。

「上の天丼を二つ！」

わたしの蛮声を耳にしたサラリーマン達が、羨望と嫉妬のいりまじった凄まじい目つきで、いっせいにわれわれの顔を見た。嫉く（や）な嫉くな、とわたしは心のなかでなだめてやる。上等の天丼を喰うからといって驚くことはないのだ。調査費の一切は弁護士に請求するのだから。

自己紹介をすませると、車エビの天ぷらを喰いながら、夜のストリップ事件の話を聞いた。川崎俊平は色白の気のよわそうなタイプで、わたしを真向うから見ようとはせず、終始おどおどしている。ものをいう場合も、縁談を持ち込まれた大正時代の娘みたいに目を伏せ、辛うじて聞きとれる程度の小声で、囁くようにボソボソと喋るのである。

「走っているときは夢中ですから、それほどには感じませんでした。胸がドキドキして心臓がとまりそうな気がしたのは、服を脱いでいるときですね。でも借金を払うためには止むを得ないと思って、自分で自分を鞭（むち）打ちながら裸になったんです。まともなサラリーマンのぼくには、一千万円なんて金額は十年かかっても稼げそうにないですから」

「たしかあんたがストリップをやったのは事件があった晩の九時頃でしたな？」

「お願いです、小さな声でいって下さい。それに、ぼくがやったのはストリップではなくてストリーキングなんです」

どっちだっていいじゃないか。裸になる点に変わりはないんだ。でもぼくは時計なんか見なかった。そんな余裕なんてないです」
「警察が九時だといってるなら多分そうでしょう。

現行犯で逮捕した警察側の記録では、九時五分となっているのだ。彼が新宿駅から伊勢丹のほうにむけてスタートを切ったのは勇ましかったが、土曜日の夜だから歩道は雑踏をきわめており、そのため人混みにはばまれて颯爽と走りぬけるというわけにはいかなくて、五〇メートルといかぬうちに逮捕されてしまったのである。時間にしてせいぜい十分ぐらいのものだったという。

「すると、八時に小村氏を殺してから新宿に駆けつけて走りだした、という考えも成立するな。つまりあんたにはアリバイがないというわけだ」

「アリバイはないけれども」

と、このやさ男はよわよわしい声で反論した。尤も、大きな声をだすと隣りのテーブルに筒抜けである。

「アリバイはないですけど、動機もないんです」

「なぜ? あんたも一千万円を払わなくちゃならんのでしょう?」

「だからストリーキングをやったんですよ。断崖から飛び込むような気持で。だって裸で走れば借金を肩替りしてやると約束されたからです」

一瞬、この男が冗談をいっているのかと思った。一千万もの大金を、川崎俊平に代って払うという人間がいるとは信じられない。

「何者です？」

「桜井君ですよ。彼がそう約束したんです、それだけの度胸があれば代って払おうってね。おれも男だ、武士に二言はないっていうんです。ほかの人間がいったって本気にはできないけど、あの人は大金持でしょう？　それに気心の知れたマージャン友達でしたから、つい信じてしまったんです。というよりも、絶体絶命のピンチに追い込まれれば、信じるほかはないです」

なるほど、相手が大金持の桜井ならば、一千万円の肩替りを申し出ても不思議ではない。

「ところが翌日彼を訪ねると、そんな約束をした覚えはないっていうんですよ。酔っ払っていったことに責任は持てない、なんて。ぼく、だからカーッとなって手近にあった灰皿で撲ってやったんです」

これはまた信じ難い話だった。このひ弱そうな男が、頭蓋骨をへこませるほどの暴力をふるったとは！

「でもあとになってみると、酔っ払いの放言を信じたぼくが馬鹿だったのかもしれません。示談に応じてくれたことを、彼に感謝しなければいけないと思っています。ですから病院に入っていたときは毎日のように見舞いにいったんですよ」

「酔うとでまかせをいう癖があるんですか」

「放言もしますけど、それよりも気前がよくなるんです。酔っ払うと誰彼の見境がつかなくなって、ライターだの純金の靴ベラだのを惜し気もなくやってしまうんです。酷いときは身分証明書をくれてやって、翌日に蒼くなってその人のところへ飛んでいって、洋服の生地と引き替えにとり返してきたこともありました。金持らしく気前がよくて鷹揚ですから、女の子に人気がありますね」

わたしも成金になりたくなった。ゼニは欲しくないけれど、若い女にチヤホヤされるのは、思っただけでもよだれがでそうだ。

「ストリーキングしてるあの時点で、ぼくは桜井君が支払ってくれるものと信じていたんですよ。気前のいい彼だから、肩替りしてくれるものとね。ぼくだって男ですからね、まるまる貰う気はありません。月賦で少しずつ返していくか、マージャンの賭け金でなし崩しにしていくことを考えていました。とにかく、急場さえしのげればよかったんです」

川崎俊平はここで一段と熱のこもった口調になり、伏せていた顔を上げると、わたしの目をまともに見た。

「ですからぼくには小村君を殺さなくてはならぬわけがないんです。電話をかけて、こういう事情だから、月曜日にはきっと払うといえば、彼も了解してくれるに違いないと思っていました」

「なるほど」

大きく頷いてみせた。説明されてみれば、怒気心頭に発して無責任野郎をぶん撲ったのも当然なことなのである。

「小村君という人をどう思います？」

車の運転と大酒呑んで放言をしなければ、いい男だと思いますね。彼が事故を超こしたもんだから、われわれが恐慌状態に陥ったんですから」

「ところであんたは他人と一緒に風呂に入りたがらないそうだけど、そんなことを気にする必要はないと思うなあ。中国の孔子だか孟子だかがいってるじゃないですか、小は大を兼ねるって。だから……、待てよ、これは逆だったかな？」

「あなたはなにか誤解してるようだけども、じつをいうとぼくには乳が六つあるんです。退化現象というんでしょうか、一対あるべきものが三対あります。だから人前では裸になりたくなかったのですよ。先日のストリーキングのお蔭で、この秘密も沢山の人にみられてしまいましたけれど」

川崎俊平はまた顔を伏せると、消えも入りなん声で語った。

「そんなこと気にしなくてもいいじゃないですか」

と、わたしは励ましてやった。たしか、そういうオッパイを副乳というんだと聞かされたような記憶がある。男の副乳なんてものには興味ないが、女性となると話は別だ。ボリウムのあるオッパイが六つも並んでいたら、男性たるものこたえられまい。いや、数が多過ぎると、どれをどうすればいいか、迷ってしまう。

「あの、ぼくの顔にごはん粒でもついているのでしょうか」

いきなり俊平に訊かれた。わたしはニヤニヤしていたらしいのである。

7

調査のほうはとんとん拍子に運んだものの、事件解決の曙光はいっこうに見えなかった。成金息子の桜井にはアリバイがない。そのかわりに、請求された金額を気前よく支払ったこの男には、小村を殺害しなくてはならぬ必要性がないのである。そして、動機のない点では裸男の川崎も同様であった。大勢の見物人の前で裸になることは勇気が要っただろうが、人殺しをすることと裸になることを天秤にかけたなら、誰でもイチジクの葉っぱのほうを捨てるだろう。

一方、里見には肩替りをしてくれるような救世主もいない。兄を訪ねたものの借金工作には失敗しているのだが、同時に、そのことがアリバイを成立させる結果ともなったのである。被害者の書き残した文字が彼の姓に該当するという事実はあるにせよ、彼が犯人であり得ぬことは明白であった。

となると、佐藤ミチル以外に犯人たり得るものはいない。

理学博士が計算しても小学校の一年生が計算しても、4から3を引けば1という答がでるのだ。

わたしがこの調査結果を電話で報告すると弁護士の機嫌は忽ち悪化した。ご苦労だの、事件が解決をみたらインドネシア料理を喰いにいこうのといっていた彼が、よくまあ恥かし気もなく前言を翻せるものだと感心するくらいの豹変ぶりであった。

「あんたそんなことをいうけどねえ、ミチル嬢の犯行だとしか考えられないんだから仕様がない。悪いこといわないから、さっさと弁護から降りたほうがいいと思うぜ」

「うるさい！　きみから指図は受けん！　あの連中がシロだと解ったら、手をひろげてほかのやつ等を追及するんだ」

「だって」

「だっても抱っこもあるものか。きみはあのダイイングメッセージを忘れているんじゃあるまいな。いいか、佐藤姓はほかに幾らでもいる。日本人が十人いれば二人は佐藤姓だというくらいだ。したがって小村の周囲にも佐藤なにがしは沢山いたに違いない。そば屋の出前持ちも佐藤さんかもしれないし、おさわりバーのホステスも佐藤さんかもしれない。ガイシャの近辺を洗って、佐藤姓の人間をチェックするんだ！」

「了解」

「それからな、佐藤という姓は無闇矢鱈といるんだが、逆に、里の字がつく姓は非常に少ない。なかでは里見が比較的多いが、ほかには里村、里川がある程度だ。佐藤姓と並行してこっちのほうも洗ってくれ。ナニ、数が少ないから楽だと思うヨ」

機嫌がなおったとみえ、終わりのほうになると猫なで声である。

「了解」

楽だと思うヨなんて安直にいうけど、数の少ない人間を捜すのは、広大なゴビの砂漠でペンギンを発見するよりも面倒な仕事なのである。少しはこっちの苦労も知ってもらいたいものだ。

「おい、聞いとるのか」

「いや失敬。喰いそこなったインドネシア料理のことを考えていたもんでね」

と、皮肉をいってやった。

受話器をのせると、わたしは机に頬杖をついて安タバコに火をつけた。こうした場合、外国のハードボイルド物の探偵は机上にドタ靴をはいた足をのっけて、自堕落な恰好で一服するものだけれど、東洋の君子国に生まれたわが身の因果というべきか、わたしには、ああした不作法な真似はできない。

一本のタバコを吸い終ってから立ち上ると、茶色になったパナマ帽を頭にのせた。別れた女房が最後に買ってくれたものが、このパナマなのである。

小村の周辺から佐藤姓の人間をピックアップしていこうという場合、私生活と公的生活とにわけて、それぞれの面で接触のあった人間をリストアップする、というのが一般的にとられる方法である。が、この事件では、被害者の小村が日記をつけていたという話を聞いていたので、そのなかから該当者を拾い上げていくことにしたのである。小村は親も親類もない天涯孤独な男だったから、遺品のなかに混っていた日記を借覧することになり、弁護士が一札を入れて持ち出したのである。

「読むのはあんたがやってくれよ。こっちは外歩きが専門なんだから」

しんどい仕事は相手に押しつけるのがわたしのやり方なのだ。

弁護士はまる一日を投入して二冊の日記を読み終え、結果を電話で報告してきた。それによると日記に登場してくる佐藤姓の人間は思ったほど多くはいなくて三人に過ぎず、里の字のつくのは里岡だけであった。

先頃この弁護士がおさわりバーの佐藤さんといったのは単なる思いつきだったのだろうが、彼の電話によると、三人の佐藤姓のうち二人までがキャバレのホステスだった。わたしは、その日のうちに渋谷道玄坂の『ピーピング・トム』を訊ねた。

佐藤小百合はその名前から想像すると楚々たる柳腰の美人ということになるけれど、本物はビヤ樽がイヴニングドレスを着て口紅をぬったような「肥丈夫」であった。おまけに三十四、五歳にはなる姥桜であり、わたしはタデ喰う虫も好き好きという諺を思いうかべた。

「うれしいわ、よく来て下さったわね」

女はしなだれかかって鼻声をだし、危うくわたしはイスから転げ落ちそうになった。

「お手やわらかに頼むぜ。押しくら饅頭をやりにきたんじゃないんだから」

「あら、ヌケヌケというわねえ、この人」

小百合嬢はポンと叩いたつもりなんだろうが、わたしは暴漢におそわれ張り飛ばされたようなショックを受けた。こんな女性に興味を持ったところから考えると、小村という殺された男はマゾヒストではないのだろうか。

「きみ、女プロレスでもやっていたんじゃないか。ブラウン管でお目にかかったことがあるような気がするぜ」

わたしは冗談をいってやった。が、彼女はそれが通じなかったらしく首を振ると、真顔で
「人違いだわよ」と答えた。冗談がつうじない女というのも扱いにくいものである。

わたしはドライマテーニとバイオレットフィーズを注文して、マテーニのほうを女にすすめた。

「ところで仕事の話になるがわたしは私立探偵でね、ちょっとした調査にきたんだよ」

すみれ色の酒をひとくち呑んでから、気乗りのしない質問をした。わたしにはこの女が犯人でないことはすでに解っていたからである。事件当夜、あの現場近辺で見かけられた怪しい人物については、当局の訊き込みによる詳細なリポートができているのだが、こうした肥

った女性の目撃報告は一件もないのだ。

「殺された小村氏はちょくちょく呑みにきたそうだね？」

「ふた月に一回ぐらいだから、ちょくちょくというほどでもないわよ」

小村の名がでると、彼女もまじめな表情になった。

「話によるとだいぶ親密だったということだけど、結婚の約束でもあったのかい！　そうとすればお悔みをいわなくちゃならないが……」

わたしもまじめな顔になった。お悔み云々は、いってみれば社交辞令だ。

「そんなことないわよ。あれを親密というんなら、すべてのお客さんと親密だということになるじゃないの。だれがそんなこと喋ったの？」

「それをいうわけにはいかないさ。だがね、その人はこうもいってるんだぜ、小村氏が殺されたマンションの近くであんたによく似た美人を見かけた、とね。勿論、事件があったあの晩のことだ」

「そんなことないわよ。その人、ヤブ睨(にら)みじゃないの？　だって、ここでお仕事しているわたしが小村さんのマンションに現れるわけがないじゃないのさ」

彼女はアリバイを主張し、そしてそれが事実であることは、マネージャーや同僚によって証明された。この肥った女は黙って坐っていても誰かしらの視界に入っているのである。それが、モズみたいな声でけたたましく笑ったりするものだから人目につかぬわけがなく、あっさりアリバイが成立したのだった。

もう一人の佐藤綾子は、キャバレ『ＵＦＯ』のホステスで、ゴム会社のコマーシャル映画から出演の依頼でもありそうな弾力性のある肉体をしていた。小柄な小村は肥満体への憧れと願望を抱いていたらしく、この綾子嬢も申し分なく肥っている。小村は仕事の上の接待というとこのキャバレにきて、彼女を指名してくれたというのであった。

この店でもマテーニとバイオレットフィーズをとった。仕事中のわたしは禁酒主義者だから、すみれ色の甘い酒を少しずつ口に含むという、まるで女学生みたいな呑み方をするのである。

「噂によるとあんたが好きだったというが」

「そうじゃないの、肥った女が好きなのよ。自分でもよくそういってましたわ」

「おや、愛してたんじゃないのかい？」

「単なるお客とホステスといった関係にすぎませんわ。艶っぽいことは一言もおっしゃらないんです。マージャンのお話をするとひどくご機嫌でしたわ」

佐藤綾子は佐藤小百合ほど活発ではなく、わたしは一度もイスから転落せずにすんだ。そして小村が殺された話になると空気がぬけたように張りの失せた表情になり、人の命のはかないことを、役者のモノローグみたいな単調な声で語った。

ホステスだから当り前だといえばそれまでの話だけれど、彼女のアリバイもまた佐藤小百合の場合と同様で、職場で客を相手に酒を呑んでいたのであった。マネージャーや同僚が証言してくれた点も、小百合のときと同じである。わたしはキャバレの梯子をこの辺で打ち切ると、その夜はアパートに帰った。

8

鈍感というべきか粘りづよいというべきか知らないけれど、わたしは余程の事情がないかぎり、絶望したり失望したりはしない。このときも、二人のホステスがシロになったからといって落胆はしなかった。残されたもう一人の佐藤もしくは里岡のどちらかが犯人であると思い、むしろ張り切っていたのである。

翌日になると、わたしはまず三人目の佐藤さんを勤務先に訪ねた。彼は小村とおなじ会社で守衛をしている中年男で、柔道三段、空手四段、なぎなた初段という荒木又右衛門みたいな豪傑であった。柔道と空手はいいとして、婦女子のたしなみであるべきなぎなたを学んだのはどういうわけなのだろうか。それについて質問したいとは思ったが、無礼者と一喝されそうな気がしたので、敢えて触れずにおいた。

「小村さんは気さくないい人でしたよ。一度か二度、この守衛室で将棋をさしたことがあるんですが、負けると口惜しがりましてねえ。よし、今度はマージャンで来い、返り討ちだなんていってましたよ。わたしがマージャンのルールを知らないもんで、これは実現しませんでしたがね」

ヒゲの濃い、目玉のギロリとした大男だが、話をしていると意外に人間味のありそうな人物である。

「小村氏は殺される直前に『サト』という字を書き残しているんです。つまり犯人の名を知らせようとしたわけですな。そんなわけで佐藤姓の人のアリバイを訊いて廻っているんですが、事件が起った夜の八時から九時にかけてあなたは何処においでになりましたか、差支えがなかったら、一つその……」

相手が武術の名人ともなると、わたしも慎重になる。間違っても首の骨をへし折られるような羽目にはなりたくない。

「あの頃は夜勤をやっていましたから、勿論ここにおりましたよ。もう一人若いのがいまして、彼と二人で勤務していたわけです。一カ月交替で、現在のわれわれの組は昼間の勤務になっていますが」

二人組で夜勤をしていたので、自分だけが抜けだすことは不可能であるというのが、彼の主張なのだった。

わたしはその後で彼がいう「若い相棒」を呼んでもらい、当夜の行動について質してみた。が、頭から否定されてしまった。宿直室にいるときも深夜の見廻りにいくときも一緒だから、途中で持ち場をはなれるようなことはなかったし、もし外出するようなことがあれば必ず気がついた筈だというのである。

「二人きりで宿直しているとなんとなく怖いですからね、佐藤さんみたいな豪傑がそばにいてくれると安心なんです。本当はぼく、臆病なのですよ」

「若い相棒」氏はいわなくてもよいことまでいった。

間もなく昼休みの時間になったので、昼食に降りてきた桜井を誘って近くのレストランに入り、被害者と守衛との関係について探りを入れてみた。金満家の伜ともなると、昼めしを一杯のそばですませるというような安直なことはしない。お蔭でこちらも消化不良を起こしそうな厚いビフテキにありついた。何度もいうとおり調査に要した費用は一切あの弁護士が負担するのだから、ビフテキを喰おうがトンカツを喰おうが別段どうってこともないわけだ。が、貧乏人に生まれついたせいか、昼食に豪華なビフテキを喰っていると、真っ昼間から女をつれてラブホテルとやらにしけ込んだみたいに、なんとなく落着けないのである。

金満家は桜井ひとりではないとみえ、レストランのテーブルはあらかたふさがっている。何気ない様子で観察してみると客の殆どが部課長クラスの中年男か初老の紳士であった。しかし二十代でビフテキを喰っているのは、やはり桜井だけだった。ついでにいうならば、頭に包帯をまいているのも彼だけであった。そしてまだときどき痛むのだといい、眉をよせて、そっと頭に手を当ててみたりした。

食事の後で珈琲をのみながら、おもむろに本題に入っていった。佐藤と被害者の小村とのあいだに、単なる社員と守衛を越えたつながりがあったかどうかというわたしの質問に対して、桜井の答は否定的であった。

「大体が小村君はフランクなたちの男でしたから、何事にせよ秘密にしておけないんです。かげでコソコソやることの嫌いな、開放的な明るいやつでした」

桜井のこの言葉は事実であるのかもしれない。殺された小村哲之介の日記にも守衛の佐藤と将棋をさしたという記述が二、三個所にあるきりで、それ以外には何もしるされてはいないからである。動機が考えられないこととアリバイが成立したこととで三人目の佐藤さんの疑惑も払拭(ふっしょく)されてしまい、残るは里岡ひとりということになった。ここでまた初等算数を応用すれば、4から3を引いた残りは1とでる。何がどうあっても、この里岡こそ犯人でなくてはならない。わたしの胸中に猛然として闘争心が湧いてきたのは、単にうまいビフテキを喰ったためばかりではなかった。

わたしはつま楊子をフォームのごみ籠へ投げ捨てると、ベンチに坐って手帳をひろげた。そこには最後の容疑者である里岡マミの名と、中央区西銀座五丁目二五九、金の星という住所が記入してある。

「被害者はクリスマスになると何か彼女にプレゼントをしていたらしいんだ。ひょっとするとキミ好みの美女かもしれんぞ」

電話で住所を読み上げた弁護士はそう言い添えると、ウフフと感じのわるい含み笑いをしたものだ。そのときは一緒になってわたしもウフウフと笑ったのだが、小村の好みがハッキリとしたいまになってみると、これもジャンボサイズのホステスに決まっているのである。西銀座の五丁目というと、銀座通りと劇場街のほぼ中間にあって、当然のことながらバーやキャバレの類(たぐ)いが多い。この日は午後になると気温が急に上昇し、東京湾の上空には巨大な積乱雲がむくむくとふくれ上っていた。晴れているくせに遠雷でも鳴りそうな、不安定な空模様であった。

二五九番地は洋裁店とイタリア料理店とにはさまれた、小さな前庭のある赤煉瓦の建物で、その壁の大半がみどりの蔦でおおわれていた。庭には白塗りのブランコが三台、金属製のシーソーが三台、それに螺旋(らせん)型の辷(すべ)り台が一台、離ればなれに位置を占めている。いささか慌ててポーチに目をやると「私立　金の星幼稚園」としるした木の札がさげてあった。とすると、小村の愛人はここの保母だったのか。一瞬わたしは拍子抜けのした思いがしたが、すぐにまた猛然と闘争心をふるい立たせた。

ポーチに立ってなかを覗くと、幼稚園だから当然だけれど、ホールの天井から色紙を刻んでこしらえたデコレーションケーキが吊りさげてあったり、壁一面に稚拙なクレヨン画が貼りつけてあったりした。

「あの、入園手続きをなさりたいのでしたらこちらへどうぞ」

澄んだ声がしたので振り返ると、グレイの上わっ張りを着た二十五、六歳の、細っそりとした女性が立っていた。わたしを見詰める大きな目がいかにも優しそうで、話しかける口調がお伽噺でも語っているようなゆっくりとしたテンポだ。一見して保母であることが解る。

「失礼。わたしは私立探偵でしてね、里岡マミさんにお会いしたいんですが」

「まあ、マミちゃんにですか。園児にお会いになるのでしたら午後二時までにいらっしゃらないと」

「園児？　里岡マミさんが？」

わたしは気を抜かれたように言葉がつづかなかった。園児がなぜ小村の日記に登場してくるのだろうか。

「ああ、その方なら覚えていますわ。マミちゃんが入園して間もないころでしたけど、書類入りのクラフト紙の封筒を拾ったんです。それを落したのが小村さんで、重要書類がぶじに戻ったものですから、お礼にといって毎年お菓子を送って下さるんですのよ。それをみんなでわけるんですけど」

「……なるほどね」

と、いささか間の抜けた相槌を打った。こうして四人目の容疑者もシャボン玉のようにはかなく消えてしまったのである。

9

幼稚園をでた頃からにわかに雲行きがおかしくなった。わたしは近くの喫茶店に入って冷たい飲み物を注文すると、いままでの調査を心のなかで再検討してみた。わたしの仕事は遺漏のないのが自慢であり、今回のそれも手落ちのない完璧なものであるように思えた。つまるところ、弁護士の意にそぐわぬ結果ではあるけれども、佐藤ミチル以外に犯人はあり得ないことになる。

わたしは決してつらの皮の薄い男ではない。というよりも、象の足裏よりももっと厚い、俗にいう鉄面皮（てつめんぴ）な人間である。だがそのわたしさえも、あの弁護士から皮肉や嫌味をいわれるとこたえるのだ。今度の調査の結果を報告すれば彼が鼻を鳴らしてわたしを軽蔑するのは間違いのないことであり、それを思うと、なんとも憂鬱な気分になってくるのである。

どこかで遠雷が鳴った。気のせいか、歩道をいく通行人の足が急に速くなったようであった。が、その雷を聞いたことが、わたしの決断に踏ん切りをつける結果ともなった。バー『三番館』へ顔をだして、バイオレットフィーズをちびちびとやりながら、わたしの調査に見落しがないかどうかを、あのバーテンに指摘してもらおう。弁護士への報告は、それからでも遅くはない。

『三番館』はおなじ西銀座にある。ここから歩いて五分もかからぬ距離なのだが、時刻はまだ四時になろうとしているところであった。いかにあのバーテンが勤勉であってもまだ出勤してはいまい。そう考えてはやる心を押えつけ、色のついたソーダ水を何杯もおかわりして時間のたつのを待った。積乱雲は銀座の真上でも発生しているとみえ、あたりが急に暗くなってきた。わたしのいるソーダファウンテンでも向う側のアクセサリー店でも、ほとんど同時に灯りがつけられた。

四時半になるのをじりじりしながら待っていたが、店の時計が三十分を打つのと同時に立ち上った。空いたシートへ、一人の若者が盗塁でもするように、勢いよく辷りこんできた。店の内部は雨宿りをする客でいっぱいになっていたのである。

べつにイキがるわけでもないけれど、わたしは雨のなかを傘なしで歩くのが好きだ。しかし濡れた姿で『三番館』にいくのも気がひけるし、といってこの降りではタクシーを捉えることも不可能なので、ドブ鼠みたいに地下道から地下道をつたって数寄屋橋のところで地上にでると、あとは一目散に韋駄天(いだてん)走りだった。毎度自慢をすることだが脚力には自信がある。

小さな鋼鉄の函にのってバーへ昇っていくと、果して達磨の親戚みたいな顔つきのバーテンが一人せっせとスプーンを磨いているところだった。

「よう、早いねえ」

「いらっしゃいませ。酷い降りになりました。おやおや、髪がびしょ濡れで。タオルを差し上げましょう」

　そのタオルで頭や顔を拭いているうちに、彼はカクテルシェイカーのふたをとり、酒瓶に手をかけた。

「バイオレットフィーズで？」

「半ダース、いっぺんにな。しかしバーテンさん、わたしが禁酒中だってことがよく解るねえ」

「勘でございますよ。勘プラス観察と申しますか。新聞の社会面でむずかしそうな事件が報じられます。その後でしばらくしますと、あなたさまがお疲れのご様子で、少し早目にお出でになります。そこで、ハハーンというわけで……」

「なるほどねえ。そういっては悪いけれども、説明されてみると簡単なことだね」

「はあ、おっしゃるとおりで」

　並べられたグラスを手にとって一気に三杯呑むと、どうやら人心地がついてきた。厚いカーテンと防音壁とによって外界と完全に遮断されているこのバーのなかでは、雨の音も雷鳴りの音もちっとも聞えてこない。次第にわたしは寛いだ気分になってくる。

「聞いてくれるかね？」

「お役に立ちますれば……」

　こういうきまり文句がやりとりされた後で、わたしはこれまでに調査した一切のことを語り、バーテンはバーテンで、これまたいつものとおり磨き上げてあるグラスをふたたび手にとって磨きながら、じーっと耳を傾けていた。そうすると精神の統一ができるのだそうだ。

バーテンは、それがバーテン学とでもいうのかもしれないが、中途で話をさえぎるような不作法な真似はついぞしたことがない。もし質問があるとすると、それを頭のなかに4Bかなにかの鉛筆で黒々と書きとめておいて、わたしの話がすんだ後で、遠慮気味に、礼儀ただしく訊くのである。このバーテンと話をしていて、かつて酒がまずくなったことがなかった。

この雨では客足が遠のくに違いない。わたしは秘かにそう踏んでいたのだけれど、それは当っていたようだ。五時が過ぎ、五時半になっても、一人のホステスさえ出勤してこなかった。それをいいことに、わたしは微(び)に入り細(さい)をうがって調査の結果を語って聞かせた。

磨く手を止めると、バーテンはグラスを棚に戻した。

「二、三質問してもよろしゅうございますか」

「いいとも、その前に半ダース追加してくれないか」

「かしこまりました」

このバーテンがつくるカクテルは旨くないという評判がもっぱらである。しかしどうしたわけか、カカオフィーズだのジンフィーズだのは結構いい味のものをこしらえる。もしかするとこのバーテンは、とわたしは推測する。大福やボタ餅の大好きな甘党ではないのだろうか。だから甘味のあるフィーズ類が上手なのではあるまいか。

「質問の一は、お金持の桜井さんとストリーカーの川崎さんが口論をなさった原因は何でございましたでしょうか」

「だからさ、桜井が酔った上での約束は認めないといったんで、コチンときたのだよ。衆人の前で思い切り恥をかくというのは、彼としては大きな犠牲を払ったことになる。それを、酔っ払っていたから責任はとれんと拒否されれば腹が立つのは当然だと思うよ。図々しいおれがストリーキングやるのとはわけが違う。……で、二番目は？」

「はい。もし川崎さんが無事に所定の距離を完走した場合、自宅までどうやって帰るつもりだったのでしょうか」

「そりゃタクシーでも呼び止める気だったんだろうよ」

「いくらタクシーで帰ると申しましても、裸で乗り込むわけには参らないと存じますが」

「それはそうだ。だから、どこかへ服を脱いで隠しておいたんだろうよ。しかしストリッ……、いや、つまリストリーキングをやってる最中に捕っちまったから、服なんか着る暇はなかったんだろうね」

「恐れ入りますですが、その服の問題をお確めいただきたいので……」

なぜ服に固執するのかよく解らない。解らぬままに、わたしはふたつ返事で引き受けた。

「いいとも、さて誰に訊くかな？」

当人に電話するか弁護士に訊くかちょっと迷ったものの、結局、川崎俊平に尋ねることにした。電話帳をひろげてみると、住所は文京区駒込千駄木町の公団住宅となっている。

ダイアルを廻すとすぐに本人がでた。少し酔っているとみえて言語に不明瞭なところがあり、二、三度問い返して意味がつうじた。途中で手に持ったグラスを卓上にのせたらしく、氷のかたまりがグラスに触れる涼し気な音まで聞えてきた。

「服を脱いだのは新宿御苑の塀のところですよ。靴をぬいでその上にズボンや下着や上衣をのせておいたんです。ところが警察で取り調べに時間がかかったものですから、後で警官に取りにいって貰ったときには盗まれていました。翌日になって、靴だけが附近の下水から発見されたそうですが」

「そいつはお気の毒でしたなあ」

とおり一ぺんの世辞をいった。素っ裸で事情を聴取されている有様を想像すると、同情するよりもクスクスと笑いたくなる。

「釈放されて帰宅するときはどうしました？」

「朝刊にでてしまった以上、いまさら隠したってどうなるものでもないですから、知人の奥さんに電話をして、旦那さんの服と下着を届けてもらいました」

「いや、どうも」

礼をいって話を切ると、待ちかねているバーテンにいまの話を復唱して聞かせた。

「思ったとおりでございました。もし脱いだ服が盗まれずに、そっくりそのまま置いてありましたら、手前の推理もゆき詰るところでございますが……」

「さっぱり解らないが、呑み込めるように説明してもらえないかな」

わたしがそうねだったときに、エレベーターの扉の開く音がして、間もなく一人のホステスと、会員である葬儀屋の若旦那が入ってきた。昨年の夏エジプト遠征をして以来すでに半年以上になるのに、陽焼けした童顔はいっこうに白くならない。ひょっとすると堀じくり返したミイラの祟りかもしれないぞ、と、わたしは秘かに思う。

「よう、今晩は。ぼくが一番乗りかと思ったんですが、お早いですな」

ハンカチで肩についた雫を拭き取りながら、邪気のない笑顔で話しかけてきた。葬儀屋を営んでいる以上、もう少し哀しそうな顔をしたほうが繁盛するんじゃないかな。自分が苦労性だとはとうてい思えないが、わたしは胸のなかでそんなことを考えた。

「お話はまた明晩。それまでに、わたくしも調べておきたいことがございますので」

バーテンが小声でいった。

10

「わたくしが妙に思いましたのは、川崎さんがお金持ちの桜井さんの態度に腹を立てたという個所でございますよ」

その翌る日の夕方、バーテンはそう語り出した。プロの私立探偵がバーテンに説明してもらっているのは醜態だから、ほかの会員と顔を合わせぬよう、少し早目にいったのである。

「なぜなら、あの時点で債権者である小村さんはすでに殺されてしまっております。つまり、下世話な言い方をしますと借金取りは死んでいるのでございますから、桜井さんに肩替わりをしてもらう必要もなくなっておりますので。したがいまして、桜井さんが支払いを拒否したとしても、怒る必要はないのでございます」

「あ、なるほど。そういえばそうだ」

「そうなりますと、あれはお芝居だというふうに考えられますので」

「馴れ合いの、かい？」

「いえいえ、川崎さんの独演でございます。それを本当らしく見せるために、桜井さんの頭を撲ったわけで……」

「どうも解らないな。最初から順を追ってたのむよ」

とうとう音を上げてしまった。

「よろしゅうございます。その前に、ボルドーの白ワインはいかがでしょうか。そろそろ禁酒を解かれるころだと存じますが」

事件は解決したも同然だから、遠慮なく酒を呑めというご託宣なのである。

「そうして貰うかな？」

思わず目尻がさがってニコニコ顔になってしまう。現金なものだ。

わたしは注いでもらったワインを呑みながら、バーテンの話に耳をすませる。酒がひとしお旨く思えるのは当然のことである。

「犯人は川崎さんでございまして——」

「ちょ、ちょっと待ってくれよ。川崎は『サト』に関係ないぜ。どうひねくり廻してみても、川崎と『サト』との間につながりは出てこないんだがね」

「はあ、でございますから、あれは川崎さんが当局の目をくらますために用意したものだと存じます」

「しかしバーテンさん、あのメモは小村が書いた字なんだぜ。彼の筆蹟であることは三人の専門家が鑑定して、一致した答をだしているんだから」

「はあ、存じております。ですからつまり、犯人が前以て(まえもって)なにか口実をもうけて書かせたのではないか……と。それを保管しておいて、殺人のあとで現場に残してくればよろしいわけでございますから。そうすれば佐藤さんが疑われます。世間には佐藤姓は多うございますから、容疑者もたんと出てくる計算でして……」

「ボールペンも用意してきたものかね？」

「はあ。『サト』という字を書かせたときのペンを、今回のためにとっておいたわけで」

「ずるい男だ」

「おっしゃるとおりで。被害者の家の果物ナイフを用いたのも、突発的な犯行にみせかけるためだったと存じますよ。そういう先入観を持たされますと、あのメモが前以て用意されていたのではないかという発想がうかび難くなりますので」

計算のゆきとどいた工作に、わたしは呆れるばかりだった。

「それでは『サト』というのは何だね？」

「はい。相手に何の不審もあたえずに書かせたものといたしますと、ごくありふれた名詞ではないかと存じます。で、電話帳をひらいてみましたところ『里』という郷土料理店が五軒ございました。本店が新宿で、新橋、池袋そのほかの盛り場に支店がございますので」

「ふむ」

「もし小村さんがひいきにしていた店があるといたしますと、地理的にみて、新橋支店の可能性が大きゅうございます。それで先程そちらに寄りまして早目の食事をすませて参りましたが、従業員に訊いてみますと、思ったとおりで……。週に一、二度は見えたそうでございます」

「どこの国の料理かい？」

「薩摩(さつま)でして……」

そういわれて小村が鹿児島の出身であることを思い出した。「おれもいっぺん喰いにいってみたいんだが、何という店だっけな。え？　はと？　なに、かと？」とでもいったように川崎が持ちかけて、『サト』と書かせることもできるだろう。どんなやり方をしたかは知らないが、いずれにしても、そんなに難しいことではあるまい。

「ところが、思いがけぬ事態が発生いたしました。わたくしは、川崎さんの洋服が血まみれになってしまったのではないかと想像しておりますが、それを着て帰るわけには参りません。といって現場に脱ぎ捨てれば、犯人の正体がすぐに解ってしまいます。あの人としましてはその血まみれの服を何処かに隠すか焼却するか、方法は二つしかないことになります」

「ふむ」

「しかし現場には焼き捨てた痕跡はございませんそうですから、持って逃げだしたに相違ないと存じます。あるいは、とつおいつ考えているところに佐藤ミチルさんが訪ねてきてチャイムを鳴らしたものですから、びっくりして後も見ずに飛んで出たのかもしれませんですね」

「服を抱えてかい？」

「はあ」

「裸でかい？」

「はあ」

「小村の洋服だんすから彼の服を持ちだせばいいじゃないか。ドアには錠がおりているのだから、慌てることはあるまい？」

「お言葉を返すようで申し訳ございませんが、小村さんは薩摩の産にしては小柄なほうですから、この人の服を川崎さんが着るわけには参りませんのです」

バーテンのいうとおりだ。小村が小柄であることを、わたしはすっかり失念していた。

「すると裸のまま新宿までいったのかね？」

「はあ。あのマンションの窓の下を山手線が走っております。いえ、わたしが申しておりますのは貨物線のことでして」

貨物線は大崎駅の辺で山手線と一緒になり、そのまま平行して渋谷、新宿、高田馬場と走って、池袋駅で分れていく。バーテンがいうのは、この貨物線のことなのだ。

「それに飛び乗ってしまえば、人目に隠れて現場から遠ざかることができます。しかし駒込千駄木町の家に帰るには、どこかで降りなくてはなりません。降りるのはいいのでございますが、そこから文京区までの数キロの道のりを、人から怪しまれずに裸で歩きぬけることは出来ない相談だと存じます。そこでそれを逆手にとって、大勢の人の注目を浴びて裸で走るという解決法を考えついたわけで……」

どうやら話が呑み込めてきた。あの男が、初心（うぶ）な乙女みたいに目を伏せていたのは、犯人としての心のやましさを悟られぬためだったのだろう。

「するとナニかい？　土地成金の息子が酔って放言したというのは嘘なのかい？」

「でございましょうね。いつも酔っ払っては大きなことをいう癖を、この場合も逆手にとったものと存じます。当の桜井さんにしてみますと、酔ったときの放言癖については自分なりに承知していたでしょうから、ことによるとそんな約束をしたかもしれない……と思って、頭から否定するわけにはゆきませんのです」

「そこで頭を撲って、いかにも桜井が否定したことに腹を立てたような芝居をしたと。なるほど、よく解った。ついでに訊いておくけど、下水から発見された靴は正真正銘の川崎の靴だったんだけど、この点についてはどう考える？」

「でございますから、靴には血がつかなかったものと存じます。部屋に上るときに靴は脱いでおきますので。それをはいて逃亡したわけでございましょうね」

新宿駅に近づくと貨物列車は速度をおとす。ひそかに飛び降りた川崎は線路を横断して、人目の少ない御苑の方向に脱出すると、はいていた靴を下水に投げ込む。そうしておいてから、大通りに現れてストリーキングを始めたことになるのであった。警官の目に触れて警察署に連行されるのは計算の上であり、そしてそれは彼の望むところだったのだろう。それによって彼が裸であったことは正当化され、誰一人として怪しむものはいなかったのである。

「しかし禁酒を解くのは少し早すぎるんじゃないかな。物証がないと警察は承知しないからね」

「ご冗談を」

と、バーテンは笑った。

「まだ血染めの洋服はどこからも発見されていないではございませんか。ということは、渋谷から新宿までの間で処分しなかった、つまり列車の上から投げ捨てなかったことを意味していると思うのでございますよ」

「…………」

「でございますから、服は貨車に忘れられたままで運び去られたに違いありませんのです。終着駅をつきとめて照会すれば、必ず見つかりますよ。土地の警察が保管していることは間違いございませんから」

そういわれた途端に、ワインの味を一段と旨く感じた。

菊香る

1

そのとき、わたしはハンバーガーと珈琲を買ってきて、思いきり大口をあけてかぶりつこうとしていた。ちょっとした雑用のため昼めしを喰いそこね、腹の時計は八ツさがりというところだった。

不意に電話のベルが鳴った。それも、わたしの食事を中断することが愉快でたまらぬような、勝ち誇った鳴り方であった。電電公社がいじわるなのかどうか知らないが、この部屋の電話はしばしばわたしの歓楽に水をぶっかけるように鳴るのである。つい昨夜も、わかい可愛い女の子を連れ込んで口説いている最中に鳴ったものだから、タイミングが狂ってしまい、彼女とはとうとう何もしないで別れることになった。わたしはヒステリ女ではないから受話器を叩きこわすようなことはしない。が、電電公社総裁の横っ面をはりとばしたくなる。

「もしもし……」

電話の声は女であった。まずわたしが本人であることを確めておいてから、すぐ本題に入っていった。無駄のない話しぶりを聞けばかなり頭のいい女性であることが解る。ただ声が少しかすんでおり、鼻カタル患者みたいに鼻がつまっている。おそらく電話口にハンカチをのせた上で、鼻をつまんで喋っているのだろう。つまり本人は、話し方あるいは話すときの声の特徴から正体を知られることを警戒していることになる。となると、かつてわたしと接触したことのある女なのだろうか。

「ある男の人を尾行していただきたいのです。お願いできるでしょうか」

尾行という言葉の発音が「ミコー」と聞える。わたしは暇をもて余しているところだった。さらに、冬にそなえてオーバーと靴を買う必要に迫られていたのだが、そのゼニがなかった。だからこの依頼にはとびつきたいところである。

「多忙でしてね」

と、わたしはホラを吹いた。

「いつですか」

「今夜ですわ。午後の六時から十二時までの六時間なんですけど……」

「ちょいと先約があるもんでしてね」

わたしは勿体(もったい)をつけていう。

「だめでしょうか」

「いや、先約のほうは明日にまわしてもいいです。で、どこで誰を尾行するんですか」

「その前に謝礼についてお訊きしておきたいんですが」

なかなか良心的である。わたしは標準の料金に一割ほど吹っかけた額を答えた。くどいようだがオーバーを買わなくてはならない。

「わかりましたわ。お察しのように事情がございまして住所氏名を明かすわけには参りません。ですから、支払いの方法がちょっと変わっていますけど」

「変わっているのは平気です」

要はゼニが入ることである。

「オフィスの入口のドアの上を探ってみて下さい。鍵が一つのせてあります。新宿駅のコインロッカーの鍵ですわ。それでロッカーをお開けになりますと、白い洋封筒に一万円紙幣が五枚入っております。いまおっしゃった料金よりもかなり超過していますけど」

べつに恩着せがましくもなく女は淡々とした声で語った。メモでも読んでいるような、暗記していることを復唱しているような口調でもある。

「オフィスから新宿駅まで十五分もあれば往復できますわね？」

彼女は、新宿の裏通りにあるこの事務所の所在まで調べ上げている様子だった。尤も、オンボロビルの二階にあるこの部屋は、オフィスだの事務所だのと呼ぶのが照れくさいほどの汚いものだが、だからといって連れ込み部屋というわけにもいかない。イスとテーブルと電話機がある以上、やはりオフィスというほかはないのである。

「まずそれを確認していただきますわ。三十分したらまたお電話します。そのときに内容をお話しいたしますわ」

「なるほど。しかし疑問が一つありますな」

「なんでしょう」

「わたしがその金を猫ババしてしまったらどうなるんです？」

するとと女は含み笑いをしてから、こうつけ加えた。

「ご覧になれば解りますわ」

わたしは腕の時計をみた。壁にも時計があるが、電池が切れてしまったので夏以来とまったままなのだ。

「いま二時半だ。では三時に電話を下さい」

受話器をのせると、立ってドアを開け、ドアの上の框を手さぐりした。彼女のいったとおり、白いプラスチックのふだのついたコインロッカーの鍵である。

だがわたしは素直に駅までいくことに躊躇を感じた。例えば、こうやっておびきだしておいて、留守中に忍び込んで有り金をごっそり盗む、という泥棒の話がある。あるいはまた、五万円の金額に釣られてノコノコ出かけていき、ロッカーの扉を開けてそこに一文も入っていないことを発見し、騙されたことに気づいて地団駄ふむ、その様子をそれとなく観察して手を叩いてよろこぶ仕組みなのかもしれない。事実、世間にはユーモアとは全く異質ないたずらをして悦に入るという暇人がいるものだ。いってみれば変質者だが、いまの電話の女性がこの種の人間でないとは断定できないのである。

が、わたしは決然としていってみることにした。私立探偵に遅疑逡巡は無用なのである。

2

新宿というところは車に乗るよりも歩いたほうが早い。わたしはほぼ十分後には目指すコインロッカーを探し当てた。が、その場で開けるようなことはせずに、そっと通り過ぎるとあたりの人間を時間をかけて観察した。大体がロッカーというものは品物を入れて施錠するか、鍵をつっ込んで品物を出すかの二つしかない。誰もが短時間で用がすむものばかりなのである。したがって三分以上もロッカーの前にうろついている者がいたなら、そいつこそわたしのいう「変質者」にほかならない。

わたしはここでたっぷりと十分間を過し、妙な人間のいないことをそれとなく確認しておいてから、問題のロッカーを開けた。四角く奥深い空間のなかに、電話の声が語ったとおりの白い封筒がおいてある。しかし迂闊(うかつ)に封を切るのは禁物だ。わたしもこうした稼業をしている以上、他人から恨みを買っていないとは言い切れない。この封書が実は手紙爆弾である可能性も無視するわけにはいかなかった。

その封書の端をちょいと摑むと洗面所へ直行し、水中に突っ込んでおいてからそろりそろりと封を剝がしにかかった。隣りにいた青年が野次馬根性まるだしでわたしのすることを見ている。だが、敢えて注意はしなかった。もし一緒に爆死したなら、三途の川をわたる道連れがあって退屈しのぎになると思っていた。

封筒が手紙爆弾ではないかということは、わたしの思い過しであった。洋封筒は忽ちのうちに糊づけがはがれて一枚の紙片に還元してしまい、なかから本物の一万円札が五枚、耳をそろえてでてきた。と同時に、見れば解るといった電話の声が意味したものも、理解できたのである。五枚の紙幣はどれも対角線からするどい刃物で切断された半券でしかなかったからだ。

この五枚の三角形をした紙幣をながめながら、わたしは、ずっと前に読んだことのあるアメリカの小説を思い出していた。その作中人物も、初対面の男と契約するについて、こうした手段をとっていたのである。あの電話の声の主がこの小説からヒントを得ていたことは、まず間違いがなさそうに思えた。

彼女からの電話は、わたしが事務所に帰りついた途端、どこかでそれを監視してでもいたようにかかってきた。反射的に腕をまくると時計は約束の時刻になっていたから、監視云々というのは例によってわたしの思い過しかもしれない。

「お金あったこと？」

「ありましたよ」

「それじゃ引き受けてくれるわね？」

「いまさら嫌だともいえないですからね」

「そう嫌味ったらしくいわないでよ。こちらにも事情があるんだから」

先程とはちがって、女は少し狎れなれしい口調になっている。どんなタイプだろう？　人妻かな？　商売女かな？

「では仕事の内容をいうわよ。まず、尾行してもらう相手の特徴は、口の大きな切れ長の目の好男子です。上背もあります。帽子もオーバーも着ていません、嫌いなんです。どんな服を着るときでも、胸に赤いハンカチを入れています。年齢は三十五歳です」

「名前は……？」

「三田尻といいます。三田尻一郎……」

「職業は？」

「それはいえません。午後の六時から七時にかけて、日比谷公園の熱帯植物園でデートする習慣があります。それを監視していただきたいのです」

女はまたメモを読むような調子になった。幾分切り口上であり、命令口調でもある。

「相手は？」

「もちろん女ですわ」

「わたしが監視した紳士のなかには男とデートするやつもいたし、令夫人がテレビ女優とデいの」

「一緒のところを気づかれないように写して下さい。できるだけハッキリとっていただきた

「なるほど、相手は女……と」

「でも彼の場合は女なのよ、そんな趣味はないわ」

ートするやつもいましたからね」

「解ってます。カメラ歴は二十五年、カメラはナチスが開発したというドイツ製を持ってます。外観はシャープペンシルそっくりでね」

　これもホラである。隠しどりのカメラは所持しているが、例のライターに見せかけたやつだから、場所によってはどうにもならないことがある。このカメラを買ったばかりの頃、得々としてポケットに忍ばせて尾行をやったことがある。相手は東京駅から茅ケ崎までの切符を求め、湘南電車に乗り込んだ。わたしも後を追って乗車したのだが、グリーン車に坐ってから、「平塚まで車内禁煙」としてあることに気づいた。おかげで、みすみすシャッターチャンスを掴んでいながら見逃してしまったという苦い経験もあるのだ。

「七時まで待って現われなかった場合は、急いで銀座の『タランテラ』というキャバレに切り替えていただくわ。そこで逢い引きするという情報もあるんだから」

「了解」

「できれば女の顔をアップでとって欲しいの」

「それに、ホテルへいくことも予想されるから、入るときと出るときの決定的瞬間をうつして下さい」

「了解」

「しかし一泊する場合はどうなんです」

「そのときは入っていくところをスナップしてくれるだけでいいわよ。十二時までという約束なんだから」

「報告書はどこへ送ればいいんですか」

「またお電話するわよ」

そう答えると一方的に切ってしまった。愛想のない女が無理に愛想がいいようにつとめて、とうとう我慢ができなくなったとでもいうような、慌しい切り方である。人妻だって商売女だって知ったこっちゃねえや、といった気になる。わたしには、権柄ずくで勝気な女は性に合わないのだ。

3

十月の午後六時といえばあたりはもう暗い。日比谷公園にはほとんど人影もなく、ときたま近道をするために通り抜けていくサラリーマンの姿を見かける程度であった。しかし、温室や熱帯植物園はべつである。夏場はそっぽを向かれているが、晩秋から早春にかけては会社員やオフィスガール達の恰好の語らいの場所になっていた。公園側の粋なはからいで冬季は閉園時刻が八時まで延長されているのだ。

わたしは花造りをするような趣味はないが、花屋の店頭で見かける花の名ぐらいは常識として知っているつもりだ。しかし熱帯産の植物となるとどれもこれも見知らぬものばかり。もともとが花には趣味も関心もないたちだから、一巡するともう飽きてしまった。しかも見物したり囁き合ったりしているのは若いカップルばかりときているので、わたしは養鶏場の真中にとび込んできたキリンみたいにとまどい気味だった。止むなくわたしは熱帯植物の前を行きつ戻りつしながら、うわの空でラベルを読んだり、たわわに実ったバナナを何度も何度も見上げたりしていた。そうでもしないことには、時間のつぶしようがないのだ。

しかし、三十分たっても赤いハンカチの男は現われなかった。このガラス張りの建物のなかにいる人間は、わたしを除くとすべて男女の二人組ばかりだから、赤いハンカチの男の愛人である女性もまた来ていないことになる。

そうこうしているうちに、タフが売り物のわたしが熱帯植物の強烈な香りに食傷したとでもいおうか、気分がわるくなってきた。そこで早々に外にでると、広場を横断したところにある灌木の蔭のベンチに腰をおろして、残り三十分間の監視をつづけることにした。こちらから入口は丸見えだが、向うからこっちを見ると植込みに隠れて目に入らないというい場所である。わたしはいつでもシャッターが切れるようにして坐りつづけた。平素はヘビイスモーカーではないのだけれども、そのときはわずか三十分間でショートピース一箱をほとんどからにしてしまった。冷たい夜気が心地よかったのは十五分間ぐらいまでのことで、やがて足先から体のしんまでが冷えてきた。平生のわたしは牡丹餅やしるこを喰うのは男性の恥だと考えている。だがこのときは妙なことに、湯気のたったホカホカした饅頭をしこたま喰べてみたいものだとしきりに思っていた。そして七時になっても赤いハンカチの男が出現しなかったことについては格別残念な気もせずに、ただただホッとした思いでベンチから立ち上がると、一路銀座へむかった。キャバレに入ったら膝の上にホステスを抱っこして、その体温で暖をとりながらオードブルをつまみ、酒を呑む。それを考えると、ひとりでに脚の運びが早くなってくる。

『タランテラ』は新橋駅のガードをくぐり交叉点を渡ったところの、土橋(どばし)にあった。二階の上を高速道路が走っていて、隣りがピンク映画やアングラ映画の専門館だという、いささか場末の安キャバレの感がせぬでもなかったが、なかに入ってみると予想を裏切る絢爛豪華なもので、キャバレだのトルコ風呂などについてはうるさいこのわたしも、しばらくは度胆をぬかれて声がでなかった。

クロークルームのボーイが手持ち無沙汰の顔付でこっちを眺めている。オーバーを質屋で流してしまった、この哀れで気の毒なわたしという男のほうを……。

『タランテラ』は大阪の千日前にあるのが本店で、東京側のこの店は出張所みたいなものであった。が、さすがに関西人が経営するだけのことはあり、けばけばしい内部装飾に負けぬように、上玉のホステスばかり集めてキンキラのドレスを着せていた。官庁の課長補佐かなにかが業者にたかって豪遊して問題になったケースが二、三度あったけれど、いずれの場合も、大酒くらったキャバレというのはこの『タランテラ』なのだ。だから来ている客も堅気のサラリーマンはまずいない。客はほとんどが脂切った顔の中年男ばかりで、そいつ等が例外なしに役人に見えてくるのはわたしの視力がどうかなっていたのだろうか。

「あら、初めてだわね。あたしナオミ」

「あたしアケミ、よろしくね」

たちまち二人のホステスに取り囲まれて手近のボックスへ拉致された。不況のあおりでこの店も客が減っているらしく、アケミもナオミも禿鷹みたいな鋭い目つきをしている。いうならば、生活のかかった目であった。そしてわたしはライオンに喰い殺されたカモシカの腐肉みたいなものだった。骨までしゃぶられるのである。

「お連れさんは？」

「そんなものいないさ。遊ぶときはいつも一人だ」

わたしは通人みたいなことをいい、彼女等にはホワイトホースのオンザロックを、わたしはブランデーとイクラのカナッペをとった。

「お客さん、サラリーマンじゃないわね？」

「ああ。何に見える？」

「そうねえ、芸術家タイプだわねえ」

ナオミとアケミが頷き合っている。どちらも茶色のカツラをかぶり、長いまつげをくっつけ、ナオミのほうは玉虫色のビーズのドレスを、アケミのほうは光沢のあるピンクのイブニングを着て、言い合わせたように金色の靴を履いていた。顔はどっちも美容整形をしたとみえ、目はパッチリと色白で小さな口もと愛らしいといった、文部省唱歌みたいな美人である。さてこうなると、どっちを抱っこするかで迷ってしまう。

「どちらが軽いのかね？」

美醜の差がないとするなら、軽いほうが疲れないという理屈になる。

「いやだァ、レディに体重を訊くなんて失礼だと思うなあ」

あっさり返答を拒否されてしまった。ナオミのほうが肉感的だが、アケミは身長がかなりある。プラスマイナスすると、体重はトントンということになりそうだ。

「それじゃ体温の高いほうはどっちだ？　つまり平熱のたかいほうだがね」

「いやだァ、こんなところでお医者さんゴッコするの恥しいわァ」

敏感すぎるのか鈍感すぎるのか解らないが、どうも歯車がうまく嚙み合ってくれない。

と、あたらしく入ってきた客が目についた。一見したところ三十二、三歳。上背があって顔色は健康そうに陽焼けがしており、見るからにキリッとした聡明そうな、アクのつよそうな顔立ちをしている。わたしは反射的に上衣を見、胸のポケットから赤いハンカチが覗いているのを確認した。反射的に時計をみる。七時二十二分。時刻は、いちいち報告書に記入しておかねばならない。

わたしの頭のなかでにわかに職業意識がかま首を持ち上げた。自画自賛するのは気がひけるが、獲物を見つけた途端に仕事の鬼となるのがわたしのいいところなのだ。事実、「だから好きなの」と拗ねた声でいった大年増もいるのである。

「お医者ゴッコがしたけりゃこのつぎに相手になってやる。ところであの男、いいマスクしてるな」

離れたボックスに坐ると、出されたお絞りで顔をふいている男を、顎でさした。

「あら、お客さんは絵描きさんですの？」

画家は美男美女をモデルにするもの、と信じているような口吻である。

「絵描きじゃない。コマーシャル映画の製作をやっているんだ。オフィスは京橋にあるんだがね」

銀座裏から京橋辺にかけてテレビのコマーシャル映画会社がわんさとある。事務所があのあたりにあるといっておけば、ばれる心配はないのだ。

「演出なさるの？」

「ときにはね」

「すごいわ、巨匠ですのね？」

「ラーメンを啜ってるシャシンなんかを演出するんだから、巨匠っていわれると照れるがね。でも、年に一本ぐらいはシリアスなものを作る。ま、そういうわけで美男や美女を見ると、ついスカウトしたくなるんだ。殊に昨今は男優が払底（ふってい）しているんでね」

視線は赤いハンカチの男に預けたままである。

「ああいう個性のつよい役者が欲しいんだよ。彼、一体なにものかね？」

上衣の内側から札入れをとりだすと、素早く目にとめたナオミが中腰になって叫んだ。

「あたし調べてくる」

「勘づかれちゃ困るぜ、そっと探りを入れてくれ」

4

男の名が三田尻一郎であることを知らされたのは、それから十分ばかり後であった。但し職業までは判らない。というのは九月になってから来始め、今夜が四回目だから、まだ互いに遠慮があるのだそうだ。くるときはいつも独りで、ホステスの口吻では上客のようである。わたしは二人のホステスにチップをはずんでから、相手が面白がろうがつまらながろうが、そんなことは一切無視して、フォルクスワーゲンの話をした。わたしが七年間も酷使しつづけているこのドイツ製の国民車は、いまやわたしの器官の一部みたいによく知っているのだから、何時間にわたって喋ろうがタネ切れになることはない。これに反してコマーシャル映画のことを話題にされると、忽ちボロがでてしまうのだ。

　話をしながらも油断なく三田尻の様子をうかがっている。と、まだ一時間もたたぬ八時過ぎになると立ち上って帰る気配がみえた。わたしもすかさず腰を上げる。

「あら、交渉なさるおつもり？」

「うむ、こういうことにはチャンスというのが大切でね、機嫌のわるいときに申し込んだりすると失敗のもとになる」

「大丈夫よ、お店から帰るときのお客さんは例外なくいいご機嫌なんだもの」

　ナオミとアケミに送られてキャバレをでると、隣りの映画館の路地にかくれて三田尻がでてくるのを待った。実際には二分ぐらいのものだったろうが、わたしにはそれが十分間も待たされたような気がした。せっかく暖まった体がまたぞろ冷えてきた。

　三田尻を送り出したホステスも二人であった。なにがおかしいのか彼が天井を向き腹を抱えて笑ったとき、どこからか小脇にカゴを抱えた花売娘が近寄っていったかと思うと、一束の花をさしだした。花束をくるんだ透明なフィルムが飾り電球のあかりを浴びてキラキラと光っている。ふたことみこと問答があって、三田尻はホステスの手前いらぬともいいかねたように、金を払って花束をうけとった。大輪の黄菊の花が三輪あり、それを真中に、周囲を紫、赤、白といった中輪小輪の花々がとりまいている。彼は花の束に鼻をつっ込んで一つ一つ香りをかいでから、満足気に大きく息を吐き、ブーゲンビリアでもあろうか、真赤な花を一輪ずつ折って、それぞれのホステスに手渡している。女達はセットした髪がこわれぬように、互いの花を差し合ってから、せい一杯のお愛想をいい、手をふりながら別れていった。

わたしはちょっと距離をおいてから彼の後をつけ始めた。大きな花束を抱えているので見失うこともないし、仮りにタクシーを拾ったとしても、銀座近辺だから空車はいくらでも摑まえられる。わたしは安心して尾行をつづけた。

三田尻はゆっくりとした足取りで人通りのまばらになった銀座を日本橋のほうへ向って歩いていくと、尾張町(おわりちょう)の交叉点をわたったたつぎの角を左におれた。そこにおでんの屋台がでていて彼とも顔馴染みらしく、気軽に冗談を言い合いながら湯気のたった旨そうなやつを一皿くい、熱燗を一杯ひっかけている。わたしはわたしで体が冷えていく一方だが、ノコノコと顔をだすこともできず、ビルの蔭に身をかくして監視をつづけた。いまいましくて歯ぎしりをしそうである。

わたしは皿に盛られたガンモドキ、チクワブ、コンニャク、薩摩揚げを眺め、屋台の外のビール箱にのせられた花束の花を数えていた。黄菊にリンドウ、秋咲きグラジオラスにブーゲンビリア、大輪のストケシアにバラ……。このぶんでは三千円はふんだくられたに違いない。

気がつくと三田尻は金を払っているところだった。

「やあ旨かった。またくるぜ」

そういう声もいかにもヌケヌケとしており、それを聞いたわたしは反射的に胴ぶるいがでてクシャミをしそうになる。これは張り込みのテクニックの一つなのだが、こうした場合は鼻筋の上の部分をかるくつまむと、不思議なことにクシャミは不発に終わるのである。ついでにもう一つ公開すると、見合いの席でアクビがでたくなったりした場合には、舌の先で上唇をそっとなめる。これまた霊験あらたかなること驚くほかはない。

わたしがクシャミ防止のまじないをやっているうちに、彼は花束をとり上げると鼻を突っ込んで香りをかぎ、大切そうに右手に持ちなおして歩き始めた。すかさず尾行をつづける。三田尻の足取りは自信あり気に悠々としたもので、これから愛人に逢おうとするときのようなそわそわした様子は少しもない。もしかすると、おれの尾行に気がついたのかもしれないぞ。ちょっと不安になる。が、わたしの尾行術は神楽坂署の刑事時代から並ぶものがないといわれたほど得意にしているのだ、素人を相手にして気づかれるわけがない。そう思いかえして自信をとり戻すと、足音を忍ばせて後を追った。こういうときはゴム底の靴を履くから、気取られる心配はないのである。

ビルのはざまをとおって再び表通りにでると人影が多くなり、油断をすると撒(ま)かれそうになる反面、敵から発見される危険は減ってくる。尾行する側にしてみると痛し痒しといったところである。

三田尻は日劇のそばの階段から地下におりると、地下鉄銀座駅で荻窪ゆきの電車に乗り、中野坂上(さかうえ)で乗りかえて終点の方南町(ほうなんちょう)で下車した。そして後も見ずに地上にでて、すぐ鼻の先のマンションに入った。時刻は十一時に近く、どの窓にも灯りはついているが廊下には猫一匹見かけなかった。

ホールの正面には二台のエレベーターが停っている。高級マンションにふさわしくエレベーターもグリーンのメタリックカラーで塗られた立派なものだった。公団住宅のエレベーターなんぞとは比べ物にならない。だが、このエレベーターというやつは尾行者にとって泣き所の一つなのである。追跡を振り切ろうとする場合に、これほど効果的な乗り物はなかった。だが、鋼鉄の函にのってこちらを向いた彼の表情は依然として悠揚迫らぬものであった。わたしの存在なぞ全く知らぬげに花束のにおいを嗅いでいた。

彼のエレベーターが五階で停ることを確めてから、隣りの函に乗り込んで五階のボタンを押した。エレベーターの速度がこのときほど遅く感じられたことはない。病院で見かける患者専用のロウスピードのエレベーターに乗せられているような気がした。

ようやく停って扉が開く。そっと首を出して左を見、右を見る。幸運といおうか、五階の右翼の奥から二番目の扉口に三田尻が吸い込まれるところだった。一瞬のうちに、彼の姿と花束とがスチールドアの背後に消えた。近寄って名札をみると、三田尻一郎としてある。

今夜のわたしは、キャバレで恥をかかぬよう飛切り上等の黒いドスキンのスーツを着ている。勿論、衣裳屋で借りたものである。馬子にも衣裳というとおりこうした服を着るとわたしの人品も数段あがり、ときたま居住者とすれ違っても怪しまれることがないのだ。わたしはこうして約束の十二時まで監視を継続したが、三田尻は二度とドアを開けなかった。

十二時になるとともに外に出て、今度は内庭から五階の彼の窓を見上げてみた。すでに床に入ったのだろうか、ベッドランプと思える黄色っぽい灯りがついているきりで、静まり返っている様子だった。おそらく風呂に入ってホカホカした体で小説本でも読むか、テレビの深夜劇場でも見ているのに違いない。この夜のわたしは自分のオンボロアパートに帰ったときは銭湯もとうの昔に終ってしまい、自分の膝を抱きかかえると丸くなって寝たのだが、三田尻の境遇とくらべてなんとも索漠とした想いに打たれたことを覚えている。

依頼者からの電話は、その翌日の正午前に、事務所のほうにかかってきた。

「あたしだけど……。報告書はまとまって?」

「ええ。で、何処に送ったらいいんです?」

「いま電話でうかがいたいのよ。写真はとれて?」

「いや、一枚も。昨夜の三田尻氏はご清潔そのものでしてね。生憎というかご期待に添えなくてお気の毒というか、ホステス相手に水割りを四、五杯呑んだ程度で、愛人らしき女性は影も形もみせなかったですよ」

「あんたが見張ってることに気づいたんじゃない？」

「ご冗談ばかり。これでもわたしはプロですぜ、気づかれるようなヘマはやりません」

相手の詰問調に思わずムカッとしたが、残りの「三角形」のことを考えると、そう強気に出るわけにもいかない。わたしはぐっと穏やかな調子になって、昨夜の尾行の顚末をことこまかに報告して聞かせた。女はときどきフム、フムと短く合の手を入れながら熱心に聞き、わたしの声がちょっと小さくなると、その部分を二度くり返させたりした。

「解ったわ、ご苦労さま。またお願いするかもしれないからよろしくね。料金の残りは、やはり新宿駅のロッカーに入れてあります」

「そいつはどうも。で、鍵はどこにあるんです？」

「廊下に消火器が備えつけてあるわね。あの後ろをのぞいてみるといいわ。それじゃまた」

前回と同様に、彼女は一方的に通話を切った。そしてわたしはロッカーの鍵を発見し、ぶじに金五万円也を手に入れることができたのである。

5

伊豆山という温泉地は、熱海と湯河原の中間にある。地理的には熱海に近く、交通は熱海駅で降りてタクシーに乗るほかはない。俗化してすっかりイメージダウンした熱海に比べれば、ここはまだ昔の面影をのこしており、浴客も家族連れのまじめなものが多い。事件はこの伊豆山のスカイマンションで発生した。

すみ切った空気と海と山と、そして豊富ないでゆをキャッチフレーズにしたのが効いたのか、入居者のほとんどが東京の住人であった。彼等は金曜日まで東京で働くと夕方の湘南電車で熱海にやってくる。そしてこのマンションで三泊すると、月曜日の朝の電車で東京の職場へ舞いもどっていくのであった。だがそれも数年前までのことで、石油ショック以来このマンションも部屋の解約がつづき、いま残っているのは三割程度にしかすぎない。

殺された目黒兼助（めぐろけんすけ）は売れっ児の劇画作家だったから、不況の波をもろにかぶるということはなかった。だから依然として多忙であり、金曜日になると息抜きのために伊豆山にやってくるのである。休養がその主目的であったから、仕事も持ち込まなければ友人をつれてくることもしない。そして土曜日曜の二日間で英気を養うと、一般のサラリーマンと同じように月曜日に帰京して、編集者に追い立てられながら作画にいそしむのであった。

目黒兼助は劇画界の第一人者として知られていたが、同時に、プレイボーイとしても有名な存在である。長身で髪をのばしたこの男が、あたらしい衣裳を着て原宿の町を一巡りすると、ただそれだけのことで、このニュールックが原宿族の青年達のあいだで流行するとまでいわれている。

プレイボーイであるからには当然なことだけれど、彼を賛美する女性は多く、なかには二の腕に目黒と自分の名を刺青にした女まで現われる始末だった。原宿の珈琲店の一隅で、蒼白い顔をしたこの男が、ひたいにたれた髪を搔き上げながら、横ぐわえしたタバコが灰になるのも気づかずに瞑想にふけっている姿を見ると、女達は体のしんがシビレてしまい、なかには失神してひっくり返るものまでいたという。

　伊豆山のマンションでそのドンホァンの死を最初に発見したのは、おなじ一階のふた部屋おいた隣りに住む隈部徳子という住人であった。彼女は東京の土建会社社長の二号さんなのだが、旦那のほうも近頃は不景気とみえて月々の手当ても遅れ勝ちであった。そのせいかこの頃はなんとなく気が晴れない。この日も午後から持病の偏頭痛が起って気がくさくさしていた折りでもあったので、目黒の部屋から思いきりヴォリウムを上げて聞えてくるジャズの音がひどく癇にさわった。しばらくのあいだは耳を押えて我慢していたが一向に鳴り止む気配がしない。そこで決然として立ち上ると、まつわりつく猫を足蹴にしておいて廊下にでた。昨今、経営難がささやかれているだけに、ガランとした空間には人っ子ひとりおらず、どの部屋の扉もひっそりと閉じられていた。その静けさのなかで、目黒の部屋のジャズだけが傍若無人に鳴りひびいているのだった。

　目黒の部屋の前に立ち、ドアチャイムを鳴らしてもノックをしても返事がない。そこでノブに手をかけると扉がすっと内側へ開いて、真正面の床の上にゴロンと転っている目黒の屍体が目にとび込んできた。勿論、厳密にいえば生きているのか死んでいるのか識別できるわけもないのだが、首に巻きつけられた赤い絹の紐や、虚空を睨んで悶絶している彼の様子から、本能的に殺されていることを察知したのである。隈部徳子の悲鳴はモダーンジャズのアルトサックスや打楽器の猛烈な音にかき消されてしまい、彼女はただ単に朱い唇をパクパクと開閉しただけであった。

所轄の熱海警察から初動捜査班が駆けつけたのは十二分のち、静岡県警から一課の連中が到着したのは一時間半もあとのことである。現場は神奈川県との境にちかく、いってみればここは、静岡県からすれば辺境でもあるのだった。

隈部徳子の訊問が始まった頃、何人かの刑事が手分けをして住人を訪問し、犯行の目撃者を探して廻った。ところが同じ一階の西寄りの部屋に住む山辺(やまべ)ミミという女性から耳よりな情報を提供されたのである。

「タバコを切らしてたもんだから、近くの店の自動販売機までいってこようと思って廊下にでたときよ、向うのほうから瘠せ気味の、頭の地がすけて見えるくらいの男がやってくるの。そのときはべつに何とも思わなかったけど、いま考えてみると、目黒さんの部屋からでてきたのに相違ないのよ。だって、その男が立っていた場所から奥のほうは軒並みに空室なんだもの。ふさがっているのは目黒さんの部屋だけなのよ」

刑事は急に緊張した面持ちになり、鉛筆の先端をしきりになめながら、この丸くて愛らしい、すべすべした顔と、多分に肉感的な朱い唇とを見つめていた。

「瘠せて髪がうすかったといいましたね？」

「ええ。四十歳ぐらいに見えたけど」

「人相なんかをもう少しくわしく」

「そんなことといわれても無理だわよ、濃いグリーンのサングラスをかけているんだもの」

「服装はどうです？」

「そうね、ラクダ色のトレンチコートを着て……、ラグランのコートだったわよ、肩のピンと張った」

「ラグラン、ね」

「そして幅のひろいベルトをしていたような気がするな。靴は……靴は……、えーと赤だったわね。赤というよりかチョコレート色だわね。それからもう一つ思い出した、革の茶色っぽい手袋をはめてたの。まだ冬でもないのに寒がりだなあって思ったわ」

「髪のうすいということはどうして解りました？」

「落した手袋を捨おうとしたときに見えたの」

「慌てていたわけですね？」

「だと思うな。人を殺したんだもの」

「前にも見かけたことがありますか？」

山辺ミミは丸い色白の首を横にふった。

「でも、もう一度見れば解ると思う」

「何時頃でした？」

「八時頃よ。なんとなく気味がわるかったもんだから外に出るのは止めにして、お部屋に入ってしまったの。そのとき偶然に時計を見たのよ」

6

「柚木君にとって不利だったのは人相風体がそっくりであることと、動機のあることなのだ」と、肥った弁護士が語りだした。彼が体を動かすたびに、大きなお尻の下の小さなイスがきしんだ音をたてた。それはいまにも重量に耐えかねて分解しそうであり、わたしは耳で彼の話を聞きながら、心のなかではイスが無事であることを祈りつづけていたのである。

「スモークグリーンのサングラスを常用しているのは目を患っているからであり、髪のうすいのは父親の遺伝のせいなんだ。ラグランのオータムコートというのも彼の愛用のものでね」

「その目撃者の視力はたしかなのかね？」

「いや、その点は警察でも調べたそうだが近目ではなかったそうだ」

近眼のことをチカメなどというのだから、彼のセンスの古さも解るというものだ。

「しかしね、目撃者はこの女性ばかりではない。熱海駅から彼をのせてきたタクシーの運転手も、彼を拾って駅までとどけた運転手も、一様におなじことを証言しているのだ」

「ふむ」

「不運なことに柚木君には動機がある。もう十年あまり昔の話だが、柚木君の婚約者がプレイボーイの目黒に騙されて服毒自殺をとげている。その復讐だというんだな」

「十年もたった今頃、なんで急に復讐する気になったんです?」

「それは何とでも勝手な解釈ができるわな。柚木君が髪のうすくなる今日まで独身でいたのは彼女を忘れることができないからだといわれている。とすればだ、秋風にふかれて古傷がヒリリと痛むみたいに心の傷がズキズキとしてきて、勃然として目黒を殺す気になったとしても不思議はない……。そう解釈しているんだな」

「背筋がさむくなるような話だな。そんな按配だと、おれもいつ勃然として犯人にされちまうかわからないからな」

それにしても、とわたしは思う。この事件、妙に独身男に関係があるじゃないか。ガイシャが独身で容疑者が独身、そして泡沫探偵のこのおれまでが独り身ときている。

「目黒というのは大したプレイボーイで六本木、原宿界隈で知らぬものはない男なんだ。彼の周囲にむらがるのは彼に劣らぬ尻軽女どもなのだが、柚木君のフィアンセはまじめな女性だった。元来がこんな薄汚いプレイボーイなんかとは住む世界がちがうんだ。ところが三次元の世界と四次元の世界がときたま接触するみたいに、同じ電車に乗り合わせたことが悲劇の発端でね」

肥った弁護士はにじみでる汗をしきりに拭いていたが、そのうちに壁の時計に目をとめると、急にムカムカしたように語調をつよめた。

「きみ、あの時計はどうにかならんもんかね？　いつ来ても停ってるじゃないか」

「近頃は時計の修理賃もたかくなったからね」

「しみったれたことをいうなよ。狂った時計を見てるとイライラしてくる」

「あんた狂った狂ったって軽蔑するけどね、日に二回は正確な時刻を示すんだぜ」

できのわるい皮肉をいうと、彼は一段と赤くなって反論しようとした。こうした場合は機先を制して話をそらせるのが利巧というものだ。

「しかし動機のあるのは他にもいるんだろう？　捨てられた女のなかには恨みに思うものがいる筈だが」

「一応は洗ってみた。だが、なんといっても犯行時刻に柚木君を目撃した人間が三人もいたのだから、本命はやはり彼ということになる」

「肝心の兇行時刻だが――」

「八時だ。発見が早かったので比較的正確に判定できた。それに三人の目撃者の証言を綜合した結果でも、八時という線がでたんだ」

「しかし、だからといって柚木氏が犯人だとはいえまい？　彼が目黒の部屋に到着した直前に殺されていたのかもしれない。あるいは、目黒を訪ねた直後に、べつの犯人によって殺されたという可能性もあるじゃないか」

「ああ、それは捜査本部でも考えただろう。だがね、柚木君は伊豆山へは行かなかった、東京にいたと主張しているんだな。それが当局の心証をわるくした。見えすいた嘘をついている、というわけだ」

「ところがそれを証明することができなかった?」

「そうなんだ。映画を見ていたと称しているのだよ、一人で」

「あり得る話じゃないか」

「平生は映画なんかに興味のない男だからね、その夜に限ってなぜ映画館へいったのかという疑問がでてくる。ところが柚木君にいわせると、ロードショウの招待券が郵送されてきたので暇潰しのつもりで見にいった、というんだ」

「誰が送ってくれたのかね?」

「映画会社の宣伝部の封筒に入っててね、表に『御招待』というゴム印が捺されてあったので、なにも疑わずに出かけたんだ。しかしこれが罠だったんだな。広くて暗い映画劇場のなかで知った顔に出遭うなんてことはまずない。そのパーセンテージは、太平洋でメダカに遭うよりも小さいくらいだからね」

「その封筒はあるのかい?」

弁護士は横に首をふった。首がみじかいから、胴体までつられてイヤイヤをする。イスがいまにも潰れそうに悲鳴をあげる。

「封筒にはその映画の題名や役者の名、それにクライマックスのシーンが刷り込んである。つまり宣伝用なんだな。だから、銀座のビルにある宣伝部にいくと、部外者でも容易に手に入れることができるんだ。先方にしてみると只で広告をしてもらえるわけだからね」

「すると蔭にXなる真犯人がいて、そいつが柚木氏のアリバイを潰す一方では、みずから柚木氏に化けて伊豆山へいくとドンホァンを殺したということになるね？」

「そうなんだ。伊豆山に現われたのがX自身なのか、Xの指令を受けたべつの人間なのかは解らないが、Xが犯行を柚木君に転嫁しようと考えているのは間違いない」

「するとナニかい、Xには目黒殺しの動機がなくてもいいことになるのかい？」

「極論すればそうなる。Xにとって必要なのは、柚木君が憎んでいる人物を殺すことだったのだからね」

ひと呼吸してから弁護士はつづけた。

「そこできみにこのXの正体をつきとめて貰いたい。伊豆山に現われたのが犯人自身であるならば年齢、体の外部的特徴などはすでに解っているから問題はない。しかしXが女性であるとすると、実際に犯行を犯したのは彼女の依頼をうけた殺し屋だったことになる」

わたしはタバコに火をつけると、深く吸い込んでからゆっくりと煙を吐いた。

「いずれの場合にしても、Xには柚木氏を抹殺したい意志があるわけだな。それが憎しみからくるのか物欲からくるのかは解らないがね」
「きみの手腕なら一週間もあれば充分だろう。期待しているよ」

7

その翌日から三日がかりで調べてみたが柚木実（みのる）の敵を発見することはできなかった。自殺した婚約者を忘れられずに独身をとおしているこの男がなみなみならぬロマンチストであることは想像がつくが、そうした人間にありがちなように、彼は誰からも好意をいだかれるタイプの善人であった。

柚木は友人と二人で、日本橋の裏通りで公証人の事務所を開いている。ビルそのものは昭和通りに面しているが、彼のオフィスは北側を向いていて、午後の二時をすぎると天井の灯りをつけなければならないような暗い部屋であった。共同経営者も、そして二人いる女子事務員も地味でおだやかで感じのいい人達だったけれど、柚木は彼等にもまして紳士であり、敵の存在を想像することさえ困難だと口をそろえていうのである。わたしは掃除のおばさんにも訊ねてみたが結果はおなじことで、柚木が心のやさしい人格者であるという印象をいっそう濃くしただけであった。まあ強いて欠点をいえばロマンチストに過ぎることであり、早くよい相手を見つけて家庭を持てばいいのにというのが、関係者の一致した見方なのである。

　こうした話を聞かされると柚木という男は融通のきかぬ石部金吉を連想するのだが、意外なことに朗らかで明るい性格の持主だそうで、年に二回の慰安旅行で近県の温泉へでかけると、率先して流行歌や日本民謡を唄って雰囲気を盛り立てるのが例であった。

　つづいて彼の旧友を訪ね廻って柚木の敵を捜し求めたのだけれども、友人のあいだでも評判は圧倒的によく、憎まれるような事情は全く発見できなかった。では、遺産相続問題でもからんでいるのではないかと考えたが、南米に移住して大金持になった伯父さんがいるわけでもなく、この面でも収穫はない。こうして三日目の晩に弁護士の自宅に報告の電話を入れると、いつもなら不機嫌になって皮肉や嫌味を並べたてるはずの彼が、その日ばかりはいやに上機嫌だった。

「いやご苦労。わたしのほうにもちょいとした土産がある。じつは静岡に面会にいってきたんだが、柚木君にいろいろと思い出して貰っているうちに、妙な話があった。まあ聞いてくれたまえ」

　電話口で汗をふいている気配がした。

「ひと月ばかり前のことだそうだがね」

　と、彼は語りだした。

「一カ月ほど前のある日、柚木の高校時代の後輩、高橋恵子から電話がかかってきた。齢がずれているから同じ学校の同窓生というだけで机を並べて学んだわけではないが、家が近所だったので、子供同士のつき合いはあった。おママゴトで夫婦になったこともある。その時分の彼女は勝気で利巧で泣きだすと手におえないところがあったものの、目の大きな可愛い児だった。

用件はなにかと訊くと、昨日あなたがとっていた写真のフィルムと印画の一部を無条件で譲ってもらえまいか、という。昨日は姪をつれて油壺へいき、そのとき持っていたカラーフィルムにバスの車窓から見た風景や水族館の魚や、幼い姪の姿をとりまくっていた。しかし恵子がなぜそれを欲しがるのか解らない。訊ねても答をはぐらかせてしまう。

二日後に現像所から届いた印画をみているうちに、やっとその理由らしきものを発見した。あの日の午後、バスの車掌にせかされながら水族館の外景にむけて最後のシャッターを切ると、あわてて乗り込んだのである。いま虫眼鏡でのぞいてみると、建物の横に、ピンクのワンピースに白のカーディガンを羽織り、黒のバッグを左手にかかえた女性が立っている。この三、四年ほど会っていないけれども、それはまぎれもなく高橋恵子であった。「あら」とか何とかいったのだろう、赤い唇をまるめているのがわかる。

恵子は明らかに連れだと思われる男性と一緒である。瘠せていて白いワイシャツに黒のズボン、顔が陽にやけたように黒く、目のあたりにちょっと特徴があった。

つぎにかかった電話で、恵子は、あの男性はボーイフレンドなのだと告白した。夫に内密で油壺へあそびにいったとき、思いがけなくあなたのカメラに写されてしまった、その証拠写真を夫に知られると離婚されかねぬ、火遊びはしていても夫を愛する心には変わりはない、というのである。よろめいておきながら離婚されるのは困るというのは勝手すぎる言い分だと思ったが、泣きつかれるとつい可哀想になり、問題の一齣のネガとポジとを切り取って送ってやった。

「ところがそれから二週間ほど後のことだ、柚木君は勤め先のそばの食堂で昼めしを喰いながらテレビニュースを見ているうちに、意外な報道に接した。麻薬の運び屋として検挙されたタイ人の顔写真が、恵子と一緒だった男にそっくりだったからだ」

「人違いじゃないのか」

「柚木君も自分の印画を孔のあくほど眺めていたのだから、間違いはないといっている」

「となると、運び屋と接触していた恵子もまた麻薬売買の一味だな？」

「そうだ。しかし柚木君はお人好しというのか、そのようには考えなかった。恵子は相手が運び屋なんてことは露知らず火遊びをしていたのだろう。あのテレビニュースを見ていなければ、いまもって麻薬云々は知らないのではないか……とね」

「お人好しもそこまでくるとご立派というほかはないな。すると彼女は火の粉が自分にふりかかってくることを防ごうとして、秘密を知ったであろう柚木氏を葬ろうとしたわけだね？」

「ああ。おそらく恵子の亭主も一味だろうから、蔭で操っているのはこいつかもしれないがね？」

「しかしちょっと訝しいな。柚木氏を沈黙させたいなら、直接彼の息の根をとめればいいじやないか」

「それはできない相談だと思うよ」

と、弁護士は一段と声をはり上げた。

「恵子にしてみれば、フィルムに関する一件は柚木の職場や友達のあいだに拡がっているかも知れないと思うだろう。実際の柚木君は口のかたい人間だから軽率にペラペラ喋ることはなかったんだが、彼女にすればそこが心配だ。だから柚木君が殺されれば、忽ちにして自分が怪しまれると考えたに違いない。やはり、間接的にやるほかはないのだ。柚木君を死刑にできぬまでも、社会と隔絶した塀の向う側に追いやってしまいたかったのだよ」

「なるほど」

「恵子と柚木君とが知り合いであったとすれば、柚木君の婚約者が自殺した一件も覚えているだろう。このプレイボーイが殺されれば柚木君が疑惑の目でみられるということも、計算の上だったわけになる」

「大体呑み込めたよ」

とわたしは答えた。わたしの調査は不成功に終ったが、Xの正体が大きくクローズアップされたのは大きな収穫であった。

「だがね、彼等にしても危険な証拠物件をいつまでも残しておくわけはあるまいから、写真もネガもとうに処分してしまったことだろう。とするならば、いまの話を当局に聞かせたところで信用してくれるとは限らない」

「了解、あとは委せてくれ」

わたしは威勢よく答えた。

「ところで高橋恵子という女だが、住所といまのフルネームを聞かせてくれないか」

「住所はあとでメモしてもらうが杉並区の方南町だ」

「……………」

「結婚後の名前は三田尻恵子だよ」

「三田尻だって？」

思わず小さな叫びを上げてしまった。すると彼女の亭主というのは先夜わたしが尾行したあの赤いハンカチの男だったのか。それにしても揃って浮気をし、互いに焼餅をやき合っているのは、似合いの夫帰というほかはないのである。

8

伊豆山の現場に出没した犯人のこれ見よがしの態度から、彼が嫌疑を柚木に転嫁しようとしているのは明白であった。だが、同時にそれは犯人の側にとってもマイナスに働いたことになる。つまり、ある程度の肉体的特徴を目撃者の脳裡に刻みつけてしまったからだ。髪がうすかったというのはその種のカツラをかぶったのだろうから別だが、小柄でもなければ弁護士みたいな肥大漢でもなく、若者でもなければ壮年でもない点は、犯人自身の実体だといえるのである。

あの晩、おれが尾行した三田尻にピッタリ当てはまるじゃないか、とわたしは考える。テレビ映画ではあるまいし、現実の世界では殺し屋なんぞがそうザラにいるわけではない。結局は自分でやるほかはないことになる。

だが待てよ、とわたしは思う。伊豆山の事件が発生したのは、十月十日金曜日の午後八時ではないか。そして同じ頃に、あの赤いハンカチの男は東京新橋のキャバレに姿をみせて、ホステスをからかったりハイボールを呑んだりしていたではなかったか。あの夜のことを思い起こすと、わたしの推測はたちまち色褪せてしまうのである。

わたしはまず方南町の地下鉄駅前にそそり立つマンションの管理人を訪ねて、三田尻一郎が自称脚本家であることや、美人の細君が恵子という名前であることや、べつに仕事らしい仕事もしていないのに暮し向きが楽で、裕福であることなどを聞いた。麻薬の売買をやっていれば金が溜るのは当り前のことなのだ。先夜、わたしはこの三田尻の優雅な生活を羨ましく思ったことを覚えている。が、いまではちっとも羨ましいとは考えていなかった。ペイを売ってまでして金の亡者にはなりたくない。

「で、友人づき合いはどうですか。ときには毛色の変わったものがくると思うんですが」

鼻薬（はなぐすり）が効いたおかげでこの初老の管理人は愛想よく応対してくれた。机の上に美事な菊の懸崖（けんがい）づくりの鉢がおいてあり、窓際の台の上では温室物らしいシクラメンが沢山のつぼみをつけていた。

「いちいちチェックしているわけじゃないから知りませんがね。あんまり見えないようだったな」

そこで彼はなにを思い出したのかクスッと笑った。

「友達はあまり来ないけど、弟さんがきたときにはびっくりしましたね。三田尻さんが帰ってきてエレベーターに乗って上っていったと思ったら、その三田尻さんがまた入ってきたんです。週刊誌で離魂病の話を読んでいたときだったもんで、てっきり三田尻さんも肉体が分裂したのかと思ってドキリとしたら、そうじゃないんです。ふた児でね、それも一卵性の双生児というやつだそうで、そりゃもうそっくりでした。但（ただ）し、着ているものは違ってましたがね」

ふた児！　わたしの頭のなかでいったんガラガラと崩壊した思考がふたたび以前の形に組み立てられていった。なるほど、双生児だったのか。似た男が二人いれば、問題は簡単に解決がつくのである。わたしが監視していた男が兄のほうであれば伊豆山で兇行したのは弟なのだし、あるいはその逆であることも考えられるのだ。べつに兄弟が同時におなじ場所に現われるわけではないのだから、なにも一卵性の双生児でなくても、二卵性でもかまわなかったし、よく似た年子の兄弟であってもいいことになる。

しかし、弁護士に提出する調査報告書にはいい加減なことは書けない。犯行を犯したのが兄であったか弟であったか、その点を明確にしなくては、わたしのリポートは一文の価値もないことになるのだ。

「どうでしょうね、そのふた児を区別する方法はないですかね？」

わたしの質問は即座に否定されてしまった。

「無理ですよ、そんなことをいっては。奥さんだって外から眺めただけでは解らないというんです。一度電車のなかであなたァなんて声をかけて大恥をかくところだったといってました。しかし、弟さんのほうがうまく話を合わせてくれたので、周囲の乗客に気づかれなかったって！」

当事者にとっては不便なことかも知れないが、第三者からすれば愉快な話だ。

「わたしは独りっ子でしたが、ふた児の弟がいたらお互いに入れ替ったりして、思いつく限りのいたずらをやりたいもんだと夢想したもんですよ。しかし本物の双生児というのはまじめというのか空想力が貧困というのか、いたずらっ気がないというか、案外におとなしいものらしいですな」

とんでもない、兇悪なサンプルがそこにいるではないか。そう教えてやりたかった。

「でもねえ、ただ一つだけ識別する方怯があるんです。兄さんのほう、つまりここに住んでいる一郎さんのほうは菊の花のアレルギーでね、菊の花といっても花粉のこってすが、こいつが呼吸器に入るとたちまち顔面蒼白になって激しく咳込むんですよ。だから、マンションの住人も気をつかってね、菊の切り花を買って来たときなんか、階段を利用するんです。エレベーターの函のなかに花粉が散っていると、知らずに乗り込んだ一郎さんが発作を起こすもんで。前に二度そんなことがあった」

「そいつは大変だな」

と、話を合わせる。

「ふた児というのは体質が似てるというから、弟のほうもアレルギーを起こしそうなものだが」

「そのかわりといってては何ですが、弟の二郎さんのほうは痛風でね、一度ここに泊りにきた晩に発作が起って、帰るときは大騒ぎでしたよ。ハイヤーを呼んだのはいいが乗り込むことができなくてねえ」

痛風ってそんなに痛むものなんだろうか、経験のないわたしには見当もつかない。

だが待てよ、わたしが『タランテラ』の前で監視していたとき、三田尻は大きな花束に鼻をおしつけて、花の芳香に堪能していたではなかったか。菊アレルギーの一郎にはあのような真似はできないとなると、わたしが尾行したのは弟の二郎だったのである。

彼は、おそらくわたしの尾行していることを承知していたのだろう。キャバレでは水割りを、屋台ではおでんを胃袋へ送り込んで、さて悠々と方南町のマンションに帰館すれば、わたしが彼を一郎だと思い込んだのは無理もないことなのだ。

下衆（げす）の知恵はあとからでる、といわれている。わたしもまた下衆であることを自他ともに許す男であるから、気づくのが遅いのは止むを得ないが、わたしに尾行を依頼したあの女の声の正体は、この一郎の細君の恵子だったのだろう。よろめき亭主の行状を監視させるというのは口実にすぎず、本当の狙いはわたしを証人に仕立て、一郎のアリバイ（実際は二郎のアリバイであったが）を成立させることにあったのだ。日比谷公園の熱帯植物園で一時間も無駄骨をおらせたのも、話を本当らしく見せかけるのが狙いであったと思うと、急にムカっぱらが立ってくるのである。

だが、恵子と二郎とのアリバイ工作は、花売り娘の出現というハプニングによって馬脚をあらわすことになってしまった。このことは、わたしが管理人から話を聞き出した結果明るみにでたのだけれど、一郎が菊アレルギーだったことはマンションの住人の多くが知っているのだから、いずれは耳に入る筈であった。神楽坂署のデカ部屋でめしを喰ったことがあるわたしは、素人あがりの他の私立探偵に比べて、訊き込みのテクニックには一日（いちじつ）の長（ちょう）があるのだ。

管理人に礼をのべて外にでると、三田尻一郎のダイアルを廻してみた。

「もしもし、三田尻でございます、もしもし」

それは、夫の尾行を依頼したあの女性の声と全くおなじものであった。わたしは黙々として受話器をおいた。

しかし、それで満足するわけにはいかない。わたしとしては次に一郎を訪ねて、当夜のアリバイをはっきりさせておく必要があった。彼が明白なアリバイを示すことができなかったら、ここで初めて一郎の犯行だと断定してよいことになるのだ。そして、これだけの反証を揃えれば静岡県警側も再調査にのりださぬわけにはいくまいし、柚木も早晩自由の身になれることだろう。

9

三田尻一郎はすでに外出していたので電話で連絡をとり、四時半に銀座の書店の地階にある喫茶店で会うことになった。

約束どおりの時間にいくと彼は連れと向い合ってお茶を飲んでいた。今日の一郎は真赤なジャケツの上に黒の上衣というシックなスタイルである。もう一人の男は三十七、八歳の度のつよい近眼鏡をかけ、線のほそい、見るからに神経質そうなタイプであった。どうやらこれもシナリオライターらしい。

「ひとことお訊きしたら退散します」

「そうして下さい。早ければ早いほどいい」

わたしという男なんか眼中にないといったふうに、素気なく応じた。

「伊豆山のマンションでプレイボーイの目黒という男が殺された晩ですが、あなたは何処においででした？」

「のっけから失敬なことを訊くんだな」

「そうおしゃらずに是非」

と、わたしは下手にでる。

「新橋のキャバレで呑んでいたのが二郎氏であることは解っているんです」

忘れずに釘をさした。が、一郎は眉一つ動かさずに、ただ目をしわしわさせていた。タバコの煙がしみみるのだ。

「なぜおれのアリバイなんかを問題にするのだよ」

「伊豆山で目撃された犯人があなたそっくりだといわれているからですよ。半ダースもの人々が証言している」

水増ししたのはわたし一流のハッタリである。

「妙な話だ。その人殺しというのはいつのことだね？」

「十月十日の午後八時です」

「聞いたかよ」

友人に目で笑いかけた。

「おれが八時までに伊豆山に到着できるわけがねえじゃねえかよ、なあ」

「なぜです」

「おい、説明してやれよ」

一郎は面倒くさそうにバトンをタッチした。

相手の男は答える前に名刺をくれた。シナリオ協会会員の肩書の横に、宋朝体の活字で梶田三策としてある。

「話がよく呑み込めないんですが、午後の八時に伊豆山に到着できないことについては、ぼくが証人になります。だって、あの晩ぼく等は京橋の小料理屋で夕めしを喰って、七時に別れたんですから」

「七時という時刻を覚えているのは、なにか理由でもあるのですか」

「三田尻君が七時過ぎに人にあう約束になっている、といっていたからですよ」

なるほど、七時まで一緒にめしを喰っていたのが事実だとすると、一郎は伊豆山事件の犯人たり得ないのである。なぜなら、彼が利用できる〝こだま〟は東京発19時35分がいちばん早いのだが、この特急の熱海駅着は20時30分で、八時の殺人には、間に合わないからだ。

しかし……、とわたしは小首をかしげた。梶田三策は夕食をともにした相手を三田尻一郎だと信じ込んでいる。が、これが二郎のほうだったらどうだろうか。七時に別れ、新橋へ直行したとすれば、二十分後に『タランテラ』に姿をみせることは不可能ではない。わたしの調査では、二郎のほうも定職がなくブラブラしている。どうやら兄貴と一緒に麻薬関係の仕事をやっているらしいのだ。

「いえ、そんなことはあり得ませんよ。二郎君という人とはまだ会ったことがないんですが、どれほど似ていても一郎君以外の人間であれば、喋っているうちに話が頓珍漢になる筈です」

忠実な友人はただちに否定した。

「あの晩ぼく等が会ったのは、ぼくが借りていた五十万円也の借金を返済するためでした。そのお礼に一席もうけたわけで――」

「しかし、三田尻兄弟は双生児だから――」

「もうしばらく黙って聞いていて下さい。三田尻君は預けておいたぼくの借用書を落してしまったんです。そこで領収書に署名捺印してくれたのですが、予期しないことで印鑑も持っていませんから拇印をおしてくれたのですよ。それが何よりの証拠です」

わたしの頭のなかで再びなにかが崩れていった。一郎にアリバイがある。一方、新橋のキャバレに現れた男は菊の花に対するアレルギー反応を示さなかったことから、二郎だったと考えられており、彼のアリバイも成立するのだ。となると、柚木の犯行以外にはあり得ないのだった。

10

わたしはムシャクシャしていた。調査がゆきづまったせいもある。弁護士に報告したときに、彼が嫌味や皮肉を浴びせかけることは明らかであり、それを想像しただけでも消化不良をおこしそうになる。

こんなときはバー『三番館』へいって憂さを散じるにかぎる。そう思ったときには、もう脚はそちらの方角へむけてスタスタと歩きだしていた。まだ五時を過ぎたばかりだから、会員が顔をみせるには早すぎる時刻である。つまりわたしの本心は、誰もやってこないうちに出かけていって、バーテンの知恵を借りることにあったのかもしれない。

思ったとおりバーテン一人がグラスを磨いていた。白い清潔な布で一個一個を丹念に仕上げていく。

「バイオレットフィーズをたのむ」

片手をひろげてみせたのは五杯というサインである。呑み助のわたしとしてみると、こんなカクテルは水みたいなものだが、仕事中は禁酒を旨としているので、多少でもアルコールが混っていれば有難いのである。

「かしこまりました。お顔の色が冴えませんですな……」

「顔ばかりじゃない、頭の中身も冴えないんだ、一向にね」

調査の経緯をかいつまんで聞かせると、バーテンは座禅中の達磨大師みたいな顔つきで一個のグラスを磨きつづけていた。

「一つ二つ質問してもよろしゅうございますか」

「いいとも」

「一郎の菊の花アレルギーは、事実でございましょうか」

「ああ。マンションからの帰り途にホームドクターを訪ねてみたが、確かな事実だそうだ」

「領収書におされた拇印は、間違いなく一郎のものでございましたか」

「それも確かだ。当人の指紋と比較してみたから疑問の余地はない。こう見えても、刑事時代に指紋の勉強をやらされたからね」

「七時に別れたという時刻も確実で……？」

「ああ。板前も覚えていた」

「ではもう一つ。花売娘をお調べでしたか」

いきなり質問が飛躍したので思わずハッとした。

「いや、なぜ？」

「あ、お話に気をとられてしまって……」

バーテンは一礼するとくるりと後ろを向いて、カクテルをつくり始めた。わたしは手持ち無沙汰をもてあまして後ろのホールを見渡す。黒いビロードのカーテンに囲まれた落着いた雰囲気の社交場だ。仕事がすんだら改めてやってきて、気の合った会員仲間と楽しく談笑をしよう……。

「お待ちどおさまで……」

タンブラーにうす紫の酒をそそいでさしだした。レモンのあわい黄色、サクランボの鮮かな赤。その取り合わせがじつに美事だ。呑む前にじっくりと眺めるのがわたしの流儀である。

「で、花売娘を調べろとかいったね？」

「プロの花売娘である筈がございませんからで。なにしろ、ひと目見ただけでバレてしまいますから」

例によってヌラリクラリとした返答である。が、いままでの経験からして、バーテンの片言のなかに謎を解くキイのあることは知っていた。わたしは手にしたタンブラーを宙にとめて話の先を待つ。

「柚木さんが潔白だという前提に立ちますと、伊豆山で目撃されたのは一郎か二郎かのどちらかに違いございません。しかし一郎には筆蹟と指紋というハッキリした証拠がございますから、本物であることは確かで――」

「そのとおり。そして二郎のほうも――」

「いいえ、二郎のほうは伊豆山へいっております。新橋のキャバレに現われたのは一郎で……」

「だっておれの見た男は菊の花を――」

「おや、氷が解けますからお早くお呑みを……」

いわれて口をつけたが、バイオレットフィーズではなかった。アルコール度がきつい。

「なんだい、こりゃあ」

バーテンは剃り跡の蒼い顎をひとなでして、ニヤニヤと笑った。

「バイオレットのリキュールとウオツカをベースにつくりましたもので。いつもの紫色をだすのに苦労をいたしました」

「なぜ変なものを調合したんだい」

「はあ、申し訳ございませんが実地教育でして。色や恰好が似ていれば本物にみえるという、ごくありふれた現象の……」

「なんのことだい、それ?」

じれったいのを我慢して訊く。

「あの晩の花束のなかの大輪の黄菊のことでございますよ。ブーゲンビリアやグラジオラスのなかに一種類だけホンコンフラワーを混ぜておきましても、当人たち以外には気づくものもおりませんので」

「なんだって? あの菊は造花だったというのかい?」

「はあ、アレルギーを起こさぬためにはそうするほかはございません」

「するとナニかい？　新橋のキャバレに現われた男は、やっぱり一郎だったのかい？」

なるほど、そうだったのか！

「で、当人たちというのは？」

「はあ。一郎でありながら一郎であることを否定してみせました一郎と、花売娘の合わせて二人でして……」

「花売娘もグルなのか！」

「はい。秘密がもれないよう、夫婦の共演ではないかと存じますが……」

バーテンはそういうとタンブラーの中身を流しにあけてしまい、あらたに本物のバイオレットフィーズをつくりだした。

「自慢するわけじゃないけどさ、おれの頭は回転速度がおそくてね、もう少し具体的に説明してくれないと呑み込めないんだ。要するにこの事件は一郎夫婦と、二郎が企んだというんだね？」

「はい、さようで……」

「伊豆山で殺しをやったのは二郎で、一郎はシナリオ作家と夕めしを喰って自分のアリバイをはっきりさせてから、新橋のキャバレで弟の役を演じて、二郎の偽アリバイを造ったというわけだな？」

「はあ、そのとおりで……」

「あのとき出現した花売娘が女房の恵子だった、彼女は計画どおり花束のなかにプラスチックかなにかの菊の花をまぜておいたから、一郎がそいつを鼻先にもっていってもアレルギーは起こさなかった、平気の平左(へいざ)であった……」

「おっしゃるとおりで……」

「つまるところ、おれはていのいい偽アリバイの証人に利用されたというわけか」

わたしは電話の声にあやつられたばかりでなく、花売娘に化けた当人の演技にも化かされて、能なし探偵を地でいったことになる。

「畜生！」

「ま、これをお呑みになって……。腹が立っているときなど、これを一気にあおりますと忽ち愉快になるものでございますから」

さわやかなうす緑色のカクテルを、バーテンはさしだした。グラスのなかのギムレットフィーズは、わたしに呑まれるのを身もだえして待っているようであった。

だが、だからといってあの夫婦を訪問するわけにはいかない。

わたしはバーテンにいわれたとおり、グラスを手にとるとギムレットフィーズをひと息で呑みほした。

分身

1

「昨日はどうしたのよ。声をかけたのに知らん顔をして……」

そう訊かれた藤井良子は、相手のいうことが呑み込めぬとでもいうふうに、一瞬その目を大きくひらいて、いわゆる「ポカンとした表情」になった。四角い輪郭の、ちょっと見には意志のつよそうなタイプだが、目が大きく鼻筋がとおり、まずは美人といってもいい。

咎めるように声をかけたのは、おなじ人事課で邦文タイプを打っている林加奈子である。齢は良子よりも四つ下の二十九歳。こちらは目尻のさがった受け口で、美人というよりも可愛らしい顔付をしている。だが、どうしたわけか二人とも縁遠かった。ついうかうかとしている間にオールドミスになってしまい、いまでは、日本橋のこの陶器会社の女子社員のなかでもちょいとした姐御である。

「何おっしゃるのよ、人違いしたんでしょ」

良子は非難するような目をした。咎めるといい非難するといい、どちらも冗談である。昼食後の休憩時間を、お濠のふちに腰をおろして雑談するのが、一日のうちでいちばん楽しいときであった。年齢が接近しているから何につけ話が合うのだ。

「人違い？　そうね、人違いといわれてみるとそうかもしれないわ。……でも、似ていたなあ」

意外にまじめな口調でいう。

「そんなに似ていたの？」

「似てたわよ。てっきりあなただと思ったくらいだもの？」

「どこで？」

加奈子は新宿のデパートの名をあげた。

「地階の食料品売り場なの。日曜だからとても混んでたわ」

「鯛焼きでも買っていたんじゃない？　あれを買ってるときに声をかけられると、あたしは聞えないふうをするの。あなたが石焼芋を買ってたら、あたし見て見ぬふりをするけどな。だって武士は相身互いというじゃない？」

良子は口をあけてケラケラと笑った。美人ではあるが、そのあけっぴろげな動作は少女歌劇の男役に似ていないでもない。

「そうじゃないの、わたしが見たあなたはワインのボトルを買っていたわ。麦藁のつとに入ったイタリア製のワインよ」

「安物じゃなかったの？」

「後で値段みたわ、わたしも買おうかなと思って。でも高すぎるので止めちゃった」

「じゃ、やっぱし他人だわよ。あたしだったら自分のほうからあなたに声をかけるわ。イタリアのブドウ酒買ってるなんてカッコいいもの」

良子はまた口をあけると白い歯をみせて笑った。

「でもね、他人の空似にしては似過ぎているのよ。その人ぎっちょだったもの」

「左利きだったっていうの？……そうだとすると、あたしみたいだわね」

良子は急に真顔になって、ちょっと薄気味わるそうに細い眉をよせた。

「ねえ、聞かせて頂戴。どうして左利きだと解ったの？」

「だってバッグを開けるときもお釣りを受け取るときも左手を使っていたもの。顔が似てるだけだったら声をかけなかったかもしれないわ。でも、その上にぎっちょとなったら、誰が見てもあなただと思うわよ」

「そうねえ」

うわのそらで頷くような、頼りなげな答え方をした。

「で、どんな服を着ていた？」

「藤色のワンピース。貝のブローチをしてたわ」

「ふーん。藤色のドレスなんて一枚も持っていないわよ。でもどうだった？　その人に藤色が似合っていたら、あたしも一着つくろうかと思うんだけど」

三十を過ぎても女は女だ、服飾のことになると目の色が変わるのである。加奈子はそう思い、目尻のさがった顔をくしゃっとさせて苦笑した。

良子が似たような「苦情」を持ち込まれたのはそれから四十日ほどたつ晩秋の夕方のことであった。一日の勤めを終え、加奈子や同僚の女子社員達とそろってエレベーターに乗り込んだときに、一階上から乗っていた庶務課の岩崎という中年社員が、良子に笑いかけた。

「今朝はイヤによそよそしかったね。地下鉄のフォームでパッタリ顔を合わせたから声をかけたら、ツンとすまして返事もしてくれなかったぜ?」

「あら、ごめんなさい。考え事をしていたんだわ、きっと」

「暮のボーナスで何を買おうかってことかい?」

「いやだ。女性はもっと高尚なことを考えますのよ、殿方とは違って……」

天井を向き笑いかけた彼女は、ふと真顔になると、相手の表情をうかがうような目になった。

「地下鉄といったわね?」

「池袋のフォームだよ」

「それじゃ人違いよ。今朝は区役所に用があったもんだから、バスで来たのよ。池袋駅は通らなかったわ」

「いけねえ、人違いか。てっきりきみだと思うから袖を引いたんだよ、そしたら睨みつけやがんの」

「危いとこね、悪くすると痴漢扱いされて警察につき出されるわよ」

「いや、そう毎日やってるわけじゃないけどね」

岩崎が引きつけを起こしたようにけたたましく笑ったときにエレベーターは一階につき、人々は玄関のフロアに吐きだされた。

加奈子が話しかけたのは二人が地下鉄に乗り込んでからのことであった。電車はわが家に帰るサラリーマンで満員であり、良子と加奈子は鼻をつき合わせるようにして吊り革にぶらさがっていた。

「岩崎さんも同じケースだわね」

騒音に負けまいとしてキンキン声になっている。

「そうね」

良子も甲高い声で応じた。

「池袋の駅ですれ違ったとすると、そっくりさんもやはり東上線（とうじょうせん）の沿線に住んでいることになるわね」

良子も東上線の志木（しき）から通っている。

「それは速断よ。西武池袋線かもしれないし、地元の池袋に住んでいるのかもしれないもの。赤羽線（あかばね）の十条（じゅうじょう）あたりから通勤しているってことも考えられるじゃない」

「それもそうだけど……」

加奈子は釈然としない面持で目を伏せた。

「もしかすると……」

「なによ」

「あなたは一人ッ子だという話だけど、もしかすると隠されたお姉さんか妹さんがいるんじゃない？　一つ違いぐらいの……」

「やだわ、少女小説じゃあるまいし」

良子はあっさり否定すると、白いきれいな歯を見せて屈託なさそうな笑い声をたてた。加奈子は逆に顔をしかめ、いまにも悲鳴をあげかねぬ形相だった。隣りに立ったオフィスガールが、いやというほど彼女の足を踏みつけたからだ。そのくせ謝りもせず、すました顔でガムを嚙んでいる。

地下鉄が池袋に着いて、二人が乗り換えのために改札口をでたところで、良子は、加奈子の手を引いて秘密を打ち明けるように囁いた。

「あたしここで失礼するわ。ちょっと人に会わなくちゃならないの」

いつもは東上線の入口の前までいって別れるのが例であった。良子はふたたび電車に乗るのだし、加奈子のほうは西口からバスに乗るからである。

「あら、お友達？」

良子はちょっとはにかむように目をそらせた。

「…………」

「デートなの？」

「デートというほどのものじゃないけど」

「ねえ、どんな男性なのよ、教えて」

「教えてもいいけど、内証にしておいてね。まだ正式に決ったわけじゃないんだから」

雑踏をよけるように、どちらからともなく一方の壁際に寄っていた。目の位置よりちょっと高いところに甘納豆の看板がはめ込んである。甘い物の大好きな加奈子だけれど、いまはそれどころではない。

「……それがね、ちょっと齢が違いすぎるのよ。でも、あたしだって三十三でしょ？　もう選り好みをしているときじゃないと思うの」

「そうねえ、お互い、若い時分に理想を高く持ちすぎたのがいけなかったのね」

加奈子も近頃は痛切にそれを悔いている。

「で、いくつなの、その方」

「二十も違うのよ。だから随分考えたんだけど」

「そのぐらいの男性がいいのよ。根性があるもの、頼りになるわ。若い人はだめだっていうけど、本当ね。マンガと劇画しか読まないから中身がないもの」

「……うん、そういうこともいえるけど」

良子は歯切れのわるい口調になった。
「その人、奥さんがあるのよ。離婚するからもう少し待ってくれっていうの」

2

砂村葱太郎(すなむらそうたろう)はうきうきとしていた。五十五歳という年齢を考えるともう少しきびしい顔をしていなくちゃならんと反省するのだが、彼女とのひそやかなデートのことを思い出すと、だらしなくも頰の筋肉がだらりと伸びてしまうのである。

彼の細君は七歳齢下の四十八歳だが、無器量のせいか実際よりもかなりふけている。若い時分から、姉さん女房だと間違えられたことが何度となくあった。彼女は嫉妬深くて、もてもしない夫から情事の臭いを嗅ぎとろうと、底意地のわるい目つきで砂村の洋服や体に鼻を押しつけるのである。彼はこの悪妻に手をやきながら初老の五十五歳という齢を迎えてしまった。

かつて鬼軍曹の異名をとった砂村は、社会人となってからも、とかく軍隊時代の習慣がぬけきれずに、冷酷だの非情だのという陰口をきかれてきた。事実、土建業界で砂村組という会社を設立し、荒くれ男たちを酷使していくためには、世間の批判などを恐れずに強引に押しまくらなければ成功はおぼつかない。ときには阿漕(あこぎ)な真似もしなくてはならないのである。だからこそ、シベリヤ還りの狼のように飢えたこの男が、小さな会社ではあるにせよ、一国一城の主となることができたのだ。

その粗野で無教養な男が悪妻を叩き出すことができなかったのは、女房の菊子(きくこ)を世話してくれたのが元上官だったからである。上官がすすめたというただそれだけのことで、彼はこのしなびた乙女(若い頃から干からびた茄子みたいだった)と、否も応もなく夫婦になり、家庭内の風雪に耐えてきた。粗暴な彼が、この女房に対してはただの一度も手を上げたことがないのである。

元来、砂村はロマンチックな小説などは読んだことがない。好いたり好かれたりといった話は美男美女がやることであり、自分のようなあから顔の、金ピカの入れ歯をしたドングリ眼(まなこ)の醜男は、そんなものには無縁であると考えていたのである。が、五十歳を越えた頃からこうした彼の人生哲学に多少の修正が加えられた。女道楽ができるのもあと五年がいいところである。六十歳を過ぎれば爺さん扱いをされ、よろめきたくとも女が相手にしてはくれまい。いまのうちにバーのマダムか何かと手をとり合って、熱海あたりへしけ込んでみたいものだ。

そうした砂村の前にひょっこりと妖精が姿を現わした。事実、彼女が砂村と一緒にお茶を飲んだり映画を見たりするようになった当座、この土建屋は何度となく自分の体をつねってみて、それが夢のなかの仙女でないことを確認したものである。

二人が知り合ったきっかけは、ほんの小さな、衝動的ともいえる親切な行為だった。同じ電車に乗り合わせ隣り合って坐っていた彼女が終着駅で降りる際、座席に小型本を忘れてゆき、それに気づいた砂村が階段の昇り口のところで呼び止め手渡したという、きわめて日常的な、些細な行為であった。

女は少し薹が立ってはいたが、美人である。殊に、醜い女房と三十年近くつき合ってきた砂村にとっては、弁天か菩薩のように見えた。それから、どちらともなく誘い合って近くの喫茶店でお茶をのむことになり、それにつづいて……。考えるだけで、砂村の鬼瓦みたいな顔はまるで踏んづけられでもしたように、不自然に歪んでくる。彼は思い出し笑いをしているのであった。

彼女の名が藤井良子であることは最初に教えてくれたが、齢が三十三歳だということは、二度目のランデブーの際に知った。通勤のパスに記入してあったからである。美人のせいか歳よりも若く見えた。三十三という齢にもなると世間ではオールドミス扱いをするものだが、砂村のような初老の男から見るとほんの小娘としか思えない。彼にとってこの女性とデートすることは一種の回春剤ともなることであり、事実、現場で仕事をしているときなど、うっかりと昨今はやりの流行歌を口ずさんだりして、はっと気づいて思わずあたりを見廻したりするのだった。元来が浪曲のほかには趣味のない男であり、職場で慰安旅行をするときも、赤垣源蔵を唸るほかには能がなかったのである。

三度目のデートまでは藤井さんと呼んでいたが、四度目からは良子さんに変った。平素は強引なこの男も彼女を前にするとなんとなく遠慮気味になる。名前を呼ぶことにしても、先方が良子と呼ぶことを望んだからであった。

「藤井さんだなんて他人行儀みたいでいや」

と彼女はいうのである。

正確にいえば葱太郎は遠慮気味だったのではなく、とまどい気味だったと表現すべきだろう。戦中派の五十男にとってみると、三十三歳の女をどう扱えばいいのかさっぱり解らない。彼としては相手のいうなりになるのがいちばん無難であり、手を握ってくれといわれればそうする、中華料理が喰いたいといわれれば馳走する、真珠のイヤリングが欲しいといわれればプレゼントする。すべてがその調子であった。ひょんなことで知り合いになったこの女性を失うまいとして、彼はひたすらした手に出て、彼女のご機嫌をとり結んでいた。そして彼にしてみればそのことが楽しくてならないのだから、誰も口をはさむ筋合ではなかったのである。細君だけは例外だけれど……。

だから彼は、この秘めごとが妻に露見しないように懸命であった。もし会社のほうに知れれば、その噂が廻りまわって細君の耳に入らぬとも限らないから、職場でもこうしたそぶりは毛の先ほども見せなかった。その点については相手の女性にもよく言い含めてある。彼女にしても三十三歳にしてたまたま手にすることを得たこのロマンスを潰したくはなかったろうから、男のいうことには不服を唱えなかった。手ごわい女房に悩まされつづけてきた砂村にすれば、この若い愛人の従順さがまた可愛らしくてならないのだ。

女と別れて帰宅するときの彼は、門灯の光が目に入ると、急に歩幅をせまくして、少しでも時間をかせごうとする。そして頭のなかで今夜のデートの有様を反芻してから、顔の筋肉をピリッとひきしめておいて、玄関のベルを押すのである。この可愛気のない瘠せひすばった細君の前で笑顔を見せたことのなかった彼が、もし頬のあたりに思い出し笑いの余韻でもとどめておいたら、忽ち見咎められてしまう。

帰宅した彼は「ただいま」の挨拶もしないし、細君は細君で労をねぎらうこともしなかった。といって、互いに含むところがあって喧嘩をしているわけではなく、それが三十年来つづいた習慣なのであった。

夫婦の愛情がうすれているせいか、彼等には子供もいない。

3

加奈子に打ち明けてから三週間たっている。彼女は口が固く、良子が秘かによろめいていることは誰にも洩れずにいるが、それにも増して好奇心は旺盛であった。昼食時の休憩時間には、執拗に昨夜のデートのことを訊かれる。

「火遊びは危険だわ、その点にはくれぐれも気をつけてね」

「ありがとう。でもね、彼ってわりかし誠実らしいの。一年待ってくれ、必ず離婚してみせるからといってくれるのよ」

いつものとおり濠端の石に腰をおろして、冬の陽を全身に浴びながら語り合っていた。良子の声にはうきうきとした調子があるが、それに反して加奈子のほうは心なしか元気がない。一年後に離婚が成立すれば、待っていたように良子は嫁にいってしまう。そうなると加奈子は、いよいよ一人ぼっちになるのである。

「あら、すてきなイヤリングしてるじゃないの」

話を聞きたいくせに、聞いていると胸が苦しくなってくる。加奈子はしゃくれた顔に殊更元気そうな表情をよそおって、相手のイヤリングを褒めた。この辺で話題を変えたいと思ったのだ。

「これも彼が買ってくれたのよ。土建会社なんかを経営しているというと気持のすさんだ人を連想するでしょうけど、案外やさしいところがあるの」

「変ったデザインだわね」

「ほら、半月ばかり前にインカ展が開かれていたでしょう。あれを見にいったとき買ってもらったの。インカの仮面をデザインしたものなのよ、これ」

また甘い話を聞かされてしまった。加奈子は表面に笑みをたたえて頷いてはいるけれども、心のなかではこのロマンスがぶち壊れればいいのにと希っている。そうすれば自分はとり残されずにすむ。そう思う一方では、良子の愛をなんとかして結実させてやりたいとも考えていた。良子は自分より四つも年長なのだ、早くお嫁にいかなければお婆さんになってしまう。

思い出したように膝にのせた紙袋に手を入れ、白いフを三個つまみ出して、池の水の上に投げた。水面がにわかに波立ってきたかと思うと、六匹の黒い鯉が顔を出し、奪い合ってそれを喰べている。それに目を預けながら、自分はまだ二十九歳だ、と彼女は思う。あたしが三十三になるまでには、きっといい縁談がもたらされるに違いない。気長に待つことだ。

「十分前だわ、そろそろ帰りましょうよ」

良子がはずんだ声をかけた。加奈子は残りのフを彼女にも分けると、一緒に濠のなかに投げてやり、手についた粉をはたいて落してから手袋をはめた。そのときに気づいたのだが、良子の手袋もまた、愛人からのプレゼントなのである。加奈子は自分をそのようなはしたない女だとは思いたくないのだけれど、ねたましい気持が湧いてくるのをどうしようもなかった。

「あーら、あと八分しかないことよ」

思い切り明るい声をだすと加奈子は相手の手をとり、はずんだ足取りで濠端から離れていった。ほかにも何組かのサラリーマン達もいるが、彼等は職場が近いとみえて、まだのんびりと陽なたぼっこをしたり、餌売り婆さんからフを買ったりしていた。

二人がプラタナスの植え込まれた歩道にわたったとき、後から追いついた関（せき）に肩をたたかれた。

「よう、林君。おや、藤井嬢も一緒かい」

良子がすばやく目をつぶってみせた。余計なお喋りはつつしんでくれというサインである。それに応じて加奈子も片目をつぶってみせた。

「なんだい、変な目をしてさ。おれがいると邪魔だというのかい？」

「ゴミが入っただけの話よ。東京の空気ってほんとに汚れていると思うわ」

加奈子があっさりと答えた。良子と加奈子という女史が揃っていると、たいていの場合、男のほうが遠慮してしまう。このときも関が一歩おくれてついてきた。両手をズボンのポケットに突っ込み、肩をいからせ、ややうつ向き気味になって、良子に話しかけた。

「そうそう、あんたに訊いてみたいと思っていたんだけどね」

「あら、何のこと？」

「あんた、昨日の晩、新宿へいかなかったかい？」

二人の女が同時にギクッとしたようにふり返った。三人は横に一列に並んだ。

「いいえ、昨日はまっすぐ家に帰ったわ。洗濯物がたまっていたし、見たいテレビがあったから」

そういう良子の横顔を、加奈子はまばたきもしないで見詰めている。彼女には、関の言い出そうとしていることが何であるかおおよその見当がついていた。良子も同じ思いをしているのだろう。目が妙に光ってみえた。

「おかしいなあ……」

「おかしいって、何がおかしいのよ」

「……きみにそっくりだったがなあ」

「奥歯にものがはさまったみたいな言い方は止めて。はっきり話をしたらどうなの？」

詰問する調子になっている。

「藤井さんに似た女のひとを見かけたというんじゃないの？」

と、加奈子が口を入れた。

よく知ってるな、とでもいいたげな表情をうかべ、関は加奈子を見た。面長で髪が濃くて、美男子とまではいえないが、わりに整った顔をしている。それでいながら不思議なことに、女子社員からは黙殺されていた。勿論この男にも妻子はいるが、彼女達は男が独身であるか否かは問題にしないのである。加奈子は、関が無視されるのは服装にセンスが欠けているためだと解釈していた。

「そうなんだ。ゆうべね、友人に誘われて新宿でロシヤ料理を食いながらふと辺りを見廻すと、驚くじゃないか、壁際のテーブルで藤井さんが食べているんだよ。いや、その藤井君によく似た女性が、だけどね。声をかけようと思ったんだが連れがいたもんだから遠慮した。遠慮してよかったよ、危く恥をかくところだった」

あらためてほっとしたような言い方になった。

「……………」

良子はなにも答えずに、ややうつ向き気味に歩いていた。気のせいだろうか、ペーヴメントを蹴る靴の音がいつになく固く響くようであった。

気になることは加奈子も同じである。日本中を探せば、他人のそら似という話はときたま耳にするから、それほど珍しいものではない。日本中を探せば、自分にそっくりな人間の五人や十人はいるに違いないのである。ただ、顔を合わせるチャンスがないから、他人のそら似が珍しがられ話題にされるのだ。したがって良子に酷似した女性がいたからといってそれほど驚く必要はない。しかし短期間のうちに何度も見かけるとなれば、偶然だとは思えなくなってくる。偶然でないなら何なのか、と反問されると加奈子には返事に困るのだけれど、なにか嫌なことが起こりそうな予感がするのは事実であった。

「どうしたんだい？　気にさわるようなことをいったかね」

「ご免なさい、そうじゃないのよ。ひょっとするとあたしによく似た姉か妹があるんじゃないかと思ったの」

「そんならいいけどね」

と、関は安心したように黒っぽい歯をのぞかせた。日に五十本を吸うというタバコ好きなのである。

エレベーターから吐き出されて廊下を歩きながら、加奈子は相手を盗み見た。先日、もしかすると年子の姉さんか妹がいるのではあるまいかという加奈子の思いつきを、一言のもとにはねつけた良子である。が、いまの発言からみると、本気になってそのことを考えているようでもあった。

「そうね、そんな気になってきたのは事実だわ。年齢の接近した姉妹というよりも、あたしはふた児じゃないかと思うのよ。いまではふた児もみつ児も大歓迎だけれど、昔は違っていたんだって。親はふた児を生んだことを恥じて秘密にしたそうよ。だから、どっちか片方をすぐに始末しちゃうの。始末するといっても殺すんじゃなくて、つてを求めて赤ん坊を欲しがっている人に渡すんだけど……」

「そんな噂を聞いたことあるの？」

「明治の終り頃まではザラにあった話よ」

「そうじゃなくて、あなたが双生児だったという噂をよ」

良子は首をふった。

「ふた児が生まれる家系というのはあると思うのよ。藤井さんの親戚でそんな例はないの？二代前とか三代前あたりに……」

良子はまた首をふった。

「ないわ。少なくとも聞いていないわ。……でもね、そんなことよりも薄気味わるいのよ。

近頃になって、まるで当てつけみたいに現われるんだもの。なにか悪い企みがあるんじゃないかしら……」

やはり良子もおなじことを考えているのだ。この場合、友人としてできるのは相手を元気づけることでしかない。加奈子はそう判断した。

「そんなことないわよ、考え過ぎだと思うわ。それに、ふた児が生まれたらよそにやってしまうなんて昔の話じゃないの。いまはそんな風習はないわよ」

「でもね、必ずしもそうはいえないと思うの。あたしが生まれたのは戦争の末期に近い頃だったでしょ、喰べるものがないし母乳はでないし、一人の赤ン坊だってもてあます時代だったのよ。だから……」

良子がそこまで語りかけたとき部屋の入口に到着した。二人は頷き合うと左右に別れて、それぞれの席についた。

4

関が目撃したのを最後に、良子に似た女性は姿を見せなくなり、彼女も次第に明るさをとりもどしてきた。といっても、周囲の連中はそうした事情が伏在することは知らないのだし、その女性とすれ違った社員連中にすれば、あくまでよく似た他人と思い込んでいるのだから、良子が翳った表情になっていることに気づく筈もなかったのである。したがって、彼女が元気になったことを知ってホッと溜息をついたのは加奈子ぐらいのものだったろう。昼休みに濠端まで足をのばして鯉に餌をあたえることはずっとつづいていたが、良子はこの二、三日来ふたたび以前の良子に還って、レビューの男役みたいに青空を向いて闊達に笑うようになった。

だが、それから三日目に、またショッキングなことが起こった。日本橋にある洋裁店から請求書がとどき、良子が一万二千円の支払いを求められたのである。使いに来たのは、お針子になって半年という可愛い女の子で、人好きのする笑顔をみせながらも、金を払ってくれなければテコでも動かないといった強硬な態度であった。

ちょうどこれから昼食の休みになろうとしたときだったから、玄関ホールは食事にでる社員であふれていた。このビルには他に二つの会社が入っており、そっちの社員達のなかにも、立ち止って二人のやりとりに目を注ぐものがいた。

良子は赤く頬をそめ、小娘とは反対に興奮した表情だった。赤くなったのは注視を浴びて恥しかったためでもあろうし、相手の要求に腹を立てたためでもあったろう。しかし連れ立って食事にでようとしていた加奈子は、良子の顔に狼狽と脅えの色をみたように思った。それをカバーするために、いままでの彼女が見せたことのないような高圧的な態度にでたのではないか、と解釈した。

「あたしが注文したというの？」

「はい。オーダーじゃないんです。お洋服はプレタポルテですから」

「よく見て頂戴、このあたしが買ったの？　間違いじゃなくて？」

「はい。間違いございません。先生も――先生ってお店のマダムのことなんですけど――あなたが、前々からショーウインドウをお覗きになるお顔をよくお見かけしているんです」

だから、良子が近所の会社に勤めるオフィスガールであるということもよく知っており、安心して品物を先渡ししたのだという。

「あら、渡しちゃったの？」

「はい」

良子は一瞬ポカンとした表情で黙り込んでしまい、ニコニコした少女とは対照的にしぶい表情をした。いままでの良子に似た女性は、単に似ているというだけで、実質的には迷惑をかけていない。が、今度はべつである。彼女は初めて似ている事実を悪用して、詐欺行為をはたらいたのだ。良子の悪い予感は適中したことになる。

「これ、詐欺じゃないの。美事にしてやられたわ」

加奈子が口早にささやいた。

「払う気？」

「誰が払うものですか」

「あら、払って頂けませんの？　困るわ」

少女の顔から微笑が消え、良子と同じような渋面になった。

「あたし、先生に叱られますわ」

「お払いしたい気持はあるのよ。でも、それがあたしの名を使ったペテン師だったら、代金はそっちに請求するのが当然でしょう？　あたしも被害者なのよ」

そう聞かされたお針子はキョトンとした顔になり、相手の目をまじまじと見詰めた。

「被害者ですって？……信じられませんわ」

「同じ顔の人間がいるなんて、当のあたしだって信じられないわよ」

良子はそういって、初めてまわりの人垣に気づいたようにあたりを見廻した。しかし彼女のいうことを信じるものはなく、一様にその詭弁（きべん）を非難するように、冷たい眼差しを浴びせていた。それに気づいた良子は急に顔を赤らめると、救けを求めるように加奈子をふり返った。

5

「という事件が起こったんだ。殺したの殺されたのといった事件ならきみ向きだが、洋服詐欺なんていうのは気乗りがしないことと思う。しかし、放っておくと図にのった犯人が今後どんなことを仕出かすか解ったもんじゃないからね、きみの手で、一つ納得がいくまで調べてくれないか」

肥った弁護士はそれだけ喋るあいだにもすでに顔一面に汗を吹きだしていた。真冬の冷房完備というわたしのオフィスでこの有様だから、彼がいかに暑がり屋であるかが理解できようというものだ。

「詐欺犯を探すのは警察にまかせとけばいいと思うがね。こう見えても、こちとら多忙でねえ」

「国語辞典をひろげろよ、多忙というのはものすごく忙しいことと書いてある。靴下の洗濯なんかやってるところを見ると、暇だとしか思えないがね」

弁護士は皮肉っぽい言い方をした。尤もこの肥大漢はつねに欲求不満にさいなまれているらしく、口をひらけば皮肉か嫌味をいうのである。

「靴下が一足しかないもんでね、寸暇を惜しんで洗うことにしているんだ。根が清潔好きだからな」

「だから女房を持てといっているんだ。いつまでも独りでいると妙な噂をたてられるぞ」

「女たらしだというんだろう？　新宿のドンホァンだなんて」

「そうじゃない、ドンホァンだなんて噂されれば名誉なことじゃないか。世間はきみのことをホモだといってるんだぞ」

「こりゃ驚いた、おれがそれほど謹厳実直に見えるのかねえ」

「褒めているんじゃない。変態男だといってるんだ。だから妙な噂にピリオドを打つためにも結婚をすべきなのだ。どうかね、その気があったら紹介してもいいんだよ」

「まあね、その気になったら頼むけどね、いまんとこ仕事が忙しくてね。で、事件の話にもどるけど、なぜ警察にやらせないんだい？」

「警察は彼女の話を信じないからだよ。そっくりな女がウロチョロするなんてことは彼女の作り話であり、服を買ったのは彼女自身に違いないと考えてるからね。これは彼女の計画的な悪質の詐欺だというんだ」

「ほう」

「会社の同僚がロシヤ料理屋に入るのを見かけると、こっそり自分も後を追ってテーブルについてめしを喰う。そして、訊かれたときにゃあれは自分ではないと否定する。つまり、こうしてよく似たもう一人の女が存在することを宣伝しておいた上で、おもむろに服を詐取した、というわけだ。当局は頭からそう信じ込んでいるんだよ」

「しかし、それも無理ないことだと思うな。おれだって、自分とそっくりな人間がいるなんてそんな夢みたいな話は信じられないよ」

　わたしは一介の雇われ探偵にすぎないのだから、雇い主であるこの弁護士から依頼されればどんなつまらぬ仕事でも引き受けなくてはならぬ立場にいるのだけれど、この事件は最初から気乗りがしなかった。殺人事件ではなく、単なる詐欺事件ということが、なんともなまぬるくて面白くないのである。この程度の調査なら、わたしが乗り出すまでもないではないかと思う。

その翌日、わたしは重たい腰をあげて、疵だらけのフォルクスワーゲンに打ちまたがると、日本橋にある藤井良子の会社を訪ねた。日本でも指折りの陶器の会杜で、国内よりも海外で名を知られているのだという。わたしは例によって昼食の休憩時間を狙っていったのだが、本命の良子は藤沢の工場のほうに出かけて留守であった。間もなく帰る予定ですといわれ、先に、男性社員のほうに会ってみることにした。

地下鉄池袋駅のフォームですれ違ったと称する庶務課の岩崎は、頭の大きな見るからに利巧そうな男に思えた。彼は、もう、二、三週間も前のことなので明確なことはいえぬけれど、そのときはてっきり藤井君だと思った、と答えた。

ついで会った関という男は、そっと声をひそめると、藤井君は嘘をついているのではないかと思う、と語った。

「どうしてです?」

「とにかく瓜二つだったからですよ。いや、顔立がそっくりというのではないです、他人のそら似ということは幾らでもあるんですからね。ですが、ロシヤ料理店で見かけた彼女は、例えば首のかしげ方とか、例えばスープを口に流し込むときに上目を使うとか、そうした微細な癖までが藤井君そのものなんですよ」

「ふむ」

「やはり警察が考えているように、あれは洋服を詐取するための布石ではないかと思いますな」

断定的な口調でそういうと、幾分あわて気味に、このことは彼女の耳に入れないでくれと真顔で頼んだ。わたしは、こうした口の軽い男は好きになれないたちなので、ぶっきらぼうに礼をのべて、つぎに林加奈子に会うことにした。相棒の良子がいないせいか今日の彼女は濠端の遠征を中止して、屋上でぼんやりと日光浴をしていた。

「あら」

と、彼女はしゃくれた顔をニコッとさせた。美人とはいえないが目尻のさがった愛嬌のある顔をしており、わたしは一目みて好感を抱いた。インテリ然とした、いわゆるお高くとまった女というものは、わたしの性に合わないのだ。

「そうなのよ、ワインを買って歩きだしたときに声をかけたの。そしたら振り返りもしないでしょう？　だから翌日彼女にそのことをいったら、自分ではないって否定されたのよ」

「ズバリいってどうです。瓜二つの女がいると思いますか」

「そりゃ思うわよ、彼女の場合がいい例じゃないの」

と、加奈子は天真爛漫な顔で答えた。

「たしか、その女も左利きだったそうですね？」

「そうなの。だから他人のそら似ということは考えられないわ。やはり齢の接近したお姉さんか妹さんだわね。もともと双生児というのは似た癖を持っているものなのよ。揃ってぎっちょだったり音痴だったり……」

「なるほどね」

「でもね、姉妹や二卵性双生児ではとてもじゃないけどあんなに似ているとは思えないの。あたしの推理では、どうしても一卵性双生児だわね」

「で、藤井さんはふた児だったのですか」

「あたしがそういったものだから藤井さんもその気になって、お母さんに根掘り葉掘り訊いたんですって。でも、否定されたそうよ」

しかし、とわたしは考える。産婦が赤ン坊を生んで人事不省になっていることはしばしばある。その失神しているうちに二番目の児が生まれたとしたら、気づかなくても不思議はあるまい。だから、おふくろさんが否定したからといって、それを鵜呑みにはできないのだ。はっきりとしたことを確かめるためには当時の産婆なり産院なりにあたってみなくてはならない。

関とは違って、彼女は良子そっくりの女性の存在することを肯定していた。そして別れる間際に、ちょっと脅えた表情をうかべてこんなことをいった。

「あたしって気が小さいせいか心配性なんです。そのせいかもしれませんけど、もう一人の良子さんの狙いはプレタポルテのお洋服を騙し取るだけではないように思うんです」

「なぜですか?」

「だって、その後も見かけた人がいるからですわ」

これは初耳である。

「いつのことです?」

「昨日です。広報室にいる石坂さんというデザイナーが経験したんですって。その話を聞かされて良子さんもショックを受けたらしいですわ」

わたしは大きな興味を感じて早速当人に会ってみることにした。

6

漠然とした考え方であったが、わたしは、石坂という人物をタフな中年男というふうに思い描いていた。つま楊子かなにかをくわえて、歯をほじくりながら応答するセンスのない男だと思っていたのである。だが、昼食をすませて帰ったばかりというその人はスタイルの綺麗な、ちょっとマネキン人形を思わせる三十女であった。均整がとれた胴体の上に小さな首がのっており、奥行の深そうな、大きな目を持っていた。顔が小さいせいか、目が余計に大きく見える。

わたし達は廊下の窓際でほんの四、五分間立ち話をした。わたしは彼女の邪魔をしたくなかったし、彼女もわたしに邪魔されたくなさそうだった。

「昨日、藤井良子さんを見かけられたそうですが、それについてお訊ねしたいのです」

わたしは事務的な声をだした。彼女は、わたしの嫌いなお高くとまるタイプの女であった。

「一体、どんな様子だったんですか」

黙っているので、わたしはそううながした。

「見たんじゃないのよ。見なかったから不思議なの」

「……？」

今度はわたしが黙る番だ。彼女のいうことが理解できなかったのである。わたしは彼女のツンとすねた鼻の頭に目をやりながら、話の先を待っていた。

「昨日の夜、お友達をさそってごはんを喰べると一緒に寄席に入ったの。そのお友達がちょっと元気を失くしていたので、気分を引きたてて上げようと思ったからよ」

「そこに、藤井嬢とそっくりの女が現われたというわけですか」

「先走った発言はしないで頂戴。あたしは見なかったといってるじゃないの」

「失礼」

「六時から九時ごろまで寄席にいたわね。そしてアパートに帰ってくると、管理人のおばさんと隣りのお部屋の学生さんが、留守中にお客さんがきたというの。時刻は、ちょうど八時頃だといってたわ。つまり、あたし達が『野ざらし』を聞いて笑っている時分に当るの」

「ふむ」

「そこでお隣りの学生さんが、いつもはもっと早く帰るんだが、生憎でしたねといったんですって。そしたらそのお客さんがニコニコ笑って、それではすまないが本を預ってくれないか、当人が帰ってきたら渡してもらいたいっていうのよ。だから学生さんがお安いご用だっていって預ったわけ。で、あたしが十時前に帰ったら、すぐに靴音を聞いて出てくると、預けられた本を渡してくれたわ」

「ふむ」

「日本橋の書店の包装紙にくるまれた新本で、去年アメリカで評判になった映画の原作小説なの。この小説本にはちょっとした因縁があってね、ふた月ほど前に藤井さんに貸して上げたことがあるのよ。そしたら、彼女電車のなかに忘れてしまったわけ。それ以来、良子さんは気にしていたのよ。本屋で見かけたら買って返すからもう少し待って頂戴といって……」

「なるほど。すると留守中に彼女が届けてくれたというわけですか」

「そう先走りしないでよ。学生さんが名前を訊いたら、藤井良子ですって答えたというんだもの」

「ふむ」

「そこであたしびっくりしちゃって——」

「なぜ驚いたんです」

話を中断された彼女は険のある目でわたしを睨んだ。

「驚くのは当り前だわよ。元気を失くしたお友達というのは藤井良子さんのことなの。つまり、当の良子さんとあたしはずうっと一緒に寄席にいたんだもの」

「……？」

「今度こそ彼女のアリバイは確定したことになるのよ。言い替えれば、藤井さんの偽者は間違いなく存在しているってわけ。しかもその偽者は、あたしが本を彼女に貸したことも、彼女がそれを紛失して気にかけていることも、ちゃんと知っているのね」

「………」

「藤井さんの写真を見せたら、間違いなくこの人だというじゃない。管理人のおばさんまでが彼女の写真を指摘するのだから、これはもう信じないわけにはいかないわ。そこで念のためにどんな服を着ていたか訊ねてみたら、なんて図々しいんでしょう、それがあの洋裁店から騙し取ったワンピースなのよ」

「………」

わたしには、この藤井良子によく似た女の正体なり目的なりがさっぱり解らなかった。

「平素から失くした本のことを気にかけているものだから、本人の体から魂が抜け出して返しにいったのじゃないかしら。ですからね、あたし離魂病じゃないかと思ってるの」

「あれは芸能人の間ではやっているらしいですな」

わたしがそういうと、彼女は軽蔑した目つきでわたしを見た。

「なんのことかよく意味が解らないけど、あたしのいうのはドッペルゲンゲル現象のことよ」

自慢じゃないけどますます解らなくなった。

「離魂病というのはね、魂が本体からぬけだして、勝手気ままにその辺をうろつく病気なのよ。本当にそんな病気があるのかどうか知らないけど、あの人はときどきスーッと気が遠くなるというの。昨日も落語を聞いているうちに、そんな気持がしたといっていたわ。つまり、そういう状態のときの彼女は抜けがらみたいになっているのじゃないかしら」

「ふむ」

「今朝、会社でそのことを話して聞かせたのよ、藤井さんに。そしたら彼女は真蒼になってしまったわ」

「無理ないですな、気味が悪いからな」

「気味が悪いのは勿論だけど、彼女がショックを受けたのはそんなことじゃないのよ。もし当人が自分の分身とバッタリ鉢合わせをしたら、まもなく死んでしまうという言い伝えがあるからなの」

わたしは至って現実的な男だから、妙ちきりんな言い伝えには興味がない。そんな話を聞いたのはこれが初めてであった。

「で、あなたはそれを信じますか」

「信じやしないけど、もしひょっこり出遭ったら大変だもの。藤井さんが分身に遭うことのないよう祈っているわ」

矛盾したことをいっている。

「全く。そうしたことのないように願いたいですな」

「でもね、いまもいったように、藤井さんにアリバイが確立したことはプラスだと思うわ。そっくりさんが現われた頃、あたし達は『野ざらし』を聞いておなかを抱えて笑っていたんだもの」

彼女は小さな可愛らしい鼻の孔を精一杯ひろげて、挑みかかるようにいった。

肝心の良子に会えたのは一時五分前のことで、入口で待っていたわたしは自己紹介もそこそこに、一緒にエレベーターに乗り込むと彼女の部屋の前までゆき、入口のところで早口に問答をした。

「すみませんわね、あたしのことでお忙しいところを……」

「なぁに、これでめしを喰っているんだから。で、早速ですが、ふた児の存在ということは考えられませんか」

「ええ、母が――」

「それはよそで聞きました。しかし、失礼ですがお母さんだって血の気が頭にのぼっていたときだろうから、一人生んだか二人生んだか解らないのじゃないですか」

「さあ……」

どちらも子供を生んだ経験はないから、はっきりとしたことはいえないのである。

「産院はどこでした？　医者なり看護婦なりに聞けば解るかもしれない」

「戦争の末期でしたから、疎開して山のなかにいたんです。村のお産婆さんにお聞きになれば……」

「取り上げばばあ……つまりその助産婦の名前ですが、なんていいましたか」

「それは母に訊ねませんと……。覚えていますかどうか……」

自信なげな答だった。

しかし、自宅に電話をかけておふくろさんに訊き、運よく思い出してもらうことができた。山のなかだというから日本アルプスの麓あたりかと思ったらそうではなくて、都下西多摩郡の小河内村なのである。だが、ここは戦後ダムの底に沈んでしまい、当時の村人のなかにはダムの周囲に住みついている人もあれば、山を降ってもっと生活するに便利な人里に移住した人もある。四散した人を訪ねるというのは下手をすると日数がかかるものだが、今回はついているというべきだろうか、その助産婦は立川市の真中に住んでいることが判った。勿論いまは第一線を退いて孫の守をしながらの楽隠居であるという。

その情報が入った日の午後、立川市へ向った。といっても新宿で中央線にのれば三十分とちょっとで到着できるのだから、隣り町へいくのと変わりはない。そして、駅前広場でバスにのると五つ目の停留所でおりる。小柴ミヨはその裏通りに住んでいた。大柄の鬼をもひしぐといった女丈夫で、目方のほうも九〇キロはありそうだった。灰色のセーターに紺のスカート、白足袋というスタイルである。

「いえいえ、ふた児だなんて、そんなことはありませんでした。やはりふた児なんていうものは栄養のいい母胎から生まれるものでしてね、戦争中はどこのお母さんも栄養失調気味でしたから、統計にもはっきりと表われていることですが、双生児の出産率はガタッと減ってしまいました。小河内村では一件もありませんでしたよ」

ゆっくりとした口調で説明されると、小学校で先生から国語かなにかを教えられているみたいな気がしてくる。尤も、わたしの先生は意地悪な大年増で、わたしが女生徒のスカートに手をふれたとか何とか、くだらぬ理由でしょっちゅう立たせてばかりいた。そんな教師は、ちっとも懐しくはないのである。

「あの人のお父さんは気の毒に、シベリヤで抑留中に亡くなったそうです。それも終戦の二、三年前に兵隊にとられて。そんなわけで貧乏してましたから、あの子が生まれたときの経費は、二年月賦で払ってもらったように覚えていますけどね」

7

なにか不吉なことが起こるのではないか、というのが林加奈子の予言であったが、それを気の弱い女の取り越し苦労だろうと考えて、頭から無視していたのはわたしの失敗だった。

わたしがオンボロのアパートからオンボロの事務所に出勤して、郵送されてきた部屋代の請求書に目をとおしていると、弁護士から電話がかかり、ひどい見幕で怒鳴られた。昨夜、宮城（きゅうじょう）に近いアベック広場に若い男女が入り込んで、手頃の場所がないかと物色しているうちに人間の体につまずいた。謝ったが返事をしないので、逆に若者が腹をたてて横腹のあたりを蹴ったが依然としてウンともスンともいわない。それが屍体だと解った途端、女の子のほうが悲鳴をあげ、たまげた男のほうがたまたま通りかかったパトカーに急を報じたというのであった。

「聞いとるかね？」

弁護士が訊く。

「聞いとる、聞いとる」

と、わたしが怒鳴り返す。

そこは若者のあいだでナントカ広場という名で知られた場所だそうで、迂闊なことにわたしは少しも知らずにいたのだが、夜になるとホテル代を節約するために、男女が集ってくる。そいつを覗きに出歯亀みたいなうす汚い連中が寄ってくる。彼等は黒い覆面に黒い服といった忍者スタイルで、冬だというのにオーバーなしだという。犯行は、ドブネズミみたいな野郎共の鼻の先でなされたのだというのだ。後になって、このドブネズミ共が犯行を目撃していたことが判明した。

「聞いとるのか」

「聞いとる、聞いとる」

覗き屋がかくれていることも知らぬ気に、男と女とは茂みのなかに入っていった。この男は酒を呑んでいささか足もとの怪しくなった土建屋で、これは殺されるとは知らないから堂々と顔をさらしながら、ストトン節を口ずさんでいた。女のほうは、弁護士の旧式な表現をかりると「色模様の風呂敷」を頭からかぶっていたという。つまり、ネッカチーフで人相をかくしていたというわけだろう。うつ向き気味に一歩おくれてついていった。

男のほうは酔っているからご機嫌だ。あたりはばからぬ大きな声で、「藤井さん」だの「良子さん」だの「好きだ、大好きだ」とわめき、女は女で何とかして黙らせようとしている様子であった。

「おい、聞いとるかね？」

「聞いとる、聞いとる」

そのうちにいきなり男が悲鳴をあげた。覗き屋のゴキブリどもは、男がうれしがっているものと解釈して、てめえまでゾクゾクとしてきたという。

それから二、三分のあいだしずかになり、いきなり頬をつづけざまに二発ぶん撲る音がした。ついで女がオーバーのボタンをはめながら飛び出してきたので、覗き屋は、あの酔っ払いが女に手荒なことをして反撃されたなと思ったという。

「聞いとるだろうな？」

「聞いとる、聞いとる」

「ここが犯人の巧いところだな。屍体の頬っぺたをピシャピシャと引っぱたいておけば、いかにも痴話喧嘩の結果、女が腹をたてて帰っていったように見える。覗き屋にしても、まさか殺人があったとは思わないからな。事実、そのなかの一人の男は、被害者が眠り込んだと思っていたのだそうだ」

「で、藤井良子の犯行だという証拠が発見されたのか」

「いや、まだだ。だがね、TVニュースで見たといって藤井君が自首してでたんだ。どうやら自分がやったような気がする、とね」

「気がする？」

「ああ。昨夜は彼女の誕生日だというんで友人を集めてパーティを開いたんだが、そのうちにふうっと眠くなってね、自分でもシャンパンに酔ったんだろうというわけでソファに横になった。それが、殺人のあった頃に当るんだな」

「しかし、なぜ愛人を殺したんだね？」

「離婚するといいながら一向に別れてくれる様子がないものだから、騙されたことに気づいてきたというんだ。近頃は愛情と憎しみが半々ぐらいになっていた、とね」

「ふむ」

「ボンヤリと寝ているときに自分の魂がぬけだして犯行を犯したのではないか、というのだよ。だが、自白だけではどうにもならないし、だいいちこれは自白といえるかどうか疑問がある。捜査本部でも頭を抱えてしまってね、心理学者だの精神病理学者の知恵を借りて容疑者の脳波のテストをしたりしてるんだが、さて、どんな結論がでるのかね」

弁護士は投げたような調子で話をしめくくった。こうした得態の知れぬ、つかみどころのない事件は、彼にしてもわたしにしても苦手なのである。

わたしは知らなかったが、離魂病という現象は日本にも昔からあるし、西洋にも沢山の例があるのだという。そのことを、わたしは行きつけのバー『三番館』の、達磨みたいな顔付のバーテンから教えられた。

「これは有名な例ですがね」

バーテンは、知らないのはお前さんだけだよとでも言いたげな口調で、その有名なる実例を挙げてみせた。

「岡山県の農村の話ですけど、小さな女の子が熱をだして寝ているんですな。母親だか父親だかがその子の枕元に坐って看病しているのです。そのうちに親が何気なく窓から外を見ました。窓の外に川があります。川の向う岸に女の児がマリつきをしている。それが目の前で眠っている女の児にそっくりなんですな。浴衣のお古でつくった寝巻を着て、ゴムマリを楽しそうに、独りぼっちでついている……」

「ほんとかね？」

「さあ。こうした話は中国にも西洋にも大昔から伝えられておりまして、人魚の伝説みたいな嘘っぱちかもしれません。しかし、こんな例もありますんですよ。これはわたしが随筆で読んだものですが、山下清（やましたきよし）さんのパトロンとして知られたお医者さん、そのお医者さんが新潟医大時代に級友から聞いた話だそうです」

「ふむふむ」

「そのお友達が外出先から下宿に戻ったところ、下宿のおばさん達が怪訝な顔をしてこっちを見ている。そこでわけを訊ねると、もう少し前にあんたが帰ってきて二階に上っていったというのですな」

「ふむ。で、結局どうなったんだい？」

バーテンは「さあ」といった顔をした。

「そこまでは書いてなかったように思います。でも、二階の自分の部屋の障子を開けるときのその学生さんの気持というものは、どんなだったでしょうね」

「なるほど。そういう実例があるとなると、今度の事件も分身の殺人というふうに解釈できるな」

「はあ、解釈は自由でございますから」

と、バーテンは意味あり気に答えた。

「例えばでございますね、殺された土建屋は鬼軍曹だったと申しますから、シベリヤで抑留中に何人かの日本人の兵士を殺したかもしれません。体が弱くてノルマが果たせなかったといったような場合に」

「ふむ」

「戦争の末期に徴集された兵隊は第二乙種か第三乙種ですから、当然なことに体は丈夫ではありません。藤井さんのお父さんも、ひょっとするとあの土建屋の隊に配属されて、彼のために殺されたのかもしれませんです。遺児である彼女がなにかの機会でそうした事情を知ったなら、自分の手で復讐したいと思うでしょう」

「ふむ」

「そこでまず自分が、分身に悩まされているように見せかけることを始めます。デパートの食品売り場で声をかけられたのは申すまでもなく藤井さんなのですが、うっかりしていたために聞えなかった。そのことからヒントを得たのかもしれませんですね」

「ふむ」

「わたしの解釈によりますと、池袋駅のフォームですれ違ったのも、新宿のロシヤ料理店で見かけたのも、すべて彼女自身ですよ。どちらも偶然に目撃されたのではなくて、計画的に目撃されたのではありませんでしょうか。サラリーマンの出勤時刻というのは大体において一定していますから、ちょっと調べれば、出勤時の岩崎さんが朝の何時何分頃に池袋発の電車にのるということは解ります。それを待ち伏せしておいてお芝居をすればいいわけですし、新宿のロシヤ料理店の場合は、関さんという人を目撃者に仕立てる目的で、ずうっと尾行をしていたものと思うのですよ。で、先方がロシヤ料理店に入ったのを見届けておいて、すばやく自分も辷り込みます。出された皿の料理をかきまぜるなり、グラスの酒を三分の二ほど捨てておけば、それを見た関さんは、皿の汚れ工合もしくはグラスの減り工合から、彼女が自分よりも先に食事を始めていたように錯覚してしまうでしょうから」

「なるほどね」

いままでにも何回となくこのバーテンの知恵を借りて事件を解決させてもらっている。だから彼の頭の良さについては充分に認めているのだが、根が負けずぎらいのわたしだから、なんとか反論したいものだと思った。

「しかし石坂女史の場合はどう考えればいいのかね？　藤井君が彼女と一緒に落語を聞いていたのも事実だし、おなじ頃に彼女のアパートに藤井君が現われたのも事実なんだぜ」

双方にしっかりした証人なり目撃者なりがいる以上、どちらか一方が分身であることを認めなくてはならない。バーテンに謎を解いてもらいたいと思う一方で、彼を参ったといわせてみたいという矛盾した気持であった。

だが、バーテンはべつに閉口した表情もみせず、ヒゲの濃い達磨みたいな顔をニヤリとさせた。

「でございますから、石坂さんと藤井さんとがグルになってしたことだと思いますので……。二人が寄席へいったことは事実だとしましても、藤井さんのほうは途中でぬけだして、途中であのプレタポルテの服に着替えますと、用意しておいた本を小脇にかかえて石坂さんのアパートに顔をだしたわけでして。ついでに申しますと、日本橋の洋裁店で服を買った女性も、正真正銘の藤井さんでございましょう。分身を頻繁に出現させるほうが効果的でございますから」

「ふむ、二人が組んでお芝居をね」

「さようで。したがいまして、アベック広場とやらに元鬼軍曹を誘い出して殺したのは石坂さんのほうでございましょうな。藤井良子さんのほうはパーティをやっていたのですから。彼女が語った、相手の男が妻と離別する約束をしたという話は作り事だと存じますですね。いつまで待っても離婚する様子が見えないものだから立腹していたという話は、嘘でございますよ。尤もらしい動機を用意しておきませんと、藤井さんが犯人らしく見えないですから」

「なぜ犯人らしく見せかける必要があるんだね？」

「石坂さんをシロと見せるためで……」

これは愚問だった。

「藤井さんは、石坂さんの犯行にタイミングを合わせて眠くなったふりをしたわけで。藤井さんとしましては、パーティのお客という証人がいっぱいいますから、犯行を自白しようが平気なわけでございます」

なるほど、二人が共謀してやったというふうに説明されてみると、一切の謎が氷解していくのである。

「アベックの広場に連れ込まれた被害者が、相手の女性を『藤井さん』だの『良子さん』だのと呼んでいたというが、それはどうしたんだい？」

「はあ。これも想像でございますけど、石坂さんが、最初のデートのときから藤井良子を名乗って接近したものと思いますですね。いまも申しましたとおりグルでやったことですから、藤井さんが相手を信用させるために身分証明書を貸すなり通勤パスを石坂さんに貸すなりしたのでございましょう。石坂さんがそれを土建屋氏に見せれば、頭から、石坂さんを藤井良子であると信じてしまうと存じますが……」

「もう一つ。石坂女史がなぜ協力したのかな。ホモかね？」

「まことに失礼でございますが、女性同士の愛の交歓はレズとか申しますようで……」

バーテンは髪のうすくなった頭で一礼した。

「わたくしは、彼女のお父さんもシベリヤに抑留中、鬼軍曹に殺されたのではないかと想像いたしますが。似たような境遇の遺児がたまたま同じ会社に集ったというのも不自然ですから、どちらか一方が同じ職場に片方を呼びよせたのかもしれませんですね。力を合わせて敵を仆（たお）すためには、離れていては具合が悪いでしょうから……」

そこまで説明すると、不意にバーテンは職業意識に還ったように、カクテルをつくり始めた。わたしの好きなギムレットを……。

百足（むかで）

1

「おや、これからお店へお帰りなの？」

寄ってきたナオミが媚（こび）を含んだながし目をした。先頃フィリピンへ旅行したときに買い入れたという自慢の民族衣裳を着ている。あわい薄物のグリーンのドレスで、背中にセミみたいな半透明の羽根がついたやつだ。

「そうじゃない、これから出かけるところだよ」

「あら」

ナオミは、客が小脇にかかえた黒いアタッシェケースを見やった。心なしか浅黒いその顔には、羨望（せんぼう）に似た表情がうかんでいる。無理もない、水沢一郎（みずさわいちろう）は金剛堂宝石店のセールスマンだから、この鞄のなかには、彼女が大好きな宝石類がギッシリと詰っているのである。

「こんな時間にご出勤？」

「ああ、すまじきものは宮仕えといってね、お客から声がかかればいかなくちゃならない。

たといキミとお楽しみの最中であっても」

「辛いとこね」

「そう。だから早いとこ独立したいと考えているんだが、なんといっても宝石店なんてものは石焼き芋屋とはわけが違う。二万や三万の端金ではどうにもならない」

水沢一郎は根が楽天家であり、セールスマンにふさわしく如才のない男だった。彼が愚痴をこぼしても、それは前座の噺家の品定めでもしているような明るさがあった。

「遠いの？」

「遠くはないさ、桜上水だもの。高校時代の友人が親ゆずりのでかい家を持っていてね、そこでパーティを開くんだ。お客のなかには宝石に目のないのがいるから、うまくいけば取り引きができるんじゃないか、というわけさ。すまじきものは宮仕え、持つべきものは朋友だ、ありがたいと思うよ」

「車でいくんでしょ」

半年前に購入したフィアットのスポーツカーが水沢の自慢だった。おれは小さいものが好きだ、だから宝石のセールスマンになった、だからスポーツカーを買った、というのが彼の口癖である。

「酔っ払い運転でつかまるわよ」

「それもそうだな」

意外に素直に応じると、それでも名残り惜しそうにウイスキーの瓶をなでている。胴体がずんぐりとふくらんだ、不恰好な黒い瓶である。

「もう一杯だけ」

「だめよ」

「つれないなあ。今夜のお客は海千山千の芸能人ばかりだからね、アルコールで元気をつけていかないと扱い切れないんだよ。なんてったって彼等は金持だし、こちとらは素寒貧もいいとこだ、位負けがしてね」

ナオミはクスクスと笑った。セールスマンになるために生まれてきたような水沢である。アルコールが入らなかったから位負けがするというのは体のいい口実でしかない。

「そんなに呑みたいならもう一杯だけといいたいとこだけど、やはり駄目よ、お止しになったほうがいいわ。ね、帰りにもう一度寄って下さらない？　そしたら思う存分に呑ましてあげる。運転はあたしがやるから大丈夫よ」

「すると、きみのマンションに泊ることになるんだけど、いいのかい？」

ナオミはテーブルの陰で相手のふとももを思い切りつねった。

「声が大きすぎるわよ。変な噂をたてられると困るじゃないの」

「すまん、悪かった、謝る。じゃ必ず帰って来るからな」

水沢ははずんだ口調でいい、思い切りよく瓶に栓をすると、ナオミに預けて立ち上がった。

「本気にしていいんだろうね？　後になってあれは冗談だったなんていいっこなしだぜ」

「まさか。そんなあくどい冗談なんていわないわよ」

「そうかい、それじゃまたな。せいぜい、三時間か四時間の辛抱だ。なんだか宮仕えが楽しくなってきたよ」

水沢は人好きのする笑顔でナオミの頬っぺたをつっつき、アタッシェケースを大切そうに抱えて出ていった。

ナオミが彼を一泊させようと考えていたのは事実である。勿論それは相手に愛情を感じているからではなくて、水沢の機嫌をとっておけば宝石が安価にわけてもらえるのではないか、という打算があったためだった。だから、いままでにもふた月に一度ぐらいの割合いで誘いをかけている。このときの彼女も、水沢のボトルを棚に戻しながら、今夜はひとつ腕によりをかけ水沢にサービスしよう、そして彼を骨抜きにしてやろうと思い、テクニックのあれこれについて考えていた。

2

加藤虎三（かとうとらぞう）の邸宅は私鉄の駅前通りの、桜並木沿いに建っている。高校生時代から何度となく招待されて遊びに来たことがあるので、水沢にとっては馴染みの家でもあった。少年の頃に「屋根裏の散歩者」という探偵小説を読み、二人して天井裏を探検して歩いたこともある。

加藤の祖父は生糸の相場で産をなした一代の風雲児であったという。父親も兜町で証券会社を設立してかなりの遣り手だったそうだが、虎三は三代目を絵にかいたような不肖の倅だった。私立の大学をやっとこさで卒業したものの定職についたことがなく、プレイボーイとして六本木あたりでは知らぬものがないほどに浮き名をながしたものである。華族の出だという細君も亭主の浮気にあいそをつかしてしまい、半年ほど前に二児をつれて実家に帰っている。彼はそれをいいことにして、女の家に泊り込んだり、自宅で乱痴気パーティを開いたりしていた。根っからの蕩児であり、そこがまた水沢と気の合うゆえんでもあるのだった。

水沢がプールの横のカーポートにフィアットを乗り入れたとき、すでに四台の車が停めてあった。客は少なく見つもっても四人はいる勘定になる、うまくゆけば上等の客ダネを摑むことができるかもしれない、と心のなかで思った。セールスマンになって以来というもの、人を見るとすぐにそうしたことを考えるようになっていた。

ポーチに立ってノッカーを鳴らす。すぐに扉があいて、赤い顔をした加藤が笑いかけた。通いの掃除婦が来るだけで女中はおいていないから、御曹子みずからがドアを開けなくてはならないことになる。

「だいぶ賑やかそうだな」

客の靴を数えながら、水沢もニヤリとした。二人だけにしか通じないニヤリである。

「客は八人だ。もう一人来る筈だったが、フグにあたって病院に担ぎ込まれたもんでね、止むなくご欠席ということになった」

「フグ中毒も、いまでは注射一本でケロリとなおるって話だから、ありがたい世の中になったね」

靴をぬぎながら、水沢は老人ぶった口調でいった。

「三津五郎（みつごろう）にしたってさ、あの注射をやれば助かったというじゃないか」

「馬鹿いうな、フグの解毒剤はまだ発見されていないんだ。いい気になって喰うとお前もやられるぞ」

高校時代の友人というのは互いに遠慮がない。水沢も加藤もいいたいことをズケズケと語り合っていた。

パーティが開かれているのは玄関ホールの脇の三十畳はありそうな応接間で、扉をあけると賑やかに談笑する声がワーンという音になって水沢の耳に飛び込んできた。タバコの煙をすかして、ソファに馬乗りになってウクレレを弾いている男が見える。それに合わせて唄っている女。マンガ週刊誌をひろげて独りでゲタゲタと声をたてている男。そしてカードを片手に奇術らしきものをやっている青年と、なにか他のことでも考えているのだろうか、真赤に燃えているマントルピースの前に立って、虚ろな表情をうかべそれを見ている中年男……。

まだ、他に一人か二人の男女がいたようだが、瞬間的に水沢の網膜に映ったのはその五人であった。彼等はいずれも自分のすることに熱中しており、ドアが開いて、あたらしい客が案内されて入って来ても、振り向こうともしなかった。

「まあ、その辺に坐って呑んでくれ。あとで面白い映画をやるから、時間があったらつき合えよ」

「ぜひ見たいがゆっくりはしていられないんだ。もう一軒よらなくちゃならんところがあるもんでね」

意味あり気にニンマリとしてみせると、加藤は相手の肩を突いて、体をそらせて笑った。

「こいつ、何かいいことあるな？」

「違う、そんな粋筋(いきすじ)ではないよ」

否定してみせたが、加藤は笑いつづけている。水沢と違って子供の頃から旨いものをしこたま喰って育ったくせに、このプレイボーイは華奢な体つきをしていた。あまり反り身になると背骨が折れるのではあるまいか。水沢は本気でそう思う。

「おい、みんな静かにしてくれ。ちょっと紹介したい男がいる」

古い表現を借りればツルの一声とでもいうことになるのだろうか、虎三のその一言でウクレレの音も唄声もピタリと止んだ。ウクレレ弾きはソファの背にまたがったままで、奇術自慢の男は一枚のカードを持った右手をふり上げた恰好で、じっとこちらに顔を向けた。

「宝石に興味のあるものは来てくれ。こいつはおれの高校時代の親友でな、銀座の金剛堂に勤めている腕ききのセールスマンなんだ。おれがカフスボタンにする猫眼石を買うというので品物を届けてくれたんだが、ほかにもいい石を沢山持っている。眺めるだけでいいから見てやってくれないか」

その声に腰を上げて寄って来たのはウクレレを弾いていた男と唄をうたっていた女、カード奇術をやっていた男とその見物男。あとの連中は大して関心がないとみえ、一つのテーブルを囲んでカクテルを呑みつづけていた。

水沢は目の前のサイドテーブルの上にアタッシェケースを置き、蓋をあけて自由に手にとって見れるようにした。ホスト役の加藤は二個の小さな物体を掌にのせて、そっと転がしてみたり電灯の光にすかしてみたり、袖口に当てて眺めてみたり、すっかり心を奪われた様子である。

「なあおい、二十年近いつき合いじゃないか、もう二、三万ほどまけてくれないか」

「冗談いうなよ、そんなことしたらおれのマージンがパアになってしまうじゃないか」

加藤は思い切りよさそうに小切手を切って渡し、水沢は息を吹きかけてぬれたインクをかわかした。

「お前、つめたい男になったな。あの『ヴェニスの商人』にでてくるシャイロックって男はお前さんをモデルにしたんじゃないのかい？」

「加藤もそう思うのか。じつはおれ、シェークスピア先生にモデル料を請求しようと考えていたんだ。なんてったって、あのドラマはシャイロックで持っているんだからね」

「そりゃそうだ。『忠臣蔵』にしたって吉良上野介がいなくちゃどうにもならんのと同じだよ」

二人はしばらくのあいだ、悪役談義をかわしていた。客の男女達はてんでに宝石をつまみ上げ、喚声を上げたり溜め息をついたりしている。

「しかしねえ、このなかに役者はいないから遠慮のないことがいえるんだが、二枚目俳優ってのは大根でもつとまるけどもよ、悪役というのは演技力がないとどうにもならないからね。そのくせ、ミーハーに騒がれるのは能なし猿の二枚目のほうなんだ。悪役をやる役者ってのは気の毒なものだね」

「そういわれて思い出したんだが、おれんちのばあさんの話では、むかしのマキノプロダクションには市川小文治という悪役がいてね、これがじつに憎らしかったそうだよ。片岡千恵蔵がたしか千栄蔵を名乗っていた頃のことだがね。だが、いまでは生きてるんだか死んでるんだか、よほどの情報通でなくちゃ知ってるものはいない」

「それはどこの世界でも共通したことじゃないのかな。陽の当るやつがいれば、一方には必ず陽のあたらないやつがいる。だけど人間には生まれつきそなわった器というものがあるからね、それが不満だというので叛旗をひるがえしてみたところでどうにもならんのだ」

「そうかな。おれはそう思わないな。反対することから運命を変えていくことができるんだと信じているんだがな」

分別くさい調子で水沢が応じたのと、女の悲鳴があがったのとは殆ど同じだった。アタッシェケースのまわりにいた連中も驚いたらしく、いっせいに声がしたほうを振り返った。

水沢は後で知ったのだが、叫んだ女は新宿のキャバレーで電子オルガンを鳴らしている大木蘭子（おおきらんこ）というオルガニストだった。彼女はイスから立ち上がり、床のカーペットを指さしてしきりに何かいおうとしている。が、ただ朱い唇がパクパクするきりで声にならなかった。すると彼女はじれったそうに、爪を銀色に染めた人さし指をつきだすようにして、恐怖のもとが何であるかを示そうとした。それによって人々は、ようやくのことでオルガニストの指摘するものに気づいたのである。

それは一匹の大きなむかでだった。普通その辺で見かけるむかでには五、六センチの長さの小型のやつと、十五センチに達しようという見るからに毒々しい姿をした大型のやつとがいるものだが、いまカーペットの上でじっとうずくまっているのは鬼むかでと呼ばれる後者であった。全体がほぼ褐色で統一され、節々（ふしぶし）が部分的に黒く、頭部が黄色い。その不気味でグロテスクな節足（せっそく）動物は天井の灯りを反映してテラテラと光って見え、それがいっそういやらしかった。

今度は、ウクレレに合わせて唄っていたマミイ・山口（やまぐち）が悲鳴をあげた。尤もそれは、悲鳴をあげることによってかよわき女であることを強調しようとするような、多分に演技じみた叫びであったが……。

「誰か、勇気のあるやつはいないか」

「加藤、火ばさみかピンセットを持って来いよ」

「おれが踏みつぶしてやる」

「お止しなさいよ、絨毯が汚れちゃうじゃないの。あんたの家のカーペットみたいな安物じゃないのよ」

「安物で悪かったよ。なにしろギャラが少ないからな」

口々にわめいたり怒鳴ったりしている。が、さすがに手を出そうとするものはいない。

「……待てよ、こいつ動かないじゃないか」

「まだ啓蟄には間があるからな、寒くて体の自由がきかないんだよ」

「そんなら平気だ、おれが掴みだしてやる」

加藤がおそるおそる近づいて、スリッパの先でむかでに触れた。

「よオ、渡辺綱！」

「ばっかだな、渡辺綱が退治したのは酒呑童子だ、大江山に住んでた鬼だよ」

「いけねえ。よオよオ。源三位頼政公！」

「ばかあれは鵺退治をした武士じゃないか。むかでをやっつけたのは俵藤太秀郷だ」

「そうそう、それがいいたかったんだ」

そうした騒ぎを無視して、加藤は二度三度と験すようにスリッパで虫の体にさわっていたが、急に、どうしたわけか爆発したように体をふるわせて笑い出した。あとの連中は呆気にとられた顔つきで彼を見つめている。

「……おい、どうしたんだ、おい」

「やられたよ、美事にやられた。こいつは本物じゃない。おもちゃのむかでだ。ほれ、見ろ」

そういうと床にかがみ込んでむかでに鼻をおしつけるようにして眺めていたが、ついで二本の指でつまみ上げると片方の掌にのっけて、一同のほうにさしだした。

「ほーら、こわいぞ、こわいぞ」

女達がまた金切り声をあげた。

「なるほど、ビックリおもちゃというやつだ」

「うまく出来てやがんな、本物そっくりじゃないか」

「誰だ、こんないたずらをしたのは？」

加藤がなかば真面目な顔でみなを見廻した。だが、それに応じて名乗りでるものはいなかった。予期した以上の騒ぎになったので白状しにくいのかもしれない。

加藤がむかでを握ったまま元の場所に戻っていくと、それに釣られたようにさっきの連中があとにつづいた。酒を呑んでいたグループはまた自分達のテーブルに帰っていって、グラスを手にとった。

「全くよくできているな。プラスチックだろうな」

「しかし、虫ケラの嫌いな人だったらショックを受けること確かだね。心臓のよわい人ならそのまま心不全かなにかで死んでしまうだろう」

「悪用されないように処分しちゃうかな」

加藤はそういいながらタバコを一本くわえると、空き袋をくしゃくしゃと丸めて、むかでともども煖炉のなかに投げ込んだ。しかし、それは彼の失敗だったようである。プラスチックの燃える悪臭がその辺に漂いだして人々を閉口させたからだ。ふたたび客は総立ちになり、女のなかにはハンカチで鼻と口を押えて咳込むものもいた。

「ひでぇ臭いだ、窓を開けろ」

「むかでを摑み出せ。庭にほうり投げろ！」

「早くして！　あたし死にそう」

死にたきゃ勝手にくたばるがいい。水沢はそう思いながら窓に飛びついて掛け金をはずした。彼の立場からすれば、宝石に興味を持たない女は穀潰し(ごくつぶ)でしかないのである。

3

「おい、あの石どうした？」

加藤虎三が調子のはずれた声をだしたのは、水沢が席について一、二分たった頃である。室内の煙はあらかた外にでてしまい、鼻をつく異臭もかなりうすれていた。酒好きの客はグラスを手にとろうとし、あとの客はアタッシェケースを囲んで宝石の色や光沢やカットの美しさを愛(め)でようとしているときだった。

「あの石って？」

「カフスボタンだ、猫眼石だよ。おれが眺めていたやつだ」

「そのあたりに落ちているんじゃないのか」

虎三はみじかくなったタバコを横ぐわえにすると、しきりにまばたきをしながら自分の席の周囲をそそくさと見廻した。

「ない。ないぞ」

「ない？　おい、本当か」

水沢も声をとがらせた。

「そうだ、思い出した。むかで騒ぎが起ったとき、猫眼石をこのテーブルにのせて立ち上がったんだ。ころがるといけないと思って、灰皿とライターのあいだにおいた」

「まさか、誰かが盗んだと考えているのじゃあるまいな？」

「冗談いうな。……だが、発見できなければそう考えないわけにはいかなくなる」

「そうなると犯人はここにいる六人のなかにいる。あの連中は酒瓶から離れたことがないからな」

「六人？」

と加藤は腑におちぬといった口調で反問した。

「そうさ」

「おい、本気でそんな馬鹿なことをいってるのか。おれがおれの石を盗む必要がどこにある？　あの石にはまだ保険がかけてないんだぞ。紛くなったように見せかけて保険金を騙し取るってわけにもいかないんだ」

「それはそうだ。そうした見方をすればお前はシロだ。だがね、こんな考え方はできないかね？　お前の目的はここにいる誰かに罪をなすりつけることだ、と。つまり、その人物を犯人に仕立てて、芸能界から葬ろうというのが狙いだ」

「おい水沢、いくら親友でも冗談がすぎると怒るぜ。おれが誰を犯人に仕立てるというんだ？　今夜招待したのはどれもこれも気の合った仲のいい連中ばかりなんだぞ」

虎三は目を吊り上げて気色ばんだ。それを見ると水沢はニヤリとして彼の腕をポンと叩いた。

「怒るな、これは仮定の話だよ。それはともかく、ここにいる六人の身体検査を徹底的にやることだ。それがものの順序というものなんだよ」

あとの四人、つまりウクレレの男女とトランプ手品の二人組とは、水沢達のやりとりを黙って眺めていた。といっても無関心に傍観していたのではなく、ただ気を呑まれて、唖然としていたふうであった。そしてこの頃になるとようやく事態が呑み込めてきたらしく、ウクレレ男がひとひざ乗り出した。本業はジャズバンドでアルトサキソフォンを吹くこと。ファッツ・和田（わだ）、三十歳。象みたいに肥（ふと）っており、ステージではそれを売り物にしている。大戦前にアメリカに太っちょ（ファッツ）ワーラーというピアノ弾きがいたが、ファッツ・和田という芸名はいうまでもなくそのもじりであった。

「それはこの人、水沢さんとかいったですな？　この水沢氏のいうとおりだと思う。加藤が自分のものを自分で盗むという馬鹿気たことをする理由があるとは思えないが、ホストという立場からしても、率先してすっぱだかになるべきだな」

「あら、ヌードになるの、ウフフ。あたし、わりかし自信あるのよ」

裸になると聞いてよろこんでいるのが、おなじバンドのヴォーカリスト、マミイ・山口である。自信があるというだけあって大柄の肉体派だ。自称二十二歳。一昨年の芸能雑誌にも二十二歳となっているから、よほど初等算術の下手な女だということになる。

「本気にするやつがあるか。しかし裸になりたきゃなってもいいんだぜ」

「そりゃ止したほうがいいと思うな。肥満した人は心臓が弱いそうだから、興奮のあまり突発性心不全になられては大変だ。それよか警察に連絡したほうが賢明だね」

ボリス・谷（たに）、二十七歳。ロシヤ料理店のフロアでロシヤ民謡を唄いバラライカを弾いている。芸名はロシヤ風だが、どう贔屓眼（ひいきめ）にみてもロシヤ人らしくはない。精悍（せいかん）な顔や物腰は韃靼（だったん）人を思わせるものがあった。先程、カード奇術をやっていた男である。

「せっかくマミイがストリップをやるといってるのにな。ブレジーネフ閣下は聖人君子でいらっしゃる」

和田が皮肉った。

「フォード閣下は好色でいらっしゃる」

即座に谷が言い返した。

「人間たるもの好色であるのがノーマルなのですよ。だから結婚もすれば子供もつくる。人類が聖人ばかりだったら百年後には生存者ゼロになる。その後はネズミとゴキブリの天下だ」

「ぼくは自分が好色でないとはいっていない。ただ美食家なんです。ボルシチーにもピエローシキにもいろいろあってね、ぼくは旨いボルシチーでなくては喰わない。同様に、女が裸になったからといってぼくは必ずしも興奮することはしないのです。女の場合もぼくは美食家で——」

「ちょっと。いわせておけばペラペラとよく喋るけど、あたしの裸が貧弱だといいたいの？」

マミイが鼻の孔をひろげていきまいた。

「英語であんたみたいな人をニンコンプープというのよ」

「ロシヤ語ではマミイさんみたいな人をドゥーラといいますな。ヴェリカー・フェドーラ・ダ・ドゥーラというと、『大女、総身に知恵が廻りかね』のことになる」

「なにさ、いわせておけばいい気になって」

大女が立ち上がると摑みかかった。

「おいおい、米ソ戦争はいい加減にしてもらいたいな。はた迷惑だよ」

割って入ったのはカードの手品を見物していた石倉十郎であった。四十六歳だから今日の招待客のなかで最年長者である。年相応に髪の毛が後退し、年相応に落着いたものの言い方をする。

「お互い、痛くない腹をさぐられるのは愉快なことではないが、大切な宝石が紛失したとあっては止むを得まい。しかし、調べる以上は徹底的にやってもらったほうがいい。後になって、あの男のあそこは調べ忘れたから、やはりあいつが怪しいなどといわれるのは迷惑だ。だからいま谷君がいったように、その筋の人間に委せるべきではないかな？」

「どうも気がすすまないけどなあ」

「おれだって同じことだ。しかしね、このマミイ君が裸になるといったってわれわれには調べようがない。やはりこの場合は婦人警官に来てもらって、気がすむまでとことんチェックさせるのが一番なんだ」

事を荒立てるのは誰しも好まない。が、石倉のいうことも尤もであった。

「ところで加藤君に訊くけど、猫眼石の値段はいくらだ？　おれみたいな弱小プロのマネジャーには縁のない話だから見当もつかない」

「ルビーだのサファイアなんかと同日には論じられないね。香港あたりで売っている安物はべつとして、本物のキャッツアイというのはダイヤに匹敵する値段なんだ。こんなことをきみ等に説明しなくてもご承知のはずだけど、女をひっかけるにはバリッとした服装をしていなくてはならない。だからおれは靴の紐にまでイタリヤ製の輸入物を使っているくらいだ。カフスボタンにするキャッツアイにしても、安物で誤魔化すわけにはいかないから、水沢の店に五、六回ちかく通って気に入ったやつを選んだ。勿論、鑑定士に同行してもらって、その値段に価するものかどうかも調べさせた。そんなわけだからかなり高価なものだと思ってくれ」

「具体的に値段はいえないのか」

「そんなことはない。ただ、きみ等に腰をぬかせたくないからいわないまでのことだ。おい水沢、きみから話してくれ」

水沢はポケットから財布を取りだすと、加藤が切った小切手をテーブルにおいて客の目に入るようにした。

「四百九十万円です」

「二個でですか」

「いえ、一個がです」

「すると二個で九百八十万円になる！」

「ええ。現金正価一千万のところを少し割り引いたんです。あなた方にもサービス致しますから、お気に入りの石がありましたら後で一つ……」

もみ手でもしそうな水沢の態度に、髪の毛の後退したマネジャーは明らさまに眉をひそめてみせた。

「なるほどねえ、一千万円となるとちょっとした誘惑を感じますな。これでは疑われても仕様がない。ところで一つ質問があるんですが、猫眼石というやつは火にくべると溶けるものですかね？」

「何千度という高温はべつとして、炭火や焚火のなかに入れたくらいではなんということもないです」

「するとこのマントルピースの火に突っ込んだとしても燃えやしませんな？」

いやに火にこだわっている。他の五人は怪訝な面持ちでマネジャーに視線を集中していた。

「じつはね、この加藤君がタバコの空き袋を煖炉に投げ込むのを何気なく見ていたんだが、事態がこうなるとなんとなく気にかかってね。あの袋のなかに猫眼石が入れてあったんじゃないか、とね」

「まったくだ。事態がこうなるとちょっとした動作までが怪しく見えてくるものだ。だがね、あれは正真正銘のからの袋なんだよ。嘘だと思うなら、あのなかを徹底的にほじくり返してみるといい。おれはここに坐っているから」

「よしきた」

ボリス・谷がすぐに応じ、ファッツ・和田がつづいて立ち上がると、二人は煖炉のわきにおいてある火掻き棒を手にとった。

「緊張緩和ってわけかい、こりゃまた結構」

疑惑の目でみられることが愉快であるわけもないのは誰でも同じだろう。加藤虎三は嫌味なあてこすりをいうと、タバコをくわえて火をつけた。

ボリスと和田はそうした皮肉には耳をかさずに、火のついた薪をどけておいて火床の灰を火掻き棒でひっかき廻し、熱気にしかめ面をしながら顔を近づけると、一本の釘でも見逃すまいといった意気込みで調べ始めた。水沢とマミイとマネジャーの三人も立ち上がってそれを覗き込む。虎三だけがふてくされた表情でタバコをふかしつづけていた。離れたテーブルにいるあとの連中は馬耳東風というか我関せず焉というか、こっちの騒ぎなど頭から無視して小声で談笑している。宝石に興味のない人間にとって、猫眼石がどうなろうと知ったことではないのだろう。

ボリス・谷とファッツ・和田の調査は克明をきわめていた。同時にそれは、加藤に対する疑惑の濃いことを意味しているのであり、彼は苦い表情で煙を吐きつづけた。

彼等の調査は、加藤虎三が三本目のタバコを半ば灰にした頃にようやく終った。

「おい、遠慮しないでもっとやってくれよ。さっき石倉さんがいったように、不充分な調べ方をしておいて後になってブツブツいわれたのでは間尺に合わないからな」

「そんな心配は無用だ。猫眼石はどこにもない。第一、火にくべたらたとい溶けぬまでも疵がつく。値打ちがなくなることはいうまでもない。きみがそんな馬鹿な真似をするわけがないことは判っていたんだ、最初からな」

石倉は機嫌をとるように答えた。先程の意気込みとはうって変った、媚びるような調子がある。

「それじゃ、お待ちかねの婦人警官を呼んでもらうとするか。だが、その前にもう一度念を押しておく。ふとした出来心から、キャッツアイを失敬したものがいたら、いまのうちに返してもらいたいね」

「そんなことといったって無理だよ。盗人にも面子ってものがあるだろうからね」

肥ったサキソフォン吹きがいい、女性歌手が後をつづけた。

「だからサ、こうしたらどう？　電気を消してサ、五十数えるの。その間に泥棒さんはポケットからキャッツアイを取り出してサ、どこかその辺にそっと投げ捨てるのよ。このとおり厚いカーペットが敷いてあるから音もしないしサ。ま、指紋がついていちゃバレちゃうから、その点はぬかりなくやったほうがいいと思うんだけど」

ほかに名案もでないままに、このシンガーの提案が受け入れられて電灯が消されることになった。数を勘定する役は、酒を呑んでいた三人の部外者である。

「駄目だ、カーテンをおろさなくちゃ真暗にならない」

水沢がいい、ボリスが無言のまま小走りに窓辺にかけていってカーテンを引いた。だがそれでもなお、室内は暗くならなかった。煖炉のなかの太い丸太があかあかと燃えつづけていたからである。といって、水をぶっかけるわけにもゆかず、マミイのせっかくのアイディアも実現をみることなく終った。

ふたたび天井のあかりがつけられた。

「確実に判ったことが一つだけある」

「なんだ？」

と、肥った和田がボリスの顔を見た。

「盗んだやつがホッと胸を撫でおろしているということさ」

ボリスの精悍な横顔に皮肉な微笑がうかんでいる。和田はなにか警句でも吐こうとしたのだろうか口を動かしかけたものの、思いとどまったらしかった。

「いよいよ警察に知らせなくちゃならないな？」

「おれがダイアルする。しかしこんなことで一一〇番してもいいものかね？」

「当り前よ、一大盗難事件じゃないか」

虎三が吠え、バラライカ弾きが慌てた恰好でホールへ飛び出していった。

4

「きみも新聞で読んだことと思うが、猫眼石は誰の体からも発見されなかった。あるいは、犯人がすばやく家具の隙間にでも隠したのかもしれない。そこで夜中までかけて厳密なチェックをやったが、結果は同じことだった。この捜査というのは本職がやることだからね、彼等の目を逃れるというのはまずあり得ないことなのだ。そこで残された可能性は、誰かが飲み込んで胃袋のなかにおさまっているということになる。彼等もすすんでX線の検査に応じたのだが、これも否定的な答がでた。こうして猫眼石を発見することは失敗に終ったのだよ。つまるところ、捜査官が見落としたことになる。いってみれば盲点があったんだな。だがその盲点がどこであるかはついに判らなかった。こうして犯人はまんまと猫眼石を盗むことに成功したわけだ」

肥満した弁護士は、その肥った体をもてあますように、何度かイスの上で坐りなおしながら、息もつかずに語った。場所は例によってわたしのオフィス。生憎その日は石油を切らしてしまい、室内には火の気がなかったので、弁護士は寒くてかなわぬといいたげに、ひっきりなしに体を小刻みに動かしていた。

「宝石盗難の被害者である加藤虎三氏が殺されたのはそれから三日目の夜中のことで、現場は前回とおなじ応接間だ。加藤氏は原宿のフーテン酒場でゴーゴーを踊って至極元気だったというが、それから二時間後には冷たいむくろと化して絨毯の上に転がっていたことになる」

その話も、わたしはテレビニュースで聞いている。だが、口をはさまずに黙って話に耳を傾けていた。そして心のなかで、イスが潰れないことを祈っていた。

「加藤氏が駐車しておいた車に乗って帰っていく姿を見たものが二人いる。どちらも駐車場の係員だが、そのときの加藤氏には同行者がなかったという。だから、犯人は加藤氏が自宅に帰ったところを訪ねたものとみなされている。被害者はガウンに着替えて、くつろいだ恰好だったそうだ」

「訪問者は顔見知りということになるな」

深夜だというのに、警戒もせずに室内にとおしているのである。しかも彼は瘠せた非力の男だ。このことから、相手は気心の知れた人物だったと考えられるのであった。

「だがその油断が命取りになった。氏の屍体は、翌日やってきた掃除婦によって発見されたのだが、その頸部には細い丈夫な紐が喰い込んでいた。最初のうちはこの兇器がなんであるか、当局側にはよく判らなかったらしい。そのうちに極めて珍しい、極めて特殊なものであることが判明してきた。バラライカの弦だったんだ」

わたしはバラライカがどんな楽器であるか、よく解らなかった。

「音楽のことはわたしも知らないがね、なんでもギターに似たしろもので、胴が三角形をしているんだそうだ。ギターがスペインの楽器であるように、バラライカはロシヤ特有の楽器だ。そこでバラライカ弾きのボリス・谷という青年がマークされたのだが、もう一つ決定的な証拠が発見されて彼の容疑は否定できないものとなった。玄関のポーチの横に捨ててあったタバコの吸い殻から、彼の唾液反応がでたことがそれだ。B型だがね」

弁護士が坐りなおす度に、おんぼろのイスがキイキイと音をたてた。

「きみ、このイスは何とかならんのかね。収入をアルコールと女に注ぎ込むのはきみの勝手だし敢えて文句をつけるわけにもいかんが、その前にあたらしいイスを購入したらどうだい？」

「そのうちにね」

「汚い部屋だな、壁はしみだらけ、リノリウムは穴だらけときている。まるでドブネズミの巣みたいだ。よくまあこんな事務所で暮していられるもんだな」

いい」

「心頭を滅却するとたいていのことは我慢できる。要するに精神修養の道場にいると思えば

「きみは平気でも、客であるわたしはかなわない。なんだか、きみに対する報酬をけちってるみたいで居心地がわるくなる。現実には、かなりの額を払っているつもりだがね」

「ま、イスの話は後廻しにして、事件の話を聞こうじゃないか」

風向きがおかしくなってきたので、わたしは慌てて舵をとりなおした。

「どこまで話したっけな？」

「ポーチのわきで発見された吸い殻のことだ。しかしB型というだけでは決め手になるまい？　ありふれた血液型だからね」

「そのとおり。デブのサキソフォン吹きの男もまたB型なんだが、問題は吸い殻がロシヤタバコだった点にある。もう一つ工合がわるいのは、彼がアマチュアにしては名人と自称するくらいの奇術好きなことでね。猫眼石をちょろまかすぐらいはお茶の子だ、と当局はみた」

自分が肥っていることを棚に上げて、ファッツ・和田のことをデブだなんていうのだから、いい気なものだ。

「ボリス・谷君は少々ロシヤかぶれのした男でね、酒はウオツカを呑むしタバコはミールカというロシヤタバコを吸っとる。ミールカというのは犬の名だそうだがね」

「ロシヤタバコが簡単に手に入るのかい？」

「ああ。新宿にロシヤの物産を売る店がある。そこへ行けば酒もタバコも入手できるんだ」

「なるほど。しかし、こだわるようだけど、その吸い殻というのは例の盗難事件が発生した晩に捨てたものではないのかね？」

「違うね」

弁護士は冷酷な検事みたいに強い口調で否定した。

「あの事件のあった翌々日に、掃除のおばさんが来て綺麗に掃いているんだ。だから、捨てられたのはそれから後のことになる」

「それにしても、動機はなんだい？　谷が猫眼石を盗んだ犯人であったと仮定してもだね、なぜノコノコと加藤家にやって来たんだろう？　兇器を用意していったところから判断すると計画的な犯行であることは否定できないが、なぜ殺す必要があったのかね？」

「当人が頑強に否定しているから、捜査本部としても想像の域をでていないのだが、被害者と親しい宝石のセールスマン、例の水沢一郎という青年だ、このセールスマンのもとに殺された加藤虎三氏が電話をかけてきて、犯人の見当もついたし猫眼石をどこに隠して当局の目をくらましたかという謎もほぼ解けたといったそうだ。どうやら殺された加藤氏は犯人である谷君を呼びつけて詰問した上で宝石を取り返そうとしたらしいんだな。谷君にしてみれば、呼び出しがかかった以上、こいつはバレたかなと思うわけだ。だから身を守るために兇器を持って出かけたことになる」

「加藤氏はその電話で、犯人は誰それだとはっきり喋ってはいないのかい？」

「ああ。見当がついたとはいったが、相手が誰であるかとまではいわなかった。セールスマンが突っ込んで訊こうとすると、いずれ後になれば判るよといったきりで、それ以上のことは語りたがらぬふうだったという」

「世話のやける被害者だな。ひとこと喋ってから死ねば犯人の正体も割れるのに」

「ダイイング・メッセージを残しておくとかね」

弁護士も苦い顔で相槌を打った。

「で、ボリス・谷にアリバイはないのか」

「犯行があったのは午前一時頃ということになっている。深夜族の被害者にしてみれば真っ昼間とおなじことなのかもしれないが、世間一般の人にとっては睡眠をとる時間だ。谷君も十時に店が閉まると十一時頃にそこをでて、十一時半前後にアパートに帰ってきた。そしてシャワーを浴びて寝てしまったと主張するのだよ。これではアリバイにならない」

「お互いに枕を高うしては眠られないな。いつ殺人犯にされてしまうか知れたもんじゃないからね。ところで彼の勤めているレストランはどこにあるんだ？」

「新宿だ」

「アパートは？」

「中野だ」

国電にのれば十分か十五分で到達できる距離である。十一時に店をでて十一時半にアパートに帰り着いたという彼の主張には、べつに矛盾するところもない。

「谷君はこの秋に結婚することになっていてね、婚約者は気立てのよさそうないい娘さんだ。この娘さんに泣かんばかりに頼まれてみると、わたしもひと肌ぬがぬわけにはいかんのだよ」

ひと肌ぬいで男をあげるのは結構だが、足を棒にして調べて歩くのはこのわたしのほうなのである。

5

仮りにボリス・谷がシロだとすると、タバコの吸い殻は彼を罪に陥れるための策略であるし、バラライカの弦を兇器に用いたことも、その狙いは同じであると考えられた。猫眼石を盗んだのがファッツ・和田かマミイ・山口か、それともマネジャーの石倉十郎であるかは判らないが、彼もしくは彼女は、ボリスという男を原料にして犯人を製造することによって、わが身は安泰になるのである。

わたしはボリスがシロであるとは思っていない。奇術の得意な男だそうだから弁護士がいったように宝石をかすめ取るぐらいは易々(やすやす)たるものだったろう。婦人警官まで動員して虱(しらみ)

潰しに調べたという話だけれど、相手が奇術の心得のある男であるならば、そう簡単に尻尾をつかむことはできまい。警官が右のポケットを改めているうち、猫眼石は左のポケットにある。そして左のポケットを調べる段になると、いつの間にか猫眼石は右のポケットに移動している。初歩の手品だが、それだけに練達の奇術名人の手にかかれば鼻唄まじりで誤魔化せた筈であった。

ボリスは、今秋結婚する予定だという。とすれば、費用の捻出に迫られていただろうから、一千万円というキャッツアイは大きな魅力だったことは否定できない。動機も充分にあるのだ。だがわたしにとって弁護士のいうことは至上命令であった。ボリスがシロであろうがなかろうが、彼が釈放されるような方向へ持ってゆかなくてはならない。

この盗難事件の容疑者は、というよりも猫眼石を着服するチャンスのあったものは、肥っちょのサキソフォン吹きファッツ・和田とジャズシンガーのマミイ、しょぼくれマネジャーの石倉十郎の三人と、その場に居合わせた宝石セールスマンの水沢一郎の、〆めて四人ということになる。もし水沢が商品の宝石をかすめたとすると、なにもわざわざ客の邸にやってきて盗まないでも、機会はいくらでもあった筈だ。その点から彼が犯人だとは思えないのだが、それはともかく、可能性のあったのはこの四人ということになる。したがって私立探偵たるもの、四人をチェックして廻るのが調査の常道であった。

わたしはまず水沢を銀座の店に訪ねることにした。局外者の彼のほうが公平で主観をまじえない、客観的な話を聞かせてもらえるのではないか、そう期待したからである。

　金剛堂は並木通りにあるという。わたしはあまり銀座とは縁のない男だから、表通りは何度となく通ったことはあるものの、裏通りには足を踏み入れたことがない。だからみゆき通りだの首吊り横丁だの並木通りだのという名称は聞いていたが、それがどこにあるかは全く知らなかった。

　電話をかけて水沢に訊ねると、彼は気持のいい声で明るく笑った。

「銀座通りから日比谷のほうへ向って二つ目かな、三つ目かな。ぼくも数えたことがないから正確なことは覚えていませんが、並木が植わった裏通りはここだけしかないのです。すぐに判りますよ」

　さすがはセールスマンだけあって人をそらさぬ如才のなさであった。殺された加藤と同級生だったというから確か三十二歳かそこらの筈だが、わかわかしい声の調子から判断したかぎりでは二十代である。いかにも宝石のセールスという仕事が楽しくてならないような、はずんだ喋り方をする。この調子で売り込みをされると、このわたしでさえもダイヤモンドを買いたくなるのではないかと思った。

　周辺に手頃な駐車場がないというので有楽町に車をパークさせて、歩いていった。その日は春の近いことを思わせるように温かく、気取り屋のそろった銀座人種は言い合わせたようにオーバーなしの軽やかな姿で歩いていた。この分だと、本物のむかでがしゃしゃり出てくる日も遠いことではなさそうだ。

金剛堂は菓子屋と画廊にはさまれたどっしりとした建物で、宝石店らしい華やかさはないが、その地味な店構えが客に信頼感をあたえていた。こういう店で買えば高い値を吹っかけられる心配もなさそうだ、といった意味の信頼感である。

重々しいドアを押した。それが安っぽい自動扉でないことも、馬鹿の一つ覚えのようだが、その信頼感というやつにつながっていた。

店の内側に六十年輩の小肥りの白髪頭がいた。そいつがジロリとわたしを一瞥（いちべつ）すると、この場違いの男が客でないことを見抜いたらしく、奥に向って声をかけた。こういう手間暇をかけた揚句、やっとのことでセールスマンに対面できたのである。

「うまい紅茶をのませる店がありますから、そこへ行きましょう」

迷惑な様子はおくびにもださずに、わたしを近所の喫茶店に連れ込んだ。午前十一時という半端の時刻のせいか、洒落た感じの店内には一人の客もいなかった。ここなら誰に気兼ねをすることもなく話を聞ける。

「加藤さんはとんだことでしたなあ」

と、わたしは心にもない悔みをのべた。

「ひどいことをしたもんですよ。加藤は典型的な三代目でしてね、いまの俗語でいえばダメ男だったんですが性格は素直で、いい友達でした。一千万円もするキャッツアイを盗まれた上に命までとられるとは不運なやつです。思い出す度に腹がたって……」

「ま、そりゃ腹がたつのは当然だが、じつはですね、バラライカ弾きのボリス・谷のほかに怪しい人物がいるという噂があるんです。そういわれて心当りはないでしょうかね？」

予期しない質問にあったとみえ、水沢の端正な顔いっぱいに驚きの表情がひろがった。

「だって警察はあの人の犯行だとみているのでしょう？」

「そういっちゃ悪いけど近頃の警察はねえ……」

意味ありげに語尾を曖昧にしてみせる。

「ですからね、あの和製ロシヤ人のほかに犯人がいても不思議はないのです」

「でも心当りなんてないですね。彼等の噂は加藤から聞かされていましたが、会ったのはあのときが初めてで」

「それじゃ当日の話でも結構です。出席者のなかで怪しいというようなそぶりは見せたものはいませんでしたか」

「それも警察でしつこく質問されました。でも、思い当るひとはいなかったですね」

「表情の動きなんかでハッとするようなことはなかったですか。嘘をついているやつがいたとか……」

考え込みながら彼はゆっくり首をふった。

「べつに……。でもね、それとは話が違うんですが、あの晩刑事さんに質問されているうちに、みんながエゴを剝き出しにして、互いの触れられたくない部分をえぐり合ったのは壮観でしたよ。ああなると人間なんて汚いものだなあと思いました」

「触れられたくない部分というと？」

「例えばマギイさん……でしたね？」

「マミイです」

「そうそう、そのマミイさんは手癖がわるくてときどき万引きをするんだそうです。その度に泣いて謝まるもんだから不起訴になったという話だとか……」

わたしは興味を感じて話のつづきを待った。紅茶はテーブルにおかれたままになっており、二人とも手をつけていない。

「マネジャーの石倉さんはある大物女優を専属に迎えたいんだそうですが、手ぶらじゃどうしようもない。といって貧乏プロだからお金のあるわけもないんです。そうしたときに一千万のキャッツアイが目の前に転がっていれば、手を出したくなるのも当然だというんですね」

「それから？」

「それから……。それだけです」

「和田さんもやられたんじゃないんですか」

「あの肥った人のことでしょう？　あの人は人格円満というのか、悪くいうものはいなかったですね」

結局、セールスマンの語ったのはその程度のことでしかなかった。わたしは二、三の補足的な質問をした後で形式的に紅色の液体に口をつけると、つき合ってくれたことに礼をのべてセールスマンと別れた。後で気づいたのは、水沢はわたしに対してダイヤのダの字も持ち出さなかったことだった。彼はベテランのセールスマンだ、このわたしがルビー一個買えない男であるのを見抜かぬはずもないのである。

それから後、わたしはファッツ・和田だのマミイ・山口だのという、日本人のくせに西洋人みたいな名をくっつけた野郎共を訪ね歩いて、加藤虎三が殺された夜のアリバイをチェックした。といっても、ファッツのほうは大阪のキャバレーに出演して二カ月間は帰って来ないというし、マミイのほうは美容整形した乳房が痛みだしたとかで入院し、二、三日は面会謝絶といった有様なので、調べ終わるまでに四日もかかった。病室を訪ねてはマミイに金切り声で追い返され、大阪の南のキャバレーでは危うくサキソフォン吹きと取っ組み合いの大喧嘩を始めそうになり、わたしに対して紳士らしく会ってくれたのはマネジャーの石倉だけであった。

だがその結果はというと、事件当夜マネジャーの石倉十郎は睡眠剤をのんで眠っており、マミイは男をくわえ込んで同衾(どうきん)しており、そして肥った笛吹き男は浮気がばれて細君にヒステリーを起され、夜っぴてオロオロしていたと称するのだが、肝心の証人が家族であったり愛人であったりするものだから、どこまで信じてよいかわからない。いずれにしても、深夜のアリバイというやつは曖昧なものと相場が決っているのであった。

その間、わたしがへとへとになって新宿の裏通りにあるおんぼろのオフィスに戻って来るたびに、待っていたように弁護士から電話がかかってきて、わたしの報告に対して不満そうに盛大に鼻を鳴らした。タフなわたしだが、肥った弁護士のこのいやな癖には抵抗するすべがなく、めしがまずくなった。

6

わたしが数寄屋橋のそばのバー『三番館』を訪ねる気になったのは、だからアルコールが呑みたかったからではなくて、あのできそこないの達磨大師みたいなバーテンに事件の一切を話した上で、できれば知恵を借りたいと思ったからである。

その夜はかなり時刻が遅かったせいもあり、いつものなつかしい常連、例えばまんまるな顔をした人格円満の葬儀屋の若旦那とか、キュウリの蔓にじゃがいもをならせる研究をやってる農大の助教授とか、所得税が高すぎるといって腹を立てている税務署長だとかの気の合った顔ぶれは見かけず、バーテンは退屈をまぎらすためかグラスをせっせと磨きつづけていた。あんなに朝晩こすっていたら、しまいにグラスがなくなっちまうのではないかと思う。

「おや、いらっしゃいませ。お珍しい」

「このところ野暮用ばかりでね、相変らずその辺を嗅ぎ廻っている。因果な商売だと思うね、つくづく」

「そんな元気のないことをおっしゃってはいけませんですな。いかがでしょうか、わたくしの奢りでサイドカーか何か強烈なカクテルを……？」

身銭を切ってご馳走してくれるのは全国広しといえどもこのバーテンぐらいのものだろう。

「ありがとう。だがね、今日は酒絶ちなんだ、またこの次に頼むよ」

仕事をしているときのわたしは、強いアルコール類は呑まないで、バイオレットフィーズで渇をいやすのである。酒絶ちをするというと柄にもなくしおらしい男だといって笑われる。が、以前に酒で大失敗をして以来、せめて仕事のときだけでもアルコールを遠ざけたいと思っているのだ。

「すると、何か事件でも……？」

このバーテンもわたしの習慣はよくのみ込んでいるから、早くもバイオレットのリキュール瓶に手を伸ばしかけている。

「そうなんだ。それがいささか難問で頭を抱えている。眠気ざましに聴いてくれるかね？」

「どうぞどうぞ」

やがてでき上がった紫色のバイオレットフィーズを五個のグラスに注ぐと、バーの上にずらりと並べた。わたしはそれを一つずつあけながら、事件の内容を語って聞かせる。それがいつものことなのだ。

「あの事件は手前も興味を持って読んでおりました。一千万円の猫眼石が盗まれたというだけでも大事件ですのに、その被害者が殺されたのですから、関心を抱かずにはいられませんもの」

「少しくどくなるかもしれないが、復習のつもりで聴いてくれ。だが、この事件ばかりはさすがの名探偵もお手挙げになるんじゃないのかね？」

妙な心理だが、わたしはバーテンに謎を解いてもらいたいと思う一方では、彼が難事件にぶつかって駒を投げだす場面をこの目で眺めたいという、矛盾した気持を持っていた。

「あるいはそうなるかもしれません、ともかくお話を……」

「よしきた」

わたしは坐りなおすと、二杯目のグラスをからにした。こんな女学生向きの酒は、わたしにとっては水と変わるところがない。

客がほとんどいないのが幸いだった。向うのソファに二組の客の姿が見えたが、どちらもしずかに談笑していて、バーテンを煩わすこともない。わたしはとっくりと時間をかけ、知っていることを細大もらさずに語って聞かせた。いままでの経験によって、一見つまらぬことからヒントを摑んだ例が幾度となくあるので、わたし自身が無意味だと考える事柄も、カットすることとなしに話すのである。

「なるほど、お話をうかがった限りでは、ボリスさまは犯人の生贄(いけにえ)にされた感じが強うございますな」

「な、そう思うだろ？」

「はあ。わざわざバラライカの弦を使用するなんて常識では理解できかねます。玄関のわきに落ちていた吸い殻に致しましても、ボリスさんを犯人らしく見せかけるために、真犯人がそっと転がしておいたものでございましょうね」

「その吸い殻だが、いつ何処で手に入れたものかね？」

「その気になりさえすれば難しいことではないと存じます。ボリスさんを一時間も尾行しますと、歩きながら一服なさって、吸い殻をポイと捨てることもございましょうし……。それを拾えばよろしいので」

だが、それだけではどうにもならない。ボリス・谷が犯人のためにはめ込まれたらしいというだけでは、事件を解決する上に何の役にもたたないのである。わたしは渋い顔をして三杯目のグラスを手にとった。

「ちょっとしたことを思いつきましたが」

「え？」

「べつに大したことではございません。ただその、どうやらこの盗難事件ではむかでが大きな意味を持っているようでして。お客さんのなかの誰かがみなさんをびっくりさせようというたずら心から、例のビックリ玩具のむかでを持って来たのではなくて、どさくさにまぎれて猫眼石を失敬してやろうという魂胆から用意して来たらしいので……」

「うむ、それはそうだ」

そのことにはわたしも気づいているし、当局だってとうにチェックずみなのである。

「といたしますと、犯人は当日その場所に猫眼石が持ち込まれたことを知っていたものと考えられますですな」

「そうなんだ。ところが肝心の加藤虎三が死んでいるもんだから、誰と誰に喋ったか正確なところが判らないんだな。ボリスだのファッツだのマミイだのといった連中に訊いてみたが、誰もが言い合わせたように首をふってね、セールスマンが来るなんてことは知らなかったといっている」

「ほう……」

「はっきりといえるのは、当のセールスマンとガイシャの加藤の二人は知っていたということだな。いうまでもない話だがね」

「いえ、正確にお話しいただけましたほうが参考になりますので」

と、バーテンはおだやかな調子でいった。

「そういえばもう一人いたぞ」

「おりますですか」

「いや、大したものじゃないんだが、あの夜のセールスマンが加藤邸を訪ねる前にバーに立ち寄ってね、景気づけに一杯やったというんだ」

「通りすがりのバーでございますか」

「酒瓶を預けてるくらいだから馴染みのバーだな。そこのホステスに、ついうっかりと喋ったらしいんだ。本人も、いまでははっきり記憶に残っていないといってるが、それが事実だとすると、彼女が内通したということもあり得るな」

わたしは自分の迂闊さを恥じていた。ナオミは盲点だった。彼女の線を突っ込んでいけば、むかでを持ち込んだホシの正体が割れたかもしれないのだ。

「本来ならばむかでの玩具は重要な物証になるはずのものですし、犯人がどこの玩具屋から手に入れたかを調べる上でも役に立つ品でございますね？」

バーテンは、わたしの胸中を知るわけもなく、のんびりとした口調で語りかけた。

「う？　まあそんなわけだ。犯人を割り出す上で参考になるからな。尤も、誰でも知ってる常識的なことだろうけどもね。焦げてしまったのは残念だな」

「はあ。ところで、その常識に反しまして、加藤さんがさっさとむかでをつまんで煖炉のなかにほうり込んでしまったのは、少し妙な話ではございませんか」

「妙に聞えたかもしれないが、事実なんだよ。つまみ上げて火に投げ込んだのは間違いのない事実なんだ」

「いえ、手前が申しておりますのは、燃やすべきでないものをなぜ燃やしたかということで……」

なるほど、そう指摘されてみると彼の行動はいかにも不自然であった。燃やすべきでないことも常識だが、燃やせば悪臭がでることもまた常識ではないか。

「たしかに妙だな」

「はあ。でございますから、加藤さんには、むかでを燃やさなくてはならない何かの理由があったことになりますですね？」

じわじわと畳みかけてくるのがバーテンの癖であった。だが、毎度のことながら、わたしには彼が何を狙っているのか見当がつかない。機械的に相槌を打つほかはないのである。

7

「しかし、むかでを燃やしてどうなるんだね？」

「はい、べつにどうにもなりませんので……」

またコンニャク問答が始まった。

「おい、はっきりといってくれよ。役に立たないものをなぜ燃やしたのかね？」

「はあ。でございますから、むかで自体に燃やす意味がございません以上、目的はほかにあったのではないかと……」

わたしでなくても誰だってそうだろうが、このバーテンが持つずばぬけた推理力には追いつくことができないのだ。彼にしてみると解り切ったことを喋っているつもりであっても、われわれからすると、なんとなくはぐらかされたような気になる。ゴム人形とすもうをとっているみたいな、へんてこな気持がする。

「どうもよく解らんな」

「はい、申しわけございません。で、むかでを燃やしてもべつに意味がないといたしますと、あの人の狙ったのはプラスチックを燃やした場合にでます煙か、さもなければ臭気にありましたわけで……」

部屋中に悪臭が漂ってきて、窓を開けるの閉めるのという騒ぎが起ったことはわたしも聞いている。が、バーテンは、それも加藤が確たる目的があってやったことだというのである。わたしは小首をかしげた。

「しかし、なぜそんな真似をしたんだね？」

「はあ、むかでの玩具を燃やして臭気や煙を発生させたこと自体には、手前も意味が解りかねますので」

「……ふむ」

「でございますから、少々突飛な解釈になりますですが、もう一つのプラスチック製品を燃やしたことをカバーするためではあるまいかと……」

　またまた話がこんがらかってきた。わたしは達磨の顔に目をむけて、せき込んだ口調で注文をだした。

「もう一つの……？　もう一つのとは何のことだい。おい、たのむから解りやすくいってくれよ」

「はい、どうも申しわけございません。つまりでございますね、あの人がもう一つべつのプラスチック製品を持っていたといたします。そして、それを秘密に処分してしまわなくてはならなかった、といたします。それには煖炉にくべて跡形もなく焼いてしまうのが、あの場合はいちばん手っ取り早い、唯一の方法だったわけで……」

「…………」

「でございますが、こちらもプラスチック製品ですから煙や悪臭がでては忽ちバレてしまいます。それをカバーするためには、もう一つの、つまりその、それがむかでの玩具なのでございますけれども、それを一緒に火に投じますと、臭気が流れだしても気づかれませんので、誰もが、プラスチックのむかでを燃やしたせいだと思いますから……」

「ふむ」

「これが残されました唯一つの解釈というわけで。したがいましてあのむかでには人眼をそらすということのほかに、臭気をカバーするというもう一つの狙いがありましたわけでございます」

「ふむ。だけどよ、もう一つのプラスチック製品というのは何のことだい？」

依然としてわたしは解らぬことばかりだ。

「はあ。あの場合にぜひとも燃やしてしまわなくてはならぬものといいますと、さしずめ猫眼石で……。プラスチック製の偽物のことでございますが」

「にせものォ？」

「はあ。これは手前の推理にすぎませんからそのおつもりでお聞きいただきたいのでございますが、あのセールスマンと加藤とはグルになってひと芝居打ったのではないかと思いますので。セールスマンは店をでたとき持っていた猫眼石を途中でどこかに隠しておきまして、加藤家を訪ねます。加藤はあらかじめ用意しておいたプラスチック製の玉を、さも本物の猫眼石であるように手にとって、いい光沢だのいい色だのと感心したふうに見せかけましたわけで。その後で小切手を切って渡しますと、これはもう誰が見ましても本物の売買だと思ってしまいます」

「ふむ」

「でございますから、猫眼石が紛失したように見せかけるためにも、インチキが見破られないためにも、早々に偽物のほうを燃やしてしまわなくてはならないことになります。宝石の偽物というとガラス玉を連想いたしますですが、あの場合ガラス玉を利用しなかったのは、簡単に燃やして始末するという按配には参りませんので、それが理由ではないかと存じますいっているのだが、これはバーテンの謙遜であった。
が……」
説明されてみると、一切のことがピッタリと当てはまる。彼は、単なる推理にすぎないと

加藤と水沢の両人が、ほとぼりのさめた頃に本物の猫眼石を売り飛ばして、一千万円を山分けにしようと企んだことは説明されるまでもない。

「ところがセールスマンのほうが役者が一枚上だったのでございますな。独り占めにしようという大それたことを考えまして、相棒を殺してしまったわけで」

「そしてボリスを犯人に仕立てたというわけか」

「はあ。未解決のままにしておきますと、いつ何処から真実が割れないとも限りませんですが、犯人が逮捕されて一件落着ということになりますれば、もうこれ以上の安心はないわけでございますから」

なるほど、あのセールスマンの仕業だったのか。わたしは水沢がヌケヌケと吹いたホラを思いうかべた。彼のところに殺される前の加藤虎三が電話をかけてよこして、ボリス・谷が犯人であるようにほのめかしたという、あの一件である。

「では、バイオレットフィーズはそのへんで切り上げていただきまして、このウイスキーで祝盃(しゅくはい)を上げてはいかがでございましょうか。先程も申しましたとおり、これは手前の奢りということで」

本来ならばわたしの好きなギムレットで乾盃とくるところである。が、このときのバーテンがなぜウイスキーを持ち出そうとしたのか、わたしはべつに深く考えようとはしなかった。

「そうかい、すまないな。事件を解いてもらった上にご馳走にまでなっちまって」

わたしは素直にバーテンの好意を受けた。こうした場合、下手に遠慮をするのはかえって失礼というものだ。

バーテンは、棚に手を伸ばすと真っ黒な、胴体のふくらんだ瓶をとった。

「どうもわたくしと似たような恰好で気がひけますですが」

「どうしてどうして、バーテンさんはスマートだよ」

心にもないお世辞をいう。まさか、お前さんにそっくりだともいえないではないか。しかも、難事件をただで解決してもらっているのだから。

「おっととと、こぼしちゃ勿体ないぜ」

「はあ、たまにはお盆にも呑ませてやりませんと」

二人はグラスを目の前に持っていって、乾盃のゼスチュアをした。グラスを干したわたしは、それをコトリと盆にのせると、芳醇な溜息をついた。

「どうなさいました」

「いや、あの宝石をどこに隠しやがったかと思ってね。あれさえ出てくれば文句なしに一件落着なんだが」

「用心深いあの男でございますから、まだ持ち出してはおりませんでしょう。本人の気持としましては、尾行がついているかもしれないという警戒心を捨て切れませんですからね」

「ふむ」

「これも手前の単なる憶測にすぎませんのですが、あのセールスマンが、大切な宝石入りのアタッシェケースを抱えながら、わざわざバーに立ち寄ったということが訝しく思えるのでございますよ」

　またバーテンのおくゆかしき謙遜が始まった。わたしも警戒態勢に入る。

「……で？」

「つまりでございますね、本物の宝石はバーのなかに隠したのではあるまいかと。ま、ご遠慮なさらずにもう一杯……」

　からのグラスに琥珀色の液体を注ぎながら、達磨みたいな顔が上目づかいにわたしをみると、きれいな歯をのぞかせてニコリとした。

「例えばでございますね、彼がキープして貰っているウイスキーのボトルのなかに、そっと投げ入れておきましたとか……」

夜の冒険

1

わたしは美人によわい。いや、妙齢の女性によわい、というべきだろう。婆さんはごめんだが、若い女性でさえあれば多少オカチメンコであろうとも、会っていてなんとなく楽しくなってくる。

世間の道学者は、わたしみたいな男を女好きだなんぞといって非難めいた目でみたがるものだ。が、わたしにいわせれば、若い女をみて心が動かないとしたなら、そのほうがよっぽどおかしい。だからわたしは、自分が女好きであることをべつに隠そうとする気はしない。

そんなわけで、事件の調査を依頼に来た人妻を前にしたわたしは、先程からヤニさがっていた。

「いまのところちょいと忙しくてねえ。引き受けたいのは山々だけど……」

一応、多忙であるように渋ってみせるが、ほんとうをいうと閑で困っているくらいだ。この二カ月ばかり、例の肥った弁護士からも調査の仕事がまわってこない。当然の結果として、財政的にピンチを招きつつあった。だから収入になりさえすれば、相手が迷子になった狆だろうと池から這い出した鰐鮫だろうとかまわなかったのである。

「お願い、そこをなんとかして……」

風邪ひき男というものは女性にとって魅力のある存在だそうだが、風邪をひいた女というのも、われわれ男性にとってみると魅力があった。殊に、鼻がつまってくぐもった声で話しかけられると、わたしはゾクゾクッとなる。いまの彼女がそうであった。

わたしは掌の小さな名刺にそっと目をやった。自慢じゃないが、人の名前を一度でおぼえた験しがない。口のわるい仲間から齢のせいだと嗤われるのだが、小学生の頃からこうなのである。

「中森絹子さん……と。いいお名前ですな」

「そうでしょうか」

「近頃の若い女はハルミだのトラミだの、キャバレーのホステスみたいな名をしたやつが多いんです。ま、そういう女性と結婚するといながらにしてキャバレーに行ったみたいで酒が旨いかもしれないが、人間いつかは齢をとりますからな、婆さんになったときにハルミでは違和感がでてくる。やはり絹子さんなんていう従来の名前がいいです」

「お褒めいただいてうれしいですけど、あの、調査のほうをぜひ……」

面長で目の大きいわたし好みの女に鼻声でたのまれると、探偵冥利につきるといった気持になってくる。

「ま、お引き受けしましょう。といって、調査の内容次第ですがね。ピーナッツを喰ったのが誰かというような調査だと、相手がでかすぎてわたしの手には負えない」

「そんなことではありませんの。たくの主人の素行を調べていただきたいんです。期限は一週間……」

浮気調査だな、と思った。着こなしの上手な美人で、三十二、三歳といえば女の盛りである。その結構な女を細君としていながら、他の女にうつつをぬかすとは、勿体ないことをする亭主もいるものだ。

「マージャンだとか賭博なんかに凝っているのではないですか。あれにうつつをぬかすと夜の帰りがおそくなるものだから、浮気と間違えられるケースがよくあるんですよ。でもね、『女房が妬くほど亭主もてもせず』って川柳にあるように、ほとんどの場合が奥さん方の思いすごしでね」

「主人の場合は証拠があるんです。昨晩、少し酔って戻りましたんですが、上衣の内ポケットに一万円札が無造作に五枚入っておりました」

「それが浮気の証拠になるんですか」

可愛い女のために品物を買い与えるのが浮気の典型である。金を貰った浮気なんて聞いたことがない。

「いえ、心当りがありますの。会社の元上役の未亡人でお金持の人がいるんです。ご主人がお元気だった頃からよく家庭マージャンに招待されたりしておりました。水商売の出だとか、客あしらいがたいそう上手で美人なんです。そのころ主人が、あんな女性としっぽり濡れてみたいなんて申しておりましたが、そのときは冗談だとばっかり思っていて……」

「なるほど。で、ご主人に問い質してみましたか」

「はあ、翌朝。翌朝といいましても今朝のことですけど」

「なんて説明しましたか」

「とぼけているんです。夜のアヴァンチュールの報酬だよって」

「夜の冒険……？」

「はい。ヌケヌケとそんなことを申しまして」

「解りました。夜のアヴァンチュールとは意味深長ですな。よろしい、やってみましょう。ところで離婚の際のデータにするつもりですか。それならそれでハッキリとした証拠を揃えなくてはならんですが」

　中森絹子は言下に首をふった。

「違いますわ、別れる気なんてありません。ただ、深間にはまらないように忠告してやりたいんです。それに、不潔ですわ。主人がよその女からお金を貰ってくるなんて。まるで男芸者みたいじゃありませんか！」

男芸者とは古風な表現だが、要するにタイコ持ちとかホストクラブのホストがこれに当る。金にはなるし税務署に所得を申告する際にごまかしがきくという利点があるが、男としてあまり自慢のできる商売ではない。

「するとご主人は二枚目なのですか」

わたしにも男性としてのプライドがあるから、瘠せても枯れても幇間(たいこもち)だのホストなんぞになる気はない。むしろ飢えて死ぬほうをいさぎよしとするたちである。が、正直なことをいうならば、わたしみたいにぶっ壊れたご面相の持主では、年増女が相手にしてくれないのも事実なのだ。

「はい。わたくしから申すのもなんですけど、主人はちょっとした二枚目でございます」

美男と美女だから似合いの夫婦といったわけである。だが、金も力もなさそうなちょっとした二枚目というのが、大年増の食欲をそそるものと決っている。細君としてはさぞ気が揉めることだろう。

「よろしい。ではもう少しくわしい話をうかがいましょう。どうです、珈琲でも?」

肥った弁護士が来たときには珈琲なんかすすめたことはない。あんな水ぶくれと差し向いで飲むとせっかくの飲物がまずくなるばかりだからだ。しかし、美人と対座して飲むとなると、バーゲンで買ったインスタント珈琲がとたんに旨く感じられるものである。

彼女は盆に伏せてあるヒビの入った珈琲カップにちらっと目をやると、優雅に辞退をした。

2

写真をとってくれだの声を録音しろだのといった注文がつくと、ことは面倒になる。だが、単に尾行して目撃したことを報告すればよいというのだから、わたしも気が楽であった。

中森慎伍（しんご）は日本橋の証券会社の営業部に籍をおいている。営業マンとしては才能があるらしく、成績もいいということだが、細君の話によると金銭にガメついところがあるそうだ。商売柄、顧客が莫大な金額を投資して儲けているのを見せつけられると、何よりも金が大事だということを身にしみて感じるだろう。金銭に執着するのは無理もないと思う。

会社の正面のビルの地階が喫茶店になっている。さいわいなことにそれが半地下なので、窓際に坐れば鼻の先に中森の会社の入口がみえる。わたしは退社時刻の三十分前からそのテーブルについて、飲みたくもない珈琲を飲んでいた。人はしばしばわたしのことを図々しい男だと評する。しかしわたし自身にいわせればこの上ないお人好しだから、こうした場合でも一杯の珈琲でねばるのはなんとなく申しわけないような気がして、ついおかわりを注文してしまう。

三杯目を半分ばかり飲んだ頃に五時となり、まもなく玄関からオフィスガールや若い社員が群れをなして出て来た。彼等にとって職場は窮屈で上司から叱言（こごと）をくらう不愉快な場所なとしている。

のだろうか、一刻も早く離れてしまいたそうに、小走りである。女達は化粧をして活きいき

中森慎伍は五分ばかり遅れて現われた。三十男ともなるとさすがに落着いている。出口の石段のところでちょっと足を止めると、腕をまくって時計を見、ふり返って会社の時計を眺めている。そして黒のアタッシェケースを持ち替えてから、肩をひとつゆするようにして歩きだした。わたしは素早く立ち上がると千円札を投げだして、釣りはいらないよといった。

「もしもし」

「いいんだよ」

「そうじゃないんです。珈琲一杯が七百円ですから。〆めて二千百円いただきます」

びっくりした。インスタント珈琲に湯をぶっかけたようなしろものを飲ませておいて一カップにつき七百円もふんだくるとは！

千円札と百円玉一個をわたして外に出た。やがて連休が始まろうという四月二十日の夕方のことであった。

行方を見失ったら大変だ。そう思って泡をくったのだが、中森はデートまで時間があるとでもいうように、ひどくゆっくりとした足取りで歩いていた。退社時刻だから歩道はサラリーマンでいっぱいである。彼等は中森を追い越して八重洲(やえす)口のほうへ向っていく。人なみにもまれながら中森は、仲間から追いぬかれてもまるで意に介さぬように、急ごうとはしなか

った。

八重洲口の手前の大通りで人々は信号待ちをする。しかし中森はそれを無視して左に折れると、有楽町のほうへ向った。東京駅から国電に乗るものとばかり考えていたわたしは、ちょっと当てがはずれた思いで尾行をつづけた。

ふたブロック離れたところに大きな書店がある。地階から七階まですべて本の売り場になっており、児童図書は地階に、新刊書と雑誌は一階に、文庫や新書は二階にというふうに、客は欲しい本のフロアに直行すれば目的が果せるという仕組だ。中森はいかにも勝手知ったといったふうに一階入口近くの娯楽雑誌のコーナーに足を止め、雑誌を一つ一つ手にとって目次を開いたりページをめくってグラビア写真を眺めたりした。その、まるで気のない態度からみてわたしは、単なる時間つぶしだろうと判断した。相手の未亡人が現われれば忽ち雑誌をほうりだして、いそいそと後についていくに決っている。

わたしのそうした推測は外れてはいないようだった。ひととおり娯楽誌を見てしまうと音楽雑誌のコーナーに移り、それがすむとカメラ雑誌、それから囲碁と将棋の雑誌のページを繰っている。わたしは、こうした場合に用いる小型カメラを持参していた。それを片手に隠し持って、女が出現したらすかさずシャッターを切るつもりでいた。

六時を五分すぎたとき、四階の法律、語学のフロアにいた中森は、それまで読んでいた経済誌をひら台に戻すと、小一時間たっても姿を見せない待ちびとにいい加減腹が立ったとでもいうふうに、決然として売り場を離れた。今夜の色男はとんだミソをつけたものである。醜男(ぶおとこ)のひがみかもしれないが、わたしは少しいい気持がした。

3

店をでた中森は東京駅のほうへ戻り始めた。ランデブーの相手に振られた彼としては、そのままおとなしく自宅へ帰ることも考えられるが、もしかすると傷つけられたプライドを癒やそうとして、ホステスか何かを誘ってホテルへしけ込むつもりかもしれない。わたしには、彼が自宅へ帰り着くまで尾行をつづける責任があった。

八重洲口の改札をぬけた彼は五、六番フォームの階段を昇った。自宅は荻窪にあるのだから、家に帰る気ならば中央線のフォームに上がらなくてはならない。五番フォームには外廻りの山手線が、六番フォームは蒲田(かまた)、川崎を経て横浜方面へいく京浜東北線が発着する。中森がどちらの電車に乗るつもりなのか、この段階では判るわけがなかった。

フォームに立った彼は入って来た山手線に乗り込んだ。混んでいる車内では気づかれるおそれがないから、わたしは隣りの乗降口から乗って、人混みをわけるようにして相手のすぐ近くまで寄っていくと、中吊り広告を読むふりをしながら彼の様子をうかがった。

中森の前に腰かけた中年男がスポーツ紙をひろげている。中森はスポーツ好きとみえ、その男が品川駅で下車するまで紙面を覗き込んでいた。わたしの好きなのは競馬だが、彼は野球に目がないようであった。

渋谷駅では乗客の半分が入れ替わる。中森は降車客の群れに呑み込まれた恰好でフォームにでた。

「電車とフォームの間があいていますからご注意下さい……」

駅員がスピーカーをつうじて怒鳴っている。だが聞いているものはいない。

中森は階段をおりるとハチ公側の出口をぬけた。春もたけなわとなると日が伸びているから、まだ夜という感じはしない。ネオンが点滅する下を若者たちが腕を組んで歩いているが、西の空にはまだ赤味が残っていた。中森は若い男女の群れをかきわけるようにして、道玄坂を登っていく。

中森はおもながで、ソフトをかぶれば似合いそうだった。むかしの人は美人を形容して「目千両」といったものだが、彼の場合も切れながの眼でかなり得をしているようだった。鼻もさして高くはないし、唇が薄い。それ等をカバーしているのが黒目勝ちの眼であった。とはいうもののゆきかうイモみたいな若僧に比べると彼は一段と美男子に見えた。鶏群の一鶴というかハキダメの鶴というか、要するに目立っている。だから少し距離おいてつけていても見失うということはなかった。

中森が立ち止ったのは坂の中程の角店の前であった。勇壮な軍艦マーチの旋律が聞こえてくる。それを耳にしただけでパチンコ屋ということが判った。いま、軍艦マーチを鳴らすのがパチンコ屋だけであることを思うとき、わたしは、作曲者の瀬戸口藤吉（せとぐちとうきち）がこれを知ったらさぞかし嘆くことだろうと考えて、この音楽家がなんとなく気の毒になってくる。

心のなかでそうしたことを思いながら、眼は中森が店のなかに入っていくのをしっかり見届けていた。わたしは気づかれぬようそっと入り込んでタマを買った。ピカピカに磨かれた、いかにも入りそうなタマだった。

まさかこんな場所でデートするわけがない。待ち合わせのためだろう、とわたしは踏んだ。書店のほうは時間つぶしだったに違いあるまい。

中森は真中の列のいちばん奥に坐って、打ち始めたところだった。彼がパチンコに無縁でないことは打ち慣れた指をみれば判る。だがいい加減なはじき方を見ていると、本気で取り組んでいるのではないことも判った。まるで上の空である。そのせいかタマは殆ど出なかった。短時間のうちに二千円ちかくすっている。

中森がパチンコ台の前から立ち上がったのは七時十分をすぎた頃だった。やはりデートは失敗というわけか。わたしはそう考えた。

4

店をでた彼は道玄坂から横道に曲った。わたしのタマはざっと見て三千個はたまっていたと思うが、それを捨てて後を追った。つらいところだ。

裏通りを二百メートルばかりいくと外資系のレコード店がある。輸入物のポピュラーを大量に並べ、他のレコード屋よりも安く買えるというので学生などに人気のある店だった。中森はそこに入っていった。この辺の地理には精通しているらしく、迷う様子もなかった。若い客のなかに混ると、三十過ぎの中森は場違いの感じがしないでもない。いわんや乃公(だいこう)においてをや、というわけだ。だからわたしはポピュラーの売り場を敬遠して、クラシックのコーナーにいった。わたしには西洋のポピュラーなんて騒音公害の元兇だとしか思えないし、クラシックにしても雑音以外の何物でもなかった。わたしの好きなのは「妻をめとらば才たけて……」という、あの作曲者不詳の歌だけである。わたしを捨てた女房は才たけてもおらず、ましてや「みめ麗(うる)わしく」もなかった。その女が、身の程知らずにわたしをおいて家を出ていったのである。

わたしはどちらかといえば楽天家であり、執念ぶかい男ではない。したがって彼女の仕打ちを思って頭に血がのぼることもなければ、腹が立ってめしがまずくなるということもない。

だが考えてみると、わたしがこの歌をうたうようになったのは慣れない自炊生活を始めてからだから、心底にはやはり愚かな妻に対する反撥がくすぶっているのだろうか。

ブラームスだとかブルックナーだとかドビュッシーだのラヴェルといった聞いたこともないレコードのジャケットを手にとって、買おうか買うまいか思案するように小首をかしげながら、絶えず中森の後ろ姿に目をなげていた。彼のいるところがジャズのコーナーであることは判っているが、何をえらんでいるかまでは見えない。わたしとは違い、ジャケットを手に真剣に眺めているふうである。

店員がとおりかかった。わたしはレコードを手にとって、とつおいつ選択に迷っているようなポーズをとった。なじみのない顔をした音楽家の肖像が、わたしを批難するように見返している。わたしは鼻の先でフンといってジャケットを戻し、中森のほうを見て思わず慌てた。彼は何も買わずにでていくところだった。

ふたたびパチンコ屋の角で道玄坂に曲ると、人混みのなかにまじって降（くだ）っていった。わたしは十メートル近い距離をおいて後を追った。もう少し接近しようとしたのだが、歩道は若者であふれ返っていて自由がきかない。機械的に流されていくほかはなかった。

渋谷駅からまた国電にのるのか。そう思っていたが、坂を降り切った彼は駅を無視してガードをくぐり、向う側にでた。交通信号が青になるのを待ってから幅のひろい道路を横切って、道玄坂とは反対の宮益坂（みやますざか）をのぼり始めた。ここまで来ると若者の姿は目立って少なくなったので、わたしはほっとした思いがした。べつに彼等に遠慮するわけではないのだけれど、場違いの世界に踏み込んだというとまどいを感じるのである。以前の渋谷はあんなふうではなかった。わたしのような四十男にも居心地のいい町だった。

そんなことを考えているうちにも、中森は坂をのぼりつづけていた。そして渋谷郵便局を過ぎたあたりまで来かかった頃、左側に並んだ店に目をむけるようになった。興味なさそうに通りすぎる店があるかと思うと、立ち止まる店もある。そうしたことを三、四回くり返すのを見て、彼の関心が水商売にあることを悟った。鞄屋や化粧品の店、洋服屋などには見向きもしない。同じ水商売ではあっても、呑み屋やすし屋には関心を示さなかった。足を止めて看板を覗き込むのは、バーやクラブ、キャバレーなどに限られていた。

中森はいよいよこれからデートするのかもしれない。書店に寄ったのもタマをはじいたのも、そしてレコードを眺めていたのも、すべて時間をつぶすためだったのかもしれない。大年増が指定したのはこの宮益坂の大通りに面したクラブかバーなのだろう。このあたりの店はどれも規模が大きくて、裏通りの小さなスタンドバーとはわけが違う。上役の未亡人と部下が密会するにはうってつけの場所であった。

中森は四度足を止めると壁のネオンを見上げた。わたしの立っている位置からは何と書いてあるかは解らない。が、それが約束の店であるとみえ、彼は大きくうなずくと、はずみをつけたような歩き方でなかに消えていった。男が地階へ通じる階段を降りていくのを見届けてから、その前に立ってみた。『ブルウ・エンゼル』としるした紫色のネオンが壁に光っている。

すでに中森の周囲には三人のホステスが侍っていた。わたしは壁際のボックスに坐り、シユロの葉をすかして、それとなく様子をうかがうことにした。わたしの隣りに腰をおろしたホステスはただの一人だけである。あちらさんに比べると大した違いだが、そこは美男子とぶおとこだから当然だろう。そのことについてひがむわけではないのだが、このハンドバッグみたいなでかい口をしたホステスが無闇矢鱈に色のついた水を飲ませろというのには閉口した。

「きみは女のくせにアルコールには強いんだな」

皮肉をいってやった。

「カクテルを四杯も呑んだのにちっとも赤くならないじゃないか」

「あら、やだ」

女はわたしをぶん撲る真似をして、青くそめた瞼をピクリと痙攣させた。本人にしてみると妖艶なウインクをしたつもりかもしれない。

彼女は大めしを喰うとみえて太目であった。しかし気だけはよさそうだった。こういうのがわたしの好きなタイプなのだ。どちらかといえば少し抜けているほうがよかった。理屈っぽい女と話をしていると頭痛がしてくる。

気がつくと、中森のテーブルは彼一人になっていた。いくらねだっても呑ませてくれないのでホステス達が愛想をつかせたのか、あるいは中森のほうで追い払ったのか、現場を目撃したわけではないから解らない。女どもにチヤホヤされているところにヒョッコリ未亡人が入って来たらまずいことになりかねまいから、中森のほうで人払いをしたのだろう。わたしはそう想像しながら、となりのホステスの太腿をなでていた。ほかに十人近い客がいるようだが、それがこの『ブルウ・エンゼル』というバーの雰囲気なのだろうか、大きな声をだすものはいない。

「ねえ」

「なんだ」

「あのお客さん、いいマスクしてるわね」

「こいつ、おれという客がいるくせに。怒るぞ」

と、わたしは拗ねてみせた。

「ねえ」

「う?」

「あの人、まさか野川雅夫(のがわまさお)じゃないでしょうね」

「まさか。あの人気タレントがこんなうす汚いバーに来るものかよ」

「あら、ハッキリいうわね。でも、あたし野川だと思うけどな」

「野川じゃないね、絶対に」

「まあ、どうして断言できるのよ」

そう反問されて返答に窮してしまった。あれは中森という証券マンだなどというわけにはいかないからである。

「そんなことはどうだっていいじゃないか。チップをはずむからもっとさわらせてくれよ」

「申しわけございませんけど、ここはおさわりバーではありませんの」

「つまんねえ店に入っちまったな。ま、好きなだけ飲んでくれ。トイレへ行きたくなったら遠慮しないでいっていいんだぜ」

「あらま、ずいぶん思いやりのある男性だこと」

女のふとももを撫でてやりながら、わたしは不審でならなかった。やがて四十分になろうというのに、未亡人は一向に現われないからだ。当の中森は所在なげにつくねんと先程から鶴を折りつづけている。ナプキンを幾枚かに切ってつくった鶴は、どれも真白で小さかった。そしその間にダブルのスコッチを何杯か注文した。

細君から聞いた話ではかなりイケるくちだそうだから、セーブして呑んでいることが解る。未亡人が入って来たときに赤い顔をしていたら、いっぺんで愛想をつかされることは間違いなかろう。

扉があいた。中森が手の動きを止めて入口のほうを向いた。何人かのホステス、それにわたしも釣られたようにそっちを見た。

入って来たのは、中年男女の二人連れであった。彼等はカウンターに直行すると、バーテンとは顔馴染みとみえて親し気な冗談をとばし、同行の女性を女房だといって紹介していた。バーに細君をつれてくるのは一見粋人の極致のように思えるが、じつはこんな野暮はないのである。そう考えながら眺めるせいか、金縁めがねをかけたこの男は落語にでてくる「酢豆腐」の若旦那みたいに、なんとも嫌味に感じられた。

酢豆腐と目線があったとたんに中森が立ち上がった。わたしの眼にはそう写ったのだが、これは早とちりであることがすぐ判った。京人形みたいに飾りたてたマダムが右手に受話器を持ち「浜野さんいらっしゃいます？」と声をかけ、中森が「おれだ」と答えたからである。そういえば中森は電話のベルが鳴ったときすでに腰をうかしており、いかにもそのメッセージを待っていたというふうな感じがした。わたしはタバコをくわえライターを鳴らそうとした。いちはやくホステスがグローブみたいな手でマッチをすってくれた。

こちらに背を向けているので表情は読みとれない。しかし短くうなずく声だけは聞こえてきた。どうやら、やっとのことで待ち人からの連絡がついたようだ。しかも話は長びきそうである。

「ありがとう。それじゃ、勘定をたのむ」

急に通話が終ったらしく、中森は財布をだしてマダムに一万円札をわたしている。そうした一切のことが、銀色のライターに写っていた。わたしはそれをポケットに辷り込ませると、ごく自然に大欠伸をしてみせてから、どれ、帰って寝るべえかといった。

「あら、もうお帰り？」

「楽しかったぜ、ほんとに」

わたしは五千円札をテーブルにのせた。そしてもう一枚の五千円札を女の手に握らせた。

「あんたみたいに肥った女が好きなんだよ。それなのにおれの女房ったら粕漬の守口大根みたいに瘠せてやがんの。デコボコが全然ないんだ。スリムもいいかもしれないが程度問題だぜ」

わたしは早口でいい、中森よりも先に店をでた。そして階段を上がったところで物かげに身をかくすと、相手の来るのを待った。

袖口をずらせて腕時計を見る。紫色のネオンを浴びてわたしの手頸もディジタルウォッチもブドウ色に染っていた。数字は八時七分となっている。中森にあの電話がかかったのは八時かっきりということになる。

5

宮益坂をくだった中森は再びガードをくぐると、地下鉄のフォームに立った。もうラッシュアワーは過ぎているし、ここは始発駅でもあるので電車はすいていた。わたしは彼とおなじ車輛に乗ると離れたシートに坐った。そして乗客がたて混んでくるのを待って立ち上がると、中森の席に近い出口のそばに位置を占めた。いつ下車されてもいいように、こちらの態勢をととのえておかなくてはならない。

赤坂見附、新橋といった乗替駅では特に気をつかった。本職のデカがまかれるのも、こうした駅を利用される場合が少なくないからだが、中森は深く坐ったきり立とうとする気配をみせず、とうとう終点の浅草駅までいってようやく腰を上げた。降車客の大半が、ここから東武電車に乗り替えて、埼玉県のわが家に帰ろうとするサラリーマンたちであった。顔の赤いのは会社の帰りに近くの呑み屋でオダをあげていた連中で、そうでないのは残業を終えた勤勉家に違いなかった。フォームに降りた彼等は一様に電車に乗りおくれまいとして、階段を駆け上がっていく。だが中森だけはべつに慌てる様子もなく、落ちついた足取りで彼等のあとにつづいた。

一体あの電話の内容はどんなことだったのだろうか、とわたしは考えつづけて来た。もし今夜は都合がわるいからというデートの取り消しならば、中森は新宿駅までいって、そこで中央線に乗り替えた筈である。それが自宅とはまるで見当違いの浅草にやって来たのは、どういうことなのだろうか。

謎はもう一つある。中森が浜野と呼ばれたことだ。人目を忍んで逢うというので互いに偽名を用いている、とでも解釈するのだろうか。わたしはそうしたことを考えながら、つかず離れず尾行をつづけた。

地上にでた彼は通りに面したスナックで遅い夕めしをすませると、台東区側の隅田川に沿った道を、コンクリートの護岸を右にみて歩きだした。いままでの自信ありげな様子は一変して用心ぶかいものになった。わたしは神楽坂署の刑事時代に空巣に入る前のコソ泥をつけたことがあるが、中森の挙動はそれを思い出させた。やたらに左右に眼くばりをするばかりか、ときには背後をふり返ることもある。おちおち安心して尾行もできない。細君の目をぬすんでデートするにしては神経質すぎた。

浅草とはいっても娯楽街からはずれたこの一帯は通行人もまばらであった。彼が夕食をすませるあいだ、外で待っていたわたしはかなり空腹だったが、この道にはラーメンの屋台一つなかった。

やがて、昼間ならば白鬚橋（しらひげばし）が見えるだろうという処（ところ）まで来たとき、不意に中森は置き忘れられたように立っている電話ボックスに入った。繁華街のそれは全体が透けて見えるようになっているのに対して、裏通りの、利用者の数も少ない場所の電話ボックスはやたらに桟の多い旧式のものだった。加えていかがわしいビラが一面に貼られたために、内部の様子はよく判らない。

中森は受話器を耳にあてている。しかしおかしなことに通話する声が聞こえてこなかった。

ピアノ公害のための防音室ではないのだから、本来なら声が洩れてくる筈である。わたしの耳が急に遠くなったというなら話はべつだが、そうでないとしたら、彼がボックスに入ったのは本来の目的以外のため、と考えられる。

聴き耳をたてながら一歩、また一歩と近づいてみる。距離が五メートルばかりになったとき、ようやくボックスの内部の様子が、ぼんやりとではあるが見えてきた。中森は電話などかけていなかった。アタッシェケースは床の上に置いているのだろうか、両手で電話機の受け台の下をまさぐっている。まさぐっているというよりも、すでに目指すものを発見して、それを剝がすのに手こずっている、といった感じだった。うすい平べったいものが、台の下面に、ガムテープか何かで貼りつけられている。あまり丹念に貼られてあるものだから、剝ぎ取る中森が苦労をしいられている、とでもいった形であった。その合間に、彼は思い出したようにガラスを通して外部の気配をうかがう。よからぬ作業をしていることは明白であり、そのため中森の動きは野生の小動物に似ているものがあった。

間もなく求めるものが手に入ったとみえ、アタッシェケースを開いて、大型の封筒らしきものを入れると蓋をとじた。それを床におくと、今度は電話機の横にたてかけてある、これも中型の封筒様のものを手にとった。なかを覗いて数えてでもいるふうだったが、やがて上衣の内側におさめて満足そうに外からポンと叩いた。もう一度かがんだと思うと床のアタッシェケースを持ち、それを小脇にかい込んで外にでた。

要するに『ブルウ・エンゼル』の電話で指令を受けたのだろう。これこれしかじかの場所の電話ボックスに入ると大型封筒のなかにはブツが、中型封筒のなかには礼金の札束が入っている。そのブツを然るべき人物に渡すように……。電話の内容はたぶんそんなことだったのだろう。わたしは、日本がスパイ天国だという話を思いうかべた。とすると封筒の中味はソ連の反革命分子がアメリカに渡す機密の文書でもあるのかもしれない。あるいはもっと俗っぽく考えて、密輸入したヘロインを、ギャングが下部組織に流そうとしているのかもしれなかった。現物を所持していて捉えられたら、長期刑は覚悟しなくてはならない。こうした危い橋をわたるよりも、素人に運ばせたほうが安全だ。運悪く麻薬Gメンに逮捕されたとしても、馬鹿な目にあうのはひとり中森だけなのである。

中森を尾行しながら、わたしはそうしたことを考えていた。その瞬間に、彼が浜野という偽名を使ったわけを理解したのである。中森にとってこの仕事は高額の臨時収入をもたらすだろうから、歓迎していたに違いないのだが、同時に、裏面にキナくさい事情が伏在していることに気づかぬわけもなかったろう。後腐れのないように偽名を名乗ったのは、そう考えれば納得がいくのであった。

渋谷のときとは違って、人の往来が少ないため尾行には細心の注意をはらわなくてはならない。しかし、そこはベテランのわたしだ。気づかれるようなヘマをやるわけがない。

再び大通りにでた彼は右折して雷門(かみなりもん)の方角へ向った。時刻は間もなく九時になろうとしていたが、さすがに浅草だけあって人通りはかなりある。わたしの尾行は一段と楽になった。しかしわたしは、封筒の中味が機密の写真であろうが極秘の図面であろうが知ったことではなかった。中森が誰と何処でデートしたかをつきとめるのがわたしに課せられた仕事であり、そのためには何処までもしつこくつけ廻さなくてはならない。ひと仕事すませたこの男は肩の荷をおろしたようにほっとした思いになり、これから心おきなくデートを楽しもうとしているのかもしれないのだ。

6

雷門の手前で彼はデパートに入っていった。勿論デパートそのものは定時で閉店しているから、彼がなかに入っていったとなると、二階から発車する東武電車に乗るためであることは明らかだった。さもなければ、封筒を受け取る相手がフォームで待っていることになる。中森に悟られぬように間隔をおいて階段をのぼった。わたしがフォームに出たときすでにブツの受け渡しが終っていたとしても、知ったことではないからだ。

中森がどこ行の乗車券を買ったか判らない。だからわたしは千円紙幣を入れて、千円也で到達できるギリギリの駅までの切符を求めた。中森にしてもこんなに夜おそくなって、終着の日光駅までいくということは考えられなかった。

フォームには電車が停っている。九時十分発。各駅停車としてあった。あと四分で発車だ。わたしはとりあえず近くの入口から乗った。ラッシュアワーはとうに過ぎているというのに、かなりの乗客が立っている。大半が男で、それもサラリーマンであり、先程と同様に赤い顔をしたのが多い。

わたしは彼等をかきわけて前の車輛へ移った。中森の姿がフォームにないことは確認している。どこにいるのだろうか。途中で酔っ払いの足を踏んで、あやうく撲られそうになった。まともにやれば床の泥をなめるのは相手のほうだが、喧嘩をしている場合ではないので平身低頭してあやまってやった。運のいいやつだ。

わたしが中森の姿を発見したのは四輛目のチェックをすませ、五輛目に移ろうとしたときである。ちょうど五輛目から逆に四輛目に入って来た男がいたので、道をゆずろうとして体をずらせた。その拍子にわたしの眼がフォームに向けられ、ベンチに坐っている彼をとらえたのだった。中森はふとももに黒のアタッシェケースをのせ、両手をその上にそえて、見るからにしっかりとガードしているといった恰好だった。おそらく急行か準急を待っているに違いない。

発車までにあと一分というきわどいところで、わたしもフォームに飛び降りた。そして彼に気づかれぬよう接近すると、五メートルばかり離れたところにおかれたベンチに腰かけた。わたしの視野にはつねに中森が入っている。九時十分発の春日部(かすかべ)行の電車は警笛を鳴らしてゆっくりと出ていく。中森は所在なさそうにそれを横目で見送っていた。

しかし中森はつづいて発車する急行にも乗らなかったし準急にも乗らなかった。どうやら彼がフォームに昇ったのは電車に乗るためではなくて、ここで誰かに会うためであることが判ってきた。その相手が元上役の未亡人でもあれば写真をとる必要がある。一応カメラの用意をした上で待ちつづけた。わたしは空腹を忘れていた。

わたしの予想はまたはずれた。中森がつぎの二十五分発の各駅停車に乗り込んだからである。このことからわたしは、彼が電車を指定されたに違いないと思った。大型封筒を受け取るものがこの電車に乗ってくることは間違いなさそうだった。

中森は先頭車のいちばん先に立って、発車前から吊り革にぶらさがっている。アタッシェケースは眼の前の網棚においてあった。座席はあらかたふさがっていたが、立っている乗客はざっと見たところ五、六人しかいない。地下鉄が着いたとみえ、発車寸前に赤い顔のサラリーマンが乗り込んで来るとともに、すべての吊り革がふさがった。発車のベルが鳴った。

まだ喋り足りないのだろうか、会社員風の三人の男が声高に上司をこきおろしている。多くの男は思い思いに週刊誌をひらいていた。中森は眼をかるく閉じて振動に身をまかせているようだった。一見したところ無念無想といった表情である。

最初の駅をすぎた。受取り人は現われない。何事もなく二つ目の駅を発車した。やはり異常はない。そして五つ目の堀切(ほりきり)駅に着いて扉が開いたとき、眠ったように見えた中森がいきなり行動を起した。それを追ってわたしは後部の乗降口からフォームにとびだした。視野の隅に網棚のアタッシェケースがちらと見えたが、わたしの目標は中森そのひとにある。大型封筒が誰の手に入ろうが知ったことではなかった。

中森は降車客にまじって改札口をぬける。少々勿体ない気がせぬでもなかったが、わたしは中距離の切符を駅員にわたし、彼は当然といった顔つきでそれを受け取った。

こうしてわたしは中森と共に、つぎの上り電車で浅草駅に戻った。何度もいうように彼の自宅までついていくのがわたしの任務だから、仕方がないことだといえばいえるのだが、東武電車の一幕はわたしにとって退屈きわまる小旅行であった。しかもこっちはすきっ腹をかかえているのだ、気候がいいからなんということはなかったが、これが真冬だったらとうに風邪をひいているところである。風邪からわたしは卵酒を連想し、今夜の仕事が終ったら終夜営業の呑み屋にでもいって、猛(たけ)り狂う胃袋をなだめてやらにゃいかんなどと考えていた。

デパートを出た中森は地下鉄の駅に背をむけて、反対の方角へ向った。懐中には札束がうなっているのだから、手近の店に寄って祝盃をあげようという寸法なのだろう。商売とはいえ、横目でそれを見て舌なめずりをしているのも辛いものだ。さっさと家へ帰ればいいのに。わたしは心のなかで不平をいいながら後をつけた。

中森が何軒目かの雑居ビルの前にさしかかったときだった。いきなり上から黒っぽいものが落下してきて彼におおいかぶさった。鈍い嫌な物音とともに、中森は歩道にたたきつけられ動かなくなった。

「投身自殺だ」

「通行人が巻き込まれたぞ」

「おい救急車だ、救急車！」

商店の人たちがわめき合っているのを、わたしはぼんやりと聞いていた。

中森は即死だった。そして彼の上に飛び降り自殺を敢行した初老の男もおなじように即死をとげた。中森はペーヴメントに頭を強くうちつけたことが死因で、屍体はきれいなものだった。が、十三階のビルの屋上から投身した男のほうは惨憺（さんたん）たる死にざまをしていた。春の異動で管理職になると同時に鬱病にもなったこのエリートが、大地に激突するとこれほど酷く損壊されることを知っていたなら、毒物死か首吊りを選んだこと間違いなかった。他人を巻き添えにしないだけでも、数段上等な死に方といえる。

　夫の死を知らされた際の中森絹子のとり乱しようったらなかった。嫉妬は愛情の裏返しだといわれるが、身も世もなく悲しんでいる彼女を見ていると、心理学者もたまには本当のことをいうものだなという感慨を持った。プロの探偵であるわたしが、このときばかりは可哀想になって調査費の請求ができなかったほどである。

「……で、結局もらいそこねたのですか」

そう訊いたのは農科大学の助教授だった。噂によると目下タネなしのビワの研究に打ち込んでいるのだそうだ。あの大きなタネがなくなるのはフルーツ好きにとっては夢みたいな話だが、タネをまくときにはどうするつもりなのだろう。

「いいや、貰いました。彼女の兄さんという人が気をきかせて払ってくれたんです」

「そりゃよかった。一時はハラハラしましたよ」

農学博士が笑いを含んだ声でいった。彼は顔も長ければ気も長かった。気が短くては、ビワの品種改良などという仕事ができるわけもあるまい。

その夜のわたしは『三番館』のとまり木に腰をおろして、二、三の会員と呑んでいた。そういつもいつもバーテンの高説を拝聴しに来るわけではない。たまにはこうして「旧交を温め」に来ることだってある。そして仕事のことは忘れて、ひたすらアルコールに酔い気の合ったすべての会員と談笑する。こんなに楽しい仲間はいなかった。

「その証券会社の人も一時的な気の迷いとでもいうのでしょうかね、結局それがもとで命を失ったのは気の毒なことですな」

「上を向いて歩こうという歌がありましたが、こういう事故が発生してみると上にも気をつけなくてはならない」

画家とコラムニストがセーヴした声で話し合っている。両人の前には仲よくジンフィーズのグラスがおいてある。ガラスの内側に小さな泡がまつわりついていた。

「その人は美男子だったそうですね」

画家が訊ねた。彼は頰のこけた眼の小さな、見るからに貧相な男だった。その反動かどうか美人画を専門にしていた。どんな女性にも一カ所は美しいところがあります、わたしはそれを発見して、そこを強調して描きます。テレビのインタビューでそう答えているのを聞いたことがある。きっとわたし同様に博愛主義者なのだろう。

「美男子かどうか、写真がありますから皆さんに判断してもらいましょう」

そのつもりで持って来た古い週刊誌をとりだした。証券会社の中森の同僚からゆずられたのである。

わたしがひろげたのはグラビアのページだった。最初は見開きの二ページの大きなもので、中央に女がフラダンスみたいに腰をふって踊っている。二十七、八歳、少しとうが立っているがなかなかの美人である。銀座の歩行者天国で、というキャプションがついており、囲(まわ)りを十人ちかい見物人がとり囲んでいた。みな、嬉しそうに笑っている。

「こりゃ傑作だ」

「よくまあこの場にカメラマンがいたもんですな」

「週刊誌のヤラセではないですか」

コラムニストもわたしと同じことを勘ぐっていた。

女は全裸だった。美人だが体にはもうそろそろ脂肪がつき始めていた。肉感的だともいえるし、ブヨブヨしているともいえた。足をとめ、口をあけて眺めているのは男性ばかりである。それも大半が三十代だ。若者からすれば、こんなおバアさんを見ても仕方がないということになるのだろう。四十歳以上になれば良識がある。天真爛漫なのは三十男ばかりなのであった。

「真中に白い上衣の腕組みをしている男がいるでしょう」

「ふむ」

気のなさそうな返事だ。

「これが中森慎伍氏です。日曜出勤をして、新橋でお客を勧誘した帰り途だったそうですが、会社のイメージを落したということで部長にこってり叱られたという話です」

「ついていない男性ですな、この中森さんという人は」

と、画家はなめるような呑み方をした。

「ですがね、千載一遇のチャンスに出くわしたのだから、ついていたというべきではないですか」

画家とビワの種子の研究家の意見が対立した。農芸研究家は気が長いから、カクテルを呑む場合もじっくりと時間をかける。グラスのなかの氷がとけて酒が水っぽくなるのは毎度のことであった。見兼ねたバーテンが新しいものをつくってくれるが、それもまた水みたいにしてしまう。この夜も人の好いバーテンがまたとりかえようとすると、農学博士はグラスを押えてはなそうとはしなかった。

「濃かろうが薄かろうが、含有されるアルコールの量に変わりはないです」

というのがいつものことなのだ。

「しかし窮極的には不運な男でしょう、ああした死に方をしたのですから」

コラムニストが結論づけるようにいい、話題はあの夜の浅草物語となった。

「しかし何ですな、電車の網棚にのせるというのは簡単で効果的な手ですね。受取り人は顔を見られずにすむのだから」

「そう。中森氏にすれば誰が受取り人か判らない。自分がその男もしくは女に監視されていることは間違いないわけですから、いい加減なまねはできません。最後まで指令どおりに行動することになります」

「尾行していてどうですか、それらしき怪しい人物はいませんでしたか」

と、コラムニストが質問した。くる日もくる日も百字だの二百字という短い文章を書いているせいか、体つきまでちんまりとした小造りの男であった。元来江戸っ子は小柄をもってよしとした。力士みたいな大男は総身に知恵が廻りかねるといって軽蔑されたのである。コラムニストは神田の生まれで、それを何より自慢にしていた。他に自慢するものがないからだ、と皮肉をいう会員もいる。尤も、こうしたあけすけの冗談をいえるのは、全員が気心の知れた仲間だからなのだ。

「わたしの目には映りませんでしたね。中森氏以外は眼中になかったのですから」

「それにしてもアタッシェケースの中味は何でしょうな」

探偵なら何でもお見通しだろう。画家はそう思っているらしかった。しかしこちらは泡沫探偵にすぎないのだ。ホームズと同一視されては困ってしまう。

「中森氏の屍体をしらべた警察の話では、封筒に二十万円入っていたそうですからね、よほど値打ちのあるものを運ばされていたようです。まず報酬の百倍から二百倍というのが常識でしょうな」

「二千万から四千万ですか。中間をとって三千万ね。何だろうな」

「やはり麻薬ですかな。末端価格が三千万だの四千万なんてものはザラにあるんじゃないですか」

コラムニストの意見に農学博士も美人画の画家も同調した。

「未亡人の話ではその前にも五万円が旦那さんのポケットに入っていたということでしたね？」

「ええ、手付金かもしれないし、前々からこの仕事をやっていたのかもしれないんです。奥さんの眼にとまらなかったということも考えられますから」

「産業スパイなんていうのはどうでしょう。製薬会社員が、開発中の新薬の情報をライバル会社に売り渡したという考えは？」

「しかし三千万円ですよ」

「でも薬九層倍というでしょう？　たしか高額所得者のトップはいつも製薬会社の社長が占めているじゃないですか。あれは儲かるものらしいですからね」

「話を聞いていると馬鹿馬鹿しくなってきますな。今後は風邪薬はのまないことにします。卵酒一本槍だ」

話が脱線した。わたしは週刊誌を閉じながら、頃合いを見計ってとっておきの質問をした。

「とっくりとご覧になったと思いますが、中森氏は美男子だったでしょう？」

三人は短い叫びをあげ、あとは黙って顔を見合わせていた。ややあって画家が神妙な声をだした。

「……いけない。ハダカ美人に引きつけられて中森さんの顔を見そこないました。申しわけない」

「いや謝ることはないです。なんせ猫にマタタビみたいなものですから、見るなというほうが無理なので……」

精一杯に皮肉をいっていじめてやる。たまにやるとなかなか効果的で気分がいいものである。

「いや、汗顔のいたりというやつだ。何といわれても反論できませんな」

と、農学博士もハンカチでおでこの汗をふいた。ただコラムニストは機を見るに敏だった。

すかさず舵をとって話題を転じた。

「バーテンさん、あの大型封筒の中味について、あなたの考えはどうなんですか」

7

「はい。これは仮説でございますが」

「仮説結構。ぜひ聞かせて下さいよ」

博士が懇望した。われわれすべての会員が、見てくれは達磨みたいでよくないが、滅法頭の切れるバーテンに一目おいていた。姓も知らなければ名も知らない。何処に住んでいるのかも知らないし家庭があるのかどうかも知らない。知らないずくめではあったが、博識で、いざとなると誰よりも頼りになることは知っていた。

「わたくしの仮説も、やはり裏面には犯罪がからんでおりまして」

「ふむ、なるほど、なるほど」

コラムニストは相手がなにもいわないうちから感服の態である。

「その前にカクテルをつくりましょう。ゆっくり召し上がりながらお聴き下さいまし」

バーテンだけあって酒の売り込みもうまかった。

「わたしはジンフィーズ」

「わたしはクレーム・ド・マントを」

コラムニストは酒に弱い。美人画家は医師から節酒を申し渡されている。農大の助教授はシャルトルーズ、そしてわたしはギムレットというふうに各自の好みが違っているから、バーテンも多忙だ。

やがて並べられた酒をなめるように味わいながら、バーテンの話を待っていた。

「……手前のお話は、『ブルウ・エンゼル』というバーに電話がかかってきたところから始まりますので。そのときのママは『浜野さんいらっしゃいますか』といったそうでございますね？」

「ああ。すると中森氏が自分が浜野だといって電話をとったんだ」

「あなたさまのお考えでは、中森さんが用心して偽名を用いた、ということで……」

「そう。スパイだかヤクの密売だか知らないが、用心するに越したことはない。そう考えていたのじゃないかな」

「左様でございますね。あの晩の中森さんは六時には書店、七時にはパチンコ屋、そして八時にはバーにいまして電話を待ったものと思います。これはわたくしの想像になりますが、八時に電話がかからない場合には九時にどこそこで待つように、九時にかからないときは十時にこれこれの場所で、というふうに指令を受けていたものと存じます。こうなりますといやでも背後にスパイだかギャングだかが存在しているように思えて参ります。その夜のことについては他言無用と釘をさされれば、まず沈黙をまもりとおすことでございましょうね。中森さんが自己防衛本能から偽名を名乗っていたというご意見に、わたくしも同感いたしますです」

相手に花を持たせるというか、一応は賛意を表しておいて反論するのが、このバーテンの配慮なのであった。会員たちはみなそれを知っているから、固唾をのんで話の展開を待った。

「わたくしは天邪鬼でございますので、そう思います一方で、ほかの解釈はできないものかと考えました。べつの解釈と申しますのは、つまりその、中森さんが自分の意志で浜野姓を名乗ったのではなくて、相手に命令されて名乗ったのではあるまいか、ということでございますが……」

「そういう考え方もできるわな」

わたしは相槌を打ってつめたいギムレットを呑んだ。

「はい。外部から『ブルウ・エンゼル』に電話をかけてきた人物を仮りにXと呼ぶことにいたしましょうか。このXはあらかじめ中森さんに対して、お前は浜野ということになっている、浜野あてに電話がかかったらお前が受けるんだぞということを吹き込んでおきます。なにしろ非合法的な仕事の片棒をかついでいるのですから、中森さんもそう突飛な申し入れだとは思いませんでしょう」

「なるほど。すると中森さんを浜野姓に仕立てたXのほんとの狙いはどこにあるのですか」

一同が訊きたいことをコラムニストが代弁した。

「はい。Xには、当夜の八時に『ブルウ・エンゼル』にいた人物が中森さんではなくて、浜野という男であることをママさんたちに印象づける必要があった。そうとしか思えませんので」

そこまではすんなりと呑み込める。解らないのはそれから先だ。なぜ浜野なる人間を創造しなくてはならないのだろうか。

「はい。手前はこう考えてみましたので。Xはよからぬことを企んでおります。後で疑ぐられて当局の追及にあいましたときに、とんでもない、その時刻におれは『ブルウ・エンゼル』で電話をかけていた、嘘だと思うならママに訊いてみろ、というふうに言い逃れるつもりではあるまいかと……」

「そいつは無茶だぜ。仮りにXがそう主張したなら、刑事はその日のうちにもXをつれて、『ブルウ・エンゼル』に首実検にいくじゃないか。いくらバーの照明が絞られていても、別人の顔をママが見違えるわけがないよ。ママばかりじゃないんだ、中森のまわりにはホステスがわんさかといたんだぜ。一人や二人なら健忘症ということもあるだろうが、五人六人がそろって忘れたということはあり得ない。この間の晩の浜野さんはもっと美男子でしたといわれるに決ってているよ」

古い表現を借用すれば、わたしは「長広舌をふるって」残りのギムレットを喉にながし込んだ。だがバーテンは平気だった。逆に一段とにこにこ顔になった。

「でございますから、浜野という男は中森さんにかなり似ております筈で」

「似た顔の男がそんなに簡単に見つかるものかね？」

「たぶんそのグラビアを見て、こうした計画を思いついたのではないでしょうか」

わたしの前においてある週刊誌を指さしていった。

「週刊誌のなかで発行部数がトップだそうではございませんか」

「そりゃ、まあトップだろうけどさ」

われながら迫力の失せた声になった。わたしが黙り込むと、画家が替って発言した。

「中森さんと浜野が似ていたという考え方を認めるとしても、彼のそのアリバイはどうかな。だってそうでしょう？　彼がそう主張しても、中森がそりゃ違います、あそこで呑んでいたのは自分ですと名乗って出たら、彼の嘘はあっさりバレてしまうではないですか」

年中モデルを前にして美人画を描いていても、ときにはまともなこともいうのである。

「はい。しかし手前はこう考えますので。中森さんは、バックに大きな犯罪組織があると信じ込んでおりますから、わが身かわいさにそんな裏切り行為はしない。浜野にはそのような確信があったものと存じます」

「ふむ」

「まだその段階では浜野が取調べをうけていることも、どのようなアリバイを申し立てているかということも表面にはでませんので。ですから中森さんにいたしましても、自分がていよくダシにされたことなど知る由もございません」

「その時点ではね。しかし情勢が変化したらどうでしょう。例えば、中森さんはバックに大きな組織が控えていると思っていたからビビっていた。それが何かの理由で組織もヘッタクレもありゃしない、浜野のペテンにひっかかっていたに過ぎないことを中森さんが悟った場合ですよ、憤然として当局に出頭して一切をぶちまけるかもしれない。いままではスパイ工作だか犯罪工作の片棒をかついでいた、つまり自分も共犯だったと思っていたからコソコソしていたわけだけれど、組織の実体がないと解ればおそれるものもないわけです。腹立ちまぎれに捜査本部に出頭することはあり得る話だと思いますがねえ。となると今度は浜野が慌てる番だ。中森を殺して口をふさぐということも考えられるじゃないですか」

そう突込まれたバーテンはますます嬉しそうな顔になって、発言者である農学博士のほうを向いた。バーテンは早指しをする将棋の棋士に似ていた。

「それはないと存じます。浜野にそっくりな人間が殺されれば、まず怪しまれるのは浜野自身でございましょう?」

「ああ、そうか。いわれてみればそういうことになりますな」

農学博士は素直に納得した。するとコラムニストが待っていたように発言した。

「バーテンさんのいうように犯罪組織もスパイ組織もなかったとしますな。すると、電話ボックスの大型封筒の中味も紙切れ一枚でよかったことになりますね」

バーテンはそちらを向いた。達磨みたいな顔に笑いがあふれている。

「はい、理屈は左様でして……。ですが中森さんを最後まで騙しとおさなくてはなりませんわけで。でございますから、ビニール袋につめたメリケン粉ぐらいは入れておいたかもしれませんですね。もしわたくしが浜野の立場にありましたら、機械の設計図のようなものをマイクロフィルムにとりまして、ネガのひとコマだけをさも価値ありそうに入れておきますですね。途中で中森さんが好奇心にかられて覗いてみましても、小さ過ぎて何がなにやら解りませんから」

「そうですな、それはいいアイディアだ。しかし機械の設計図がそんなに容易に手に入りますか」

「極秘の設計図では不可能でございましょう。ですが、時代遅れのラジオだの電気掃除機の設計図でしたら、その辺のトレース屋さんにいけば書き損じたものが転っているのではないかと存じます」

急にコラムニストが矛先をこちらに向けたので、ギムレットのおかわりを注文しようとしていたわたしは慌ててグラスをテーブルにのせた。

「網棚のアタッシェケースですけどね、一切が架空の話だったということになりますと、鞄の受取り人も存在しなかったわけですな」

「ま、そうでしょうね」

「すると網棚のアタッシェケースはどうなったんですかな?」

「遺失物係りに訊ねてみたところ、そんな鞄はなかったという返事でした。ですから酔っ払った乗客が猫ババしたんじゃないかと思ってるんです。豆粒ほどのネガ一枚しか入っていないことを知ったときはがっかりしたでしょうがね」

わたし達はそれが事実でもあるかのように、声をたてて笑った。

「バーテンさん、おかわり」

その機会を利用してわたしはあらたにギムレットを注文した。そしてでき上がったカクテルに口をつけようとした途端に、まだなすべき仕事のあることに気づいた。

「バーテンさん、電話借りるぜ」

電話はエレベーターの手前の廊下にある。わたしはその昔の神楽坂署の刑事時代に同僚だったデカ長、いまは本庁勤務だが、その自宅に電話をかけた。

「あら、お久し振りですこと」

細君はわたしを懐しがってくれた。が、肝心のデカ長は野方署に出張していてまだ帰って来ないという。一課の連中が野方署に詰めているとすると、その管内で殺しが発生したことになる。

まずいかな。一瞬ためらったが、思い切って野方署にダイアルした。デカ長はすぐにでた。

「忙しいんだぞ、おれ」

「おれも忙しいんだぞ」

と、わたしも応じた。

「ちょっと訊くが、今月二十日の午後八時頃にどこかで殺人が起っていないか」

「起ったさ。だからおれがここにいるんだ」

なんの因果か知らないが、そのものズバリのところに電話したことになる。

「殺されたのは誰だい」

「新聞を読まないのか。金羊会の大ボスといわれる弓田(ゆみた)画伯が撲殺されたんだ。この男に睨まれた若い画家は芽がでないといわれているほどに、政治力があるんだ。当然のことだが、若い絵かき連中の怨嗟(えんさ)の的になっている」

いまの大学生には解らないような日本語を、デカ長は用いた。

「じゃ動機を持つものが沢山いるわけか」

「ああ、うじゃうじゃいる。だがどれもこれもアリバイがあってね、弱ってるんだよ」

「そのなかに、渋谷の『ブルウ・エンゼル』で呑んでいたというアリバイを主張したやつがいるだろう。八時ジャストに電話がかかった筈だ」

「いる。どうして知ってるんだ」

と彼はいぶかしそうな声になった。

「どんな男だ？」

「天野といって親父は実業家だ。だから暮しには困ってないんだが名誉欲がつよい。展覧会に落ちつづけているのはウマが合わない弓田画伯のせいだと思い込んでるんだ。思い込んだら命がけというやつでね。だから動機がある」

浜野というのは天野の聞き違いだったことを悟った。

「いいことを教えてやる。そのアリバイは偽物だよ。中森という替玉を使ったんだ。よく似た証券会社の社員だがね」

デカ長は感激したように呻いた。だが中森が事故死したと知ると絶望してまた呻いた。

「お前はいやなやつだよ。喜ばせておいて崖から突きおとすようなことをするんだから。悪趣味だぞ」

「ぼやくな、ぼやくな、話にはまだ先がある。替玉は死んでしまっても、彼を『ブルウ・エンゼル』で目撃した証人がいるんだ。お前のためなら喜んで証言するといってるぞ」

「ありがたい。どういう人か知らないが」

「知らないことはないだろ、おれだもの」

デカ長はげッといったきり絶句した。短い沈黙のあと、彼は声をふるわせた。

「ほんとにお前は悪趣味だぞ。絶望させておいてまた喜ばせやがるんだから。だが恩に着る」

「水くさいことをいうな。いつも世話になっているほんのお礼だ。だが口が裂けてもおれから聞いたなんていうなよ。一切はきみが解決したことにするんだ、いいな？」

「うむ、すまんな。あとでしるこを奢(おご)ってやるからな」

デカ長は気もそぞろというところだ。自分の大好きなしるこをご馳走すれば相手が誰であろうとも泣いて喜ぶものと思っている。しかもこのわたしは甘味の大嫌いな大酒呑みときているではないか。

が、つれなく断わる気にはなれなかった。

「ああ、楽しみに待ってるぜ」

と、わたしは答えた。

相似の部屋

1

勤(つとむ)はせっせと猩々貝(しょうじょうがい)の手入れをしていた。ウミギク科のその貝は南海の五十メートル前後の水底に棲んでおり、土地の漁師でなくては採取することは難しい。かねて依頼しておいた漁師から、ようやくのことで手に入れたという連絡を受けて、勤は、これ一個を受け取るために高知県まで飛行機で往復したのである。重岡(しげおか)勤はアマチュア団体「貝の会」の副会長をつとめる熱心な貝のコレクトマニアであった。

とった漁師はこの貝を板にくくりつけた上で真水につけ、殺しておいてくれた。持ち帰った勤はそれをフォルマリンにひと晩ひたし、さらに乾燥させ肉をえぐり取って、磨きをかけているところだった。その後で内側に虫除けの薬剤をつめれば、完成した標本になる。

彼等としてはブラシで磨くのが普通のやり方であった。だが朱紅色をしたこの貝は、殻の表面にふとくて長いトゲが生えているため、慎重に扱わなくてはならない。もし乱暴にいじってトゲを折ると、それだけで標本としての価値は落ちてしまう。めったなことでは手に入らない珍貝だから、勤としても緊張しないわけにはいかなかった。

勤はブラシのかわりにピンセットを用いていた。毛がたれさがらぬよう鉢巻をしめ、眉をよせた真剣な表情である。顎のとがった細面の勤が鉢巻をすると、親の仇にめぐり合った武士のように緊迫した顔になる。いつものとおり貝と取り組んでいるときは時間のたつのを忘れた。

夢中になっていた勤は、玄関のベルが聞えなかった。何度目かの音でふっと顔を上げたものの、本当に鳴ったのか、それともそら耳だったのか、自分でいぶかっていた。が、気のせいではなかった。ひきつづいてベルはいかにも腹立たしげに、応対にでぬことを責めるように鳴りひびいた。

いまごろ誰だろうか。小首をかしげながらピンセットをおいて立ち上がった。二年前に細君とわかれて以来、四十一歳の勤は独身生活をつづけている。来客があれば、自分でドアを開けなくてはならなかった。

「きみか、珍しいな」

「貝を見せてもらえないかと思って……」

客は白い歯をみせ、近所まで来たから寄ったのだといった。

標本を見にくる客はしばしばある。そして勤の場合、貝が泣き所であった。貝の話になると、相手がどんな虫の好かぬ借金取りであっても、たちまち相好（そうごう）をくずして室内に通してしまう。それは、勤の周辺にいるものの間ではかなり知れわたった事実であった。この夜の訪問者も、それを承知の上で扉をノックしたものに違いなかった。

客は、土産のコニャックだといって小脇にかかえている細長い紙包みをさしだした。この洋酒もまた勤の泣き所であった。これを少しずつ気長に味わいながら貝の標本を眺めるのが、彼のもっとも幸福な一刻なのである。細君が家をでていったのも、女房よりも貝にうつつをぬかす亭主に愛想をつかしたからであった。

客は、忙しそうだねという意味のことを早口でいい、抜け目なさそうな瞳で室内を見廻した。

「忙しい。仕事も忙しいが標本づくりのほうもね」

仕事というのは翻訳業のことである。勤は英文学が専門で、それも主として推理小説の翻訳をやり、その名は英米の推理小説を好む読者の間でひろく知られていた。尤も彼自身は推理小説には大して興味はなく、翻訳するのは喰うためだと割り切っている。

「適当な場所にかけてくれや。貝を潰さないように気をつけてな。お尻に刺さったら大変だ」

自分は机を背にして回転イスに坐った。そこは和室の八畳でみどり色の絨毯がしきつめられている。家具はすべて洋風だが、壁のなげしは剥き出しのままであった。壁の一方にタラバガニの標本が大きな脚をのっそりとひろげている他は、貝ばかりで占められている。壁面もそうだし机の上も貝だらけだし、三つある戸棚の中味も貝ばかりであった。巻貝、二枚貝、南方の貝、北方の貝。そして深海産の貝に淡水産の貝、陸上に棲む何種かのカタツムリに至るまで、七千種に及ぶ個体が分類されておさまっている。日本産の貝はほぼ五千種といわれているから、わが国に棲む貝はまず完全に集めたことになる。

「珍しい貝というとエビスガイが代表だそうだけど……」

「ああ、正確にはオキナエビスガイだ。長者貝ともいうがね。相模湾の深海にいる。よく知られた話だが、三崎実験所の漁師でもあり学者でもあった人が大英博物館の依頼で採取した。そのときの報酬が四十円という莫大なものだったから、長者になったみたいだと喜んだというんだな。それで世間では長者貝と呼んだのだそうだ。明治時代の話だよ」

机のひきだしを開けると、ビニール袋のなかからコロリと取り出してみせた。うす茶の、横から眺めたところがほぼ正三角形をした、あまり冴えない姿である。

客は拍子ぬけの体であった。高価であるからには、もっと美しいものと思っていたらしい。これがあのシーラカンスのように、太古の生物の生き残りであることなど知るわけもなかった。

「美醜なんか問題じゃないさ。個体の数が少なければ珍重される。それだけのことでね」

客はうなずきながら標本棚に視線をやり、一段と熱のこもった声で、子安貝も高価だと聞いているがといい、値段のことばかり訊く客に、勤はちょっと興をそがれた顔をした。

「この黄色い貝は？」

「キイロダカラといって南方の原住民の間では貨幣として用いられている。だから彼等にしてみれば貴重な貝であるわけだが、われわれコレクターにとってみると、こっちにあるニッポンダカラ、オトメダカラ、テラマチダカラのほうが高価なんだ」

勤が指したのは、柄こそ大きいがどれもうす茶の、見てくれのよくない貝ばかりだった。

「ご覧のとおり冴えない子安貝だ。やはり数が少ないからなのだがね」

客は頭をこっくりさせた。そしてなおもキョロキョロと辺りを見廻していたが、ふと、魚の骨を連想させる貝に目をとめた。

「これは？」

「ホネガイだ。しかしイギリスではヴィーナス・コムという。骨というよかヴィーナスの櫛と呼んだほうがロマンチックだな」

高いのかと訊かれて勤は頭をふって否定した。

「棲んでいる場所へいけば幾らでもとれる」

この客が値段ばかり気にしていることに、勤はいよいよ不快を覚えた。いままで訪ねて来た客達は、言い合わせたように貝の美しさをたたえ、造化の神に畏敬の目をみはったものである。今夜のような参観者は初めてだった。

興ざめた思いがすると共に、勤は仕事の邪魔をされたことに腹が立ってきた。早く追い出して、また楽しい作業にもどりたい。

「頂戴物に手をつけては意地が汚いが、そこが左利きのあさましさでね。コニャック呑もうよ」

客は手をふって辞退すると、オオイトカケはどれかと訊く。またか、と心のなかで顔をしかめた。これも珍奇な貝の代表的なものであるからだ。

「そこにあるうす茶の巻貝だ。ソフトクリームみたいだネといった子供がいたよ」

ソフトクリームよりも、バタクリームで化粧された洋ナシのようだと勤は思っている。だが、相手には勤の胸中が読めるわけもなく、これも高価だろうという意味のことをいう。勤は聞えぬふりをして返事をしなかった。いい加減にしろ、といってやりたい。

客が不意に背後からおそいかかったのは、そのときである。勤は完全に油断していた。瘠せて小柄の彼は非力でもあった。いきなり後頭部を強打されてあっと思った瞬間、急速に意識がとおのいていった。残った力をふりしぼって向き直り、摑みかかろうとしたがあっさりといなされて、床の上につき飛ばされて転んでしまった。あとはもうされるがままで、抵抗する意志はなくなっていた。

朦朧(もうろう)状態で気がついたときは腕をロープでぐるぐる巻きにされている。もがこうとしたが無駄だった。口に大きなガムテープが貼られているから叫ぶこともできない。後頭部がひどく痛む。畜生、こんなやつを信用して家にいれたのが間違いだった。勤は渋面をつくって自分を責めた。が、いまとなってはそれも遅過ぎた反省であった。

2

中山毅(なかやまつよし)は一重瞼(まぶた)でさがり目の、頰のこけた見るからに貧相の男だが、推理作家として近来めきめきと頭角をあらわして来、いまでは特異な風貌がトレイドマークとなった観すらあった。二カ月に一度は、なにかの雑誌のグラビア頁にその顔写真がでている。

下積みの生活が長かっただけに、顔が売れてくれることは結構な筈なのに、中山にとっては必ずしもいいことずくめではなかった。彼がこのマンションを仕事部屋にしてから半年になるのだが、わずか六カ月のうちに、マンション中の人々から正体を見ぬかれてしまった。それまでは気分転換のために私鉄の駅前のパチンコ屋で玉をはじくこともあったし、やはり駅前の一杯呑み屋でホルモン料理を肴（さかな）に安焼酎で景気をつけることもあった。だが、目下売り出し中の推理作家だということを知られてしまうと、体面上、無理をしてでも気取ったバーへ行かなくてはならない。縄のれんが性に合っている彼にとって、高価なドレスを着た美女に囲まれて呑む酒は一向にうまくなく、駅前のヤキトリをしきりに懐しんでいた。中山にしてみると、つねにマンションの住民から監視されているような気がして、気づまりを感じていたのである。

それなら流行作家を気取って仕事場を持つようなことはせずとも、自宅で書いていればいいではないかといわれそうだが、子煩悩であり愛妻家である彼は、自宅にいたのでは落着いてプロットを練ることができない。しかも近所にはピアノを習い始めた小学生が二人もいて、しょっちゅう練習曲をひいているのである。それを聞かされると、音楽嫌いの彼は頭痛がしてくるのであった。雨の日など、マンションまで通勤するのは億劫（おっくう）ではあるが、騒音から逃れるためにはそこへ行くほかはなかった。編集者からの邪魔が入らぬように、この部屋には電話も引いてなかった。仕事部屋にいる限り彼は完全に孤独であり、誰からも干渉されることなしに仕事に打ち込むことができた。

自宅とマンションとは歩いて半キロほどの距離でしかない。運動不足をおそれる彼は、仕事部屋へ行くときもマンションから戻るときも遠廻りをして、万歩計の針が所定の数字を示すまではテクテクと歩きつづけることにしていた。人間は膝から老いるという説を彼は金科玉条としていた。脚のほうさえ鍛えておけば、少なくとも二十年分は余分に人生をエンジョイできるのではないのか。そう計算したこの作家は、だから万歩計を腰からはずしたことがなかった。坐って書く、イスにかけて書くの相違はあるにせよ、作家という仕事は運動不足に陥りがちである。その不安を、彼は万歩計に頼ることによって解消していた。一日の歩数の合計が一万歩になったとき初めて心やすらかに眠れた。事実、一万歩の散歩をするようになって以来、彼は悪夢を見ることがない。借金取りにとっつかまったり、回転扉に脚をはさまれて脂汗をかいたりといった恐ろしい夢を見なくなったのである。万歩計の霊験はあらたかであった。

中山毅の仲間にナンセンス物のSFを書く男がいて、先頃彼をモデルに、万歩計に支配されたサラリーマンを主人公とした愉快な短編を発表した。この作品が好評だったことから、中山と万歩計の話は忽ち作家仲間に知れわたってしまい、いまではたまにバーなどへ行っても、ホステスが腰の万歩計をまさぐってクスクスと笑うようにまでなった。

おおくの流行作家と同じように、彼もまた月末から月初めにかけて殺人的な多忙の日がつづく。すべての中間小説雑誌の締切が月の初めということになっているからである。まして人気作家ともなると四本や五本の仕事は持っている。当然のことだが月末になると目の色が変ってくるほどであり、中山毅も例外ではなかった。

月末が近づくと彼は自宅には帰らずに、仕事部屋に泊り込んで机に向う。ときには細君が果物を持って陣中見舞に来ることがあるが、皮を剝き小皿にのせて机におくと、早々に帰っていく。というよりも追い返されてしまうのだった。

しかしどれほど締切に迫られていても、一万歩の散歩は欠かしたことがない。どんなことがあっても老化だけは防がなくてはならないからである。三十二歳という壮年の男がいまから老化の心配をするのはおかしいと評する仲間もいる。だが、そういうやつは勝手に笑わせておけばいいのだ。蟻とコオロギのお話のように、いざその事態に直面して吠えづらかいても間に合わない。そうなったら、今度はこっちが嗤う番だ。

その夜、原稿を書き上げた彼は、散歩がてらに速達で投函することにした。本来は編集者がとりに来てくれるのだが、会えばつい雑談がはずむことになる。その時間が勿体ない。

鏡にむかってちょっと髪に櫛をあてると、半袖シャツにズボンという軽装で外出することにした。彼の場合、これは神経質というよりも一種の強迫観念みたいなものとなっているのだが、原稿をひろげてノンブルが抜けていないかを二度三度念入りにチェックしてみる。それから封をして切手を貼り、万歩計を腰のバンドにぶらさげる、といった寸法である。朱を入れるとき指に赤インクをつけてしまったが、デートに出かけるわけでもなし、日中でもないのだから、気にかける必要もない。

エレベーターで一階に降り、ホールに踏み出した瞬間から日課の散歩が始まる。歩きながら思いきり背筋を伸ばし、ポーチに立ったところで腰を左右にまわす。これはギックリ腰の予防のつもりである。それがすむと再び歩きだす。このときは締切のこともつぎの短編のプロットのことも考えない。リラックスしてのびのびとした気分で散歩をたのしむのだ。

3

「重岡勤という男が殺された事件は知ってるだろうな」

と、肥った刑事弁護士が訊いた。口調がぶっきら棒で、大きな顔に不機嫌そうな表情をみせているのは、わたしのオフィスにルームクーラーがついていないからだった。

わたしの部屋に入った途端に全身の毛孔(けあな)からどっと汗を吹き出して、着替えたばかりのアンダーシャツがびしょぬれになるのだそうだ。

「きみはおれを蒸焼きにする気かね？」

などと、ときどき狂ったようにわめくことがある。しかし、今日はそこまで取り乱してはいなかった。ただ、おたふく風邪にかかったフグみたいなふくれっつらをしているだけである。

「ラヴホテルで殺された一件じゃなかったかね？　おかまだってことがバレて絞め殺されちまった」

「きみもプロの私立探偵なら市井（しせい）の事件にもう少し注意したらどうだね？　重岡というのは有名な翻訳家だ。ハードボイルドを専門に手がけているから、ティーンエイジャーに人気がある」

「知りませんね。生憎なことに、こちとらは四十男で――」

「四十にもなったら嫁をもらったらどうだい」

と、弁護士は脱線した。根が好人物で世話好きなたちだからわたしに妻帯させようとして躍起になっている。

「いい齢をして独身でいると妙な噂をたてられるもんだよ。それに、世間の信用がない。四十を越えて女房が持てないとは、よほど稼ぎのない男なんだろう、なんてね。わたしの耳にも、そういう噂が入っとる」

「稼ぎの少ないのは事実でね。どうですか、この辺でベースアップしてくれては……」

「ばか、何をいっとるか。わたしみたいにいい給料を払っとる弁護士がどこにいるというんだ。わたしはな、近頃夜半に目覚めるくせがついた。そして、自分が少しお人好しではないかとしきりに反省しとるんだ」

「ま、睡眠剤かなにかをのんで、くだらん心配はしないことにして貰いたいね。寝不足は万病のもととかいうじゃないですか。眠るこったね」

給料をダウンされてはかなわないから必死になだめておく。

「で、翻訳家がどうしたっていうんです？」

「自宅で他殺体となって発見されたのだ。鉢巻しめた勇ましい恰好でね。頸をビニールコードでくびられていたんだ」

わたしは外国のテレビ映画の探偵を真似て口笛を吹こうとしたが、生憎なことに鳴らなかった。スーッといったきりである。

「抵抗の痕はないのかい？」

「後頭部をなぐられていたので半ば失神状態にあったらしいんだな。鉢巻のおかげで骨が陥没するまではいたらなかった。それに両手をビニール紐で縛られていたから何することもできなかっただろう。それにガムテープで猿轡をかまされていたから、仮りにわれに還ったとしても救けを呼ぶことはできない」

「恨みの犯行かな？」

「かも知れん。しかし現場は徹底的に荒されている。そこで仲間のマニアを呼んで調べて貰ったところが、珍品が十個あまりなくなっていることが判明した」

弁護士のいうことがよく解らない。

「珍品というと、つまりその、おとなのオモチャ……？」

「どうもきみは連想することが下劣でいかん。紛失しているのは貝なんだよ。水のなかに棲んでいる貝だ。彼は貝のコレクトマニアでね、殺される二、三日前にはわざわざ一個の貝殻を入手するために、四国まで飛行機でとんでいったというくらいの熱心な男なんだ。だから貴重な貝をたくさん所持していたと思われるのだが、ここ半年ばかり整理していなかったものだから、何と何を盗られたか正確なところははっきりしない。しかし、彼がつねづね自慢をしていたオキナエビスだとかチマキボラだとかユメハマグリだとか、そこにあるべきものが発見されない」

「そのユメハマグリというのはなにかね？　焼いて醬油をたらすと旨いのかね、やっぱり」

「きみの頭のなかには女と喰い物のことしかないんだな」

と、弁護士は嫌味をいった。

「犯人は棚という棚、標本箱という標本箱をひっくり返して、貝の原色図鑑をひろげて入念に選び出しているんだ」

「現金はどうです？」

「預金通帳の類は無事だ。だから犯人は貝を盗むのが目的だったと考えられている。つまり同好の士だな。殺したのは、顔を見られたからだろう。犯人はあらかじめ被害者を縛って自由を奪っているのだから、盗みを妨害されたためにやったとは考えられない」

「犯人も貝のコレクトマニアねえ。となるとある程度は生活にゆとりのある人間とみていいな。われわれ庶民にはそんな余裕はないからね」

「うむ、まあね。それよりもだな、おなじ文筆家で、しかも近頃になって貝の蒐集に凝りだしたものがいる。中山毅といってね、きみも名前ぐらいは聞いてると思うが」

「ベッドシーンを書くような作家にゃ興味ないね。こっちは読むよりは実践しなくちゃ気がすまないほうだから」

「実践も結構だが、そのうちに女から変な病気をもらって鼻が落ちたって知らないよ。小説のほうは、バイキンをうつされないだけ安全だと思うがね」

何のかのというものの、わたしはこの弁護士が好きだった。が、ときどきヤソの坊主みたいな説教をするのが玉にキズなのだ。

「で、その中山某(なにがし)がどうだってんです？」

「ガイシャを訪ねて貝を見せてもらっているうちに珍品がたくさんあることに目をつけて、むらむらと悪心(あくしん)を起したのではあるまいかということになった。どちらも文筆家同士だし、片や推理小説の実作者、片や翻訳家だから、面識ぐらいはあるだろう。重岡勤が貝のコレクターであることは知っていたものとみなされた。ミステリー作家の所属団体が発行する会報に、重岡は二、三度貝についての随筆を書いているから、中山君が知らないといっても信じてはもらえないんだ」

「……うーん、少しずつ思い出してきたぞ」

「思い出してくれなくて結構だから黙って聞け。月末になると中山君はマンションの仕事部屋にとじこもって孤独になるから、こういうときに事件が起きて容疑をかけられるとアリバイを証明するのが困難なんだ。くる日もくる日もただ一人で机に向っている男に、アリバイを立証しろというほうが、どだい無理な話だがね」

「………」

「しかも、夜になって日課の散歩にでたのがまずかった。その時間帯に事件が起きているのだから」

「………」

「散歩から戻ってエレベーターで七階まで昇ったんだが、たまたま一緒に乗った会社員の細君が、彼の右手が血で赤く染っているのを見たというんだ。見られていることに気づくと、中山君は意識的にこっそり右手を背中にかくしてしまったといっている」

「怪しいですな」

「呑気なことをいっちゃ困る。この作家がシロであることを証明するのがきみの仕事なんだ」

と、肥満漢は釘をさした。

「じゃなぜ手に血がついていたんです」

「血じゃない、赤インクなんだ。原稿をなおすときには赤インクを使う。彼は仕事に夢中だったから、万年筆からインクが漏れたことに気づかなかったんだな。加うるに刑事が訪ねて来たとき、同君はほかの雑誌の締切に追われていたもんで協力的な態度をとらなかった。これが当局の心証を害したんだが、中山君としても止むを得ないことだったろう。原稿の締切に迫られた作家というのは死にもの狂いだそうだからね」

「お互いに作家なんぞにならなくてよかったですな。その幸運を祝して、どうですか、今夜あたり生ビールで乾盃というのは」

「乾盃は事件が解決したときの話だ」

弁護士はわたしを睨みつけた。顔が肥っているせいか、もともと不器量に生まれたせいか、睨むとなかなか迫力がある。

「しかし、出頭しなかったからといって逮捕されるわけはないでしょう？」

肥った男は気むずかしそうに頷いた。口をきくのもかったるい、といった顔つきである。

「そうしたおりに、中山君に徹底的に不利な事態が持ち上がった。新宿駅の時間切れのコインロッカーを係員が開けてみると、ビニール袋に入れた貝殻がでてきた。そのときは係員も単純に考えて、本人が急に病気にでもなったんで取りに来られないのだろうということで保管していたんだ。そのうちに事件が新聞やテレビで報道される。預け主からは一向に連絡が入らない。こいつはひょっとすると……というわけで捜査本部に知らせてよこした。そこで刑事が行って調べてみると、まごうかたなき重岡勤のコレクションの一部であることが判った」

「なるほど。するとその貝に中山君の指紋でもくっついていたというわけかね？」

「そんなことはない。中山君は見たこともないしろものだから、指紋がつく筈がない」

「じゃなぜ不利になったんだね？」

「仕事部屋にガサ入れにいった刑事がキイを発見したからだ。いうまでもなくロッカーのキイだがね。それが牛乳受けの箱のなかにかくしてあったんだ。いま彼は牛乳をとっていないから、その箱は無用の長物化している。そこにさり気なく隠すとは、さすがに推理作家だというわけで、本部の連中は中山君の悪知恵には感心しているがね」

4

弁護士は不快そうに鼻を鳴らした。相手を小馬鹿にするときの癖だが、この場合は当局を軽蔑するためにやったものだろう。

「中山君は否定してるんだろうね？」

「勿論。一切関知せぬといっている」

「しかし貝を集めているのは事実だろう？」

「ああ。それも一年ばかり前から集め始めたごく初期のコレクターだ。ところが、あの現場の様子から見たかぎりでは駆け出しのコレクターの仕業に違いないというんだな。机の上に原色貝図鑑がおいてあって、オオイトカケガイの頁が開かれていた。まあ、珍しい形の貝ではあるが、初心者でもなければ図鑑の厄介にならなくても名称ぐらいは知っている。それに、全部の標本をとりだして一個一個チェックするような面倒なことをしなくても、慣れた蒐集家ならば一瞥しただけでオキナエビスやチマキボラは判るのだそうだ。それやこれやでビギナーの中山君はますます不利な立場にたたされているんだ」

弁護士は言葉を切ると、急にヒステリックな叫びを上げた。

「おい、その扇風機を止めてくれんか。ぬるま湯をかきまわされてるみたいで気絶しそうだ！」

わたしは黙って立つと、いわれたとおりにスイッチを切る。美女が卒倒するなら風情もあるが、こんなアザラシかトドの化け物みたいな男にぶっ倒れられたら、わたしにはどうしようもないのだ。

「一つ二つ質問があるんだがね」

イスに坐りなおしながらいった。

「中山君がシロだとすると、牛乳箱からロッカーの鍵がでてきたことをどう考えればいいんですかね？」

「そこだよ。わたしはね、犯人Ｘは中山君を犯人に仕立てようとしているものと考える。中山君を陥れることによって有利な地位を得ようとするなり、復讐のために中山君を殺人犯に追い込むなり、理由はいろいろとあるがね。いずれにしても綿密に計画を練った上で実行したことに違いあるまい。したがって重岡殺しのほうには動機はないと思うのだ。被害者にとってはまことに不運としかいいようがない。被害者重岡君は、中山君を死刑台に追いやるための道具にされたに過ぎないのだね」

「単なる推理ですか」

ちょっと意地わるい口調で訊いてみた。

「ああ、単なる推理さ。だが、月末に事件を起せば、仕事部屋に引きこもって孤独な作業とやらに打ち込んでいる中山君は、アリバイを証明する方法がなくなる。犯人はこうした点まで計算に入れた上で、ことを起している。言い替えれば、中山君という人間を、そして彼の生活サイクルを知悉している人物だね、Xというのは。しかも同時に、重岡勤が貝のコレクターであり、細君におん出られて以来独身生活をつづけていて、犯行の際に邪魔の入ることがないという点まで調べ上げているのだから、Xの人間像もおぼろげながらうかんでくるではないか」

わたしは気のない相槌を打った。わたしには朧気どころか、なんにもうかんで来ない。

「警察は鬼の首でもとったように中山君を連れて行っちまったんだが、じつは容疑者はもう一人いる。桑山和子というルポライターだがね」

「女……？」

「目尻をさげるのは止せ、みっともない！」

肥った男は叱言を言った。わたしは犯人が女だと聞いてびっくりしただけであり、べつに鼻の下をのばした筈もないのだ。思うにこの弁護士は家庭において奥さんにガミガミ怒られてばかりいるに違いない。多分その反作用として、わたしに文句をいうのだろう。しかしわたしは敢えて反抗したことはなかった。川柳に「叱られぶりのいい女房」というのがあるのに似て、わたしの場合は「叱られぶりのいい探偵」であった。これも報酬のなかに入っているんだ、と割り切って考えている。

「その女にはナニかね？　中山君を憎むようなわけがあるのかい？」

「ある。五年ほど前だが、かなり親密に交際していた間柄なんだ。二人の仲は一時は婚約するまでに進行した。ところが、ある事情から破談になったんだな」

「ふむ」

「その後中山君のほうはいまの奥さんと見合結婚で結ばれて、子供もできた。一方、桑山和子のほうは中山君と浮き名をながしたことが祟ったのか、誰もが敬遠して手をださない。だからいまもって独身だ」

「ふむ。しかし五年も前のことだよ、今頃になって復讐を思い立ったとはどういうわけかね？」

「まあこれはわたしの想像だが、五年間ふつふつと煮えたぎっていた口惜しさが爆発したとも考えられるし、当時は無名に近かった中山君が流行作家になったものだから、それを嫉妬してむかついてきたのかもしれないね」

「むかついた程度でこんな犯罪をやるものかねえ」

「そこが女だ」

この肥り過ぎた法律の番犬は吐き捨てるように答えた。わたしは飛び切りのフェミニストとでもいうか、若い女性とくるとどれもこれもマリア様か弁天様にみえるたちだから、女を蔑視したようなその発言にはいささか批判的にならざるを得なかった。わたしが敢えて沈黙していたのは、へたに吠えたてて頂戴すべきものの額を削られてはつまらぬからであった。

「女ってやつはすべてそうだが、彼女も執念深くてね」

「ま、執念深いのは解るとしてだね、執念深いからといって翻訳家までぶっ殺すことはないでしょう?」

「そりゃそうだ。しかしね、五年前のその昔、彼女と中山君の仲を裂いたのは、あの被害者なんだよ。だから彼女にしてみれば、殺しても飽き足らないくらいの恨みがあったのじゃないかな?」

「具体的にはどんなことをいって裂いたんです?」

部屋のなかにはわれわれ以外には誰もいないのに、弁護士は肉づきのいい顔をわたしの耳によせると、なまぬるい息とともにその理由を説明した。

「要するに子供を産めぬ体質だといったんだ。中山君は子供を欲しがっていたから、そうした女には用がない。そこであっさりとお払い箱にした、といわれているんだ」

「なるほど。するとナニかね、あの翻訳家の本業は産婦人科の医者だとでもいうのかい? さもなければ、子供が産めるかどうかってことが判るわけもないだろ」

「そのとおりだ。後で判明したのだが、これは事実ではなくて、伝聞による翻訳家の早トチリだったんだそうだ。今回中山君に面会して質してみたよ、真相についてね。同君にいわせると婚約を破棄したのは不妊云々とは関係がないんだな。彼女がときおりひょいと見せる冷酷な性格にいや気がさしたのが理由なんだそうだ。ま、女というのは大体が冷酷なものだがね」

この弁護士、よほど奥さんにいじめられているに違いない。徹底的な女性不信論者なのである。

「しかし桑山和子にしてみればそうは思うまい。人間だれしも自分の欠点を認めたがらないものだからね。だから彼女も、破談になったのはあの貝殻の蒐集家のお喋りのせいだと考えるだろう。いずれにもせよ、あの男が確認もしないでかるがるしく噂をながしたことは、軽率だとそしられても止むを得ぬところだ。それにしても手痛い仕返しを受けたものだがね」

わたしは黙ったままイスの背にもたれた。それだけ条件がそろっていながら、当局がなぜその女に指を触れないのだろうか。

「ところが彼女にはアリバイがあるんだ。しかもその証人というのが信用するに足る人でね、彼の証言は信じないわけにはいかないのだよ」

「どんなアリバイです？」

「それは、きみが直接に当ってみたほうがいいだろう。変な先入観を抱くといけないからな」

喋り終った弁護士はほっとした面持でなまぬるくなったコップの水を飲み干すと、吹きでた汗を忙しそうにぬぐっていた。

5

ひとくちにルポライターといってもピンからキリまであるのだろう。彼女がピンのほうなのかキリのほうなのかわたしには判断がつかなかったが、面会を申し入れ、多忙を理由に三日間も待たされたことから想像すると、売れっ児なのかもしれない。あるいは、売れっ児であるように見せかけるために待たせたのであり、本当は暇をもてあましているのかもしれなかった。杉並区善福寺(ぜんぷくじ)のマンションが豪華だったことと、着ている服がとびきり上等だったことから考えると、かなりの収入がありそうであった。とするならば、やはり売れっ児ということになるだろう。わたしと同じくらいの身長があって、ほっそりとした体つきの、ファッションモデルになってもおかしくない女だった。年齢は三十歳を一つか二つでたところ。小さな顔は彫りが深い。たぶんカツラだろう、長い髪は肩のあたりで切りそろえられていた。

わたしが通されたのはテレビセットみたいに装飾過多の居間であった。彼女好みのカタカナを用いれば、リビングルームというやつだろう。わたしのアパートの万年床をしいた部屋もいってみればリビングルームだが(なにしろひと部屋しかないもんで)、月とスッポンというかキリンとブタというか、余りにかけ離れていて、千軍万馬(せんぐんばんば)のわたしもなんとなく落着けなかった。そうしたわたしの表情を、彼女は冷やかな眸でじっと見つめていた。口紅をぬった赤い唇をかすかに開いて、まっ白い揃った歯をのぞかせ、にっと笑いかけたさまはゾクリとするほど素晴しかったが、目だけは少しも笑ってはいない。

「おなじことを刑事さんからも訊かれたわ。でも、すぐに納得してくれたけど」

細巻きの婦人用タバコを細長いパイプホルダーでふかしながら、彼女はむしろわたしとの問答を楽しむように、軽い口調で語った。

「で、どういうふうに答えたんです？」

「まず動機だけど、ノンセンスだといったわ。わたしという人間はね、五年間ですっかり成長してしまったの。五年前はうぶで、まるで赤ちゃんみたいだったわ。だから中山さんみたいな人にお熱を上げたのよ。でも、いまは違う。あんな人にはちっとも魅力を感じないの。近頃のあの人の書くものを読んで？」

わたしは首をふった。あの人もこの人もない、このところなんとなく忙しくて、スポーツ新聞さえ読む暇がないのだ。

「推理作家のくせにベッドシーンばかり書き綴っているじゃないの。あの人が仕事部屋で一人せっせとポルノまがいの小説を書いているところを想像してご覧なさいよ。不潔！」

わたしは小説読むならポルノ物と決めているほうだから、べつに目くじらたてて中山毅を攻撃する気にはならなかったが、こうした場合は調子を合わせるに限るのである。

「まったくですなあ。ポルノ作家の影響かどうか知らんですが、いまの日本は一億総色情狂といった感じですからなあ」

「ですからね、あんな人を作家としても認めていないのよ。わたしの理想はもっと高いところにあるの」

片手をすっと伸ばした姿は、ニューヨークのとっ端(ぱな)にそそり立つ自由の女神の像のようだ。といってもまだ見たことはないけども。

「そういったら刑事さんは、むかし捨てられたことを思い出すと無念でしょう、その気持はよく解りますなどとカマをかけるのよ。冗談じゃないわ、そんな質問をすること自体が、彼等のレベルの低さを物語っているじゃない」

「まったく」

二度頭をふって同感してみせた。必要以上に大きな声がでてしまった。

「しかし世間の底辺にはレベルの低いのが多くてね。わたしのボスの弁護士もそのなかの一人で、やはりあんたがその、夜の目も寝ずに口惜しがっているんじゃないかと勘ぐってるんですよ。そう、下種(げす)の勘ぐりってやつでね」

わたしはハンカチで額の汗をふいた。ここは冷房の効いた部屋なんだから、汗がふき出たとしたら冷や汗に違いなかった。

「復習のために伺いますけど、重岡さんが殺されたのはいつなの？」

と、彼女はやや改まった調子になった。

「今月の一日の、午後十時頃ということになってますな」

「重岡さんの家はどこにあるの？」

「王子(おうじ)です。飛鳥山(あすかやま)の近くで……」

「それじゃあたしは完全にシロだわよ。その時刻にはこのお部屋にいたんだもの」

善福寺と飛鳥山のあいだは十五キロもある。したがって彼女のいうことが事実であれば、アリバイは完璧なものとなる。

「で、証人は誰です？」

刑事がシロであることを確認したからには、よほどしっかりとしたウラが取れたに違いないのである。

「その晩お招きしたお客さまだわよ。わたしが北陸を旅行したときに古道具屋さんで手に入れた古九谷(こくたに)の茶器があるの。お友達はみな偽物をつかまされたって冷やかすじゃない。わたしは本物だと信じているから、一度だれか目のきいた人に鑑定をお願いしたいと思っていたわけよ」

「その夜のお客さんが鑑定家なんですか」

「ええ。佐藤文吉(さとうぶんきち)さんとおっしゃる方」

「学者ですか」

学者とか芸者というのは苦手である。前者はしかつめらしくて息がつまってくるし、後者はついノメり込んで仕事をとちることになる。

「学者じゃないわ、お茶の宗匠よ」

「あのデクノボーとかいう……？」

「わたしがお話してるのはお茶のことよ。池坊はお華です」

わたしの無知をあわれむような目付をして、きつくたしなめた。

マンションを出たわたしは電車を乗りついで、大田区北馬込にある佐藤文吉の家を訪ねた。門のわきのブロック塀に和州流としるした看板がでている。お茶の師匠が文吉っつぁんという世俗的な名前では有難味がうすいせいか、不岑と名乗っていた。

電話をかけたときは近所の女子短大に出稽古にいっているが、午後の四時には帰宅するということで、わたしもその時刻に合わせて訪ねたのであった。

不岑宗匠はいかにもお茶の先生らしく白の越後上布に黒の紗の羽織をキチンと着てあらわれた。わたしには読めない達筆な扁額がかざられた六畳の和室である。夏座布団に正座すると、二分もたたぬうちにシビレが切れてきたのには閉口した。

「そういう質問は刑事さんからも受けましたがね」

と、宗匠はルポライターと同じようなことを答えた。面長で神経質そうな上品な顔立ちをした四十年輩の男。色の白いのは年中家のなかにいてお茶ばかり飲んでいるせいだろう。わたしの質問に対して一度心のなかでゆっくり考え、その上で口を開くという慎重な性格の持主のようであった。これは、わたしのような商売の人間にとっては理想的な相手なのだ。いい加減のことをペラペラ喋られてはかなわないわけだが、えてして世間にはこうした軽薄な連中が多いのである。

「以前にちょっとしたことで知り合ったのですが、先日いきなり電話がありましてね、茶器のめききを頼まれたのです。茶器といわれると人一倍の興味を感じるたちですから、即座に承知しました。昼間はお弟子さんが来たりして多忙ですが、夜は暇ですから」

「善福寺のマンションへ行かれたのですか」

「いえ、新宿の喫茶店で落ち合って、車で案内されました」

「時刻は何時頃でした？」

「そうですな、喫茶店で会ったのが八時半頃ですから、途中で三十分かかったとして九時にはマンションに着いたでしょう。それから二時間ばかり邪魔をして、また車で送って貰いました」

九時から十一時までマンションにいたという以上、彼女のアリバイを認めぬわけにはいかぬことになる。わたしは質問をその点にしぼって攻めていくことにした。

「鑑定に二時間もかかるのですか」

「いえ、三十分もあれば充分です。箱書を一見しただけでピンときました。桑山さんにはお気のですが古九谷ではありませんで。あっさり偽物だと申しては身もフタもないですから、そこはまあ念を入れるといいますか、時間をかけました」

要するに勿体ぶったということなのだろう。

「鑑定をまかせておいて、当人だけ外出するということはなかったですか」

返事が一段と慎重になった。

「なかったですな。……あっ待てよ、一度だけあります。ウイスキーを切らしたといって近くの酒屋へ行きました。ウイスキーの小瓶を持って戻って来たのですよ」

一度だけ外出したというから、サテはと思って緊張したが、行先が近所の酒屋では話にならない。杉並の善福寺から王子の飛鳥山までは、単に往復するだけでも一時間以上かかる。

「この辺の酒屋はそんなに遅くまで営業しているんですか」

「十時ですから勿論しまっています。自動販売機でしょうな」

「近くの店で、ということでしたね？」

「留守にしたのはせいぜい五分ぐらいのものですから、すぐそばの店でしょう。案外うまいウイスキーでした。ストレートですすめてくれたのはいいけれど、水道の水がまずくて閉口で……。カルキ臭くてねえ」

同感である。どれほどウイスキーの香りがかぐわしくても、その後で飲む水がまずくてはぶち壊しだ。

「彼女も呑みましたか」

「いや、わたしを送り届けてくれる約束でした。車を運転するんでジュースを飲んでいましたな」

わたしと彼との問答はその程度で終った。これだけアリバイが明確であれば、他に訊くこともないのである。

6

わたしの報告を聞いた弁護士は明らかにショックを受けたようであった。あの肥った体は空気がもれたみたいに忽ちしぼんでしまった。いや、実際にしぼむ筈もないだろうが、得意の毒舌も吐言もでなかったところをみると、なんだか急に体が縮まってしまったように見えた。

「あの女が本命だと思っていたんだがな。ほかに該当するものはいないのだから」

声までが弱々しい。身につまされてこっちまで気が滅入ってしまいそうだ。

「きみだけが頼りなんだ、せいぜい頑張ってくれや」

頑張れといわれてもアリバイが確立しているのだから、わたしには手の打ちようがなかった。といって、報酬をもらっている手前、事務所で昼寝をしているわけにもいかない。止むなくわたしはポンコツ寸前のフォルクスワーゲンに乗って、飛鳥山の現場と善福寺のマンションを往復してみたり、善福寺のほうのマンションの近所にある酒屋と彼女の部屋との間を徒歩で歩いて、時間を計ってみたりした。

と、そのときふとしたきっかけから、わたしは妙な発見をした。と同時に、「犬もあるけば棒にあたる」というイロハがるたを思い起したのである。そのときのわたしは、車がちょうどガス欠になりかけたのでマンションの近所にあるガソリンスタンドに寄って、注油する間を利用して手を洗い、蛇口をひねって水を飲んだ。梅雨が終った後の、かっと照りつける陽差しの下で車を走らせたものだから、ひどく喉がかわいていたのだ。かたわらのアイスボックスには冷えた飲み物がたくさん入っていて、わたしを誘惑すべくウインクしているみたいだった。が、ほんとうに喉がかわいているときは水のほうが旨いのである。たといクロールカルキの臭いがするとしても。

ガラスのコップになみなみと満たしてひと息に飲んだ。あふれたやつが口元からこぼれて顎につたわり、シャツを濡らした。汗ばんだ体にはその冷たさがまだ快適であった。わたしは二杯目もひと息で飲んでしまって、ようやく人心地をとりもどした。

「ああ、うめえ」

といった途端に、その妙なことがぴんときたのである。わたしだってごく稀（まれ）ではあるにせよ、物語のなかの名探偵のようにヒラメくことがあるのだ。

昨日あのお茶の宗匠は、水がカルキ臭くて飲めたものじゃないといった筈だ。たしかに東京都の水道水はまずいことで定評がある。あんな水を飲まされては金魚だって困るだろうし、われわれ人間だって迷惑なのだ。ただ、消毒しない不潔な水を飲まされては病気にかかるおそれがあると脅かされるものだから、止むなく臭い水を飲み、臭い水で炊いた飯を喰っているのである。ところが、いま飲んだ水はカルキの臭いもしないし、そればかりでなく味がべら棒に旨い。それとも、このガソリンスタンドだけが特別に井戸水を汲み上げてでもいるのだろうか。

「いえ、そんなことないです。水道の水ですよ。ただね、杉並区内でもこの善福寺の一画だけ、杉並浄水場で処理する水が流れてるんですが、これが飛び切りおいしいんです。お客さんのなかには、ここの水が飲みたいばかりにわざわざうちで給油なさる人がいるんですよ」

作業服の従業員は水の自慢がしたくてならぬとみえ、はずんだ調子で説明してくれた。

「おなじ杉並区内でも東村山(ひがしむらやま)系や朝霞(あさか)系の水はひと味もふた味もおちるんです。特級酒なみの水はここの杉並浄水場系のほかに、世田谷区の狛江(こまえ)浄水場系がありますがね」

「そうかい。うまい水を飲ませてくれた上に講義まで聞かせてくれてありがとさんよ。一つ利巧になったぜ」

わたしは作業服の肩をポンと叩いて、買ったばかりのタバコを投げてやった。これが事件を解くきっかけになりそうな、なんとなく幸先がいいような気がしたからだ。

だが、満タンになった車を走らせながら、さてこの発見をどこに結びつけようか、どう発展させたらいいのかなどということを考えると、わたしは再びお先まっ暗になっていった。わたしは走ったり飛んだり、自慢の蹴りで相手を気絶させたりするのは得意中の得意であった。だが生まれつき考えるということは大嫌いだった。ちょっと考えただけで頭がズキズキしてくる。

とにかく、もう一度お茶の先生に会うことだ。そして彼の発言の矛盾点を突くのが私の思いついた唯一の方法であった。車を停め赤電話をかけてみると、今日は老人ホームの出稽古で留守だが、二時間もすれば帰宅するという返事である。まだ二時間ばかり間があるので、通りすがりの小学校の前に車をパークさせると校庭に入っていって、桐の葉陰のベンチに横になって昼寝をすることにした。

背中は固くて痛かったが風は涼しくて気持がよかった。緑の木々にかこまれて眠ると、緑色の夢をみそうな気がした。かるく瞼をとじる。運動場をへだてた教室のほうから、子供の頃に教えられた懐しい唱歌が聞えてくる。……あれは何の歌だったかな。兎釣りしかの川……。川に兎が泳いでいるなんて前代未聞だ……。

邪慳にこづかれて目がさめた。小使というのか用務員というのか、半袖シャツにカーキ色のズボンをはいた男がとげとげしい目つきでわたしを揺り起していた。関係のない人間が入って来ては困る、不法侵入でその筋へつき出すぞ、というのである。

「悪かった。謝るよおじさん。警察だけは勘弁してくれよ」

と、わたしは穏やかに答えた。おじさんといっても、わたしより四、五歳は若い。わたしが喧嘩腰にならなかったのは、反射的に目をやった腕時計の針が、もう少し目覚めるのがおそかったなら宗匠との会見の時刻におくれてしまうことを示していたからだった。

新宿から高速道路を走ると、北馬込には十分ほどで到着できる。不岑宗匠は昨日とおなじ白の越後上布に黒の紗の羽織といったいでたち。暑いというのにキチンと白い足袋をはいているのはご立派である。あとで弁護士にその話をしてやったら、おおかた神経痛持ちなんだろうといいやがった。

丁重な挨拶をされるのも閉口だったが、膝をくずせないのはもっと閉口である。しかし宗匠は両手を膝の上で重ねて身じろぎもせずにわたしの話を聞いていた。

「なるほど、それは奇妙ですな。わたしはお茶をやっている人間ですから、水の味には敏感です。あのマンションの水は決して旨い水ではなかった」

「ですからね、わたしはこう考えるのですよ。あなたが連れ込まれたマンションと、わたしが訪ねたマンションとは別物ではなかったか、と」

眠りにおちるまでの間、夢うつつで推理したわたしの見解を披露してみせた。

「別物といいますと……？」

「つまり、彼女は善福寺のほかにもう一つマンションを借りていた。それも、飛鳥山の現場に一、二分でいけるような、至近距離にあるやつを。おそらく、部屋の内部の装飾はまったく同じものを並べておいたんでしょうな。善福寺のマンションの窓を背にして茶のレザー張りのソファがあったとすると、あなたが行ったほうの部屋でも、窓を背に茶のレザー張りのソファを置いておく、といった按配です」

「なるほど……、そういえば窓際に茶色いレザーのソファがありました」

「ソファの左上に油絵がかかっていたでしょう？」

「ええ、ゴッホさんの吊り橋の絵で……」

そうれ見なさい。わたしが訪ねた善福寺のマンションにも同じものがあった」

「なるほどね」

と、宗匠は思い当る顔をした。

「新宿から杉並の善福寺までと、新宿から王子の飛鳥山まででは、ほぼ同じような距離です。つまり新宿を頂点とした二等辺三角形なんです。だから善福寺へ行くふりをして飛鳥山へ向っても、到着に要する時間の相違から気づかれる心配はないわけです」

「……しかし」

宗匠は小首をかしげた。

「どうしました？」

「たまたま新宿・善福寺と新宿・王子間との距離が同じだったから成功したわけですけども、もし殺されなすった重岡さんの家が大森あたりにあると仮定したら、どうなるんでしょう」

「どうなるとは？」

「わたしがいうのは、新宿・善福寺間と新宿・大森間とでは距離が等しくないことです。二等辺三角形ではなくなるということなんです」

「なるほど」

「いま申したように、新宿と善福寺間の距離と、新宿と大森間の距離は等しくならない。大森へいくには倍ぐらいの時間がかかりますからね」

仮定の話だからどうでもいいようなものだが、指摘されてみるとそのとおりだ。距離がほぼ等しいからこそあのトリックは成立したわけである。もし車上にある時間が倍になったとすると、仮りに目隠しをさせたところで、連れ込まれた先が善福寺でないことを悟られてしまうだろう。こう考えてみると、走行距離が等しいというのは少々出来すぎた話ではないか。

わたしは思わず腕を組んでしまった。

「……いや、待って下さいよ。そうじゃない、そうじゃないんです。もしあの被害者が家を飛鳥山ではなくて大森に借りたとすれば、あなたと落ち合う場所は五反田あたりにすればいいわけですよ。問題は喫茶店の位置にあるんです」

わたしは早口でいった。頭にうかんだ考えが消えてしまわないうちに喋ろうとするから、勢い早口にならざるを得ない。

不today宗匠がとまどった表情を白い顔にうかべた。わたしは柄にもなく手帖をとりだすと、先の太くなった鉛筆でＡＢ二つの点をしるし、直線で結んだ。書きながら中学時代の幾何(きか)の時間を思い出した。わたしは数学が大嫌いだったから、幾何なんてものが解る筈がなく、意地のわるい教師からいびられてばかりいた。

「このAが善福寺でBが王子だと思って下さい」

わたしはABを結んだ線の中間に垂直の線を引く。

「この縦線の上に位置する喫茶店ならどこでもよかったのです、新宿でなくともね」

「なるほど、その垂直線上の一点CからそれぞれAとBを結べば、AC、BCの距離はつねに等しくなるわけですものね」

宗匠も中学生に戻ったような顔になった。

「そうなんです。ですから、あの貝マニアが大森に住んでいる場合は、善福寺と大森とを結んで、その真中に垂直な線を引く。その線上にある喫茶店なら何処でもいいことになるわけですよ。仮りにそれが五反田の店だとすると、あなたを乗せて善福寺へ向ったように見せかけて大森へ行っても、怪しまれることがないんです。双方の距離はひとしいんだから」

「わかった、解りました。新宿の喫茶店に固執する必要はないんだ。いや、さすがはプロの探偵さんです、わたしには到底思いつけない解釈でした」

宗匠にほめられ、わたしは満更でもなかった。それにしても、咄嗟の場合によくまあ旨い考えがうかんでくれたものである。

「話はもとに戻りますけど、彼女が王子に同じ部屋を用意したと致しますと、わたしが連れ込まれ鑑定をさせられた後で、大急ぎで家具を善福寺のほうへ運んだのでしょうか」

「かもしれんですな。しかしね、運送屋に頼めば証拠を残すし、自分で引っ越したのでは目立ってしまう。ですから、王子のほうは居抜きのままにしてあるんじゃないかと思うんですよ。証拠を消すためにいずれは処分するにしてもね」

「…………」

「あのゴッホだって複製に決ってます。だから同じものは何枚もある。イスだってソファだって、あらかじめ同じ物を揃えておいて、ワンセットを善福寺のマンションへ、もう一組を王子のマンションへ運び込んだに違いないですよ」

宗匠は黙ってこっくりをしている。

「あなたが何かの拍子で、例えば忘れたライターを取りに善福寺のマンションに顔を出したとします。そのとき、何から何までそっくりにしておかないとバレてしまう。前回案内されたところと別の部屋であることに気づかれたらアウトですからな」

「そういえばね、わたしを王子のマンションに連れ込んでおいて、あの人はふと立ち上がると窓のカーテンを閉めながら、対岸から双眼鏡で眺めるやつがいるんだといったもんです。わたしはその一言で、連れ込まれた先が善福寺池のマンションだとばかり思い込んでいたのですよ」

「なるほどね、たったひとことの暗示であなたをペテンにかける。敵ながらアッパレというとこですな」

それにしてもまだ充分には飲み込めない、といって、宗匠は首をしきりにひねっていた。

それはそうだろう、茶せんであぶくたてるのとはわけが違うのだから、簡単に納得できるものでもあるまい。

「すると、ウイスキーを買いにいくのは口実で、ほんとうは貝の蒐集家を殺しに……」

わたしは重々しく頷いてみせた。

「ウイスキーの小瓶のほうは前もって買っておいたのでしょうな。それを王子のマンションの廊下の隅にでも隠しておいて、近くに住む重岡氏を襲う。そしてその帰りにウイスキーを持って部屋に入って来たんでしょう」

宗匠は嘆息した。浮世ばなれをしたお茶の先生としては、殺しだのアリバイだのという話はこたえるのだろう。

だがこの二つの家を利用した偽アリバイのトリックも、彼女に水道水の知識が欠如していたことから、いとも容易に割れてしまったのである。おそらく彼女は、東京の何処へいっても、蛇口からでる水道の水は同じものだと思っていたのではあるまいか。あるいは、不岑宗匠の味覚神経をなめてかかったのかも知れない。そしてそのことが、結局は失敗につながったのだ。

後で調べてわたしが知ったのは、東京の水道の配水系統は金町(かなまち)系、朝霞(あさか)系、三園(みその)系、東村山等々八つに分れており、王子近辺は金町系に属するとのことであった。善福寺の杉並系に比べると味はぐんと落ちる。

わたしが黙って考え込んでいたものだから、相手も黙々として一点を凝視していたが、そのうちにふと何かを思いついたように眉を上げた。

「そういえばおかしなことがあるんですよ」

「……？」

「王子のマンションと善福寺のマンションは外形が違っていたんでしょうね。彼女はそれを気づかれまいとしてか、わたしを裏口から連れ込んだんです」

なるほど、それはおかしい。客を案内するからには、正面から堂々と入るのが礼儀というものではないか。

「なにか弁解めいたことをいってましたか」

「ええ。車を裏口に停めた場合は、このほうが近道なのだと。ですから、帰るときも裏から出ました。でも、いままではべつに不思議だとも無礼だとも思わなかったです。あなたから説明を聞くまではね……」

7

宗匠を連れ込んだマンションがじつは現場のすぐ近くだった、というわたしの電話報告を聞いた弁護士は少し元気づいたように見えたが、しかしまだ不服気味であった。うかつな話だけれど、彼に指摘されるまではその理由に気づかなかったのである。

「彼女が五分間しか外出しなかったという点にもっと注目しなくちゃいけないよ。べつにストップウォッチで計ったわけではないだろうから、五分といっても実際は七分間であったかもしれない。仮りに七分であったとしても、桑山和子の犯行を説明したことにはならんのだよ。なぜかといえば、犯人は貝をぶちまけて、そのなかから必要な貝を持ち去っている。犯人が持っていったのはオキナエビスのような高価な貝、それにユメハマグリのような珍奇な貝なんだ。貝に関しては素人の彼女なのだ、七分間ではどうにもならないじゃないか」

なるほど、さすがに刑事弁護士だけのことはある。いわれてみると、わたしは反論することができなかった。

「とにかく王子のマンションを発見してくれ。善福寺のほうと瓜二つの部屋をこさえるのは素人では無理な話だ。おそらくインテリアデザイナーに依頼したに違いあるまい。そっちのほうも探ってくれ」

「了解」

「それからナンだな、善福寺のマンションと似た間取りであることが必要だ。というよりもそっくり同じでなくてはならない。扉の位置が違っているだけでバレないとも限らないからね。何はともあれ王子近辺、北区内の周旋屋をあたってみることだ」

「了解」

「ま、今夜は早目に寝て明日にそなえてくれ」

「了解」

早く寝ろといわれたことを忠実にまもるため、わたしは近くの月極めホテルのベッドに潜り込んだ。勿論、一人で寝るような野暮なことはしない。これも月極め契約のホステス嬢を呼んで歓をつくしたわけだが、おかげで翌日は太陽がカボチャ色に見えたものだ。先賢のいったことは事実なのである。

わたしは黄色いおてんとさまの下をほこりまみれになって、汗を流し調べて廻った。だが、朝から夕方までかかって歩いたにもかかわらず、そのような部屋の斡旋をたのまれた周旋屋を発見することはできなかった。いやそればかりではない。飛鳥山の重岡家の近くにはマンションは一軒も建っていないのである。勿論マンションばやりの昨今だから王子駅のそばにも八階建てのやつがあるが、ここから現場までいくと片道で十分はかかる。宗匠のいうように酒屋までいったと見せかけて五分で往復などという芸当は不可能であった。わたしは更に滝野川の区役所の支所に寄って書類を閲覧させてもらったものの、ここでも収穫はまったくなかった。

昨夜の今日のせいかいつになく疲れた。ふと、齢のことを考え、そろそろ老いの坂にさしかかったのではあるまいかなどと思いながら、肩を落として歩いた。最後の周旋屋の店を出たときには夏の陽も落ちてしまい、キャバレーの極彩色のネオンがわたしを招くように光っていた。何気なく空を見上げると、今夜は満月である。そのときわたしは、先哲も知らぬことを発見して思わず足を止めた。疲れているときは太陽ばかりでなく、月もまた褐色に見えるのであった。

わたしは無性に人が恋しくなった。恋しいといっても女ではない。「三番館」の常連である農大の助教授や、消防署長に税務署長、葬儀屋の若旦那に銀行の為替部長たちと、他愛のないお喋りをするアトホームな雰囲気が懐しくなった。空腹の極に達してはいたが、喰うことよりも先ず彼等の顔を眺めることだ。そう思うと、足はひとりでに駅の改札口へ向いていた。

わたし自身では気づかなかったのだが、わたしのそのときの心理を分析してみると、あの達磨みたいな顔つきのバーテンに会いたかったというのが本音であったようだ。

「おやお珍しい。しばらくお見えにならなかったので、皆さまとお噂申し上げておりました」

バーテンは慇懃（いんぎん）であった。卑屈ではなくて、つねに礼儀ただしいのである。彼の前にでると、わたしは自分の野人であることが恥かしくなってくる。海千山千の、恥かしいという感情をとうの昔に忘れてしまったわたしに、その恥かしさを思い出させてくれるのがこのバーテンであった。

「気のきかないセリフだが貧乏暇なしってやつでね」

「結構じゃございませんか」

「そうでもないさ。おれは結構かもしれないが、おれが忙しいってことは、どこかで殺しが発生してるってことになるんだからね」

カウンターに立ってホールのなかを見廻した。いくら親しい仲間であるとはいえ、バーテンから知恵を借りている姿を見られるのはみっともいいものではない。

「今夜はまだどなた様もお見えではございません」

「そうかい。じゃ呑むのは後廻しにして話を聞いてくれないか。そうだ、あっちのソファで話をしよう」

「しかし手前は……」

「いいってことよ。恰好をつけなくちゃ工合がわるいっていうなら、バケツでもぶらさげて来たらどうだい」

　半ば冗談でいったら、バーテンは本気にしてバケツだの雑巾なんかを持ってやって来たので、わたしは内心たまげてしまった。しかし、客ではないからソファには坐れないといった彼の律義な考え方が、わたしには何とも好ましくてならないのである。

「どんなお話でございましょうか」

　常連が来ないうちに話してしまいたい。わたしは早口で重岡殺しのいきさつと、わたしの調査の結果を語って聞かせた。自分では要領よく話したつもりだったけれど、バーテンはときどき口をはさんで、説明不足のところで質問をした。それも遠慮気味に、である。

　三人いるホステスは離れた席でナプキンを折っている。われわれの話し声も黒いビロードのカーテンに吸収されてしまい、バーの内部は静まり返っていた。壁の外側に都会の喧噪が渦巻いているとは信じ難いほどであった。

「……どうもいけません。わたくしは矢張り慣れた場所におりませんと、気が散って考えがまとまりませんので」

「いいとも」

バーテンはバケツをぶらさげて、わたしは素手でカウンターに戻った。

「バイオレットフィーズでございますね？」

わたしは黙って頷き、同時に指を六本あげてみせる。バーテンは六個の磨きぬかれたグラスを並べるとシェイカーにベースのドライジンを入れ、氷塊とすみれ色をしたリキュールを注ぎ込むと、器用な手つきで振りまぜた。一度わたしもシェイカーを借りてやってみたことがあるが、根が不器用のせいか、本職のようにカッコよくはいかない。出来上がったカクテルも水っぽくて呑めたしろものではなかった。

バーテンは目をつぶってシャカシャカと振っている。なんとなく剣聖が悟りを開きかけたみたいな顔つきである。出勤する前に入浴して剃ったヒゲがもう伸びかけたのだろうか、頬から顎にかけて真青になっている。

不意に手の動きを止めると、グラスに紫色の液体をつぎ始めた。女の子が呑むならともかく、バイオレットフィーズは大の男向きの酒ではない。呑んでいる当のわたしが、なんとなく照れくさいのである。だが仕事中のわたしは禁酒することに決めていた。せめて自分に課したこの戒律を守ることによって、いささかだらしのないわたしという男の心の支えにしたいと思っている。その点、バイオレットフィーズはイチゴ水みたいなものだった。良心にやましいところはない。

バーテンが四個のグラスに注いだところで、シェイカーはからになった。調合の量を誤るとは、彼にしては珍しい不手際である。

「おや、どうしたい？」

「これはこれは、手前としたことが……。つい考え事に夢中になっておりましたので」

だが、バーテンの目が澄んでいるところを見ると、ボーッとして犯した間違いであるとは思えない。何かの考えがあって四杯分しかつくらなかったに違いないのである。わたしがそれについて追究しようとすると、ひとあし早く彼が口を開いた。

「謎が解けましてございますよ」

「……？」

わたしは咄嗟に言葉がでない。なんとか気のきいた挨拶をしようとするのだけれど、ふを喰っている鯉みたいに口をパクパクさせるだけである。そのカッコわるさをカバーするつもりでグラスを手にした。

「つまり、こういうことでございます。問題の女性が外出したのはウイスキーを買いにいったとき以外にないこと、そしてその時刻が兇行時刻と一致しておりますことから考えますと、重岡さんを殺すチャンスはこの五分間以外にはございませんので」

「だけどさ、飛鳥山の現場に五分間で往復することができるような高層住宅は、あの近辺にただの一軒もないんだぜ」

不岑宗匠はエレベーターで七階に昇ったと語っているのだから、普通の民家でないことは明らかなのである。

「はあ、問題はそこにあるわけでございまして。飛鳥山の近所に七階建てもしくはそれよりも高い建物がないとなりますと、存在しないマンションにお茶の先生を連れ込むことはできなかったわけで……」

「それはそうだ。だが実際には連れ込まれているんだぜ。但し裏口からだけれど」

バーテンはちょっと沈黙した。これから語ることについて、どう表現すればすんなりと理解してもらえるか、そのことを思案するふうであった。

「お茶の先生が裏口から連れ込まれたということでございますが……」

「それがどうした？」

「まあ、近道だからということですから理解できないことではございませんが、世間にはやたらに目くじらをたてたがる人もおりまして」

「そうだよなあ。特に肥ったやつに多いみたいだね」

いうまでもなく、わたしの念頭にあったのはあの弁護士のことだった。それにしてもバーテンは何を言い出すつもりなのか。

「はい。怒りっぽい人が、その桑山和子さんがお客を招いておきながら裏口からとおすのは無礼ではないかと、こう考えたといたしますね。表口の入口に廻ったとしても節約できる時間はせいぜい二分から三、四分のものでございましょうから」

「そういえばそうだな」

「そこで、表口から入らなかったことについて何か隠された理由があったのではないかと、こう思うのは自然でございますね？」

「いやに念を押すんだな。だがまあ、そういうことになるね」

この辺りまでは素直についていける。わたしは機械的に二杯目のカクテルグラスを喉に注いだ。

「これまでの情報を整理しますと、マンションは二つ存在していたこと、犯人は不寄さんを王子のほうのマンションに連れ込んでおきながら、そこが善福寺であるようにみせかけたこと、などでございますね」

「そう」

「そこでこの怒りっぽい目くじら立てる人はこういう結論に達するものと思うのでございますよ。二つのマンションの室内はそっくり同じにしつらえられていた。しかし当然のことですが、マンションの外観まではどうすることもできなかった……と。どんなマンションでも、日本風に申しますと外装に数寄を凝らしております。同じ会社が造営した建物はべつにしまして、不岑さんが善福寺のマンションをひと眼ご覧になれば、これは先夜招かれたマンションとは違うぞということになりますのは間違いのないところで……」

「そうだな。もし彼が表玄関から連れ込まれていれば、そうしたことも起るだろうな」

わたしは三杯目のバイオレットフィーズに口をつけながら応じた。バーテンが無駄なお喋りをしているわけがない。そこには確たる目的がある筈だ。いままでの経験からそのことは解るのだが、それが何かということになるとさっぱり見当がつかなかった。

「でございますから、二つのマンションの違いに気づかれないためには、表の入口を避ければよろしいわけで……。王子のマンションと善福寺のマンションの裏口が全く同じということは有り得ませんですが、裏口が表の入口と違って要するに単なる裏口としての機能を果せばよろしいという点では共通しておりますでしょう。言い替えますとそれほど極端な相違はございませんので。先程の繰り返しになりますが、お茶の先生が仮りに後日この善福寺のマンションの裏口に立ったといたしまして、おや、先夜連れて行かれた建物とは違っているぞと気づきますかどうか……」

「まあそれはね、王子のマンションが見つかってみないと断定できないけどさ、考えられないことじゃないよね」

と、わたしは同意した。

「この桑山和子さんという女性は頭のよさそうなひとですから、われわれがそう考えることを計算に入れていたのではないでしょうか。わたくしなんだかそんな気がしてならないのでございますが」

「なんだって？」

「つまり、もうひとひねりしてあるのではないかと……？」

「たのむよバーテンさん、具体的にいってくれよ、具体的に」

「はい。つまり犯人はです、マンションが二つ存在すると見なされることを予期しまして、その補強工作としてですね、裏口から案内するのが効果的だという――」

「じれったいね、もう少し噛んで含めるように説明してくれないと、こちらは呑み込めないのだよ。するとナニかい、手っ取り早くいうとだね、マンションが二つあるように見せかけたことは結局……」

「はい。マンションが王子にある、あるいは飛鳥山にあるというふうに警察側は推測しますね。しかしいくら探してもそんなマンションは建っていないことが明らかになりますと、当局は自分の立てた仮説が間違っていたものと考えます。ひいては、桑山和子犯人説までが間違いだったということになりますので。彼女はそれを狙ったのではないかと……」

「ふむ」

「現実問題といたしまして、王子にはそんなマンションは無かったではございませんか」

「そう」

わたしは忙しく頭のなかを整理する。マンションが善福寺だけだったとすると、どういうことになるのか。つまるところ桑山和子に犯行が可能だったのはウイスキーを買うといって不岑の前から姿を消した五分間以外にはないのである。そしてその五分間では飛鳥山の重岡家まで往復することは、いうまでもなく不可能であった。

導き出される結論は唯一つしかない。

「だが、あの女がシロだとは信じられないがな」

「はあ。したがいまして、被害者は善福寺のマンションのごく近いところにいた、と考えるほかはございませんわけでして」

「なんだって？」

思わず声が高くなる。大事なカクテルがこぼれてしまった。わたしは夢中で四杯目に手をのばした。

「わたくし思いますに、たとえばマンションの裏に駐車させといた車の、トランクのなかなどに……」

「現場は王子ではなかったのかい？」

声が喉にひっかかって、コーナーに追いつめられた闘鶏の軍鶏(しゃも)みたいな調子になった。

「でございますから、窓の下が善福寺池だといってカーテンを閉めたのは、本当のことをいいましたわけで。……変態男が双眼鏡で見上げているというのは創作かもしれませんですが」

「なるほどね。嘘めかして本当のことをいっていたわけか」

「はあ、さようで。五分間で往復したとなりますと、マンションの駐車場が精一杯のところでございます。被害者は両腕をロープでくくられていたそうでございますから、あの女性は蓋を開けて締め殺せばいいわけで。それにしましても残酷なことでございますな」

「……ふむ」

わたしは呻くのがやっとだった。

「とすると、いつトランクに詰め込んだのかね？」

「新宿でお茶の先生と落ち合う前のことでございましょうね。先に飛鳥山の重岡家に乗り込んで、あの貝の蒐集家を縛り上げます。軽量級の男性だというお話でございますので、担ぎ上げることもできたでしょうし、刃物かなにかをつきつけて車まで歩かせたのかもしれません。縛られていたのは両腕だけでございますから、重岡さんが半ば意識を失った状態であればフラフラと歩いて、いわれるままにトランクのなかに入ったかも知れませんので。つまるところあの車には、お茶の先生のほかにもう一人生きているお客さんが乗っていたわけでして」

「……ふうむ」

「でございますので、あの先生が帰りがけにお宅まで送ってもらったときも、往路と同様にもう一人の乗客がいたことになります。尤も、帰りのときは屍体になっておりましたが……」

「ふむ。すると彼女は北馬込まで宗匠を送っていくと、あらためて飛鳥山へ向ったというわけだな？」

「はあ。屍体をもとの場所に転がしておくために……。貝殻をまき散らしたのも、そのときにしたことかもしれませんですね」

「そして値の張った貝を持ち去って、新宿駅のロッカーに入れた、と」

「さようで。その後でキイを、作家の牛乳箱に投げ込んだことになりますので」

「…………」

しばらくは言葉がでなかった。桑山和子は美貌と決断力とよく切れる頭脳をかねそなえた、すばらしい女である。だが、もし彼女が結婚するとしたら、世の中にこれを乗りこなす男性がいるかどうか、大きな疑問であった。わたしの知り合いにはそんなやつはいないからオミットするとして、マスコミを賑わしている知名人のあれこれを拉しきたっても、彼女の夫にふさわしい男性はいそうになかった。

「……多分、口惜しさにさいなまれて、幾晩も幾日も幾月も幾年もかけて練り上げた計画だったのでございましょうね」

「同感だね。彼女は自分のことを、才女がたばになってかかって来てもかなわぬスーパー女性だと考えていたのだろう。それを、一介の小説書きが袖にしたのだから頭にきた。しかもその男が近頃ひどく有名になったものだから、許しがたく思ったのではないかな」

「こわいものでございますね」

「女はやっぱり利巧でないほうがいいな」

いつの間にか、わたしも弁護士の女性蔑視論に感化されてしまったようだ。そう思いながら四つ目のグラスをからにした。

「すると、あのカルキ臭い水はどうしたわけだろう。善福寺のマンションならば、旨い水がでる筈だが……」

「これもウイスキーと同じように、あらかじめ北区の水道から瓶に詰めて、用意しておいたものでございましょうね。とにかく頭のいいひとで……」

「ふむ。……しかし、なぜ第二のマンションの存在を暗示したのだろうな。宗匠を善福寺の自分の部屋に連れ込んで、そこが善福寺であることをもっとはっきりと認識させておけば、それだけでアリバイは成立するじゃないか」

桑山和子は善福寺のマンションにいた。彼女には不峉というアリバイの証人もいる。現場が飛鳥山の重岡家だと信じこまれているかぎり、和子のガードは完璧であった。それなのに味覚に敏感である筈の宗匠にわざわざカルキ臭い水を飲ませ、マンションのある場所が善福寺でないことを、なぜ暗示したのだろうか。これはまるで自滅行為ではないか。そこがわたしには納得できなかった。

「はあ、おっしゃるとおりで。でも、あの女性としては、屍体移動に気づかれることがこわかったのではございませんでしょうか。被害者を車にのせて善福寺のマンション裏まで連れて来たことがバレれば、たちどころにアリバイは潰れてしまいます。それから目をそらせるために、飛鳥山の近辺に第二のマシションがあることをわれわれに信じ込ませて、あくまで問題の五分間に重岡家まで往復したように見せかけたかったのでございましょう。といって、自分から第二のマンションが存在することをPRしたのでは怪しまれてしまいます。そこはじっと我慢を致しまして、自然に気づかれてくるのを待っていたというわけで……」

「なるほどね。なんだか理屈っぽくなってきたぞ。頭のエンジンに油をさしてやらなくてはスムースに呑み込めないよ。早いとこあと二杯！」

「いいえ、こんな女性向きのお酒はお止めになって下さいまし。ギムレットをおつくり致しましょう」

「おいおい、おれは禁酒中――」

いいかけて、ハッと気がついた。謎はすべて解かれ、事件は解決したも同様ではないか。もう禁酒する必要はないのである。

わたしの声は思わず高くなった。

「たのむ、やはりギムレットだ！」

X・X

1

「発見者を疑え」というのが捜査の鉄則だそうである。となると、転（ころが）っている他殺屍体につまずいてびっくり仰天したからといって、すぐさま一一〇番するのは考えものだ。黙ってそ知らぬ顔をし、誰かほかの人が通報してくれるのを待つのが、善良なる市民の生活の知恵ということになりかねない。

ところが中野区のある塗料会社員の間で起ったこの事件にかぎって、屍体の発見者は当局から疑ぐられたりすることもなく「発見者の受難」とは無縁であった。なぜなら、彼は現職の警官だったからである。

その日の向井（むかい）巡査は、本来ならば郵送すべきある書類を、経費節減の主旨にそって、自分でとどけるという役を買ってでた。帰宅する道筋に、相手の住む独身寮が建っている。直接手交（しゅこう）すればいちばん早いし、また確実であった。

向井巡査は二十三歳という若さだから当分は結婚する意志もなく、当然なことだが独身である。そしてまた、彼が自分の住む安アパートと、このペイント会社の独身寮とを比較して、思わず溜息をもらしたのも当然のことだった。二階建てという点では同じだけれど、こちらは鉄筋コンクリートである。仮りにマグニチュード8ぐらいの大きな直下型の地震が発生したとしても、この独身寮はビクともしまい。その点、向井巡査の木造アパートはいたってヤワであった。二階でお通夜をやったら天井が落ちるに違いない、と住人達は囁き合っているほどだ。そのせいか二階の連中はそろってカゼひとつひかず、不思議に無事息災である。それはともかく、彼のがっしりとした体格から肯けるように、向井巡査は一対一で泥棒と取っ組み合いをするぐらい平気であったが、地震には先天的に弱かった。ちょっとゆれただけで蒼白になる。

「大会社ともなると、社員寮からして違う」

彼の呟きは声にならず、胸のうちでくぐもったように反響した。しかし、これは向井巡査の思い違いであって、この建物はもともと研究室として建てられたものを、後に研究室が新築移転したに伴って内部にかなり手を加え、独身寮としたのだった。いうなれば廃物利用に過ぎなかったのである。

もう夕方になっていたので建物の大半の窓には灯りがついており、食堂とおぼしき方向からは中華料理でも調理しているのであろうか、脂っこいにおいが漂ってきた。向井巡査は決して喰いしん坊ではない。しかし、これから帰宅してひっそりとインスタントラーメンを喰うことを思うと、自炊生活というものが途端に味気なく感じられた。

だが若い警官はいつまでも独身寮の夕めしを羨んではいなかった。鼻呼吸を口の呼吸に切り替えると、勇んで入口のホールへと入っていった。壁に、公団アパートで見かけるような居住者の案内図が掲げられてあって、その横の壁際に、郵便局の私書函そっくりの金属製の郵便受けが並んでいた。向井巡査は、顔をしかめてまずいなあと思った。ほかの郵便受けは大半がからになっているのに、砂原直志の函は二、三通の郵便物が突っ込まれたままになっている。それは彼が不在であることを意味していた。

階段の下で白い割烹衣をつけた調理師らしい女性とすれ違ったが、べつに見咎められるといったこともない。というよりも、頭から無視されたのであった。いやに開放的だな、それともおれの人品が良すぎるのかな、と巡査は自問自答をする。

階段は途中の踊り場で二直角に折れて、二階の廊下につうじていた。廊下は両側に白いペンキ塗りのスチールドアが幾つも並んでおり、その塗料がいま塗り上げたばかりのように清潔でつややかに光っている。それがいかにも塗料会社の寮らしかった。廊下の床は固いコンクリートだが、茶っぽい塗料を塗ってあるものだから、一見した向井巡査はリノリウム張りと錯覚したくらいであった。右側が奇数で左側が偶数。そして砂原の部屋は階段のほうから数えて四番目だった。扉の左の壁に大型の家庭用消火器がおかれてある。

これはどのドアもそうだが、細い書体の金色のナンバーが打たれている。このガッシリとした建物のなかで、その数字だけが華奢で不似合に思えた。巡査は扉をそっとノックした。

だが、何度叩いても返事がない。

「砂原さん、お留守ですか。……砂原さん」

やはり留守なのだ、と思った。こんなことならはじめから郵送させればよかった。向井巡査はくびすを返そうとして、ふと異変を感じた。職業柄の勘というか、動物的な第六感というか、それは彼にも解らなかったけれど、室内の変事を敏感に嗅ぎとったのである。

「砂原さん……。お留守ですか」

繰り返しながらポケットから汚れたハンカチを引き出し、それでノブをくるむとそっとひねってみた。扉は拍子抜けするほどにあっさりと内側に開いた。

「砂――」

向井巡査は声をのんだ。予感の適中したことが信じられぬように眼を見開き、なかば口を開けて、舌の先で上唇をなめながら一歩一歩と入っていった。

この寮は西洋式とでもいうのか、部屋のなかでも靴をはいているようにできている。砂原は靴のかわりに革製のサンダルをつっかけ、半袖シャツに長ズボンというラフなスタイルでイスに腰をかけていた。右手を机に投げ出して、その腕の上に右の横顔をのせた恰好である。ちょうど、入口を見詰める位置であった。眼を開け口を半ばひらき、そこから白い歯が覗いている。向井巡査は、無断で入ったことを咎められたような気がした。三十歳の半ばの髪の濃いやせた男で、美男ではないがわりに整った顔をしている。顔色が蒼いのは死んでいるからだろうか、鼻の下に小さなヒゲを生やし、それが気障(きざ)だった。

　警察官を志したからには、いつの日か変屍体にぶつかるものと覚悟をしていた。だから向井巡査は格別慌てるでもなく、恐れおののくこともせず、かなり冷静に対処することができた。自他殺の別はつかないけれども、変死であることは明白なので、彼は慎重に屍体を観察した。

　向井巡査がまず気づいたのは、砂原が唇の右端から一筋の血をたらしていることで、量が少なかったとみえてそれはテーブルの上にしたたることなしに、顎の辺りで乾いていた。つぎに、屍体には刃物その他の兇器で傷つけられた痕のないことを確かめた。といっても、それは外部から見ての判断であり、衣服の下に傷跡があるかどうかは解らない。そして第三の発見は、砂原の右の第二指がブルーブラックのインクで蒼黒く汚れていることであった。

　妙だぞ。そう思って瞳をこらすと、机上のインクスタンドの蓋が開けられたままになっている。つまり砂原はペンのかわりに指先にインクをつけ、何かを書きしるそうとしたらしいのである。そう考えて机上に眼をやった巡査は、そこに半ば予期したものを発見した。机自体がチョコレート色に塗られていたものだから眼につき難かったのだが、あらためて顔を接近させてみると、明らかにインクでしるされた文字らしきものがあった。文字であるならば「X(エックス)」であり、符号にすぎないとすれば「バツ印」であった。それが横書きに二つ並んでいるのである。したがってXX(エックス・エックス)とも読めたし、バツバツとも読めた。

　向井巡査は依然として慎重であった。死んでいる男が砂原直志であるかどうかもまだ解っていない。外見はどうやら毒物を呑んだために生じた死のようであるけれど、自殺か他殺を判定するデータもまだ摑めてはいなかった。もし自殺であるならば毒入りのコップがありそうなものだが、それが見当らぬところから、他殺の印象が強い。

以上のことを頭に入れておいて、隣室の青年に来て貰い、死者が砂原に相違ないことを確認させた上で、本署に一一〇番したのである。いまや二階の廊下にも中華料理のにおいが漂いはじめていた。向井巡査はダイアルしながら小鼻をヒクヒクさせてその香りを嗅ぎ、傍らの青年は呆然自失といった姿で突っ立っていた。

2

「問題はそのバッツバッツなんだがね」

と、肥った弁護士が息もたえだえに語った。肥満しているから暑がりなのは当然だが、わたしのオフィスが暖房完備の上に西陽をまともに受けているので、室温は四〇度をかるく突破している。わたしですらときどきクラッとめまいを覚えるくらいだから、弁護士が気息(きそく)奄々(えんえん)となるのは無理もないことだった。

「そのバッツバッツを当局の連中はメメと読んだわけだ」

「メメ?」

「ああ、きみもかなり悪筆だが、このガイシャもきみに劣らぬ悪筆だったらしいんだな。ともかく本部ではそれを片仮名のメメと読んだ。いうまでもなく彼が死力をふるって書き残したダイイング・メッセージだから、それが犯人の名を示していることは断わるまでもない。ところが幸か不幸か、おなじ寮のなかに目々沢明彦(めめざわあきひこ)という青年がいてね」

「目々沢……？」

「そんなに不思議がる必要はない。電話帳をひいてみたまえ、一ダースやそこらはある姓だ。その目々沢君が何の因果かある論文をガイシャと合作して懸賞に応募したんだが、これがまた何の因果か一位になっちまってね」

「結構じゃないですか」

「そこまでは結構な話さ。政府のある機関の主催だったから賞金は三千万円だ。税込みではあっても大した額だから、二人にしてみれば棚の上のボタモチが転がり込んだみたいだった。ところが目々沢君が公平に二等分しようと主張するのに対して、殺された砂原君は欲がでたのだろうね、資材の大半を提供したのはおれだから、七三で分けようといい出した」

「へえ」

「目々沢君のほうにしてみれば、資材を取捨選択して論文としてまとめ上げたのは自分だからね、相手の申し出がカチンときたのは当然だ。そんなことをいうなら七三で承知をするが、七分を取るのはおれのほうだとだだをこねた。こうなると子供の喧嘩みたいな強情比べだ。

そのうちに上司が仲に入って、シャンシャンと手をしめさせて一件落着となったんだな」

「賞金の分け方はどうなったんです？」

税込みであっても〆めて三千万円というのは豪勢だ。わたしには何よりもそれが気になった。

「仲よく二等分した」

「なんだ馬鹿馬鹿しい。喧嘩したわけが解らないじゃないですか」

「確かに馬鹿みたいな話さ。賞金は千五百万円ずつということでおさまったけども、おさまらないのが胸の内だ。そこはまあ大人だから廊下ですれ違えば挨拶をかわすが、この事件以来、仲は冷え切っていたという。過去にそうしたいきさつがあったものだから、あの一件を根に持った目々沢君が彼の部屋を訪ねていって毒殺したのではないか、とみなされているわけだ」

「常識人がその程度のことで人を殺しますかねえ」

と、わたしは疑わしそうに反論した。

「そりゃそうだ、殺人というのは大事業だからね、あらゆる意味において。だがまあ、あのダイイング・メッセージをバッバッと読んだんでは意味がない。メメと読むと、でてくる答はただ一つ、それが目々沢君なんだ」

つまり砂原はメメザワと書こうとしたが、途中で息絶えたというふうに考えられたわけであった。

「ほかにメメ津君とかメメ川君なんていう人類はいないのかね」

どこかへすっ飛ぶのじゃないかと心配したほどだ。

「ところが目々沢君は今月の末に結婚式を控えているんだよ。ぜひとも青天白日の身になって晴れの式を挙げたいのだが、このぶんだと灰色のままで結婚しなくてはならぬことになる。そこで彼が潔白である反証を、きみに摑んで貰いたいのだよ」

「月末まではあと三週間あるじゃねえですかい。そのうちにホンボシが逮捕されると思うね。ただし、その目々沢という男がシロだとしての話だが」

「きみにはわるいけど、わたしは当局の能力をそれほど高く評価しておらんのだよ」

きみにはわるいけどと前置したのは、かつてのわたしが神楽坂署の刑事だったからである。まだ若僧だったから優秀なデカではなかったが、同僚であれ署長であれいうべきことはズケズケというたちだったから、多分にけむたがられたほうで、あのまま署に残っていたとしても出世はしなかっただろう。女房には出ていかれるし、いまもって生活は楽だとはいいかねるし、実りある人生だったとは思ったこともない。尤も、そういうくだらない反省をするようになったのは、自分が老いの坂とやらにさしかかったせいではないかと考え、なるべく他のことを、というと女のことになっちまうんだが、その女のことに思いを馳せらせるようにつとめている。

「ところで」

「残念ながらいない」

弁護士は五、六回つづけざまに首をふった。あまり勢いがはげしいものだから、ちぎれてと、わたしは仕事に話題を戻した。

「まさか自殺じゃあるまいね？」

わたしの愚問に立腹したのか、弁護士はまたたてつづけに首をふった。

「馬鹿なことを訊くもんじゃないよ。あのガイシャは見栄っぱりで自信家でしかも後輩に対しては底意地がわるいという、縦から見ても横から見ても、最も自殺しそうにない男なんだ。それに、遺書もない」

「めんどうくさくて書かなかったんじゃねえですかい？」

法の番犬はまた腹立たしげに首を七、八回もふった。

「見栄坊のあの男が自殺したとしたら、何はともあれ遺書だけは残すね。美辞麗句を並べた七五調か何かの鼻持ちならない遺書になるだろうがね」

「なぜ七五調だの八五調になるんです？」

「詩に関心があるんだ。あの男に似つかわしくないことだが朔太郎（さくたろう）が好きなんだよ。《月に吠える》の初版本を持っていることが自慢だったんだ。ところがその詩集が失くなっているんだな。あるいは本人が質に入れたのかもしれないし古本屋に売ったのかもしれない。あるいは、犯人はそれを盗むために殺したのかもしれないのだ。念のために断っておくけど、目々沢君のほうは詩には興味を持っていない。無声映画時代のポスターを集めるのが彼の唯一の趣味なんだからね」

弁護士はひと息入れるとズボンのポケットから四枚目のハンカチを取り出して、おでこと頸筋の大粒の汗を拭いた。

「どうにも暑い部屋だな。こういうオーブンみたいな箱のなかで恬然としているんだから、よほど鈍感か、さもなくば快川和尚なみの傑物かもしれんなあ、きみという男は」

いやな眼つきでわたしを見詰めて皮肉をいい出した。報酬はいいし事件が解決するたびに豪華な晩めしを奢ってくれるし、ときどきわたしの不自由な生活を見かねて嫁を持たせようとする親切心も持ち合わせているのだが、皮肉と嫌味が大好きなのが玉に疵であった。そうしたときのわたしは、急いで話題を変えることにしている。

「ところでナニかね、例のダイニングキッチンとかいうやつがメメでないとしたら、やはりバツバツなのかね？」

「われわれは厨房の話をしているんじゃない、ダイイング・メッセージの話をしているんだ」と、弁護士は頬をふくらませた。

「バツバツじゃあるまい。バツバツだと何を指しているか不明になるからね。いずれにしてもガイシャは必死の力をふりしぼって犯人の正体を伝えようとしたのだ。となると犯人の頭文字だと考えるのが当っていると思うね」

「イニシャルだとするとバツバツではなくてX・Xということになるな。だが日本人にそんな頭文字の名はないから、ホシは毛唐かね？」

「そう、外国人にはクセルクセスだとかザビエルとか、Xのつく名前は珍しくない。だが、砂原は彼らとつき合いはなかったし、あの寮に西洋人が出入りしたという目撃者もいないんだよ」

肥った弁護士はゆっくりと首をふった。夏の花が風にゆれているみたいな、優雅な振り方であった。花といっても、超特大のヒマワリだが——。

「そうなると困るね。日本人にはXなんて頭文字の姓はないからね」

「ところがあるのさ」

ゆったりとした口調とは反対に、忙しそうにおでこの汗を拭いた。

「目々沢君が思い出してくれたのだが、二年前に退職した楠山（くすやま）という技師がいる。これがKusuyamaとサインするのが面倒だといって、X'yamaと書くことがしばしばあったのだそうだ」

「なるほどね。しかし、姓のほうはXであっても、名前までXということはねえでしょう？」

「それがあるんだ」

法の番犬はニンマリと笑った。

「これが九州男児でね、重量挙げの選手みたいな豪傑なんだが、名前が九州人と書いてクストと読むのだ。したがってサインはX'toとなるわけで、だからわたしはこの男がホンボシに間違いないと思っている」

なるほど、X・Xが楠山九州人のイニシャルだとは思いも寄らぬことだった。

「これは今日わたしが当人から訊き出したホットニュースなんだよ。目々沢君も警察の訊問攻めにあって気がポーッとしていたらしい。わたしが執拗にねばった結果、やっといま話したことを思い出してくれた」

「もう一つ二つ。ガイシャが殺された時刻は？」

「午後の二時前後だということだ」

「日中から寮にいたとすると、休日だったんですか」

「いや、当人だけが夏休みをとっていたんだ、連続して一週間の休暇だがね。といって海へ行くのも面倒だというわけで寮にゴロゴロしていた。その三日目に殺されてしまったのだよ」

3

弁護士が帰っていったのち、楠山九州人の住所を知ろうとして電話帳をひらいてみたが、彼の名は何処にも載っていなかった。昨今は隣接する県のベッドタウンに家を持つ人も少なくないので、わたしのオフィスには横浜、千葉、浦和、大宮といった都市の電話帳もおいてある。それを机に積んで片端から調べてみたにもかかわらず、楠山の名は記載されていなかった。こうなると、以前に勤めていたというペイント会社に訊ねるよりほかはない。

「退職した社員の現住所でしたら、調べるのにちょっと時間がかかりますけど、よろしうございます？」

　交換台の女の子が可愛い声で答えてくれた。

「それじゃ三十分後にかけますから」

「こちらからおかけ致しますわ」

「すまんですな」

　わたしは可愛い女の子の好意に甘えるのが大好きなたちだから、否むわけがない。事務所の名と電話番号を告げておく。

「あら、私立探偵社ですの？」

　途端に興味津々といった口調になった。わたしがアメリカのハードボイルドの推理小説にでてくるような、かっこいい探偵とでも思ったのだろうか。

「探偵社というほどの大世帯ではないですがね」

　謙譲の美徳はわが日本民族のほこるべき特質の一つだそうだが、わたしは事実をいったに過ぎない。なにしろ所長と所員と小使いを兼務しているのだから。

　彼女からの電話は三時を少し廻った頃にかかってきた。

「遅くなってごめんなさい。交換台は二時間毎に交替になるんですの。楠山さんの住所は埼玉県入間郡大井町字金井窪ですわよ」

「入間郡……？　狢でも棲んでいそうなところだな。百姓でもやってるんですか」

「あら、そんな田舎じゃありませんのよ。東上線の電車にのれば、三十分で池袋に出られるんです。そこの泉荘というアパートに住んでいるんですの」

交換手は人見知りをしないたちとみえ、よく喋った。

「あたしね、事件のあった日の二時頃に、独身寮に行ったんです、たった一人で……」

話題を変え、意外なことをいい出した。わたしは反射的に受話器を耳につよく押しつけた。

「お友達がその寮に住んでいるんです。その日、ベルギーの推理小説の本を持って来てくれる約束をしていたんですけど、出勤するのが遅れそうになって飛び出したもんだから、机の上に忘れてしまったんですって。洋服店のショーウインドウに飾ってあったマネキンが殺されるという、とても面白い小説なんです。あたし、早く読みたかったものですから、二時の交替でフリーになったときに独身寮へとりに行ったんです」

会社は中野区、寮は杉並区と分れているが、歩けば十分とはかからないという。

「そしたら、机の上にのせてあるというのに何処にもないんです。でもそんなことよりも、そのとき、お隣りの砂原さんの部屋に犯人が息をひそめて隠れていたんじゃないかと思うと、いま頃になってゾクゾクしてくるんです。あたしって臆病なのね」

「隣りの部屋?……」

「ええ、あたしが訪ねたのは、砂原さんのお部屋の一つ先なんです」

交換手がそこまで語ったときに、背後で同僚らしい女の声でアンミツをたべに行こうと誘いがかかり、彼女は忽ちそわそわしだした。猫にマタタビ、女にアンミツというのは政府高官のピーナツにも匹敵するものだから、交換手が浮き足だったとしても文句はいえないのである。

「あ、ちょっとちょっと、もう一言だけ。現場にいた犯人の顔は見なかった？」

「いいえ」

「声は？」

「何にも。犯人と出会ってたらあたしその場で気絶しちゃうわ」

通話はそこで終った。犯人の姿を目撃しなかったのは残念だが、物事がそううまくはこぶわけもない。われながら虫が好すぎる話だと思った。

ふたたび受話器をとって泉荘にダイアルをする。そして楠山九州人が浦和の埼玉メタリック塗料会社に勤めていることを教えて貰い、そちらに電話を入れて、夕方の五時ちょっと過ぎた頃に駅前のグリルで会う約束をとりつけた。電話の口調で感じたかぎりでは、如才のない、技師というよりもセールスマンになったほうがより成功しそうな感じを受けた。

一時間ほど早目に浦和に着くと、近所のパチンコ屋で時間をつぶした。近頃のパチンコ屋というと猫もシャクシも軍艦マーチをやっているが、この風潮を、地下の瀬戸口翁はどんなふうに思っていることだろうか。わたしは作曲者に対して気の毒に思いながら玉をはじいているうちに、この行進曲のリズムやテンポ、メロディーにのせられて調子づき、一時間のうちにバケツ二杯ばかりの収穫を得た。瀬戸口翁が何といおうと、パチンコの伴奏は軍艦マーチにかぎると信じるようになったのだから、考えてみればわたしもいい加減な男だ。

五時前に指定されたグリルに行って、二階のテラスのテーブルに腰をおろす。駅前広場は五時を五分過ぎた頃から急ににぎわい始めるが、彼等の大半は近くの埼玉県庁の職員であった。こうやってテーブルに頬杖をつきながら眺めていると、お役所なんかに勤務させておくには勿体ないような上玉もまじっており、時間のたつのを忘れるほどだった。

「やあ、お待たせ。あんた、探偵社の人でしょう?」

太い声にふり仰ぐと、声にふさわしいズングリとした体つきの男が笑いかけていた。九州人と聞いたとたんに何となく南洲翁を連想したものだが、わたしの無責任な想像はピタリと当っていた。太い眉毛にドングリ眼、太い頸に太い胴、半袖シャツからむき出しになっている腕も太くて、熊襲みたいに黒い毛が生えていた。わたしも男性的であり野性的であることにおいては人後におちぬつもりだけれど、楠山はわたし以上に男性的かつ野性的であった。なるほどこれが九州男児なのか。わたしは相手が殺人容疑者であることを忘れて、そのがっしりとした体格に見とれていた。

「ぼくもビールをもらおうかな」

彼は人見知りせずににこやかな顔でそういい、わたしはウエイトレスを呼ぶとあらたに大ジョッキの生ビール二杯をたのんだ。わたしの廻りのテーブルにそれぞれ若い男女が坐っていたが、彼等もいっせいにこの九州男児の顔を眺めていた。眺めるというよりも、畏敬の念をこめて仰ぎ見るといったほうが適切かもしれない。

4

ジョッキを手にとると、表面にういた泡をふっとひと吹きしておいてひと息に呑みほしてしまい、その美事な呑みっぷりに、誰かがほーっと溜息をついたくらいである。

「さて、お話をうかがいますかな。歯に衣をきせずに率直に訊ねて下さい。そのほうがお互いに時間の節約になる」

正確な、よどみのない標準語で喋った。

わたしがイニシャルが該当するので訪ねたという話を聞くと、彼は声を殺して笑いだした。手に持った文庫本の表紙を片方の掌で叩きながら、おかしくて堪らぬとでもいうふうに笑いつづけた。

「イヤ失礼。つい笑いが止まらなかったんです。X・Xが楠山九州人に一致するというのは否定できない事実です。ですがね、それが必ずしもぼくを指向しているとばかりはいえないんじゃないですか」

「というと、誰かほかにもX・Xというイニシャルの人がいるみたいですな」

わたしは信じかねる口調で反問した。口調ばかりでなしに、表情も多分に懐疑的になっていたことと思う。

「まさか、楠本楠吉なんて人物がいるんじゃないでしょうな」

釘を打っておいた。

「そんな馬鹿みたいな話じゃないです。ぼくのいうのはやはり独身寮の住人でね、半崎秀夫といって会社のコーラスを指揮している男ですよ。あのコーラスグループはロシヤ民謡が得意ですが、指揮者も当然なことですがロシヤの民謡が好きで、原語で唱うように指揮しているんです。いい替えると、彼はロシヤ文字に通じている。ロシヤ語に通じているかどうかは知りませんが、少なくともロシヤ文字は書けるんです。一方、殺された砂原君も以前はそのコーラスの団員でしたから、ロシヤ文字の発音ぐらいは心得ている」

話に熱中してくると、また文庫本を叩く癖がでる。本がばらばらになるんじゃないかと余計な心配をしたほどだ。だが、ロシヤ語とX・Xとの間にどんな関係があるというのだろう。

「問題はそれですよ。Xという文字は英語のHに相当するんです。したがってX・Xというイニシャルは H・Hということになる。そして半崎秀夫君がまさしくH・Hなのですよ」

自慢じゃないがわたしはロシヤ語なんぞは知らない。だからXがすなわちHであるぞよなどという話を頭から鵜のみにするわけにはいかないが、口からでまかせの話にしては筋が通っていた。

「ま、半崎氏のことは後で調べてみますが、あなたがX・Xであることもまた事実なんですから、一応はチェックされても止むを得ない。事件当時何処にいたかを話してくれんですか」

彼は毛むくじゃらの手で二、三度顎を撫でた。そのニンマリした表情は「そら来た」といっているふうに見えた。

「いずれは刑事が尋ねて来るのではないかと思っていたんです。べつに砂原君殺しの動機なんて持っていないですが、昔の同僚という関係があるからね。そのときはアリバイをのべて刑事のガックリする顔を見てやろうと思っていた」

私立探偵では役不足だ、とでもいいたげな顔つきである。

「じつはある土木会社から大量に買いつけたいという注文があったんです。売り買いはわたしの担当することではないんだが、わたしと親しい知人だもんで、直接わたしに話を持ってきた。で、東京から三浦三崎まで避暑がてらのドライヴを楽しみながら、車のなかで商談をしたんです。砂原君が二時に殺されたのだとすると、そのときのわたしは白秋の碑でも眺めていたことになるんじゃないですか。例の『城が島の雨』の碑だがね」

東京を出発したのが一時頃、帰京して相手を新宿で降ろしたのが六時頃だという。だからそれが事実である限り、東京をはなれていたこの男はシロだということになる。

話が終り、残ったビールを呑もうとして手を出したときに、ふと相手の文庫本に眼が止った。そしてステーマン作《マネキン殺害事件》というタイトルを読んだ瞬間、わたしは、事件が発生したと思われる頃に現場の隣りの部屋を訪ねたあの交換嬢の話を思い出した。彼女がベルギーの推理作家の文庫本をとりに行ったとき、どうしたわけかその本は机上になかったというのである。一方、眼の前のこの男は推理小説の文庫本を持っている。マネキン殺害というタイトルから想像したかぎりでは、同じ内容のものらしいのだ。とするならば、この楠山九州人はやはりあの寮で砂原を殺したのではないか。そのとき、何かの拍子で隣室を覗いて、机にのせてある文庫本に気をひかれて盗んで来たのではあるまいか。毒喰わば皿までというとおり、殺人罪を犯した彼が窃盗罪を犯すことなんぞ意に介するはずもなかろう。

「推理小説は好きですか」

「作家と作品の選り好みはあるが、まあ好きなほうでしょうな」

「その本、何処で買ったんです？」

わたしもいささか「はしゃぎ過ぎ」の状態だったとみえ、質問の手順を省略したのがまずかった。楠山は途端に色をなして「何処で買おうと大きなお世話だ、それとも買った店をいちいちお前に報告しなくてはならぬ規則でもあるのか」と激しい口調で突っかかってきた。わたしもびっくりしたが、周囲のテーブルにいた連中も何事かと中腰になり、そのうちの何人かは呑み物を呑みおわるとシラけたように店を出ていった。

とにかく、彼の怒りをしずめなくては店の迷惑になる。そう思ってわたしはもっぱら下手(したて)に出て、なぜそんな質問をしたかという理由について縷々陳弁(るるちんべん)につとめた。つとめながら、得意の蹴りの業(わざ)でこの男のドテッ腹をけとばしてやったらさぞかし溜飲(りゅういん)がさがるだろうな、と思った。わたしの足業は、から手の名人と渡り合っても勝つ自信があるくらいなのだ。

それにしても、こんなに怒ったのは心のやましさを突かれたからではないのか。

「……いや、そう説明されると納得ができる。藪（やぶ）から棒に訊かれたからカッとなったんですよ。イニシャルが一致する以上、疑われるのは当然だが、この本は面白いという評判を聞いて、そこの駅前の文祥堂という書店で買ったんです。といってもべつに証拠があるわけじゃないんだから、あんたの疑惑を完全に否定することはできない。やはり、三浦三崎のアリバイを調べてみることですな」

5

東京に戻って、新宿角筈（つのはず）にある土建屋を訪ねた。わたしのオフィスから徒歩で十分ほどの、もと都電の角筈車庫のそばにあった。三流の下といった規模の、建築会社というよりも土建屋と呼んだほうがふさわしい会社である。社員の大半は帰った後で、階上の設計室と社長室だけに蛍光灯がついていた。

部屋に通されてあっと魂消（たまげ）たのは、社長が女性だったことだ。亡夫に代ってその跡をついだのだという話は後になって聞かされたのだが、見るからに女傑という感じの美人であった。荒くれ男を顎で使うのだから当然といえば当然だろうが、造作のくっきりとした気のつよそうな四角い顔をしており、それでいてちょっと手を出してみたくなるような美人だ。女盛りの細君を残して死んでいった亭主も、さぞかし死に切れなかったことだろうな、と思った。

室内は肌ざむいほどにクーラーが効いていたので、わたしは一日の疲れがふっ飛んでいくような気がした。彼女はわたしをあくまで事務的に扱うつもりでいたのだろうか、お茶の一杯も出さなかった。が、この冷えた空気がわたしには何よりのご馳走だったのである。

女社長のいうことは簡潔で無駄がなかった。問題の日の午後一時に楠山が迎えに来、三浦半島をひとめぐりして六時過ぎに帰ったということを、テキパキとした口調で語った。

「商談ならばこの部屋だってできるじゃないですか」

「新車を買ったから乗ってくれというのよ。それに気分転換にもなるし」

「あなたの他に証人はいますか」

「そうね……、覚えていてくれればいいけど、西瓜を売っている農婦なんかどうかしら」

今年の三浦西瓜は味がいいというキャッチフレーズにひかれて、車を停めて買ったのだそうである。

「そうだわ、白秋の詩碑をバックに写真をとって貰った。少女趣味でばかばかしいけど。あの写真屋さんなら控えがあるかもしれない」

女社長は早口でそういった。豊かな胸の上で小型のブローチがキラリと光った。死別した夫の写真でも入れてあるのかな、と思う。わたしは二人並んだカラーの記念写真を見せて貰い、裏面に捺されたスタンプから写真屋の名前と住所をノートに写し取って、社長室を出た。外のなまぬるい夜風に触れた途端、忘れていた汗が吹き出した。

わたしが三浦半島のとっぱなまで出かけて写真屋に会い、楠山のアリバイ成立の確証を摑んだのは翌日の正午すぎであった。ふたたび猛暑の東京に戻ると、中野区の塗料会社に半崎秀夫を訪ねて、近所の喫茶店で話を聞くことにした。コーラスなんかに興味を持つ男だから神経質の線のほそい男を想像していたのだが、わたしの予想はここでもピタリと当った。半崎はシャモジみたいな細長くて顎がとがっており、度の強い近眼鏡をかけていた。髪の毛が、お釈迦さんの頭みたいにチリチリと縮れている。袖のながいワイシャツに黒くて細いタイを結んでいるが、それがイタについているというか、彼のセンスにぴったしであった。

「ロシヤ文字のXがHだって？　誰から聞いたんです？」

「捜査上の秘密というやつでしてね、お話するわけにはいかんのです」

わたしは必要以上におごそかな声で答える。

「それじゃ質問を撤回します。しかし、仮りに砂原君がH・Hのイニシャルを書き残したといってわたしが犯人に擬せられるというのは妙な話じゃないですか。課こそ違え彼はわたしのよき同僚なんです。まさかこの齢をして恋の鞘当てをしたとでもいうんじゃないでしょうね」

皮肉をいうときの彼の顔は、しなびて意地のわるい姑婆さんみたいに見えた。半崎についてはすでに幾つかの情報を摑んでいるのだが、三年前に妻子と別居してこの寮に入居したというのも、その一つである。

「動機は他にあるんじゃないですか。今年の初め頃にあなたの娘さんが急性肺炎にかかった。そこで急に金が入用になって砂原氏に借金の申し入れをしたところがことわられてしまった」

「…………」

「ところが生憎なことに、その砂原氏はバーのホステスをつれてグアムへ避寒旅行に出かけているんですな。こんなことをいってあなたの忘れかけていた悲しみをあらたにするのは本意ではないが、お嬢さんは結局亡くなった。だからあなたの心に、砂原が金を貸してさえくれれば娘は救えたのにという気持がしこりとなって残ったことは当然です。同じ年頃の女の子を見れば、あなたは常に砂原氏の態度を思い出す。わたしは子供を持った経験がないから想像もつかんのですが、月日がたつにつれてますます腹が立ってくるのかもしれない」

ストローでミルクシェイクを吸っていた半崎は、上眼づかいにわたしを見てニヤリとした。

「どこから仕入れたガセネタですか。ま、ニュースソースを訊くつもりはないから心配しないでいいですが、とにかくその話は噴飯物ですな。わたしが急性肺炎で娘を亡くしたのは事実です。さち薄い娘であったと思い、同年輩の女の児を見ると胸がいっぱいになるのもあなたのいうとおりです。しかし砂原君に借金を申し込んだのは入院費用云々ではなくて、帝政ロシヤ時代にモスクワで発行されたロシヤ民謡集が古本屋にでたからなんです。二十四巻という大冊の揃いで、買おうと思って預金をはたいたが七十万ほど不足している。そこで砂原君に借りようとしたんですが、彼はグアムへ三泊旅行をするつもりで切符を買ってしまったから、手許には幾らも残っていないというんです。真相はただそれだけのことなんですよ。ついでにお話しておくと、その民謡集はべつの方面に頼み込んで手に入れました。したがって砂原君を恨むなんて筋合いはこれっぽっちもない。娘が発病したのは、彼がグアムから帰った後のことなんですからね」

一気にまくしたてる、というのがこの場合の半崎秀夫の喋り方であった。

「で、砂原氏が殺された二時前後という時間に、何処で何をしていたか、思い出してくれんですか」

コーラスの指揮者はまたニヤリとした。それは前回の楠山の場合とよく似たもので、いかにも「待ってました！」といった表情であった。

「販売会議をやっていましたよ。大阪支社と九州、東北、北海道の出張所からやって来た責任者をまじえて、延々と一時から三時まで討議をしていました。担当重役とわたしが本社代表という格で出席したわけですから、その席にいた一ダースばかりの人間全員が証人になってくれますな。たといわたしと犬猿の仲というものがいたとしても、こればかりは否定することができません」

つまり、それだけハッキリしたアリバイだといいたいのだろう。わたしは出席者の名をメモしておいてから、何気ない口調で訊ねた。

「どうです、ステーマンの《マネキン殺害事件》は面白かったですか」

「ズーダーマンですか」

とぼけた顔で反問した。

「ステーマンです。ベルギーの推理作家の長篇ですよ。あなたそっくりの人が熱心に読みふけっているのを、ある交換嬢が見かけたというのです」

さり気なく爆弾を投じておいて、爆発するのをじっと待っている心境だ。が、彼ははげしくまばたきをしただけで、楠山のように怒ることもしなかった。

「外国のスパイ物はよく読みますがステーマンなんて知らんですな。聞いたこともない」

仕掛けた爆弾は不発だったようだ。あるいは、このコーラスの指揮者は神経質そうな外観に似ず、楠山以上の曲者であるのかもしれない。

「失礼。ちょっと電話をかけさせて貰います」

堂々とことわっておいて、レジのそばの赤電話に金を入れ、塗料会社のダイアルを回転させた。そして担当重役に半崎秀夫のアリバイを訊ね、さらに九州や北海道にまで電話をして、彼の主張する内容に間違いのないことを確かめた。

「どうです？」

席に戻ると、まだ腰もおろさぬうちに問いかけてきた。わたしは黙って頷いてみせた。おそらく憂鬱な顔をしていたことだろう。

「ほかにH・Hの頭文字の社員はいないですか」

「あなたが電話をしている間中そのことを考えていたんですがね、偶然にというか、統計的にそうなっているのか知りませんが、うちにはH・Hという社員はいないですね。例外はただ一人ですが」

「誰です」

「羽根田晴彦、社長ですよ。だけど社長を疑うのはどうかと思うなあ。第一に動機がないでしょうし、第二に当人は目下ロンドンに滞在中ですから」

わたしは二発目のパンチをくらったボクサーみたいに、冴えない顔で坐っていた。楠山がシロで半崎がシロ、そして羽根田社長が海外旅行中ということになると、砂原は何を意味するつもりでX・Xと書き残したのであろうか。

わたしが考え込んでいる姿を見て惻隠の情にかられたのだろうが、あまりいい案ではないがといって、コーラスの指揮者は知恵を貸してくれた。

「そのダイイング・メッセージというのは、Xを縦に書いたものですか」

「いや、横書です」

「すると、それは数字を表わしているんじゃないですか。ローマ数字ではXが十に当るんです、ご承知のように」

ご承知のようにといわれると恥かしいが、ローマ数字の一、二、三がⅠⅡⅢであることは知っているものの、Vが五でXが十だという話はこのときはじめて知ったのである。

「ですからXが二つ並んでいれば二十を意味することになるんですが……」

「なるほど。……しかし、X・Xが二十であったとすると、彼が暗示したのは何でしょうかね？」

わたしは猫なで声を出す。元来わたしは相手がどんなに大金持であろうと社会的地位が高かろうと、媚態を示すようなあさましい真似はしたことがない。猫なで声を出すのは女を口説くときのほかにはないのである。

「二十さんなどという姓はないと思いますが、二十里さんという社員ならば一人だけいるんです。二十里保代、ハキハキとしたいい子ですよ」

「美人ですか」

思わず余計なことを訊いた。

「器量はいいほうでしょうな」

すると当然のことだが周囲のものがほうってはおくまい。恋人がいることはまず間違いなさそうである。そこに三十男の砂原が上役の地位を利用して強引にわり込んできたらばトラブルが発生することはいうまでもない。つまり、砂原の横恋慕による三角関係というやつだ。この線はうまくゆきそうだ、とわたしは思う。ベテランの勘とでもいうか、この勘は滅多なことではずれた験しがないのである。

わたしは半崎とつれだって会社を訪ねることにしてミルクシェークと珈琲代を払い、領収書を書いて貰った。いうまでもないことだけれど、調査費はすべてあの弁護士に請求するのである。

6

「や、どうも」

「お待たせ――、あら！」

わたしと彼女とはほとんど同時に、昨日通話したときの声の記憶から、互いに相手が何者であるかを悟った。そしてその瞬間に、わたしはダメージを受けたボクサーのように眼のなかで火花が散ったのである。事件当時、彼女は現場にいたことになるではないか！

しかしわたしもプロの端くれだ、そうした胸中の思いは少しもあらわさずに、ただもう目尻をさげてニコニコしてみせた。

保代もつられて笑顔になった。片方の頬にくっきりとしたエクボをつくって微笑するさまは無邪気そのものであり、そのしたたかさにわたしは思わず舌を巻いた。それにしてもプロポーションの美事な女だ。これがドンスか何かの中国服を着て、クジャクの扇子で半ば顔をかくしてしなしなと現われたら、どんなに堅物の男性でも忽ち（たちま）にして陥落してしまうだろう。ゆたかな髪を両肩にたらし、前髪を眉の線にあわせて切り揃えている。そうした髪型も、クーニャンを連想させた。

「冴えない探偵でがっかりしたろうね？」

「予想してたよりましだったわよ」

人をそらさぬというか、頭の回転のはやそうな女だ。

「どうかね、ちょっと話をしたいんだが」

わたしは故意に馴れなれしくでた。こういうタイプの女は、さまじめな男を敬遠するものだからである。

「いいわ、あたしもお話したいことあるの。受話器を切った後で思い出したのよ。とてもショッキングな話なんだから。あか――」

早口でそこまでいいかけた彼女は、チラと壁の電気時計に視線をやって、急にそわそわし始めた。

「あらいけない、腕時計のネジを巻くのを忘れていたわ。すみません、これから五時まで交換台にいなくちゃならないの」

「というと退社時刻までだね？」

「そうなの。ですから中野駅前の『アポロ』という喫茶店で待っていて下さらない？」

まるでデートの約束でもするような、明るい口吻である。

「女性はね、お化粧をなおさなくてはならないの。ですから、十五分過ぎに落ち合いましょうよ」

逃げる気か。一度はそう疑ってみたが、黒くてキラキラと光る瞳や人なつこい態度を見ていると、彼女をクロだとするわたしの信念は大きくゆれてくる。それはわたしがフェミニスト（！）であるというよりも、長年探偵稼業をやっていて身についた勘によるものであった。

「じゃ、ね」

エレベーターのほうに歩きながら首をこちらへ向けてそういうと、ちょっと手をふってみせ、鋼鉄の函にのって上昇していった。ポカンとした顔で見送っていたわたしは、受付嬢の視線に気づくとかるく頷いて外に出る。むっとする外気に触れた途端に、また汗が吹き出てきた。汗っかきのあの弁護士の心境が理解できたように思った。

それからの二時間を、昨日とおなじように駅前広場に面したパチンコ屋に入ってタマをはじいた。スピーカーから軍艦行進曲がいさましく鳴りひびいていることも、昨日の夕方とおなじである。ただ違っているのは、運の神に見はなされたというか、つきが落ちたとでもいうのか、幾らやってもタマが入らないことだった。昨日は景品を現金に換えて貰って二万円ちかくもうけたというのに、今日はすってばかりいた。思い切って止めりゃいいのに、今度こそは、今度こそはとはじいているうちに、約束の五時十五分になった。

指定された喫茶店の指定されたイスに坐って、ぼんやりとタバコをふかす。パチンコというやつ、あの店内の喧噪なノイズとばかでかいヴォリュームの軍艦マーチのおかげで結構気疲れするものである。

珈琲がからになったので二杯目を注文しておいて、カップには手をつけずに考え事にふける。二十里保代がいいかけたあの言葉は、一体何だったろうか。たしか『あか……』といった筈だが、あかといってもいろいろある。赤い色のアカ、アカシヤのアカ、阿寒湖のアカ……。数え上げれば幾らでも出てきそうであった。

だがそうした疑問も、もう少し待てば本人の口から明らかにされるのだ。あれこれ思い迷っても意味がないではないか。わたしはそう思いなおして腕時計を見た。いつの間にか五時半になっている。約束の時刻をすでに十五分も過ぎていた。上司の命令で居残りをさせられているのかとも思ったが、昨今は組合がうるさいから、そうしたこともあるまい。わたしは少々不安になって、ともかく会社に電話を入れてみた。果して交換台は終ったらしく、受話器をとったのはいかつい感じの中年男であった。おそらくガードマンなのだろう。

「もう交換手はみんな帰っちまってねえ、誰もおらんですよ」

「ありがとう」

短くいって通話を切る。二時間前の約束を忘れるわけもないだろう。とすると、やはり逃げたことになる。あの小娘のやつ、と思う一方では、無邪気な笑顔にチョロリと騙された自分の愚かさに腹が立ってならなかった。

……だが、ここに来る途中で不測の事故に遭ったということも考えられる。靴のヒールが折れてしまい、止むなく靴屋に寄っているのかもしれない。わたしはそう考えて十分間待つことにした。その十分が二十分になり、二十五分になり、やがて約束の時刻からちょうど一時間を『アポロ』で待っていたが、二十里保代は姿をみせなかった。

「畜生、小娘のくせになめやがって……」

レジスターで金を払いながらそう呟くと、女の子は自分の悪口をいわれたものと勘違いしてすごい眼つきになり、叩きつけるように釣り銭を返してよこした。

「ごめんよ。ねえちゃんのことじゃないんだ」

わたしは素直に謝っておいて外に出た。忽ち全身がむっとする空気で包まれてしまったが、冷房のききすぎた場所にいたせいか、その蒸し暑さが非常に快適であった。多分、シベリヤからアラビアに転勤となった大使も、きっとこんな気分になるだろうと思った。

わたしが二十里保代の死を知ったのは、翌朝のテレビニュースでだった。そのときわたしはまだ寝床に腹ばいになったまま、テレビのスイッチを入れ、枕元にガラスの灰皿を引きよせて、朝の一服というやつを味わっていた。元来がわたしは怠け者だから、できれば一日でも二日でも布団のなかにもぐり込んでいたいほうである。そのわたしにとって朝が楽しみなのは、この起きぬけの一服をふかすことにあるのだ。

だが、そのときわたしは吸いつけたばかりのミスター・スリムを灰皿にこすりつけて、ブラウン管を見つめていた。おそらく、噛みつきそうな顔をしていたことだろう。

死因は扼殺による窒息で、兇行時刻は五時前後。現金入りのハンドバッグと金メッキのペンダント、模造宝石の指輪が盗まれていることから、強殺の線で捜査をすすめている、というのだった。女子社員の懐中を狙ったところで大金を持ち歩いているわけでもなし、一文の値打もない安物のペンダントと人造宝石の指輪を盗っていたことから、犯人は付近を根城にしている不良高校生ではあるまいか、というのが捜査課長の見解だという。

犯行現場は会社の裏にあたる塀の外側で、彼女はいつも一緒に帰る友人と別れ、その日にかぎって別行動をとったために難に遭ったのだという。その辺りはまだ武蔵野の面影をのこす雑木林で、日中はともかく、夕方になるとほとんど人通りはない。

発見者は憩いの場を求めてやって来たアベックだというから、さぞかしぶったまげたことだろうと思う。それはそれとして、わたしには、昨日会ったあのクーニャンみたいな美少女が冷たいむくろと化したことが容易に信じられなかった。犯人である高校生をとっつかまえたら、未成年だろうがかまうことはない、顔の形がかわるほどぶん撲ってやりたいと思った。

わたしは二十里保代の死に同情しているのではない。わたしがそんな少女趣味の感傷家だと思われては困るのだ。わたしが腹を立てているのは、彼女の死によって調査の進展が一時的にせよはばまれたからである。保代がわたしに語りかけて中断したあの話は、ほんとうに何かを伝えるつもりだったのか、それともわたしを『アポロ』に釘づけにしておくための餌であったのか、それも永久に知ることのできぬ謎となってしまった。

調査は一段と難しさを加えたようだ。

7

二十里保代が殺されたからといって、後を当局にまかせて傍観してはいられない。目々沢青年が天下晴れて式を挙げるためには、彼が潔白であることを立証しなくてはならず、それまでは手綱をゆるめるわけにはゆかないのである。当局は保代殺しの犯人捜査に専念をする。そしてわたしはわたしで、彼女と砂原殺しの関連を追及してゆかねばならない。

それにしても、彼女の死はわたしにとって大きな打撃であった。その日一日中オフィスにぼんやりとして坐っていた。どう手を打てばよいのか、それが解らないのだ。ときどき電話がかかってきたが、相手が肥った弁護士だと調査の進展について説明のしようがないので、一度も受話器をとらなかった。そしてニュースの時間になるのを待ちかまえてスイッチを入れ、テレビの画面を睨んでいた。まだ捜査を始めたばかりだから当然だが、本部のほうにも収穫はない模様で、アナウンサーが読み上げる原稿は紋切り型のみじかいものばかりであった。

やはり、とわたしは腕を組んで考え込む。やはりこの場合はあのバーテンダーの知恵を借りたほうがいいのではないか。何かというと彼の世話になるのはわたしの自負心がゆるさないのだけれど、手に負えない事件であることが解ったときは、躊躇せずにバーテンに「おすがり申す」のが、結果においては賢明なのだ。どうやらこの事件も、とうていわたしには解決できそうにないのである。

こうした場合にそなえて、ロッカーに一張羅の服がしまい込んである。わたしは銭湯で汗をおとしてから、白麻の背広に水玉模様のネクタイ、つい先日洗濯屋から戻ってきたパナマ帽という恰好でフォルクスワーゲンにまたがった。車だけがオンボロだが、これはわたしの女房ともいうべき存在だから、そう簡単に新車と買いかえる気はない。

オフィスを出たのが四時半。途中で愛車がエンコして三十分のロスがあり、有楽町に近い三番館ビルに到着したときは六時になっていた。中途で三十分間ストップすることはあらかじめ計算に入れておいたのだから、時間ピッタシというところである。

エレベーターでバー『三番館』に上がっていく。思ったとおりまだ時刻が早いため、誰も来てはいなかった。冷房のきいたホールのなかで、二人のホステスがテーブルに向き合って坐り、色紙細工でもやっているみたいに、せっせとナプキンを折っていた。お目当てのバーテンは上衣をつけ蝶ネクタイを小粋にむすんで、これまたせっせとタンブラーを磨いている。三人が三人とも無言だった。

「やあ」

「あ、お珍しい。そろそろお見えになるんじゃないかと」

「胸騒ぎがしていた、と」

「ご冗談ばっかし」

この会員制のバーの客は、ほとんどが連夜のように現われては歓をつくしていく。それだけ雰囲気が楽しいともいえるし、彼等がそれだけ暇人ぞろいだともいえる。だがわたしは定時に退社できるサラリーマンではないのだから、そう毎夜のように顔を出すわけにはいかなかった。だから、出席率のいちばんわるいのはこのわたしということになる。

最近では、わたしが呑みにくるのは、バーテンの知恵を借りるとき、となってしまった。

彼は黙って十二個のグラスを並べ、黙々とシェイカーをふって、十二杯のヴァイオレットフィズをこしらえてくれる。酒呑みのわたしにはベビーフードみたいなものだけれど、そいつを味わいながら事件の話をした。

「……というわけでシロクロがはっきりしないうちに殺されてしまって、がっくりとしているんだ」

「それはお困りで。で、その交換嬢を、どの程度のパーセンテージでシロあるいはクロだとお思いでしょうか」

「こんなことをいうと鼻の下のながいやつだと思われそうだけど、開けっぴろげな女というのが第一印象でね、心証的にはシロだとみたい。しかし彼女はイニシャルに該当する最後の人間だし、それにアリバイがない。というよりも、犯行時刻に現場にいたのだよ。だから、どうみても怪しい。計算が合わないがシロ九〇%、クロが九〇%というところだね」

事実それが正直なところであった。

「仮りに彼女がシロだとするとX・Xをどう解釈するかという謎が残る。強いていえばバッバッだが、これでは意味をなさないからねえ」

「……なるほど、なかなか難しい問題でございますね。さしでがましいことかとは存じますが、考えさせていただきましょう。今夜は一つ、久し振りで皆さまと大いに語って、気分を発散させてはいかがでございましょうか」

いやに自信ありげであり、ひょっとするとバーテンは事件の真相を摑んでいるのではないかと思った。それほど彼の頭は冴えているのである。が、その夜のわたしはいわれたとおり、他の会員が来るのを待って、追加した紫色のカクテルを呑みながら歓談した。いずれはバーテンが謎を解いてくれると思っているものだから、わたしもベビーフードを胃のなかへ送り込んで快く酔ったのである。

8

「解けましてございます」

という電話が入ったのは翌くる日の午後のことである。

「ありがとう、恩に着るぜ」

「いえ、何もその……」

まともに礼をいわれると、このバーテンは少年のようにはにかむたちであった。

「で、ナニかい？　X・Xという文字はイニシャルだったのかい？」

「はあ、さようで……」

「やはりあの塗料会社関係の人間かい？」

「はあ、さようで」

「それじゃ夕方になったらまた出かけていく。よろしくな」

「お待ち申しております」

バーテンの言葉遣いはいつも叮嚀（ていねい）である。それでいて少しも卑屈さを感じさせないのは彼の人徳というやつだろうか。

おてんとさんが西へ傾く頃になると、わたしはデートに赴く小娘みたいにソワソワとなり、昨日と同様に銭湯へ行って汗を流してくると、服を着更えた。滅多に鏡を覗いたことのないわたしだが、『三番館』に顔を出すときだけは鏡を見る。馬子（まご）にも衣裳というとおり、こうやって服装をととのえるとなかなかどうして魅力ある中年紳士だ。世間の女がなぜわたしを独身にしておくのか、それがわたしには不可解であった。

ポンコツ寸前の愛車をなでたりおだてたりしながら走らせて、少し早目に到着した。ここの会員は、たとえば税務署員にせよ農科大学の助教授にせよ、葬儀屋の若旦那にせよ、それぞれ気持のいい紳士ぞろいだけれど、幾ら親しい仲であるとはいっても、プロの探偵がバーテンから謎解きをされている図はみせたくなかった。だから、彼等が「出勤」する前に訪ねることにしている。

バーテンは白い布きれでタンブラーに磨きをかけているところだった。磨いてくれることは結構だけれど、度をすごすとタンブラーがすり減ってなくなってしまうのじゃないか。ときどき、ふっとそんな心配をすることがある。

バーテンはピカピカになったタンブラーを棚にのせると、紫色の女学生向きの呑み物をこしらえてくれ、わたしがグラスに口をつけると同時に語り始めた。

「あの交換嬢がシロであるという前提に立ちまして、彼女がいい残した『アカ』とは何か、について考えてみたのでございますよ」

わたしは身を乗り出し、一言も聞き逃すまいとつとめる。途端に、ヴァイオレットフィズの味も香りも解らなくなる。

「しかしこの『アカ』はアカシヤでもなければ阿寒湖でもございません。砂原殺しに関連性のある『アカ』でなくてはなりませんので」

「そうだよな」

「あなたのお話の内容をじっくりと時間をかけて思い出してみますと、『アカ』に関係のある言葉が一つだけ出て参ります」

「……？　なんだろうな」

「独身寮の廊下においてあります消火器でございますよ」

大きく頷きながら、その消火器がどんな役目を果すのだろうかと考えてみたが、わたしの頭では解る筈がなかった。彼女の話によると、それはきわめてショッキングなことであるらしいのだが……。

「さようで。消火器は非常に重大な役をつとめなくてはならないわけでございますね。で、今日の日中に寮へ参りまして賄婦さんやパートタイマーの掃除婦さんからいろいろと話をうかがったのですが、彼女は廊下を掃除する際に邪魔になる消火器をちょっと移動させるのでございますよ。そして、ときには元の位置に戻すのを忘れることもあるということで……」

「なるほど」

頷いてはみたものの、バーテンが何を語ろうとするか見当がつかない。

「あの二階の廊下にはおなじようなドアが並んでおりますですね。そしてドアに打ちつけてあるナンバーは字体が細くて読みにくくできております。でございますから、二十里保代さんがベルギーの推理小説本をとりに入った場合に、消火器から数えて一つ目の部屋というふうに、消火器を目標にしていたことが想像されますので」

わたしはたてつづけに頷いた。

「ところが目標の消火器が一つ手前に移動されていたと仮定致しますと、彼女が入ったのは砂原さんの部屋だったことになりますので……。日常的な、かなり確率の高い仮定でございますが」

「そうだな、有り得ることだな」

「そこでその点を掃除婦さんに確かめましたところ、手前が想像しましたように、消火器を当日、掃除の際に一つ階段寄りの部屋の前に移動させたことを思い出してくれました。でございますから、二十里さんが入りましたのは一つ階段よりの砂原さんの部屋でして、そこに推理小説の本がなかったのは当然で……」

「全く。ないのは当然だよなあ」

少し酔ってきたとみえ、いい心持であった。微醺（びくん）をおびながら事件の絵解きを聞いているのは、当事者でしか解らぬ醍醐味でもある。

「さぞ男くさい部屋だと思ったろうなあ」

わたしがそういうと、珍しいことにこのバーテンは心のなかでべつの何かを考えているとでもいうふうに、うわの空で返事をした。

「はあ……。彼女は机の上には何ものせてなかったとお話したそうでございますね？」

「そうとも。部屋を間違えたんだから、ないのは当り前だ」

「よろしうございますか。二十里さんは机の上にステーマンの小説本がなかったといっております。砂原さんはその机の上に腕をなげだした恰好で死んでいたわけでございますから、いやでも屍体が目に入った筈で……。それについて二十里さんは一言も言及しなかったことになりますと、そこには砂原さんの屍体がなかったことなのでございますよ。したがいましてあそこは現場ではなくて、犯人はどこかで殺した砂原さんの屍体を、後になってあの部屋に搬び込んだことになりますので……」

わたしは反射的に楠山が三浦三崎へドライブしたことを思い出した。砂原の自由を奪って後部のトランクに積み込んでおき、土建会社の女社長をさそって三浦へ出かける……。勿論、偽アリバイを造るのが目的であったろう。そして彼女の眼を盗んでトランクを開けると、砂原に毒を呑ませる。トランクのなかは蒸し風呂のようなものだから、彼の喉は痛くなるほどかわいていただろう。ジュースだといって口にあてがえば、夢中で呑みほすだろうし、もしかたくなに拒否すれば、無理矢理に呑ませる方法もある。かのマリリン・モンローに催眠薬を呑ませたCIDの手先のように……。

「すると、X・Xと書き残したのは楠山ということになる……」

「さようで。ダイイング・メッセージに見せかければ、そこが現場のように思い込まれますから、午後二時頃に三浦三崎にいたあの男には立派なアリバイが成立するという寸法で……」

しかも自分を暗示するイニシャルを故意に書いたという点に、楠山のずる賢さがよくあらわれているではないか。考えてみると、わたしが相手にした幾多の犯人のなかで、彼はずば抜けた頭のいい男であったように思われた。

「動機は何だろう？」

「朔太郎の本でございましょうな。聞くところでは署名入りだそうですから、朔太郎のファンにとっては大した値打ちものになります。売って金に換えるのが狙いだったと存じます」

早速この情報を砂原殺しの捜査本部へ知らせてやろう。刑事が徹底的に家宅捜索をやれば、朔太郎が発見されることは間違いない。

「あの交換嬢を殺したのも楠山だと思います。彼女に口をわられて消火器の一件を知られては命取りになりましょうからね。近頃の若い女性は金銭欲がつよいと申しますから、あるいは、彼女のほうから沈黙料を要求したのではないでしょうか」

バーテンはそうしめくくると、事件の解決祝いにシャンパンを抜こうといった。

「わたくしの奢りでございます」

「いや、今回は辞退させて貰うよ。胃の調子がおかしくてね」

早口でいいながら胃の辺りを押えてみせた。だが、わたしの胃袋は健全そのものだった。

バーテンは二十里保代に会ったことがないから、ああした仮説を立てているのだが、あの邪気のない女性に恐喝まがいの真似ができるわけもないのだ。楠山が彼女に殺意を抱いたのは、わたしが喋ったからではなかったか。

そう考えると、何としてもシャンパンを呑む気にはなれなかったのである。

マーキュリーの靴

1

前夜の予報どおり夜半に小雪が降って、それが五センチほどつもっている。雪国生まれの人はともかく、東京育ちの人間にとってみると、その程度の積雪でも子供のように心がはずむものだが、今朝の戸山(とやま)はいつもと違って陰鬱な表情をしていた。頭が重い。昨夜おそくまで作家と語り合っていたため、数時間しか眠っていなかった。

戸山正(ただし)は三十歳を少しでたばかりの編集者である。蒼白い皮膚と大きなおでこと、もの憂い杏色(あんずいろ)の眸の持ち主だった。それがどういうわけだか女性の好みに合うらしく、特に女流作家のあいだで評判がいい。だから彼が担当する作家は大半が女であった。

その朝の戸山が会社よりふた駅も手前の北新宿で地下鉄をおりたのは、そこに住む女流推理作家の今井(いまい)とも江(え)を訪ねるためだった。締切日が迫っているのに依頼してある原稿が仕上がらない。せめて書き上げたぶんだけでも受け取って、印刷所に突っ込まなくてはならなかった。少なくとも三十枚は貰って来いよ。昨日は編集長と進行係りからそうダメを押されている。

北新宿駅から北へ向って五分ばかりいったところに、昨年竣工なったばかりの、日本一高いといわれる高層ビルがある。五階までを持主の生命保険会社が占め、それから上の階には日本と外国の商社や銀行が入っている。最上階はレストラン。そして屋上の西北寄りに社長の息子が別宅を建て、それを愛人のホステスとの憩いの巣にすることにしていた。しかしこのホステスは彼のほかにも愛人があって、その男と心中してしまったため、屋上の別宅は無用のものとなった。今井とも江はゴルフ仲間のその社長の倅と親しかったものだから、ほとんどただ同様の家賃で屋上の別宅を借りることができたのであった。

晴れた日には居ながらにして富士が眺められるという、恵まれた場所である。外観はなんの変哲もないコンクリートの箱にすぎないが、室内は死んだホステスの好みに合わせて、洋風の凝った造りになっていた。キッチンと浴室、寝室を除くとあとはホールと呼んでいいくらいの大きな部屋で、そこが今井とも江の仕事部屋であり書斎であり、客間と居間とを兼ねていた。編集者は、コーナーを利用してつくられたバーで今井とも江がシェイクしてくれたカクテルを振舞われ、それをチビチビと呑みながら茜色に染った富士をながめる。日が暮れると富士は見えないが、それにかわって新宿の夜景がまたすばらしかった。まさしくそれは光の洪水であった。

今井とも江は作家に多い夜型の人間である。日中は眠り、夕方になると起き出して夜中に仕事をする。したがって太陽がのぼった時分に訪ねたのではすでに床に入っている。原稿を手に入れるためには早起きをいとうてはならなかった。

ビルの正面の扉は、閉じられたままになっている。戸山は横手の通用門から入って従業員用のエレベーターに乗ると、屋上へ直行した。時刻が早いから巨大なビル全体がまだ眠りからさめていないようだった。ひとつ気はまったくない。

最上階まで五分ちかくかかる。エレベーターから出て無人のホールを抜け、スチール製の重いドアを押し開けると、そこは一面の雪におおわれた屋上である。曇り日だったから陽は照っていないにもかかわらず、寝不足の戸山は眩しくて目をあけていることができなかった。思わず横をむいて手で瞼をおおい、ほぼ一分間ちかく経ってから、あらためて屋上の雪に視線を投げた。

戸山の足元から女の靴跡がほぼ一直線に伸び、西北の隅に寄った今井とも江の家までつづいている。戸山はその足跡を避けるようにして屋上を横断した。雪の表面は凍っているとみえ、靴で踏まれるたびにザクザクと小さな音をたてた。

今井家は東南の角がポーチになっている。そこに立った戸山は二、三度足踏みをして靴についた雪を払うと、革の手袋をはずしてドアチャイムのボタンを押した。が、応答がない。

「今井先生、戸山ですが……」

声をかける。

ドアのノブを握って手前に引く。と、それは音もなく開いた。その途端に、室内のすべてのものが戸山の視野にとび込んできた。玄関にぬいであるチョコレート色の革の長靴。サイドテーブルに軽く折りたたんだ形でのせられた駱駝色のオーバーと赤いマフラー及び赤い革手袋。ワイン色のカーペットと茶がかったアイボリィの長椅子。そしてそのソファの脚下にごろりと転った部屋着姿の今井とも江。彼女の左胸には銀色に光った細身のナイフが深々とつき立てられていた。

2

「ピカピカに光った刃物というのはペーパーナイフでね、赤いプラスチックの握りのついた刃渡り二十センチばかりのやつだった。クロームメッキをした何処でも見かけるありふれたしろものさ」

肥った弁護士は不機嫌な表情を隠そうともせずにいった。この肥満漢は夏はわたしの部屋が暑すぎるといってブツブツ叱言をいい、冬は冬で電気ストーヴがあたたかくないという理由でふくれっつらをした。皮下脂肪が厚いから冬はさぞあったかいだろうと思っていたら、彼だけが例外なのか、それとも肥った男のすべてがそうなのかは知らないが、冬の寒さは一段とこたえるのだそうだ。

「ストーヴにあたっていてもその温かさがストレートに体のなかへ浸み込みはせんのだ。脂肪というのは断熱材みたいなもんだからね、そこでシャットアウトされてしまう」

そういうわけでわたしの部屋のストーヴが小さすぎる、もっと大きいのを買えと文句ばかりいうのである。

「屍体を発見した戸山君は大急ぎで階下まで駆け降りると、そこの赤電話で一一〇番したという。勿論その現場にも電話はあるんだけれど、受話器に犯人の指紋でもついていた場合のことを考えて、何にもタッチしなかったといっている。しょっちゅう推理小説を読んでいると、その程度の常識は身についてしまうものとみえるな」

いたく感服のていであった。

「大体のことは新聞で読んだことと思うが、倒れていたのはあの家の住人である今井とも江、三十五歳になる推理作家だった。心臓のひと突きが致命傷だ。こうした場合によく問題となる死亡推定時刻は、前夜の十時から当日の午前三時にかけての五時間。少し幅があるのは煖房がききすぎるくらい効いていたからだ。それにつけてもきみ、この部屋の寒さはなんとかならんのかね。わしは北海道の北のはずれで冷蔵庫に入れられたみたいな気分だよ」

またひとしきりブツブツとぼやいた。

「しかしこれは医者がはじき出した数字でね、実際にはもっと縮小して考えることができる。きみも記憶していることだろうが、あの晩は珍しく雪が降った。といっても大した量ではなかったが、ほぼ十二時に降り始めて一時間のちには止んだ。彼女の長靴の跡が雪の上に残されていたのを見れば、外出から帰ったのが雪の降り止んだ午前一時以後であることが判る、つまり死亡推定時刻は一時から三時までの二時間にしぼられてくるんだよ」

　わたしはぬるくなった番茶を飲み、もっぱらお話を拝聴している。

「念のためにいっておくけども、靴跡が彼女のものであることは間違いない。玄関にその靴がぬぎ捨てられてあったからね。昨今はやりのミリタリイ・ルックとかいう長靴さ。あんな靴をはくと水虫になることを、女共はちっとも知らんらしいな。尤も、われ等男性はそれを注意してやるだけの親切心も持ち合わせておらんがの」

　弁護士は大きくふくらんだ丹波(たんば)ほおずきみたいな赭顔(あからがお)をニタリとさせた。たぶん心のなかで女性が水虫にとっつかれてキイキイ痒(かゆ)がっている有様を想像しているに違いなかった。恐妻家のせいでもあろうか、彼は女性全般に敵意を抱いているのだ。

「遺書はない。室内を荒された様子もなかった。しかもいまいったように雪の上に残された足跡は外出先から帰宅した彼女のものだけだったから、自殺とみなされた。推理作家となって十年、いろんな賞を受けたはなばなしいキャリアの持主だが、ほかの分野の作家と違って推理作家というのはトリックが枯渇してくるとどうにもならんらしいね。注文はことわり切れぬくらいにくるんだけれど本人はなかなか書けない。デビュー当時の颯爽(さっそう)たる面影はすっかり失せて、最近はふさぎ込む日が多かったそうだ。それが自殺の動機と考えられたんだ」

弁護士はここで言葉を切るとまた寒い寒いを連発し、省エネ政策をこきおろしたり石油会社を呪ったりした。

この事件が起ったとき、わたしは台湾へ旅行にでていた。あったかい南の国で思う存分に紫外線を浴びつつ、本場の中国料理を腹一杯につめ込んでいた。やはり本物はちがう。肉饅頭一つを例にとっても、あちらのは舌がとろけそうに旨い。わたしは別れた女房を夢にみることは一度もなかったが、台湾の肉饅頭を夢みてうなされることはしばしばある。いや、話があらぬ方向へそれてしまった。海外旅行をしていたわたしには、この事件について何の予備知識もないことをいいたかったのである。

熱い番茶を、弁護士の湯呑にそそいでやった。これがわたしに出来る精一杯のサービスだ。

「すべての状況が、自殺であることを示していた。彼女の友人連中も親しい作家仲間も編集者たちも、ふさぎの虫にとりつかれた今井とも江の死を、自殺だと考えた。三日目に所轄の警察署に電話がかかってくるまでは、の話だがね」

話を切ると、弁護士は肉づきのいい掌に湯呑をのせて、フウフウとさましながら旨そうに番茶を飲んだ。わたしもすることがないものだから、同じように番茶をすすった。弁護士が口をつぐんで茶を飲んでいると、このオンボロビル全体がしんかんと静まり返ってしまう。どこか遠くのほうでチリ紙交換の声がしているが、それも夢のなかで聞く物音のように小さかった。

「電話の声は、作家仲間の石橋辰子という女性だった。年齢がおなじだということで一段と深いつき合いをしていたそうで、彼女もまた夜型の作家だから机に向うのは深夜のことになる。そして仕事に倦きてくると気分転換の意味で電話をかけ合っては、女同士がよくやる内容にとぼしいお喋りをするのが例だった。で、問題の夜の午前四時頃に今井宅のダイアルを廻した。いつもならば間髪をおかずに受話器がとられて応答があるのに、そのときは『今晩は、調子はどう？』というきまり文句の挨拶に答えようとはしない。『どうしたのよ、何かあったの？』と訊くと、かすれた声で『カゼをひいたの、失礼するわ』といったきり先方から切られてしまったというんだ」

「…………」

「なんとなく腑におちなかった、といっている。だがそのときは深く考えることもしないで原稿書きに没頭した。彼女がふたたび頭をかしげたのは、夕刊に今井とも江の自殺が報じられているのを読んだときだった。雑誌社やなにかに電話をして情報を集めてみると、今井とも江は三時までに死んでいたことになる。とするならば、午前四時の電話にでたのは誰だったのだろうか」

「怪談だね、これは」

「そう。彼女は推理作家のくせに怪談だの八卦なんかを信じるたちでね、てっきりお化けだと思っていた。しかし気持が落着いてくるにしたがって、今井とも江の声の背後から落語が聞えていたことを思い出したんだな」

「落語？　ええ毎度ばかばかしいお噺(はなし)……っていう、あれかね？」

弁護士は黙って大きくうなずいた。

「そうだよ。一分間たらずの短い時間だが、落語好きなもんだから噺のタイトルまで判っているんだ。それが《猫と金魚》という噺でね、きみのような若いものは知らんだろうが柳家(やなぎや)権太樓(ごんたろう)が得意にしていた。戦後はしばらくやるものがなくて残念に思っていたところ、ふたりの噺家が高座にかけるようになった」

弁護士はその噺家の名を挙げようとしたが、度忘れしてどうしても思い出すことができない。

「参ったな。としのせいかな」

という。滅多に弱音を吐かぬ男がそんなことをいうと、なんとなく哀れっぽく聞える。わたしならドタマがどれほどいかれようと、泣き言は決して洩らさないだろう。

「わたしは怪談なんて信じないほうだからね、もっと合理的な解決をするね。例えば……」

「例えば？」

と、弁護士は上眼づかいに返答をうながした。女性にこんな目つきをされるとすぐさまグンニャリとなるわたしだが、同性でしかも初老のデブに妙ななが し目をされると、総毛立ってしまう。

「例えばさ、石橋辰子が誤ってべつの家のダイアルを回転したというふうに考えたらどうです。近頃のジャリは深夜放送を聞いてよろこんでいるそうだから、たまたまそんな女の子のところにかかっちまったんだな。《猫と金魚》はそうしたときに放送していたラジオなんですよ」

「当局もそんなふうに解釈した。それにね、もし石橋嬢のいうように現場に第三者がいたとなると、その人物はどうやって脱出したのかという疑問がでてくる。その時点でわずか五センチであるにせよ、雪は降り止んでつもっていた。雪の上に足跡をのこさずに逃げだすなんてことは、絶対に不可能だからね」

「そりゃそうだ」

だからダイアルを間違えたというわたしの考え方が正しいことになる。わたしは心持ち胸をそらした。

「ところが石橋嬢はダイアルのかけ違いではない、というんだ。電話のベルの音は器械によって個性がある。あのときの呼出し音は間違いなくかけ慣れた今井家のものだった、とね。そればかりでなく、各放送局に問い合わせて、どの局もあの晩に《猫と金魚》を放送していなかったという確認を得ている。したがって落語はカセットテープに録音されていたんだな。誰かがカセットを聴いていたことになる。そこで彼女は現場に第三者がいたのは事実であり、したがって今井とも江はその人物によって殺害されたのだと主張するんだ」

「しかしね、深夜放送を聴いていたというのはわたしが勝手に思いついたことなんだ。あるいは受験勉強中の女子高校生が息ぬきに落語のカセットを鳴らしていたのかも知れない。そこに電話だ。いまの子供は可愛気がないからな、おとなをからかってやろうという気持で、いまカゼをひいてるとか何とか答えたんだ。わたしはダイアルの回転違いであることを信じるね」

わたしが力説すると、弁護士は一段と不機嫌そうに眉をよせた。

「困るな、そんなことをいってくれては。わたしは遺族から依頼されてね、自殺でないことを立証してもらいたいといわれているんだ。今井とも江はその屋上の家を借りる際に、謝意を表明するために生命保険に加入した。それがわずか半月ばかり前のことだから、もし彼女の死が自殺だとすると保険金がおりないことになる。そこできみの敏腕を見込んで、他殺の証拠をつかんでほしいのだよ」

「ふむ」

「犯人が誰かという問題はどうだっていい。それは警察がやることだからな。きみはただ、自殺でないことを証明してくれればそれでいいのだ。解ったね、頼んだよ」

弁護士は早口にそうまくしたてると、寒くてかなわん、お陰で今夜あたりは肺炎になるかも知れないなどと嫌味なセリフを吐いて出ていった。

自殺でないことを立証しろというと、残るのは事故死か他殺である。あのふとっちょは頭から事故死を除外して考えているようだが、わたしはこれも計算に入れることにした。犯人の出入りした靴跡がなく、しかも自殺でないといえば、考えられるのは事故死以外にはない。わたしは数学ってやつが大嫌いだけれど（ついでにいっておくと、小学校以来、数学の教師というのがそろって嫌なやつばかりだった。こんなやつ等は、卒業式のときに卒業生にぶん撲られても当然だと思っている）、3マイナス2イコール1ぐらいのことは暗算でできる。初等数学ではないか。

わたしは上衣をひっかけると外に出た。オーバーを着ないのはその辺の若僧みたいにカッコいいところを見せつけようという、そんなさもしい根性からではない。公益質屋の棚に置いてあるからだ。カゼを引かぬためにはあれを早く受け出す必要がある。そしてそのためには今度の仕事を解決して、弁護士からたっぷりと賞与をもらわなくてはならない。世の中が不景気になったせいか、近頃は浮気亭主の素行調査といった依頼もめっきり少なくなり、わたしの鼻の下は干上がる一歩手前というところなのだ。

3

まず、発見者の戸山正をたずねるのがものの順序ということになる。彼が勤めている四谷出版社はわたしのオフィス（オフィスと呼ぶのもテレくさいおんボロの貸し室だが）から車で三分とかからぬところにあった。新宿の繁華街からちょっとはずれた四谷三丁目の、地下鉄駅の鼻の先である。黄褐色に塗ったなかなかがっしりとしたビルで、見るからに質実剛健といった感じを受ける。入口のネームプレートを見ると、一階が児童物、二階が漫画とSF、三階が雑誌と書籍出版、そして最上階が社長室と会議室になっていた。どういうわけだか知らないが、わたしはこの齢になるまで社長と称する生き物には会ったことがない。

受付で電話をかけてもらった。戸山正は不在だが自分でよければ話をしよう、エレベーターで上がって来いという編集長の返事である。どこへ行ってもうさん臭い目で眺められてきたわたしは、こう調子よくされると体のなかの歯車が一つ欠けたような、妙な気分になる。

三階でエレベーターから降りると、目の前に細身のズボンに真赤なセーターを着た青年が笑顔で立っていた。編集長というものは、わたしのポンコツ寸前のフォルクスワーゲンの如き老頭児（ロートル）が任命されるものと思い込んでいたので、ちょっと意外な気がした。

「応接室はいま家具屋が入っているものですから、失礼ですが編集室へ来ていただきます。ただし、勝手ながら八分以内にねがいます」

八分間という半端な時間を持ち出したところが、いかにも多忙な編集長らしかった。

わたしは子供みたいに好奇心に充（み）ちた目つきをしていたことだろう。留置場や屍体置場に入ったことは商売柄何度かある。しかし、編集室なんてはじめてだった。きっと美人の女性編集者なんかがわんさといて、それなりに雰囲気もはなやいだものなのだろう……。

だがわたしの期待は一歩入ったとたんに裏切られてしまった。第一に女流記者なんてひとりもいない。第二に、女性がいないせいでもあるのだろうが、室内の空気がなんとなく雑然としていた。ややあって、わたしがそのような印象を受けた理由が解ってきた。それは、二十人ちかくいる編集者の机の上が例外なく乱雑になっているからに違いなかった。わたし自身が整理整頓とは無縁の男で、机の上は散らかったままになっており、よほど気が向かないと雑巾をかけることすらしない。それでもなお編集者の机に比べれば遥かにましなほうだった。編集長の机も例外ではなく、原稿だの字引きだの進行予定表だのが置いてあるかと思うと、銘柄の違ったカゼ薬の瓶が半ダースばかり並べてある。

「生憎なことに戸山は出張校正にでていましてね、今日は戻らないのです。わたしも午後からそちらへいきますが」

校正も出張も意味はわかるけれども、出張校正となるとなんのことやらはっきりしない。彼はほんの形式的にカゼ薬の瓶をまとめて片隅に寄せると、それで片付けは終ったとでもいうふうに、わたしとまともに向い合った。目がほそく、その目がつねにわたしに笑いかけている。

「担当ではないので今井女史のことはよく知らないのですが」

そう前置きをして、編集長は、彼女が行き詰って悩んでいたことを語った。

「特にここ二年来の作品は生彩を欠いていましたね。それに、一作書くのにひどく時間がかかるようになりました。持っているものを書き尽してしまった、といった感じです」

「するとあなたは自殺説ですか」

「そうなりますな」

と、編集長はいい、自分で自分を納得させるように黙ったまま二度こっくりをした。

「あの人は出発がはなばなしかったんです。三つの長篇で三つの賞をとって三冠王だといわれる、クリスティ以上だ、ポーター以上だ、ブランド以上だと称賛される。書くものはすべてベストセラーになるという人気作家でした。旦那さんが酒好きでアル中に一歩手前という人でしたが、売れっ児作家の伴侶としてはふさわしくないと思ったらしく、さっさと離婚してしまいました。しかし彼女は有頂天になりすぎた。ほかの畑のミステリイ作家とは違って、彼女のような謎解き小説の作家は、持っているトリックが底をつくと哀れなもんです。気ばかりあせるが短篇一本書けなくなってしまう」

編集長は笑みをたたえた顔で忌憚のない意見をのべた。

「しかしですね、すなおに自殺説に賛同するかと訊かれると、必ずしもそうではないんです。彼女にとって自殺することは敗北の宣言でもある。人一倍勝気なひとでしたから、何がなんでも敗北を認めることはしないはずです。したがって自殺するにしても、それが事故死か他殺に見せかけるに違いない。ですから今度のことにしても死に方がどうも気に入らないのです。彼女としては、もっとはっきりと他殺もしくは事故死であることを主張するような死に方を選ぶべきだと思うんです」

「………」

「ペーパーナイフを使ったのも不自然といえば不自然ですね。自殺ならば鋭利な刃物を用いるのが当然ではないですか。あれでは竹光(たけみつ)をつき立てるのと変りはないから、はなはだしい苦痛をともないます。とうてい自殺者がとるべき手段だとは思えません。さらに、雪の降った晩に決行するというのはまずかった。あれではどう見ても他殺説は成立しない。ですから彼女としてはもう一両日待って、屋上の雪が消えてから死ぬべきでしたね」

つき放した言い方をするにもかかわらず不快な感じを受けないのは、編集長のソフトな語り口のせいに違いなかった。この人なら遠慮のないことが訊ける。わたしはそう判断して単刀直入に質問した。

「仮りに殺人だとした場合、彼女の死に依って利益を受けるのは誰でしょうかね？」

「第一に川岸淑子(かわぎしよしこ)女史。このひとと今井女史がつぎの号で競作をするんですが、前以ってストーリイを聞いてみると、皮肉というか偶然というか双方のトリックが同じものだった。担当の戸山君は大慌てでね、どちらか一方が書き直してくれるように頼んだのです。だが、トリックなんておいそれと簡単にうかぶものじゃないんです。ま、今井女史があしたことになったもので問題は解決したわけですが……」

「そうしたことは不案内でよく解らんのですがね、たかだかトリック一つで人を殺すような事態にまでなりますかね？」

編集長は楽し気に白い歯をみせた。そういえばこのひとは喫煙の習慣がないとみえ、机の上には灰皿が見当らない。こっちは先程から一服つけたくてうずうずしている。

「これは釈迦に説法ですが、殺人だと仮定してみると、犯人が現場にあったペーパーナイフを兇器にしていることを無視するわけにはいきません。つまり、犯人はしかるべき兇器を用意していなかった、言い替えれば突発的な殺人であったことになる。であるが故に、川岸女史はトリックについて話し合いにいって、そこで口論が始まって刺したと……」

「なるほど」

「第二はこれまたノンセンスな推理ですけど、新妻和彦という新人です。原稿には二種ありまして普通は編集部から作家に執筆を依頼します。もう一つは持ち込み原稿といいまして、無名の新人が使ってもらえないだろうかといって自作を預けていく。編集部が暇なときに目をとおして出来がよければ、いつでも使用できるように活字に組んでおきます。つまりスタンバイの状態にあるわけ。予定していた作家が急病になったりして穴があきそうになった場合、急遽その組置き原稿を用いて穴をふさぐのです。ですから新妻君にしてみれば、もし彼が組置きになっていることを知っていると仮定した場合、誰か作家を殺せば自分の作品が陽の目をみることになります」

これも現実性がうすい。いまはあっちこっちの出版社で懸賞募集をやっているのだから、それに応募すればいいではないか。

「もう一人いるんです。離別されたご主人ですが、この人はアル中になりかけた大酒呑みで、以前はよく酒代をせびりに来た。あんなみっともない男に来られては迷惑だといって、毎月いくらかずつ送金していたらしいんですがね、このご主人が復縁を迫ってことわられ、かっとなって殺したということも考えられますな」

「どうやらこの男が怪しいですね。動機が、いかにもありそうだ。わたしが扱った事件のなかに同じようなものが半ダースばかりありますよ」

と、ハッタリをきかせた。わたしが調査した事件の大半が二号の素行調査で、復縁を迫って斬るの殺すのといった派手な事件は扱ったことがない。

「まだ何かないですか」

「これ以上くわしいことは戸山に訊いて下さい。電話をかけておきますから、五分ぐらいなら会えるでしょう」

会見を打ち切るようにいった。反射的に腕時計をみると、約束の八分が過ぎようとしていた。

4

雑誌の編集部というものは、締切が過ぎてすべての原稿がそろった段階で、一族郎党が印刷所へ引っ越しをする。そして刷り上がったゲラに目をとおしては、ミスを訂正して印刷工場にもどす。こうなると時間との戦争みたいなことになるから、会社の編集部に坐っていたのでは仕事にならないのだそうだ。

この雑誌の印刷所は上野にあった。動物園のすぐ裏手にある上野桜木（さくらぎ）一丁目である。半徹夜でゲラ直しをやっていると、夢にうなされる象の声が聞えたりするそうだ。

「ハンターに鉄砲で追いかけられる夢でもみるんじゃないですかね」

戸山正は大きな頭ととび出たおでこの持主だった。ときどきうるさそうに長い髪を払い上げる。するとそこに憂鬱そうなというか、悩ましそうなというか、充血した目があらわれた。明らかに寝不足の眼である。

「自殺説にはわたしも賛成しますね。誤ってわが胸にペーパーナイフをつき刺したなどということは考えられませんから。勿論、他殺説なんて論外です。犯人の逃げた足跡がない以上、問題にならない」

彼がそう語ったとき、この装飾皆無の殺風景な応接室のなかに、外のほうからアザラシだかオットセイだかの鳴き声が聞えてきた。このぶんだと、象がうなされる声が聞えてもふしぎはない。

「ところで、屍体を発見された前後の事情をうかがいたいんですが」

と、わたしは丁重にいった。ふだんは敬語なんか使わないから、ともすると舌を嚙みそうになる。わたしの場合は与太者と喧嘩をして撲ったり撲られたりするほうが性に合っている、と思う。

「新聞に報道されたとおりですよ」

「新聞はダメです。どうしても記者の偏見がまじるから」

と理屈をこねてみた。

「じつはね、あのときわたしは約束の原稿をもらいに寄ったんです。たいていの作家は夜中に仕事をする。今井先生もそうでした。ですから書き上げたばかりの原稿をいただきにいったわけです。ところがチャイムが鳴っているのに返事がない。約束の時刻は午前八時ということでしたが、もうベッドに入ってしまったのかな。そんなことを考えながら入口のドアに手をかけると、施錠されてないんです。すうっと開いた。何ともいえない不安な予感がしたことを覚えてます」

戸山正はちょっと腕時計に目をやった。

「女性の独り暮しだから当然ですが、先生は用心のいいひとでした。ドアに錠をかけずに眠るなんて考えられない。眠っていないとすればなぜ返事をしないのか。急激に不安がふくれてきます。そして一歩なかに入って覗き込んだとたん、屍体が日に入った。ミステリイ雑誌をやってるくせに、腰がぬけそうになりました。胸に突きささったナイフが見えたもんで、そのまま廻れ右をしてとび出したんです。一一〇番したあとになって、もしあれが今井先生のお芝居だったらどうしよう、警官からこってり油を絞られることだろうな、なんて思ったものです」

しかし今井とも江はそんな茶目気のあるおっちょこちょいではなかった。そう思い返して、パトカーが到着するのをふるえながら待っていたのだという。

「なかに犯人が潜んでいた気配はなかったんですか」

「それは警察が徹底的に捜索したんですが鼠一匹いません。家の周囲には今井先生とわたしを別にすれば、犯人が侵入するときの足跡も、逃げだしたときの靴跡も、どこにもついていなかったのです。それを考えると、自殺説を採らぬわけにはいかないのですよ」

「しかし誰かがいたのは事実じゃないんですか。女友達が電話をかけたら応答があったそうですから……」

「その話はわたしも聞きました。しかし警察がいうように、ダイアルのかけ違いと解釈するのが妥当でしょうね。すでに死んでいた今井先生がむっくり起き上がって返事をしたなんて怪談は、話としては面白いかも知れませんが、まともに採り上げる価値はないです」

なにしろ気が動転していたものだから、それ以上のことは目に入らなかったという。無理もない、わたしだって駆け出しの刑事時代のことを考えれば、偉そうなことはいえた義理ではないのである。

「ほかに気づいたことはないですか」

「そうねえ、煖房がきいてほっかりと温かかったことと、室内の電灯がついたままだったことぐらいですね。ポーチも、家のなかの天井や机の上の電気スタンドも、点灯されたままになっていました」

知っているのはその程度だというので、わたしは手帳をとじて立ち上がりかけた。

「もう一つ。女流作家の川岸淑子さんというのはどんな人ですか」

「円満な常識人とでもいいますか、作家というのは多かれ少なかれエキセントリックな面があるものですけど、彼女にはそれがないんです。その意味では作家らしからざる作家といいますか」

彼はこの女流作家に好意を抱いているようだった。尤も、相手が女となると、目尻がおのずとさがってくるのは、かくいうわたしだって同じことである。

「聞くところでは川岸さんと今井さんの新作のトリックがたまたま同一だったそうですな。もし両者とも自分のトリックの撤回を拒んだ場合、編集部はどうされるつもりでした？」

「結果的には災いを転じて福となし得たわけです。原稿は未完でしたから、トリックが同じということは、読者にはわからないわけです。半分しか書けていないけれど、敢えてこの一篇を遺作として載せる、といった意味のことを編集後記に書いておきました」

その雑誌が目下印刷中なのだという。

彼の話が途切れると、思い出したように階下の印刷工場から機械の回転するリズミカルな音が聞えてきた。その音に追われるようにわたしは腰を上げた。

5

編集長が列挙した三人の動機を持つ人物については、とうの昔に当局の調べが終っている筈だ。といっても、当局の解釈は自殺説をとっていたのだから、彼等の調査がある程度おざなりなものだったことは容易に想像できる。が、わたしの至上命令は自殺説の否定にあるのだ。なんとかして突破口を発見しなくてはならない。それでもなお事件がわたしの手に負えなくなった場合(というよりも、最初から手に余る事件であることは解っていた。犯人が足跡を残さずに逃げ出した謎が、わたしに解けてたまるものかという、開き直った考えすら抱いていたので)、いずれはわたしの知恵袋でもあるあのバーテンに持ち込むつもりだった。そのためには、わたしとしても一応の調査だけはしておかなくてはならない。バーテンに質問されて、さあどうでしょうかなどといった曖昧な返事をすることは出来なかった。泡沫探偵のわたしにも、わたしなりの矜持というものがある。

ふたたびペンキの剝げたフォルクスワーゲンをころがすと、車首を神田へ向けた。新妻和彦は岩本町のアパートに住んでいると聞いたからである。編集長から得たデータに依ると年齢は三十四歳、新人としては出発が遅いということであった。

アパートの汚いのにも驚かされた。が、当の新人作家が結核で寝たきりだと知ってまたびっくりした。先程の編集長の話ではハードボイルドとかいう作風で、主人公がやたらに銃をぶっぱなしたりカラテで仇敵の肋骨をへし折ったりする景気のいい小説だった筈である。当然なことだがわたしは、新妻和彦なるこの作家の卵は猪頸でガニマタで、柔道三段ぐらいの豪傑だろうと想像していたのだ。

うす汚い、こわれかかったアパートの住人である以上、彼が裕福であるわけもなかろう。事実、うすい布団をかけて寝ており、暖房器具といえば煉炭火鉢があるだけ。どちらかというとわたしも貧乏人であり、だから「貧乏人は麦を喰え」といった保守党の政治家の一言がいまだに脳髄の一部にこびりついているくらいだが、新妻和彦に比べると、わたしはロックフェラーとはいかないまでも、まずお金持といえそうだった。ともかくわたしは健康体であり、それに対して新妻和彦のほうは余命いくばくもなし、といった恰好をしている。それが決定的な相違だった。

「わたしがこんな体ですからね、せめて小説のなかだけでもタフな人間を活躍させたい。そう思って書いているんです。作者の願望といいますか憧憬といいますか、作品にはどうしてもそれが反映するんじゃないでしょうか」

新妻和彦はそういうと、灰色の頰のこけた顔にひきつったような笑いをうかべた。枕もとには書きかけの原稿用紙と鉛筆がおかれている。その横に汚れた丼とインスタントラーメンの空き袋が丸められてあった。どうもこの様子から見ると最初から結婚しなかったか、さもなければ女房に逃げられての独り暮しをしているに違いない。ここにも同類項がいる、とわたしは思った。

彼は、わたしが何用で訪ねて来たかということも訊かなかった。おとずれる者のいない病室に誰かが来れば、ただそれだけのことでうれしく感じている様子である。

この部屋に一歩入ったときから、わたしは新妻和彦の名を心のなかで抹消していた。布団の上に起きあがるのがやっとのことというこの男に、女ざかりの今井とも江を殺すことはとうてい出来ない。にもかかわらず三十分ちかく邪魔をしていたのは、成行上わたしが見舞い客みたいな立場におかれたからだった。わたしは世間話をしたり映画女優が離婚した話をしたり、彼の気持をあかるくすることに努めた。そして辞去する際に、パチンコで当てたまだ封を切っていないリグレーのチューインガムを進呈し、小説が活字になったら必ず読むことを約束した。

道順からいうと、つぎの訪問先は女流作家の川岸淑子である。この人は西麻布の豪奢なマンションの七階に住んでいた。作家という商売がどれほどの収入があるものなのか、わたしはそのほうには全く不案内である。だが、二十九歳という若さでこんなすばらしいマンション暮しをしているところから推測すると、かなりの人気作家なのだろう。

　わたしは人の家を訪問するとき、前以って連絡するということをしない。セールスマンと同じように、いきなりベルを鳴らしてズカズカと入り込む手段をとっている。あらかじめ電話をすれば断わられることは解り切っているからだ。と同時に、急襲することに依って敵の虚を衝く、という利点もある。

　ベルの音に応じてあらわれた女流作家は二十四、五歳にしか見えなかった。化粧の派手な卵型の顔の美人だった。髪を肩までたらしている。恋人が来訪する約束でもあったらしく、いそいそと扉を開けたが、そこに不細工な顔をした男が立っているのを見ると、失望と軽蔑と嫌悪と、それに幾分かの好奇心もないまぜにした表情をうかべた。ほそい眉のあいだにキリリとたてじわを寄せ、そのしわはわたしが帰るまでそのままの状態であった。

「探偵さんなんて頼んだ憶えはないけど……」

　いきなり、そう皮肉られた。可愛い顔をしやがって、相当のしたたか者だぞ。改めてわたしは気をひきしめた。美人と対すると、とたんにデレっとなるのがわたしの欠点であり、そして自分で自分の欠点をよく承知しているのである。

「今井さんの保険金の受取人の方からね、今井さんが自殺でない証拠を集めてくれと頼まれているんです。話によるとですな、あなたと今井さんとは新作のトリックが鉢合わせをして、どっちかが書き直さなくてはならない事情にあった。これも人に聞いた話ですが、編集者からそういわれたからといって、書くことが商売である作家であっても、おいそれとトリックがうかぶものではないそうじゃないですか」

「だからどうだっていうの」

入口にたったまま両手を左右の腰において、わたしを睨みつけた。可愛い顔が、一変しておそろしいものになる。これが円満な常識人なのだろうか。

「今井とも江さんは先輩作家です。先輩に向ってお前が書き直せとはいえるわけがない。だからあなたがべつの新作を書かなくてはならないわけですが、実際にはそうしたことはしないで済んだ。ちょうどうまい工合に今井さんが死んだからです」

「だから何なのよ」

「つまりですな、今井さんが都合よく死んでくれるわけがないから、あなたが出かけていってチョイと息の根を止めた――」

「黙っていれば調子にのってズケズケいうわね」

女流作家は唇の端を痙攣させると、一段と侮蔑の表情をあらわにした。

「あなたねえ、戸山さんから吹き込まれたのでしょう、全くあの人は口が軽いんだからいやんなっちゃうわ」

彼女にかかってはあのやさ男もかたなしだった。

「生憎なことにこのわたしはね、おいそれとトリックがうかぶたちなのよ。くたびれた今井さんと違って、こちらは若いの、持ち駒は豊富なんだから。あの人と一緒にされるのは迷惑だわ」

先輩作家に対して少し言葉が過ぎやしないか。わたしは露骨に表情に出してやったが、彼女は一向に平気だった。

「ですからね、今井さんのところへ頼みにいく必要もなかったわ。トリックなんてものの三十分もあれば出来ちゃう。自分でいうのもなんだけど、そのくらいの才能がなくてはプロとして通用しないの。この道、きびしいんだから」

そういわれてみると、そんな気もしてくる。

「しかし結果的にみれば、あなたは書き直さなくてもいいことになった。天祐(てんゆう)ですな」

「侮辱だわ」

「もう一つだけ答えて下さい」

「簡単にたのむわよ、忙しいんだから」

「事件の当夜どこにいました？」

「ここだわよ。もう寝ていたわ」

「一人で、ですか」

「答える必要ないわ。出ていってよ。ぐずぐずしてると水ぶっかけるから」

怒鳴られ、ほうほうの体で逃げ出した。わたしも随分いろんな女と交渉を持ったけど、彼女のように勝気なやつは後にも先にもはじめてである。わたしはフォルクスワーゲンのエンジンをふかせながら、あの野郎め、いま頃は塩を撒いているに違いないと思った。そしていつになく荒っぽく車を始動させた。

西へ向けて車を走らせながら、いまの訪問のことを考えてみた。近頃あれほど気のつよい女には会ったことがない。ちょいと渋皮のむけた器量をしているから、本来ならばとうの昔に結婚して子供のひとりやふたりはいそうなものなのに、いまだに独身なのは、誰もが彼女の男まさりの性格におじ気づいてしまうからだろう。そして、あれだけの勝気であれば、今井とも江と激論してぶっ殺すぐらい朝めし前のことかも知れぬ。トリックの持ち駒は豊富だなんてぬかしていたけど、果してどんなものであろうか。彼女の動機は依然として消えてはいなかった。ただ問題は、仮りに彼女の犯行であるにせよ、いかにして現場から脱出することが出来たか、それが解らなかった。そして、少なくともこの点に納得のいく説明ができぬ限り、保険会社が他殺説に同調する筈もないのである。

つぎに訪ねたのは目黒の行人坂を下ったところに住む、故人の元亭主だという松山繁吉であった。時刻はまだ三時を過ぎたばかりだというのに、彼は近所の居酒屋で升酒を呑んでいた。本当の酒好きは肴なんて要らない、塩をなめてキューッと呑むという話は聞いていたが、松山も塩を肴のかわりにしていた。わたしもかなり「たしなむ」ほうでときには酒豪の尊称をたてまつられたりもする。しかし、レバのニラいためとか鮭の氷頭（ひず）とか、左党（さとう）好みの肴がないことにはやはり酒がうまくない。

わたしは升酒を二つ注文すると、一つを彼のほうに押しやった。

「近づきのしるしだよ、遠慮しないで呑んでくんな」

わたしは鷹揚（おうよう）にかまえていった。さすがに日中から酒を呑むような男は見当らない。店にいる客は彼とわたしのふたりだけだった。

「おやじさん、イカクンを貰おうか」

念のために記しておくと、イカクンとはいかの燻製（くんせい）のことである。ゲーコンといえば鯨のベーコンを指す。わたしもしばしば呑み屋に入るから、こうした演技は地のままでいける。

升酒を半分ぐらい呑んだところで、松山繁吉は、わたしが見たこともない男であることに気づいたらしかった。升を大切そうに抱え込むと、不審そうな顔になって「あんた誰？」と訊いた。

「ちょっと野暮な筋のものだがね」

とたんに彼はわたしがデカだと思ったようだ。それから後はわたしのことを「旦那、旦那」と呼ぶようになった。

「前の奥さんは気の毒なことをしたな」

昔とった杵柄というとおり、わたしのデカ言葉は板についている。ちょいちょい利用させて貰っているが、いまだかつて見破られたことはないのである。

「釣り合わない女を女房にするもんじゃないってことを、つくづく思い知りました。有名になったとたんに、別れようじゃないのと言い出すんですからね」

「しかし月々の仕送りはあったんだな？」

「そりゃやっぱり気が咎めるんでしょうな。それとも、美談として自己宣伝をするつもりだったのかも知れません。自己顕示欲のつよい女でしたから」

昔の女房の死を、彼は少しも悲しむふうはなかった。と同時に仕送りが停ったことに対して困っている様子もない。黒のコールテンのズボンにうす茶のコールテンの上衣を着ているが、それが見るからに小ざっぱりとしていた。

「あの事件をあらためてわたしが調べ直しているんだが、事件当夜どこにいたのかね？」

「ねぐらにいましたよ。銭湯の裏にある汚いアパートですがね」

「ひとりでかね？」

イカの足をしゃぶったままで頷いた。そろそろ歯が悪くなりかけているらしく、噛むことができない。

「じゃ証人はいないわけか」

「証人なんていませんがね、旦那方の符丁でいえばアリバイってのがあるんでさ。痛風の発作をおこしてヒイヒイ泣きながら寝ていたんです。嘘だと思うんならすぐそこの氷室内科へいって調べて下さい、ちゃんとカルテに書いてあるんだから」

6

わたしの調査が行き詰ったのは、つぎに氷室内科を訪ねて、松山繁吉の話が事実であることを確認したときであった。初老のその医師は気さくな好人物といったタイプで、わたしと同行した松山がせがむと、患者の秘密はお話できぬことになっているのですがといい、渋々ながら松山が痛風であることを語ってくれた。尤も、推理作家のもと亭主が、わたしのことを刑事だといって紹介してくれたことがあずかって力あったに相違ない。

「血をとって調べさせれば簡単に判るんです。かつては王侯の病気といわれました。戦前の日本では宮様方に多かったことも事実です。ところがですな、最近は一般人のほうが圧倒的に多いのです。焼酎呑んで豚のはらわたの煮込みなんかばかり食っているから、かからぬほうが不思議なんです。焼酎は害がないんですが、内臓がいけません」

小さな診療所であった。診察室の隅にはプラスチックの骸骨が所在な気にぶらさがっていて、象牙色をしたその半身が夕陽を浴びて赤く染まって見えた。わたしはふと、髑髏に酒を注いだらほんのりと桜色になったという「野ざらし」を思いうかべ、あの噺は誰がなんといおうが柳好が一番だと、あらぬことを考えていた。

わたしはその日の夕方いったんオフィスに戻って一張羅に着替えてから、数寄屋橋にほど近い三番館ビルを訪ねて、一人乗れば満員という小さなエレベーターに乗った。

バー『三番館』に入っていくと、すでに消防署長と税務署長がとまり木にとまって、顔をよせ合い、仲よさそうに話していた。

「やあお珍しい。バーテンさん、バイオレットフィーズを一ダース！」

丸顔の税務署長が席をゆずりながら、わたしの好みのものをオーダーしてくれた。

「バーテンさん、そのウオツカのラベルに火酒と書いてあるでしょ、そいつを横に向けてくれないかな。職業柄、火の酒なんて書いてあるとどうも落着けなくてね」

消防署長がクレームをつけた。こちらは髪が半分ちかく後退した面長の男である。

「いま話題にしていたのは新宿のビルの屋上で起った女流推理作家の事件、あれなんですよ。われわれは事故死とも他殺とも決めかねているんですけどね」

「他殺じゃないですよね。犯人の出入りした靴跡がないんだから。仮りに一歩ゆずって雪の降る前に忍び込んでいたとしても、足跡をつけずに逃げることは不可能です。西洋の商売の神様のマーキュリーは羽根の生えた長靴をはいていたそうですが、犯人も空中を飛ぶ靴でもはいていたのでしょうかね？」

ふたりの署長がこもごもにいった。同じ署長ではあるが一方はふんだくるほうの署長であり、他方はふんだくられる側の署長であるのに、ふしぎなことに至極仲がいい。一番好きなカクテルがサイドカーといった点まで一致していた。

「では、バーテンさんの意見を拝聴しようではないかと話し合っていたところですよ」

髭達磨みたいなおもむきのあるバーテンは蒼々と剃刀(かみそり)のあたった頰に品のいい笑みをチラとうかべたきりで、黙々としてバイオレットフィーズをシェイクしている。わたしにとっては渡りに舟といったところである。

「わたしも興味満点だな。バーテンさん、ぜひ意見を聞かせてくれないか。ヒントだけでもいい」

わたしの目の前に一ダースのグラスが並べられ、その一つ一つに紫色の美しい液体が注がれていった。

「わたしも関心がございました。で、いろいろと考えてみましたが、皆さんは一つのことを見逃していらっしゃるんじゃないかと思います。いわば盲点でございますね」

「盲点なんてあったかな？」

「あの《猫と金魚》のことでして……」

「そうそう、友達が外部から電話をかけたら、バックに《猫と金魚》が流れていたという話でしたな。そんな落語がありましたっけ？」

「あるんですよ。漫画家の田河水泡(たがわすいほう)さんが漫画家として売り出す前に書いた創作落語なんです。戦前は権太楼がよくやりました。彼が亡くなってしばらくは高座にかけるものがいなかったのですが、近年になって桂文治と橘家圓蔵が手がけるようになったんです。がさつでとぼけた味のある噺家向きな内容ですから、文治と圓蔵にはピッタリですね。どう工夫したところで小朝なんかには無理だ」

税務署長は落語の通でもあった。職場で七面倒くさい数字を相手にしていると、どうしても気分転換をはかる必要がある。そうした場合、アルコールと落語は恰好の憂さばらしになるのだという。

バーテンはグラスを磨く手を止めると、今度はぶあつい電話帳をくって何やら探しているふうだったが、やがて目指す相手の番号が見つかったらしく、われわれに軽く会釈をすると廊下に出ていった。

エレベーターのわきに赤電話がおいてある。彼はそのダイアルを回転させていた。間もなく通話が始まった。断片的にカーの《ホワイト・プライオリティ》だとかフレドリック・ブラウンの《ラッフィング・ブッチャー》だとか、大阪圭吉の《寒の夜晴れ》天城一の《明日のための犯罪》といった言葉が聞えてくる。だがわたしには何のことやらさっぱり解らなかったし、それはふたりの署長さんにとっても同じことらしかった。聞き耳をたてるようないやしい真似をするものはわれわれの会員のなかにひとりもいなかったが、聞えてくるものは仕方がない。三人が三人とも、その電話が事件に関係しているらしいことはおぼろ気に見当がついていたものだから、互いに顔を見合わせては無意味な微笑をうかべた。

　ほどなくバーテンが戻って来た。腰のひくい如才のないところはいつものとおりだ。けれども、満足そうな眸の色をごまかすわけにはいかない。署長たちが気づいたとは思えないが、わたしの眼を騙すことはできなかった。何かある、わたしの感度のいいアンテナがそう告げた。

　やがて他の会員たちも顔を見せ、バーのなかはいつものように賑やかになった。われわれの話は自然に打ち切られてしまった。

　わたしは滅多なことでは愕然となったりはしない。たとい耳の横でピストルを発射されても、たまげることはあるまいと思う。商売柄、そうしたことに慣れて胆がすわっているのかも知れないし、悪くいえば鈍感なのかも知れない。だが翌日の正午のTVニュースで編集者の戸山正が女流作家の川岸淑子と心中したということを知らされたときには、正直なところ度胆をぬかれた。場所は彼女のあの豪華なマンションの居間で、両人はソファの上に血まみれになって倒れていた。合意の自殺であることを記した簡単な遺書が残されており、そのサイドテーブルの下でピストルが発見された。心中するほどの仲だったとなると、昨日、彼女が戸山の口が軽いといって批判したのは、一種の目くらましだったのだろう。

　わたしは、昨夜あのバーテンがダイアルした先が戸山正であったことを直感した。

「大体のことは推理と想像で判っております。昨夜はただ、あなたはカーやブラウンや、天城一や大阪圭吉氏の作品をよく読んでおられますな、と申しただけで……」

わたしとふたりの署長を前にして、その夜のバーテンは落着いた口調で語った。事件はこうして解決してしまったのだから、わたしの前には強烈なギムレットがおいてある。女学生じゃあるまいし、そういつまでも甘っちょろいバイオレットフィーズなんかを呑んでいられるかい。

「わたしが盲点だと申しましたのは、夜半になぜ落語のテープが鳴っていたか、ということでして……。新聞や週刊誌で読みますと、現場にはいろんな種類のカセットテープがあったということでございます。ですから、自殺をなさる前に気をしずめようとして宗教音楽とか弦楽四重奏曲を聞いていたとするならば、べつにどうということもございませんのですが、落語はどう考えても場違いで」

「…………」

「としますとテープを鳴らしていたのは今井とも江女史ではなくて、犯人のほうだったことになります。それにしましても、一刻も早く現場から逃げ出してしかるべき犯人になぜ落語を聞く必要性があったのか。これも謎でございますね」

「…………」

「考えました末に、わたくしようやく一つの結論を見出しました。犯人は笑うために落語を聞いていたのだ、と。ではなぜ笑う必要があったのか。それは恐ろしさ、淋しさをまぎらすためではなかったか。ではなぜ恐ろしかったか。これは申すまでもございませんですね。目の前に、今井とも江女史の屍体が転っているのでございますから……」

「なるほど。……しかしそれならすぐに逃げ出せばいいのに」

と、税務署長。

「仮りに雪の上に靴跡が残って、後日それが証拠になると困るというなら、家に帰ってから靴を処分してしまえばいいじゃないですか」

「はい。ところが逃げ出していなかったことから判断しまして、自分の足跡を残したくなかったからに違いありません。足跡がなければ、今井とも江さんは自殺したことになって一件落着いたしますので……」

「…………」

「でございますが、犯人が男であれば少々の淋しさ、こわさは耐えられます。そのことからわたくしは、犯人は女性であったと推理いたしましたわけで。女性と申しましても女プロレスみたいなふてぶてしい女性ではありませんで、瘠せた神経の細そうなタイプの……。ですからこそ、翌朝、今井女史の原稿を取りに寄ったという口実で迎えに来た戸山正に、かるがると抱かれて脱出することができた次第で……」

「抱かれて……？」

さんざん悩ませた足跡の謎がいとも簡単に解かれてしまったものだから、一瞬わたしたちは相槌を打つことも忘れてぽかんとしていた。抱かれて脱出をはかったなら、雪の上に犯人の足跡がなかったのは当然だ。

「昨夜わたしは、お店が終ったあとでもう一度戸山さんに電話をかけまして、自分の推理をお話したのでございます。多分あれは計画的な殺人ではなかったのでしょう、と。川岸淑子さんが今井女史を訪ねてどちらが原稿を書き直すかについて話し合っているうちに口論となって、反射的に刺し殺してしまったのではないか、と。やがてわれに還った川岸さんが、すがりつくような思いで戸山さんに電話をする。情死をはかったことからもお解りのように、おふたりは相思相愛の仲ですので……」

「………」

すがりつくように、だって？　わたしに見せたあの傲慢なポーズは彼女のお芝居だったのだろうか。

「アルコールが入っていると思考力がにぶるたちでね。もう少しじっくりと講義してくれないかな」

消防署長の長い顔がいい色に染っている。胸のポケットから小さな櫛をとりだすと、後退した髪をなでつけてからカウンターに肘をついて、さあ伺いましょうといったポーズをとった。

「かしこまりました。順序を追っていきますと、こんな簡単なことはございませんので。まず先入観を取払って下さることが大切で……」

「先入観？　べつにそんなご大層なものは持っていないがね」

と、ふんだくるほうの署長が口をとがらせた。

「わたくしの申しますのは、その夜今井とも江女史が屋上の自宅に帰って来たときは、まだ雪なんぞは降っていなかったということでございまして」

「そんなことというけど、きみ、今井女史の靴の跡がちゃんと残っていたじゃないの」

「まあまあ、そのことにつきましては後程ご説明いたしますから。もう一つつけ加えますと、犯人の川岸さんが訪ねていったときもまだ雪は降っておりませんのです……。口論が始まって今井女史を殺してしまったあと、彼女はその場からただちに戸山氏のところへ電話をかけて、一切を報告したのでございます」

「ふむ」

「一方、話を聞いた戸山氏のほうは、夜のテレビで夜中に小雪が降るという予報を見ておりましたので、それをうまく利用して、自殺に見せかける手はないかと考えました。そこは推理雑誌の編集者でございますから、古今東西の足跡トリックはちゃんと頭のなかに入っております。それを参考に、たちまち一計を案じました。そして一一七番にダイアルして最新の気象情報を聞いた上で、実行にとりかかったわけでして」

話はいよいよ佳境に入るところだ。わたしも熱心に耳を傾けていた。

「と申しましても、べつに難しいことではございません。現場にいる川岸さんに、今井女史が履いていた靴を持って自分の家へ来るように、と指令しただけのことで。念のために申しますと、このときもまだ雪は降っておりませんでした」

「それはすべてバーテンさんの想像かね？」

と、ふんだくるほうの署長は疑ぐりぶかそうな目つきをした。署長室のイスに坐っているときも、きっとこんな目をしていることだろうとわたしは思った。

「想像したことを、電話で戸山氏に語って聞かせますと、戸山さんは観念されてすべてを告白なさったのです。そこまで見抜かれたのではかなわない、とおっしゃって……」

「なるほど、偉いもんだね。では話の先を……」

と、いいかけたところへ、随筆家がふらりと入って来て、われわれに愛想よく挨拶をした。しょっちゅう雑誌や週刊誌に書いているそうだが、幸か不幸かわたしはまだ一度も彼の文章にぶち当ったことがない。わたしの愛読するものがポルノ雑誌に限られているせいもあるだろうが。和服の愛好家で、質流れで手に入れたという二重廻し（にじゅうまわし）を手放したことがなかった。いま二重廻しは珍品なのである。

「なんですか。ひどく面白そうじゃないですか」

「青色申告の書き方を教えてもらっているんですよ。おかげで頭がいたくなりかけた」

水をぶっかけるほうの署長が答えると、随筆家はむずかしい計算は苦手ですといって一目散に逃げていった。面白い話は小人数で聞くに限るのである。

「さて雪は予報どおり少量降って、一時頃には止みました。川岸さんは戸山氏がたてた計画にしたがいまして再度新宿へ向かいますと、ビルのてっぺんに上がって、抱えていた今井女史の靴に履き替えました上で、降り積った雪を踏んで現場へ戻りました。あの靴跡は、つまり、そのときについたものでして……」

バーテンはそこで一息ついて、われわれのグラスに酒を注ぎ、オリーヴを落してくれた。わたしは一気にその酒を喉の奥にほうり込むと、オリーヴの実をゆっくりと噛んだ。それにしても、このヒゲの濃い海坊主みたいなバーテンの冴えた推理には、毎度のことながら脱帽するほかはない。一体なにが詰っているのだろうか。

わたしがタバコに火をつけると、あとの両人もつられたようにライターを鳴らした。三人が三人とも、黙りこくったまま煙をふかしていた。税務署長はこの煙の行方を目で追いながら、部下の前では見せたことのない薄ぼんやりとした表情をうかべている。消防署長は半分に減ったグラスの酒に視線をあずけたままである。わたしと同様に彼等もまた、心のなかでいまの説明を反芻(はんすう)しているに相違なかった。

しばらくして消防署長はわれに戻ったように顔を上げ、ポケットの櫛で髪をなでつけた。

「念のために聞いておくんだけどね、バーテンさん、戸山というあの編集者がやって来たのは原稿をもらうのが目的ではなくて、現場で生きた心地もせずにふるえている川岸淑子を、抱いて連れ出すためだったんだね？」

「はい、さようで。東京でいちばんのノッポなビルでございますから、ヘリコプターでも飛んで来ないかぎり、誰からも目撃される心配はなかったわけでございますね。ですから慌てる必要もございません、悠々と雪の上を歩きまして……」

税務署長はゆっくり頷いた。

「なるほどね。それにしても彼女の体重が五十キロを越えていたら、お手上げだったことになるな。バーテンさん、わたしのおごりだ。ピンクレディを四つたのみます。世のスリムな女性に乾杯しなくっちゃ」

タウン・ドレスは赤い色

1

渋谷に近い表通りで、塔原菊子は花屋をやっている。洒落てはいるが店の構えは小さい。日中は髪のながい細っそりとした、中原淳一画伯の絵に似た顔立の女の子が手伝っている。が、五時以降は菊子が独りで客の来るのを待っていた。

先夫と別れた後、どうして生活していこうかと考えたとき、ふと、自分の名が菊子だから花屋をやろう、と思い立った。ひとたび決心すれば目標へ向ってひたすら勇往邁進するたちだから、翌日になると区内の周旋屋をのこらず尋ねて歩き、四日目にはもういまの店舗を借りるべく手金を打っていた。そして、知人を介して営業のコツを訊いたり仕入れの知識を教えて貰ったりして、移転したつぎの日から早くも商売を始めた。

以前はペットショップだったその建物を、彼女は徹底的に改造して、見違えるような明るい店とした。壁の色はうすいヴァイオレットで統一し、商品の花が少しでも引き立って見えるよう、照明にもこまかい注意を払った。菊子自身がバタ臭い趣味の持主であるせいもあったが、店名を「フロリスト・すみれ」とした。店の構えから花籠にいたるまで、すべてが西洋風にしてある。お盆がこようがお彼岸になろうが、彼女の店ではお墓参り用の花束だのシキミだのは売らなかった。儲かることは解っていても、扱おうとはしなかった。抹香臭いものは、このヨーロッパスタイルの店に似合わしくないと考えたからであった。

花屋という商売ではめずらしいことだけど、エンドレステープで一日中音楽をながしていた。これも彼女のアイデアである。テープの中身はシャンソンやムードミュージックで、曲目はすべて花に関係あるものばかりを集めた。レコードを買って来てテープに入れることもあるし、FM放送からとる場合もある。チャイコフスキイの「花の円舞曲」をはじめとして「オリエンタル・ローズ」「デイジイ・ワルツ」、あるいは「バラのタンゴ」だとか「月下の蘭」といったたぐいだった。

花を買いに来るのは大半が女性であったから、こうした曲名はよく知っている。（どうでもいいような註。「東洋のバラ」はかの「ドナウ河のさざ波」の作曲者イヴァーノヴィチのワルツ。ほかに「ルーマニアの女性たち」も知られている。筆者はかつてルーマニアのレコード公団にあてて、東洋の君子国わが日本においては今世紀の初頭からこれらの曲は口誦さまれておる、正にイヴァーノヴィチはルーマニアのヨハン・シュトラウスではないか。作品集を出さんかいというてやったことがある。しかし現実には行進曲や舞曲を含む彼の作品は「ドナウ河のさざ波」を除くと省りみられることがなく、したがってFMで放送されたこともないようである。一方、「デイジイ・ワルツ」はSPレコードの復刻盤がマニアック・レコードから出ている。なおこの曲はときたま映画でも聞かれるし、ルーシー・ポールのTVコメディ「陽気なルーシー」シリーズに二度ほど登場した。いずれもレギュラー役者による四重唱であった。）

テープが鳴っていると皆がみなおやという表情をした。たまさか知らぬメロディが流れてくると、曲名を訊く。待っていたとばかり、しかしそうした気配はおくびにも出さずに教えてやると、「あら、お花の音楽ばっかりですのね」とお客は感心してくれる。いつも花の音楽が聞こえるお店、明るくてシックなお店というのが「すみれ」に貼られたレッテルであった。

しかし、いつも同じ曲ばかり繰り返しているのは気のきかぬ話である。だから菊子は帳づけが早目にすんだ夜には外国レコードの型録（カタログ）を取り出して、花にちなんだ曲目を探すことにしていた。ほしいレコードが見つかれば、銀座か渋谷の楽器店へ行って海外へ注文して貰う。

男の客は少ない。常連となると二人か三人と限定されてしまう。あるとき、少し変人だという噂が囁かれている売れない作家が、LP片手にブラリと入って来てこのレコードを聴いてみろという。歌い手はベラ・ルデンコ、過去に一、二度わが国にも来たことのあるソプラノだ、とのことだった。

「彼女が各国で演奏した際に、その国の聴衆に対するサービスとして地元の歌を歌う。それを集大成したレコードなんだよ」

「あら」

「イタリア、フランス、スウェーデン、イギリス、キューバ……。いろいろある。イギリスの歌としては『ロング・ロング・アゴー』を、『わたしを覚えていますか』というタイトルで入れている。勿論、ロシヤ語だが」

「あら」

「日本の花の歌も入っているんだ、『ツヴェトーク・アジダーニヤ』といった題でね」

花と聞いた途端に、身を乗り出した。それまでは夜分でもあったし変わり者だという評判の男でもあったので、心のなかではむしろこの男が早く帰ってくれるよう、念じていたくらいだった。

菊子はいそいそとジャケットからレコードを取り出すと、居間のテレビの横においてあるプレイヤーの上にのせた。バラライカ・オーケストラと木魚のおりなす前奏がすむと、甲高いソプラノが歌い出した。

「あら、『宵待草(よいまちぐさ)』じゃありませんか」

「ご名答」(註。故リタ・シュトライヒも来日したときこの曲を歌った)

「向うでは何という題名なんですか。その、アジノモトとかいうの……」

「ま、わたしなら『お待たせの花』とでも訳するだろうね」

客は口を開いて笑った。どういうわけだか彼は左右の上顎の門歯がそろって抜けており、そのことについて、自分はドラキュラの生まれ替りで美女の喉笛にくらいついてばかりいたものだから、牙がいかれてしまったのだと説明したことがある。

「キリンも老いては駑馬に劣るというがね、わたしはさしずめ駑ラキュラかな」

というのがこの男の洒落であった。

冗談だとは解っていながら、菊子はときどきこの人間がふっと薄気味わるくなった。どんなジャンルの小説を書いているのかも語ったことはない。もしかすると怪奇小説か推理小説かも知れないわ、と思うと余計に気味がわるくなってくる。勝気なくせに、こわい小説は嫌いなたちだ。

ともかくこんな工合にしてテープのレパートリーは次第にふえてゆき、カセットテープの数も半ダース近くに及んだ。商売は面白いように儲かったとはいえぬまでも、順調な成績をあげていた。面倒をみて貰っている税理士も、このぶんだと五年間辛抱すれば支店が持てますと太鼓判をおしてくれたほどである。五十年輩の税理士はそういいながらも、眩しそうにしきりにまばたきをしていた。菊子が三十半ばの、熟れ切った美人だったからだ。

美人といっても、彼女の場合は眼に険のあるのが特徴であった。面長で色白で鼻筋がとおっていて、こんな美人と別れた亭主野郎の気が知れないというものもあったけれど、なかには、あの目つきが勝気そうで嫌だと評するものもいた。事実彼女は男まさりな性格の持主であり、それが離婚の原因ともなったのだが、別れてからというものただの一度も前夫を思い出すことはなかった。商売が多忙でそんな暇がないといえばそれまでだ。が、理由は単にそればかりではなくて、菊子が人一倍に負けん気がつよかったせいであった。あんな男の屑みたいなやつのことなんか誰が考えてやるものか。つねづねそう力み返っていた。

だが、最近になって何かにつけて消息不明の前夫のことを思いうかべるようになった。それは亭主だった男が懐しいからではなく、自分ひとりで切り盛りしているこの素敵な店を見せてど肝をぬいてやりたい、と思うからであった。

2

彼女の商売に翳りがさしてきたのは二年目に入ってからのことだった。菊子にそのニュースを最初にもたらしたのは、店を手伝ってくれているスリムな女の子で、昼食のサンドイッチを買いに行って噂話を耳にしたといった。「すみれ」のほぼ真向いに、もう一軒の花屋が開店するのだという。資本金を出すのが東京でも知られたスーパーだと聞いて、これはとうてい太刀打ちできないと思った。

商売仇の店はほぼ半年後に開店し、営業を始めた。資本がゆたかだから店の大きいのは当然であるが、仕入れる花の種類も「すみれ」と比べてはるかに豊富であった。しかもときどき、チューリップを百円とかフリージア一本無料サービスといった出血サービスもやる。資本力の弱い菊子の店では真似のしようがなく、口惜しくともただ指をくわえて見ているほかはなかった。当然といえば当然のことだが、常連の客足も次第に遠のいていく。といって、地団駄踏んでもどうなるものではなかった。

三年目の夏になった頃、「すみれ」の財政は、二進も三進もゆかなくなっていた。菊子は歯をくいしばって営業をつづけ、険のあるその眼は、一段とするどさを増したように見えた。こうしたおり、彼女は商品を豪華に見せる目的で高級な蘭の花をショーウインドウにいっぱいに飾った。東南アジアで栽培されたものという触れ込みだったが、じつは精巧にできたペーパーフラワーであった。ところが、そこで予期しない失敗をやった。男客の捨てた吸い殻が洋蘭の上に落ち、そのうちに花が黒い煙を吐いて燃え上がったのである。菊子はすばやく消火器で消し止めて大事になるのを防いだものの、花が炎を上げて燃え出したという珍事は、その場に居合わせた客の口から忽ちのうちにひろめられてしまった。「あの店はペーパーフラワーを並べている」という評判は、徹底的なダメージを「すみれ」に与えた。

客はほとんど来なくなった。歯のぬけた初老の作家だけが相も変わらず通って来る。しかしそれは、花を買うのが目的ではなかった。齢甲斐もなく菊子に「恋慕」して、あわよくば口説きおとそうとしているからだった。

中国の仙人は霞を喰って長生きしたそうだけれど、生憎なことに彼女は雲や霞をたべてカロリーを生み出すわけにはいかなかった。喰うためには何とかしなくてはならない。このままジリ貧状態がつづけば路頭に迷うかも知れない、とさえ思った。すでに彼女は花の音楽をカセットで流そうなどといった意欲もなくしてしまい、外国からとどいた新しいＬＰも棚の隅でほこりをかぶったままになっていた。スタイルのいい女子店員がやめていってから早くも一年になろうとしている。近頃の菊子は往年のファイトも失せ、何をするにも大儀でならない。花を仕入れるのもそれを並べるのも、億劫であり張り合いがなかった。

菊子の頭にそのことがひらめいたのは、彼女が所在なげに正午のテレビニュースを見ているときのことだった。夫に内密でサラ金を借りた主婦が多額の負債をかかえてノイローゼになり、頭から灯油をかぶって自殺したという事件を、アナウンサーが淡々とした口調で伝え、菊子は菊子で無感動な表情で聞いていた。

主婦がわるいのよ、と彼女は考えた。亭主に内緒で競輪か競艇をやってたに違いないわ、自業自得というもんだわ……。菊子はシャリシャリと音をたててチーズビスケットを齧り、おいしそうに紅茶をすすった。元来が、他人の立場を考えたり、ひとに同情したりすることのない性格の女であった。

皿がからになった頃、菊子は一つの思いつきを得ていた。自分がサラ金をやってみようというのである。この店を抵当に入れればかなりまとまった金が借りられる。それを利用して小口の金融業を始めるのだ。

だが、女が一人でやるのは何かにつけ不利なことが多かった。早い話が、相手をなめて支払いに応じないというケースも想像できる。では、その対策をどうすればいいのか。店番をしながら、なおも案を練りつづけた。こうなると、客の来ないのがありがたかった。頻繁に思考をさまたげられてはいい考えもうかばない。

　それでも街に電灯がつく頃には、どうやら恰好がついてきた。女だというわけで馬鹿にされぬためには、客を女性に限定すればいい。世間では女が気軽に海外旅行を楽しんでいる。テレビではダイヤの指輪のコマーシャルを執拗に繰り返して女の購買欲をあおっていた。女が競馬場や競輪場へやって来て馬券や車券を買う時代でもあった。女性客は幾らでもいる筈である。そして彼女等は、貸し主がおなじ女性だということを知ると、その大半がこちらに来るに違いなかった。とかくサラ金には暴力的イメージがつきまとうが、経営者が女であればその心配もない。

　このときも、例の積極的な性格にものをいわせて、一週間もたたぬうちに営業を開始するところまで漕ぎつけた。認可をとるわけではなく、いわばもぐりの貸し金業だからおおっぴらにはやれないが、そこは伝手を求めてくちこみでＰＲをした。そしてこれが思ったよりもうまくいった。

　サイドビジネスが思いのほか順調な伸びを示して彼女をホクホクさせたのは、創業からほぼ一年と一カ月ほど経過した頃であった。毎晩店を閉めたあと、預金通帳を取り出して打ち込まれた金額を眺める。そうしながら水割りの上物のウイスキーを呑むとき、彼女は生き甲斐を感じるようになっていた。菊子は、自分の前途に待ち構えているカタストロフィを予期する筈もなかった。

3

八月三十日の夜、十時をちょっと過ぎた時分に「すみれ」の様子がおかしいという一一〇番が入った。ダイアルしたのは隣りのすし屋の主人で、いつもは九時に消灯する花屋の店がいまだに電灯をつけたままでいる、何だか妙だと思って電話をかけてみたが返事がない、店先まで行ってショーウインドウ越しに覗いてみると、奥の居間のドアが開いていて、女主人のものと思われる片脚が投げ出したように伸びている、というのであった。

ともかく様子を見てみようということで、青山学院大学の辺りを巡回していたパトカーが方向転換して渋谷駅のガードをくぐり、右折して放送局のほうへ急行した。「すみれ」は駅とＮＨＫとのほぼ中間にある。

二人の警官が車から降りると、それを見ていたようにすし屋の主人が出て来た。五十年輩の小肥りの男で、入口ののれんをはずし営業は終った筈なのに、まだ五分刈りの頭に鉢巻をしめていた。小柄で、一見したところ威勢のいい江戸っ子だが、脚が小刻みにふるえている。威勢のいい巻き舌で喋ろうとするにもかかわらず、うまくいかなかった。

「ひ、ひ、悲鳴は聞こえなかったけどよオ、ひ、ひ、ひっくり返るようなすごい音がしてよオ……」

「悲鳴か叫び声でも聞いたのですか」

「し、し、死んでるんじゃねェかと思って」

「どうしました」

そろそろ弥次馬が集まって来た。すし屋の主人は景気のいいところを見せたいらしいのだが、不随意筋が反乱を起したみたいにいうことを聞いてくれない。ひとりでに上の歯と下の歯がぶち当ってガタガタと音をたてている。

「てやんでエ、こちとらア江戸っ子だい」

ひと声たかく叫んで元気のいいところを見せようとしたのに、声はソプラノ歌手みたいに甲高くなり、しかも笛のようにふるえていた。まわりの連中がくすくすと笑い、それを聞いたすし屋は間がわるそうにから咳をして、小肥りの体を一段と小さくした。

警官はどちらも機敏そうな若者だった。入口のガラス戸の前に立って内部の様子をうかがい、通報されたとおり奥の部屋で女の片脚が不自然な恰好で投げ出されているのを確認し、その上で何回か声をかけたりガラス扉をノックしたりした。それでも返事がないと、互いに頷き合ってから、扉に手をかけた。錠がはずれていたとみえてドアはすんなりと開いた。

天井の蛍光灯も照明ランプもついたまま。百合や菊やバラの花が豪華な色を競い合うように咲いている。が、少しなかに入っていくと、床の上にしおれた花や鋏で切られた草のくきが乱雑に捨てられていた。商売をするからにはもう少し小綺麗にやったらどうか。そう思ったのは後になってからのことで、そのときはどちらも緊張していたため、ほかのことを考える余裕はなかった。年長のほうが先に立って奥の部屋を覗き込んだ。店との境界は木の一枚扉で仕切られているのだが、それが開いたままになっていて、畳敷きの六畳の間にワンピースを着た女のあおむけに倒れた姿が目に入った。見えていたのは右脚で、左脚はテーブルの陰になっている。両手を左右にひらいて、眼は開いたままだった。

若いほうの警官が本署に連絡をとるべく出ていったあと、もう一人の警官は注意ぶかい視線を室内に投げていた。犯人は執拗に、しかも慌てた様子で部屋中を物色したとみえて、たんすのひきだしのすべてが床の上にほうり出されていた。やがて彼の視線はテーブルの上の灰皿で黒くこげている何かの燃えさしのようなものを捉えた。灰皿の横にはマッチが投げ出してあり、思い切り鼻孔をひろげて嗅いでみると、焼けた紙のにおいが漂っているようであった。

その、灰皿の燃えかすがカラー写真を焼却した残滓(ざんさい)であることは、五分後に到着した初動捜査班が確認した。それも、電灯の下にもっていってしげしげと眺めてみると、若い女性の裸体の一部であることが解った。完全に焼けてしまっているのもあるけれど、焼け残ったものは胸の一部であったり腹の一部であったり、ヒップやふとももであったりした。しかしそれが同一人物を写したのか、複数の女性をとったものであるかは俄(にわか)に判断がつかなかった。

指紋の検出がすみ屍体が搬出されてから、本格的に丹念な調査が開始され、ほぼ深夜に及んだ。そして錠の専門家に来て貰って、やっとのことで開けた壁際の金庫のなかから二冊のノートが発見されたのを機に、その夜の調査は終了した。

俗に大学ノートと称されるその帳面には、各ページに一人ずつ女性の名前や住所、日付、それに一連の数字が記入されており、その半分余りは朱線で抹消されていた。数字はいずれも六桁以上でそれ以下のものはない。二冊のノートが金庫に収納されていたところからみて、重要な意味を持っているに相違なかった。そしてそれは設置されたばかりの捜査本部に運ばれ、さらに翌日から入念なチェックを受けることになった。二冊のノートはそこでふたたび所轄署の大金庫のなかにしまい込まれた。

4

肥った弁護士がやって来たのは事件が発生してから三日目にあたる、九月二日の日中のことだった。折柄(おりから)わたしは暇をもて余していたところであり、嚢中(のうちゅう)すこぶるさびしく、今夜逢う約束の女に代償を払うことすらできかねる状態だったので、いつになくニコニコとした顔で応対した。インスタント珈琲も一週間ばかり前になくなっていたから、もてなすものといえば自前の顔の筋肉をゆるめる以外にない。

「なんだ、妙にニヤニヤして。金でも拾ったのか」

と、肥満漢はわたしをさげすむような目つきで見た。

「大の男だ、一千万や二千万の現ナマを拾ったからといってニタニタするな。一億ともなればけ話がべつだが」

どうやら機嫌がよくないらしい。いつもなら暑い暑いを連発し、部屋が汚ないだのいい齢をして独身でいると社会的信用にさわるのと、いいたい放題のことをいい、その合間に大きな扇子でひっきりなしに顔をあおぐのだが、今日は一言毒舌を吐いただけでいつものイスに腰をおろした。このイス、彼の重味に耐えかねていつ崩れ折れるとも解らぬから、ときどきわたしは補強工作をしてやっているのだが、こちらの好意が八十五キロのこの法律家に理解できるわけもないのである。

「どうかしたんですか。いやに元気がないが……」

「ウン、じつはそのことで来たんだ。わたしと家内のあいだに子供がいないことはきみも知っている筈だが、それだけに姪のサチ子というのを可愛がっとる。サチ子もわれわれ夫婦によくなついておる」

ペットでも飼っているような言い方をした。普段ならこの辺りでからかってやるところだけど、今日は不機嫌だからわたしは黙っていた。

「サチ子というのは家内の妹の子でね、新妻サチ子が本名だ。姉が一人おるがこれはもう嫁にいきおって、子供がいる。サチ子のほうは二十二歳でさる大学で史学を専攻しとる」

「ははあ、将来は歯科医になろうと――」

「そうじゃない、歴史を学んどるのだ。わたしは法律をやるようにすすめたんだが、法律にも法律家にも興味がないそうだ。あの連中にはときどき突拍子もないことをやるものがおるので、近頃は法律家の株がさがっとるからな」

わたしは黙って頷く。こういうときは好きなように話をさせておいて、後で補足的な質問をするのがわたしのやり方なのだ。

「この子にも長所と短所とがある。長所は義侠心にあついということで、欠点はいささか向う見ずなところだ。今度の事件に巻き込まれた理由というのが、この長所と短所のおかげでもあるのだが……」

わたしはまた頷いた。一服つけたいとは思うものの、三日前からタバコを切らしている。もし弁護士がピースをふかしたら、その煙を吸っただけでこちらの目が廻るだろうが、今日の彼はタバコに火をつける気にさえならぬらしい。

「渋谷で花屋の女主人が殺された話は知っているだろう。後頭部の右側を、飾り戸棚の上においてあったブロンズの一輪ざしで撲られたものらしい。兇器は部屋の隅に投げ捨ててあった。被害者は即死、犯行時間は八月三十日夜の九時半頃。隣りのすし屋の主人とおかみさんが揃って物音がしたことに気づいている。だが、その時分はまだ最後の客がトロか何かをつまんで、辛口の日本酒を呑んでいたから、店をあけるわけにはいかなかった。彼が花屋を覗いてみたのは客が帰った直後の十時頃だったそうだ」

弁護士の口調がいつもの彼らしくなった。声にも張りがでてきた。

「初動捜査班が駆けつけたときはまだ体温が残っていたというから、九時半前後の兇行に間違いなしとみなされた。殺されたのは塔原菊子という三十八になる女でね、五年ばかり前にご亭主と別れて、女のほそ腕で花屋をやっていたんだが、彼女には副業があった。もぐりのサラ金で利息はトイチという、女らしからぬ悪辣なもんだ。しかし相手がちょいと年増の美人ということになると、借り手も安心してしまうらしいんだな、帳簿を見るとかなり繁盛していたことが解る」

「とかく男ってやつは鼻の下がながいからな」

「体験的告白として大変貴重なご意見だが、塔原菊子の場合は違う。貸しつける相手は女性に限定されていたからだ」

と、八十五キロが皮肉味たっぷりに応じた。どうやら平素の調子を取り戻したようである。

「借用書をとることは勿論だが、ついでにポラロイドカメラで相手のヌードを写すのが新手でね。借金を踏み倒された場合、もぐりの営業だから彼女が泣き寝入りをしなくてはならない。そうしたケースにそなえて素っ裸の写真をとっておくことを考えたらしい。普通のカメラだとネガが残ってのちのちまで強請られぬとも限らないけど、ポラロイドではその心配がない。女たちは金を借りたい一心で服を脱ぐというわけだ。今回の事件の犯人は、それを焼いて逃げている。帳簿のほうも処分したかったのだろうが、これは金庫に入っていたため手が出なかったようだ」

「すると早い話が、あんたの姪御さんもパンツをとったというわけか」

「馬鹿をいっちゃいかん。サチ子に限ってそんな真似はせんよ。借金をしたのは友人の某(なにがし)という女の子でね、それに連れ立って渋谷の駅に降りたんだけど、相手が気がすすまないというものだから、サチ子が代役を買って利息を払いにいったんだ。ところがいっぱしの正義漢を気取っているから、一言文句をいわずにはいられなくて、高利貸と悶着を起したらしいんだね。サチ子が、阿漕(あこぎ)な行為はいい加減に止めにしたらどうだというと、向うは、迷惑だと思ったら金を借りなければいいじゃないか、借りるときはお蔭でたすかるとか何とかいっておきながら、後になって文句をいうのは筋違いだ、といい返したそうだ。まあこんなやりとりをした後で、サチ子は憤然として花屋を飛び出したというんだが、そのときの険悪な口論の一部始終を、丼をとりに来た鰻屋の小僧に聞かれてしまってね、それで被疑者にされたんだよ」

「しかし姪御さんが犯人なら、わざわざ危険な思いをして写真を焼いたりするわけがないだろう。ことのはずみで人を殺したんだから慌てて逃げた、というんなら話が解るけど」

「そこがさ、先ほどもいったように義侠心にとんでいるというか、サチ子ならばやりかねないんだよ。友人のヌード写真をこっそり処分してしまったというのは、いかにもあの子らしい行為だと思うね。何度もいうように、だが実際にはやらなかった。サチ子が『こんな商売していて恥かしいと思わないの！』といって出て来たとき、花屋の女主人はせせら笑っていたそうだ」

「結局どうして貰いたいんだい？」

と、わたしは結論をうながした。

「いうまでもないことだが、あの子がやったのではないという反証を発見して貰いたいんだ。真犯人が誰であるか、そんなことは知りたいとも思わない。わたしはただ、サチ子の嫌疑をはらしてくれればそれで充分なんだよ。なにしろ嫁入り前の娘だからね、清廉潔白であることを立証しておかないといかんのだ」

「ほかに怪しいやつはいないのかね？」

「いるとも」

と、肥った男はひとひざ乗り出した。その拍子にイスが音をたててきしみ、わたしは壊れるのではないかと思ってヒヤヒヤした。分解したイスの釘がこの巨大なお尻につき刺った光景を想像すると、幾度となく修羅場を踏んできたわたしの心胆ではあるけれど、それが妙に寒くなるのである。

「一人は菊子に思召しがあったといわれる老作家だ。口説こうと思って欲しくもない花を買ったりしていたのだが、あっさり振られたらしい。こうなると可愛さあまって何とやらだからね」

「ペンネームは――」

「倉田番輔（くらたばんすけ）という男だ。ペンネームなんて気のきいたものは持っておらん」

「ペンネームがないと不便だと思うな。たとえばさ、どこかでヘンな病気をうつされて診療所へ行くにしてもさ、本名しかないとすぐに解っちまう」

「きみは自分を中心にしてものを考えるから話が狂ってしまうんだ。倉田番輔は売れない作家ではあるが、品行はすこぶる方正だ。ヘンな病気をもらうような場所へ出入りはしないとさ」

　また皮肉をいわれた。

「しかし犯人が男だとすると、ヌード写真を焼くなんて勿体ないことをするわけがないやね。ホクホクして持って帰ると思うな」

「だが相手は推理作家なんだよ。きみのその考えの裏をかいて焼いたということもあろうじゃないか。女性の犯行であることをそれとなく強調するためにね」

「なるほど」

「さて金庫のなかから帳簿が発見されたんだが、小口の負債者を除外すると、首が廻らなくなっても不思議はない大金を借りている女が二人いる。彼女等も大いに怪しいね」

「誰です?」

　わたしは手帳をひろげると鉛筆のしんをなめた。先端をしゃぶるとウイスキーの味がするような鉛筆をつくったら、そいつは間違いなく大金持になるだろう、とわたしは思った。旨くも何ともない鉛筆をなめるのは、じつにわびしいものなのだ。

「原なおみ、三十歳の人妻だ。さる筋から得た情報によると、ご亭主はまじめな公務員だがこの細君が大のギャンブル好きでね、競輪には特に目がない」

「おれならとうの昔に叩き出してしまうがな。世の中には忍耐づよい旦那もいるもんだね」

「黙って聞け。もう一人の女は犬飼敏子という名の、二十二歳になる会社員だ。丸ビルのなかの貿易商社に勤めている。これが医大生と称する青白き二枚目にひっかかってね、貯金をすっかりはたいて貢いだんだがそれでも足りなくて、花屋の女主人から借りたというわけだ。インターンが終了すればしかるべき大病院に就職する、そうしたら天下晴れて、夫婦になろうという約束だったんだが、こいつが札つきの結婚詐欺の常習犯であることが解った」

「やれやれ、踏んだり蹴ったりだ。気の毒に。しかし借金はそいつに払わせればいいじゃないか」

「そうはいかない。自業自得というか天罰覿面というか、彼はナナハンをぶっ飛ばしてコンクリート塀に派手にぶつかってさ、五体こなごなになってくたばりやがった」

「神様もたまにゃいいことをしてくれるもんだね」

わたしたちはどちらからともなくニヤリと笑った。考えてみるとこの日の弁護士が笑顔をみせたのは、そのときだけだった。

「彼女が少しずつ借りた金高がつもりにつもって四百五十万だ。一介のサラリーガールにはどうしようもない金額だよ。利息を払うだけで精一杯だ」

「了解。動機のあるのは〆めて三人ということになるんだね」

「そう」

「彼等がそろってシロと判断されたのはどういうわけだい」

「それはきみが自分で調べてみるんだな」

と、ハムの化け物みたいなこの男はニベもなく答えた。

「へたな先入観を持っては調査の邪魔になるからね」

「承知した。ナニ、二日もあれば解るだろう」

わたしは楽天的な返事をした。そして、暑がりのこの肥った法律家が、今日はただの一度も扇子を使わなかったことに気づいた。

5

わたしが神楽坂署の刑事だった時分の知り合いに、サツ廻りの記者をしていた田部(たべ)という男がいる。いまは本社に帰って文化部の部長だ。

わたしはこの田部部長に電話をして、倉田番輔のことを訊ねた。

「や、惜しいことをしたねえ、あんたがあのままデカをしていれば、いまごろ相当の大物になれたと思うよ」

昔どおりの若々しい声でわたしの心をくすぐった。あの頃は勤務明けに連れ立って近くの呑み屋に行っては、よく喰いよく呑みよく語ったものだった。

「倉田番輔ねえ、面識はないがミステリー作家として一部の人々には知られた作家だ。六十歳をすぎると退役になりたがる推理作家が多いなかで、現役であるのは立派だ、という言い方もできるだろうね」

なんとなく奥歯にこま切れの筋でもはさまったような、すっきりしない感じを受けた。

「一部のひとってのはどんな意味だね？」

「流行作家みたいに一流雑誌に書くのではなくて、新聞に発売広告も載せないような小雑誌や週刊誌によく書いている。毎月どこかに載せているから、読者の受けはいいんだろう。おれのいう一部のひとってのは、こうした雑誌の読者のことだがね」

「そうかい、それは知らなかった」

わたしは本だの雑誌なんてものは読まない。酔っ払ってアパートに戻ると布団をかぶって寝てしまうのだから、正直の話、読む暇なんてないのだ。

「読者の評判がいいというなら、一流雑誌に進出できそうなものにな」

「世の中そうすんなりとはいかないさ。作家にはそれぞれ得手とする分野もあれば持ち味もある。一流雑誌に肌が合うものもいれば三流誌に合うものもある。だからといってその作家を一流だ三流だと決めつけるわけにはいかないんだ」

「ふむ」

「倉田番輔について知っていることといえば、この程度だな」

わたしは礼をいって通話を切った。菊子に高利をしぼり取られていた女性にも動機はある。だが、だからといって若い女が人殺しのような大それたことをそう簡単にやるだろうか。わたしはまず男のほうから調査を開始することにした。

いつもの伝で予告なしに訪ねることとした。電話帳をひらいてみると堂々とのっており、カッコつきで（著述業）としてある。住所は百軒店(ひゃっけんだな)となっているから、「すみれ」へ通うには恰好の距離だ。

小雨のふるなかをポンコツ寸前のフォルクスワーゲンに打ち乗って、一路渋谷へ向った。さすがドイツの大衆車のことだけあって丈夫なのが唯一の取柄だけれど、寄る年波には抗すべくもないというのか、近頃はすっかりガタがきたらしく、走っている最中に分解でもするんじゃないかと思ったことが再三あった。こうなると乗るほうも命がけだ。十五年間も乗っていれば相手の気持もツーカーで伝ってくるものだが、雨の日はどうも機嫌がわるく、ときどきエンストを起したりする。

しかしこの日はべつにトラブルも発生しなかった。事務所のある新宿から渋谷までは十分とかからないのだから、拗(す)ねる暇もなかったのだろう。

道玄坂を登った処で右に曲って百軒店のなかに入る。倉田がねぐらにしている泉荘アパートは食堂街の背後にあって、年がら年中ライスカレーと中華料理のニンニクと脂のにおいが漂ってくるという、うらやましい環境である。

雨の日だからたぶん在室しているんじゃないかというわたしの勘は見事に適中した。彼は一階の廊下の奥の部屋で、おやつがわりのラーメンを啜っていた。ケバが抜けて生地ばかりになったような茶色のベレーをかぶり、メリヤスのシャツ、膝のふくらんだコールテンのズボンといういでたちである。綺麗好きとみえ机の上もキチンと整頓されていた。

彼は箸についたスープをしゃぶってから卓上におくと、立ち上がって出て来た。丈がたかくて幾分背がまるくなっている。

「へえ、あんたが私立探偵？　ボクも自分の小説のなかで私立探偵を何人か登場させたけどさ……」

あとは口のなかでモグモグいっている。てめえの小説に出て来る探偵はみんなカッコよかったと、そういっているに違いない。お生憎さまだ。

「わたしもね、作中の探偵みたいに関係者のアリバイを訊きに来たんですよ。八月三十日夜の、塔原菊子さんが殺されたときのね。世間の噂じゃていよく振られたというではないですか。とすれば恨み骨髄に達していてもおかしくないと思うのだが」

わたしはずけずけといった。相手を怒らせるのがわたしのテクニックの一つなのである。人間かっとなるとつい前後をわすれて、喋らなくてもいいことを喋ってしまう。そこが狙いだ。

「だめだ、だめだ、その手にはのらないよ」

海千山千とでもいうのかわたしの手の内を見ぬいたように、ひからびた顔にうす笑いをうかべている。

「そのことは刑事からも訊かれた。ボクの小説に出てくる刑事は好人物ばかりだが、現実の刑事というのはいやな感じだね。頭から犯人扱いをしやがる」

わたしも昔は刑事だったといったら、この初老作家はどんな顔をするだろうか。

「何もキミにまでアリバイがどうのこうのと説明して聞かせる義理はないんだけど、ご覧のとおりラーメンというやつは冷めてしまうとまずくなるからね、率直にかつ手短かに答えることにする。そのかわり、わたしの答を聞いたらすぐ帰ってくれよ」

「満足のいく答であればすぐに退散しますがね」

と、わたしは一矢報いた。いい加減の駄ボラを吹かれて尻尾を巻いて帰るような、そんなケチな野郎と思われては腹が立つ。

「いやでも満足しないわけにはいくまいよ。あの晩ボクは仕事をしていた。この部屋でね。締切を四日もすぎていたものだから、編集者が膝づめ談判だ。つまり監視つきで書かされていたというわけさ」

流行作家ならともかく、大して売れもしない倉田番輔ごときに編集者がつききりで書かせたりするものだろうか。

「ハハア、疑っとるな。そういう眼玉をキミはしておる。ボクは仕事の最中にヒョイとペンを投げ出して気分転換に呑みに出たり『すみれ』へ行ったりするんだ。編集者はそうさせぬために監視しとるんだよ。わたしが書かなければ次号の雑誌に穴があくから、彼等にしても真剣にならざるを得ん」

倉田は雑誌社の名と担当者の名、それに電話番号を教えると、もう用はすんだとばかり、テーブルに坐り直してラーメンを喰い出した。ツルツルと盛大な音をたててすすってから、つゆを呑み、充ちたりたように大きな吐息をする。これほど旨そうにラーメンを喰う男は、わたしの記憶のなかにはなかった。

6

わたしはつぎに宇田川町（うだがわちょう）に住む原なおみを尋ねた。これもアパート住まいだ。倉田のそれとは違って屋根に青い西洋瓦をのっけた瀟洒（しょうしゃ）な建物である。各戸がそれぞれ一階と二階とからなっていて、わたしがドアを叩くと原なおみは二階の窓から顔を突き出して、「間に合っているわよオ」といった。何が間に合っているのか知らないが、物売りと間違えられたことは明らかだ。

「セールスマンじゃないんですがねえ」

「じゃ何よ」

「塔原さんが殺された一件についてです」

わたしは胸のポケットから黒い表紙の手帳を取り出すと、すぐにもとの位置に戻した。銀行に定期預金をしたときにサービスにもらったもので、書いてあるのはバーのつけだとか寝る約束をした女の名とデートの日付ぐらいである。これを警察手帳と勘違いするのは彼女がそそっかしいからであって、わたしの知ったことではない。

と、いきなり屋内ですさまじい物音がして、その後に呻き声がつづいた。びっくりして飛込んでみると、彼女は足を踏みはずして階段を転げ落ちたところだった。スカートの裾がまくれ上がって太い脛がむき出しになっている。片方のスリッパは何処へ跳ねとばされたのか、その辺には見当らない。彼女は一斗樽ほどもありそうな腰に手をあてて、うめきつづけていた。春秋(しゅんじゅう)の筆法をもってすれば、わたしが声をかけさえしなければこんな目には遭わなかった筈であり、それを思うと椰子の実みたいに頑丈なわたしの心臓もチクリと痛むのである。

「さあさあ、あそこのソファに運んで上げますから」

わたしは七十キロはゆうにありそうな肥った女の体重をもろに両腕に受けながら、息はずませて壁際のソファに連れていった。そして相手の気持がどうやらおさまったのを見て、仕事にとりかかった。

「不愉快でしょうが、もう一度あの件についてお訊きしたいのですよ」

もう一度というところを幾らか強調すると、なおみはいよいよわたしが刑事であることを確信したらしかった。それから後は、彼女が思い出したように眉をしかめて腰の痛みと闘っているときを除けば、質疑応答はかなりスムーズに運んだ。

「どちらかというとわたしスリムじゃないでしょう？　だから期日までに利子を持っていかないと写真を公表するなんていわれると、途端に恥かしさで顔が赤くなってしまうのよ」

「いや奥さん、痩せた女は駄目です。わたしは肥っている女性が好きだなあ」

これは決してお世辞ではない。一度痩せた女と一夜を共にしたことがあったけれど、枯れ木にしがみついているようで心の底までが寒ざむとしたもんだ。以来わたしは好んで肉感的な女性を選ぶことにしている。暖かみがあって、抱きしめるとブヨブヨするのが、最高である。ただし、夏場は痩せた女に限る。骸骨を抱いているようで、とくに電灯を消して寝ていると体中がゾクゾクしてくる。銷夏法(しょうかほう)として絶好だ。

「もう競輪どころじゃなかったわ。おひるを抜いて食事代をうかしたり、主人に内証でパートに出たり。六回目を払わなけりゃならないなと思っていたときにタイミングよく殺されたでしょ、刑事さんにそんなこといっちゃ叱られるかも知れないけど、殺してくれた人には感謝してるのよ」

原なおみはあけっぴろげなたちだとみえ、尋ねぬことまで喋ってくれる。

「あいつ酷(ひど)いじゃないの、わたしを競輪漬けにさせたのは彼女だったのよ。車券の買い方も知らないわたしを連れていって、単勝式がどうの連勝式がどうのと教えてくれるわけ。そうしたらどうでしょう、最初に買った券で三万円が当ったじゃない。それからのめり込んじゃったの。でもね、後から考えてみると、あれは彼女が自腹を切ってわたしにくれたんじゃないかと思う。やがてわたしに借金させるための餌だったのよ」

「全くふてえやつだ」

と、わたしも憤慨してみせた。こうしてわずか十分ばかりのあいだに、知りたいことのすべてを訊き出してしまった。原なおみのご亭主は細君とちがって勤勉なひとらしく、目下上級職にチャレンジするための試験勉強をやっている。事件当夜も彼は六法全書を手に机に向っており、そのかたわらでなおみは甲斐甲斐しく珈琲をいれたり、ときには肩をもんでやったりしながら、自分は石焼いもを齧りつつイヤホーンを片耳に突っ込んでテレビを見ていたというのだった。

「主人には心配させたくなかったから、一緒にいるときは悩んでいる様子はちっともみせなかったの。試験にうかってくれないと困るのよ、生活がかかっているんだもの」

わたしはちょっと浮かぬ顔で頷いた。アリバイの証人が亭主である場合、彼の証言に一〇〇パーセントの信頼をおくわけにはいかないからだ。が、よろめき夫人ならともかく、世の善良な人妻のほとんどすべてが、夜の九時という時間帯には、夫とともにテレビを見ているものなのである。

わたしの彼女に対する疑惑は、完全に払拭されたとはいい切れなかった。

7

この日のうちに、推理作家と肥った人妻のアリバイの証人である二人の男に会って、かたをつけておこうと考えた。車に乗る前に、青電話で役所と雑誌社にダイアルを廻して、それぞれの都合を訊いた。編集者のほうは目下外出中で、五時前に帰社する予定だという。そこで、先に公務員と会う手筈をととのえた。

わたしが原なおみの夫である大三郎（だいざぶろう）と会った場所は、有楽町駅と東京駅のほぼ中間にあるガード下の喫茶店だった。頭の上を一分ごとに山ノ手線や京浜線の電車が通過するというはなはだ賑やかな店だが、そのかわり料金が安いのだという。

原大三郎は紺の上衣と紺のズボン、靴下と靴が黒という地味な服装をしていた。ネクタイは灰色だが、これがまた無地の地味なもので、見るからにまじめな公務員といった印象を受けた。

世間では、痩せた亭主に肥った女房もしくはその逆のコンビをよく見かけるものだ。陰陽にひかれるのが当然の理だろうに、原大三郎は誰はばかることなしに思う存分成長したとでもいったふうの、楽天的な大男であった。大きいばかりではなく力士のように肥っている。どちらかというとわたしも明日のことを思いわずらうたちではない。そのわたしがこの夫婦の家の米櫃（こめびつ）のことがふと心配になったほどだ。ひるめしをたっぷりと喰ったというのに、三時のおやつと称して珈琲のほかにスパゲティを注文したくらいの大食漢であった。

「家内がギャンブルをやっているとは知らなかったです。しかし、ま、雨降って地固まるというから、これでいいんじゃないですか」

大食家であると共に愛妻家でもあるらしく、細君の不始末についても鷹揚なものだ。

「べつに出世したいなんて野望はないけどさ、うちは夫婦そろって大めし喰うから、安月給じゃやっていけないのよ。だから必死で昇進したいと思ってるわけ」

大男のくせにときどき言葉づかいが女性的になる。それでいて大きな赭顔（あからがお）に眉と眼がキリリと吊っており、まるで五月人形のように男性的であった。

「晩めしをすませるとすぐ机に向う。元来が怠け者だから、途中で一日でも休むともう駄目になっちゃう。経済畑のことは学校でやったからいいんだけど、法律がウイークポイントなんです。そいつを重点的にやっているんですが、家内は毎晩わたしにつき合ってお茶を入れたり凝った筋肉をもみほぐしたりしてくれる。それがこのところ三カ月前からずうっと休みなくつづいているんです。いまいったとおり一日も休まずにね」

だから事件当夜も自宅にいたことは間違いない、というのが巨大な公務員の話なのであった。

「よおよお」

急に原大三郎が、肥った体からは想像できぬような金属的な声をだし、目尻をさげている。注文したスパゲティが出来上がったのであった。

「第三者の目撃者がいればなおいいのだけどな」

「家内が石焼いもを買いに行ったんですが、生憎なことに相手が日付を覚えていないんです。たまに買いに行けば印象に残るんだろうが、毎晩のように出かけますからね」

彼はもう女房のことよりも眼の前におかれたスパゲティに気をとられていた。粉チーズをたっぷりとふりかけると、フォークとスプーンを使って、まるでイタリア人のように上手にスパゲティを口へ運び始めた。肥った体軀に似ず、この公務員はなかなか手先が器用らしかった。

しかし、夫の話を聞いてみても釈然としないことは細君の場合と同様だった。わたしが知りたかったのは、本部がなぜこの夫婦をシロだと断定したのか、ということにあった。

公務員と別れたあと、手近の電話ボックスから本庁の捜査一課にダイアルを回転させた。神楽坂署時代の同僚がいまはデカ長となり、一課のなかで幅をきかせている。彼に会って、それとなくその辺の事情を訊ねてみたいと思ったからだ。

彼の班は目下のところ事件待ちの態勢にあるらしく、眠そうな声で電話口にでた。そして、わたしの話を聞きながら無遠慮なあくびをした。彼も老いたな、とわたしは思う。

四十分後にわれわれは彼が指定したしるこ屋で会うこととなった。近頃の若い刑事はいずれもお洒落のセンスがあってりゅうとしたなりをしているものだけれど、デカ長はどう見てもひと昔もふた昔も前の、典型的なたたき上げ刑事であった。どた靴をはいて夜泣きそばを啜るという、あのイメージから脱却できずにいる。まあその点はわたしと似たりよったりだが、われわれは心のどこかに、弊衣破帽(へいいはぼう)をよしとする気持があるのだろう。

このいかつい顔の中古刑事が同僚にも内証にしている秘密、それが大の甘党であることだった。それもジュースの瓶を逆手に握ってラッパ飲み、とでもいうならまだいいのだが、女学生と背中合わせの小さなイスに坐ってしるこをすするのが大好きときている。しるこの椀を前にすると職業的良心や良識などどこかへすっ飛んでしまうらしく、わたしはこれまでも御膳じるこに田舎じるこ、ぜんざいにあんころ餅といったふうに手を替え品を替えして、何度となく捜査の情況を洩らして貰ったものだ。

この日のデカ長はあべ川餅を四皿たいらげると、黄粉(きなこ)のついた唇をペロリとひとなめして、わたしの疑問に答えてくれた。純和風な造りのこの店には、われわれのほかには七十歳代の二人の老婆がむつまじそうに話し合っているきりである。どちらも上品で、鼻筋のとおった横顔がよく似ているから、老姉妹というところだろうか。

「おい、こっちを向け」

と、デカ長に注意された。

「オレがキャッチした情報によると、問題の夜、原なおみが花屋を尋ねる姿を見かけたものがあるかないか、刑事を動員して徹底的に調べさせた。コースはせいぜい二つか三つしかない。しかも相手は人目につき易い体格の女性だ、人目に触れれば印象に残らぬわけがない。

ところが反応は完全にゼロだった」

「ふむ」

「もしかすると亭主がやったのかも知れない。そこで肥った男の目撃者を探したのだが、これもゼロだったんだな」

「車で行くという手もあるんじゃないか」

「二人とも車の運転はできない。だから、行くとすれば歩くほかはないんだよ」

「なるほどね。するとやはり彼等はシロなのか」

「本部ではそう断定している」

「ありがとう。ところでもう一杯しるこをどうだい？」

「遠慮なくご馳走になるよ。おれは決して吝嗇漢(りんしょくかん)じゃないつもりだけどさ、ひとから奢られるしるこというものはひときわ旨く感じるたちなんだ」

こわもての本庁の刑事ともあろうものが、朱塗りの椀を前にして、相好をくずしている。あさましいやつだ。

デカ長にわたしの分を押しつけておいて先に店を出た。神田で編集者と会う時刻が迫っている。

あまり聞いたことのない出版社だから小さな会社だろうと想像していたのだが、これはわたしの認識不足であった。産興出版は神保町の交差点近くに十四階建ての偉容を誇る、目下日の出の勢いで成長している新手の出版社なのだった。下から見上げると各階とも窓が大きくて、天井の蛍光灯がいかにも景気よさそうにかがやいている。

編集者の赤田源平はどう見てもはたちそこそこのくせに、スペードをさかさにしたような黒い顎ヒゲを生やして、石川啄木や滝廉太郎の肖像画で見かけるような丸くて小さなレンズの眼鏡をかけている。喫茶店に入ると、彼はこちらの好みも聞かずにマロンパフェという名の、栗をでこでこと飾りつけたアイスクリームを注文した。

「いや、いいんです。うちの会社は儲けすぎるくらいに儲けているんですから」

赤田源平は鷹揚に構えていた。甘党に多いのだが、自分が甘い物に目がないものだから、世のすべての男性が甘い物好きと考える傾向がある。有難迷惑だ。

「いまは幼稚園児から大学を出た社会人まで漫画を読んでるでしょう。読書人口は大したものなんです。しかも漫画雑誌というのは新人を安い稿料でこき使える、紙質は安いものを使用できる、頁数は少なくてすむ、雑誌とは違って活字を組む必要もない。経費をうんと切りつめても爆発的に売れるんだから、社のお偉いさんは笑いが止まらないというわけです。われわれ雑誌編集者は小さくなってこそこそ歩いています」

しばらく漫画の話がつづいた。わたしの好きなのは四齣漫画で、ストーリィ漫画だの劇画となるとどこが面白いのかさっぱり解らない。話の合わせようがないからただただ黙って拝聴していた。

「ところで倉田さんのアリバイだけど、事件当夜あのひとと一緒にいたことは間違いないですか」

答える前に細長いパイプホルダーをくわえると、遥かな先端に火をつけて、ゆっくりと西洋タバコをくゆらした。一度ライターの火が顎ヒゲに燃え移ったことがあって以来、この細長いキザなパイプを愛用しているのだそうだ。

「ありませんとも。倉田さんのために、わたしが嘘をつかなくてはならぬ義理は何処にもないです」

「でも、あのひとを怒らせて原稿がもらえなく――」

「冗談じゃない。倉田さんが仮りに腹を立ててうちの雑誌に書かなかったとしても、替りの作家は幾らでもいます。ですからいまいったように、嘘までついて倉田さんにつくす理由は全くありません。刑事さんも納得してくれたんですがねえ」

「しかし――」

「探偵さん」

と、彼は手を上げてわたしの発言を制した。ついでに記すと、探偵であることは間違いのない事実であるけれど、わたしが「探偵さん」と呼ばれたのは前にも後にもこのときがはじめてである。たいていの場合は、わたしが渡した名刺に眼をやって再確認してから、おもむろに姓で呼びかける。

「前にもいったとおりわが社は儲かり過ぎて笑いが止まらない。したがって他社に比べるとサラリーも九パーセント近い差がついています。しかし、もしわたしが偽証という反社会的なことをしてご覧なさい、大正ひと桁生まれのモラルにきびしい社長は激怒して、即日わたしをクビにすることは間違いありません。こんな住み心地のいい会社を犠牲にしてまで、わたしが倉田さんに尽すと思うんですか」

彼は笑顔でそう反問すると、早くたべないと溶けちゃうからといって、柄の長いスプーンでグラスに盛られたパフェをほじくり始めた。辛党のわたしがアイスクリームを喰うのは、オブラートなしでせんぶりを嚥むとき以上の苦行なのだが、これも憂き世の修業と思ってスプーンを手にした。そしてやけに甘いクリームをなめながら、こんな大きな出版社にも小説を発表している倉田番輔を大いに見なおしていたのである。

その夜、わたしは、有楽町界隈のうす汚ない焼鳥屋にとぐろを巻いている文化部長の田部を訪ねて、レバとハツの焼いたやつを喰いながら、産興出版が給料のいいことや社長が海兵出身のモラリストであることを訊き出した。

「なにしろ固い人物でね、グラビアにのせるヌード写真を見て卒倒したというくらいの猛者だ。モラリストというより潔癖家だな。だからおれはあそこの雑誌を買ったことがない」

文化部長はさも軽蔑した顔つきでそういうと、天井を向いて豪快にコップの泡盛を呑みほした。その瞬間、わたしは、昼間会った赤田源平の証言を信じてよいのだと思った。

8

翌日、アパートの部屋から丸ビルの貿易商社に電話を入れて、犬飼敏子に面会を申し入れた。声で判断するかぎりでは、内気で言葉づかいの叮寧な女の子という感じを受け、ちょっと意外だった。花屋の女主人をぶん撲るような犯人は、やはりアマゾネスみたいな女丈夫でないとイメージが狂っちまうのである。

拍子ぬけがしたほどすんなりとわたしの要求を入れてくれると、その場で丸ノ内の会社に近い喫茶店の名と、十二時半から五〇分までという時間を指定した。そして通話の終りに、疑惑の眼でみられるのは耐えられないから、すすんで潔白を証明したいのだとつけ加えた。

都心でわかい女性に会うとなると、弊衣破帽主義は通用しない。わたしは一張羅の服を着ていくことにし、ネクタイやベルト、靴下にいたるまで気をつかった。そのくらいのたしなみは心得ている。

十二時半きっかりに約束した喫茶店まで行くと、入口の横に目印の雑誌を持った小柄の女が、人待ち顔で立っているのに気づいた。咄嗟に、これが犬飼敏子だとピンときた。

「失礼ですが犬飼さん？」

「はい。すみません、お店が満員なんです。いつも空席があるんですけど」

よかったらお堀端に腰かけてお話をしたい。

そう提案した後で、「銀座の会社に勤めている相良愛子（さがらあいこ）さん」といって横に立っている女を紹介した。たぶん彼女は同僚で、親友の犬飼敏子が単身で私立探偵に会うのは気味がわるいとかなんとかいったため、ついて来てやったのだろう。わたしは反射的にそう判断を下して、これも反射的に黙礼した。相良愛子もまた小柄で体つきも似ており、どちらも可愛らしかった。しかし顔つきはかなり違っており、犬飼敏子のほうは細面で眼つきがやさしく見るからに従順なタイプであった。が、相良愛子のほうは鼻の形が男性のように立派で顎が左右に張り出しているので、よくいえば辛抱づよい、わるくいえば強情な性格の持主のように思えた。世間一般の男性なら敏子のような女を嫁にしたほうが幸福になることだろう。だがわたしのような女ずれのした男からすれば、愛子のほうを選ぶに違いない。こういう性格を飼いならすのが面白いのだ。

わたしが胸中で考えている怪（け）しからぬことを、彼女たちが知るわけもない。二人はいかにも気のおけぬ友人のように、映画の話や個展の話、お洒落やレストランの噂話をしていた。お蔭で堀端に到着するまでのあいだに、丸ビル近辺の美容院のなかで最も安くて最も上手でしかもすいている店の名や、どのレストランのシチューがいちばん量が多くて肉が沢山入っているかといったことまで諳（そら）じてしまったほどだ。男に騙されたという話だけれど、いまはもう心の傷手もすっかり忘れてしまったような明るさである。

「わたくしね、ちゃんとしたアリバイがありますの」

堀端の石垣に腰をおろすかおろさぬうちに、まるでいままでのお喋りのつづきでもやるような調子で、語り出した。相良愛子は敏子のさらに向う側に腰かけて、脚をぶらぶらさせている。

「あのひと殺されていい気味だと思います。わたくしも高い利息が払えなくて泣かされたものですわ。ちょうど事件のあった晩、そのことについて相良さんに相談しようと思って、二人でお食事をした後、歩きながら話し合いをしました」

「わたしは相手がもぐりの高利貸だから払う必要はない、訴えてやれといったんです。そしたらこのひと、お金を踏み倒さないための保証として、ヌード写真をとられているというんです。訴えたりすると、その写真を低俗な週刊誌へ渡すとおどされているもんですから、思い切った手段にでることはできないんです」

「結局どうどうめぐりをして結論がでるわけもないんですけど、あのときは何とかして結論をだそうと考えていたものですから、とうとう丸ノ内から神田まで歩いてしまいました。仕方ないから今月分のお給料に相良さんが貸して下さった五万円を合わせて、銀行から払い込んで貰うことにしようという結論になって、秋葉原駅で別れたんですわ」

「なるほど」

「わたしは中央線で東中野のアパートへ、犬飼さんは山手線で日暮里へ。塔原菊子が殺されたのはちょうどそのころだったのよ」

「なるほど」

犬飼敏子もシロだとすれば、弁護士の姪の潔白を立証することはいよいよ難しくなる。それを思ってわたしはいささか不機嫌になっていた。

話が途切れた。すると彼女たちはもう用はすんだとでもいうふうに腰を上げ、そろってスカートをはたいている。

ふと気がつくと、近くでジョギングをしていた初老の男も、ワイシャツ姿で体操をしていたグループも、コーラスをしていた女たちも、いっせいに立ち上がってそれぞれの職場へ向っていった。

敏子たちはまたぞろ何処の店のピザが旨いなどといった話を始めた。わたしはその後ろについて歩きながら、訊き忘れた質問はなかったろうかと考えていた。

そのときわたしは、つぎの日の夜に彼女等とああした場所で再会しようとは予想もしていなかった。

9

二日もあればカタがつく。わたしがそう発言したのを、弁護士はまともに受けて、その翌日の夜何の予告もなしに事務所にやって来た。

まんまるな顔を明るくかがやかせ、いまにも吉報が聞けるのではないかと胸をときめかせている。

わたしはなるべく彼を失望させぬよう、怒らせぬよう言葉を選びながら、調査がいかに難しいかを語って聞かせた。

「残念だが形勢がこうなったからには長期戦を覚悟して貰わないとならないな。あのビッグスリーにアリバイがあるとなると、やったやつは別にいる。警察もわれわれも、高額の金を融通して貰った連中にだけ焦点を絞ったが、それが誤りだった。十万円借りただけでトイチの利息に追われてヒイヒイいっているものもいる筈なんだ。つまり、あの帳簿に記載されているものを一人残さず徹底的に――」

「長期戦は結構だがわたしの姪はどうなるんだ。朝晩まずいもっそうめしを喰わされる上に、夜は夜で南京虫(ナンキンむし)に刺されて一睡もできん」

「殺虫剤の差し入れでもしたらどうです」

わたしがそういった途端、この肥っちょが地団駄踏んで怒り出した。そして何か毒づこうとしてパクリと口を開けたとき、その電話がかかってきたのである。

わたしは故意に弁護士のほうへ冷たい一瞥を投げおいて、ゆっくりと受話器に手を伸ばした。

「わたしです、わたし。昨日お会いした相良愛子です」

声が上ずっている。何か異変が生じたことをわたしは直感した。わたしのただならぬ気配を察したのか、弁護士も真剣な面持でこちらを見詰めている。

「いま電話がかかってきたんです。敏子さんが自殺するって――」

「まあ落ち着いて。自殺をするといって自殺した人間はいないんだから」

「でも本当らしいんです。ダイアルを廻しても応答がないし……」

「なぜ死ぬというんです」

「花屋さんを殺した犯人だからですわ」

「だってアリバ――」

「すみません、あれは嘘だったんです。敏子さんを救ってやろうと思ったもんですから、刑事さんにもああいったのです。昨晩、法学部を出た知り合いのひとに訊いたら、偽証罪って思ったより罪が重いってことを知らされたんです。だから今日、会社から帰るとき敏子さんにそのことを告げて、これ以上嘘をついているのは耐えられないから自首してといったのです。そしたらひと晩考えさせてくれって……」

そしてつい先ほど、自殺予告の電話があったというのである。

「家族は？」

「いません、独り住居なんです」

「あんたはいま何処です？」

「東中野のアパートです。わたし、車を拾ってオフィスへ寄ります。一緒に行っていただきたいんです。なんだかこわくて……」

わたしは地理を教え、待機しているから急いで来るようにいった。そして通話を切ると電話帳で犬飼家の番号を調べ、何回となくダイアルを回転させたが、虚しくベルの音がひびくのみだった。

いまのやりとりで大体の様子を悟ったらしく、弁護士も同道するといい出した。

「自殺するって通告してきたのは犯人か」

「ああ。犬飼敏子という会社員だ」

かいつまんだ説明を試みてタバコを一本ふかし終えたころに、相良愛子がタクシーで乗りつけた。

化粧をおとしたままなので昼間会った彼女とは別人のように見える。慌てて出て来たせいだろう、登山靴みたいな野暮ったい靴をはいていた。彼女は心ここにあらずといったふうで、弁護士が声をかけても耳に入らぬ様子だった。

三人を乗せたフォルクスワーゲンは環六を走って三十分ちょっとで先方宅についた。日暮里というから駅の近くかと思っていたが、たまたまあの夜は国電駅で別れたから日暮里まで乗ったのであり、平素は地下鉄の団子坂駅から通勤していたという。犬飼家はその坂を百メートルばかり登って右に折れた、住宅街の一角にあった。

わたしも仕事で何回かこの辺りに来たことがあるから多少の地理は知っているのだけれど、

犬飼敏子の家は森鷗外と高村光太郎の旧邸のほぼ中間に位置していた。

百平米はありそうな洋風建ての平家である。道路側は芝を植えただけの幅のせまい庭。その庭をへだてた壁に窓が二つ並んでいる。カーテン越しに電灯がついていることは解るものの、室内の様子までは識別できない。両隣りとは煉瓦の塀でさえぎられている。家屋と塀にはさまれた幅のせまいコンクリートの道を少し行くと、左手にちんまりとしたポーチがあり、黄色い軒灯の光が白塗りのスチールのドアを照らしていた。

相良愛子がベルボタンを探して、緊張した様子で押した。

それほど大きな家ではないから内部でベルの鳴る音が聞こえてくるが、一向に反応がない。いよいよ埒があかないと判断したわたしは、小さなバッグから七つ道具の入ったケースを取り出した。不法侵入をやらかそうとする際に役に立つ、探偵必携ともいうべきしろものである。

わたしはその一つを手にして、中腰になると鍵孔に挿入した。わたしにとってエール錠なんて手慣れたものだから、はずすまでに一分とはかからない。

ノブを半回転させ、手前にそっと引く。開いた、と思ったのも一瞬のことで、五センチばかり開いた扉はガクンと止まったきり動こうとはしなかった。室内の灯りにすかして見ると、ドアの内側に鎖錠がかってあって、それが一本のロープのようにピンと張りつめている。

「こりゃ参ったな」

思わず舌打ちをした。大型のカッターでも持って来ればともかく、われわれの七つ道具も鎖錠だけは歯がたたない。

「窓はどうかしら」

「よし」

三人はせまいコンクリートの上を縦隊になって前進した。わたしのすぐ後ろを弁護士が息はずませてついて来る。左右の壁が極度にせばまっているものだから、下手をするとはさまって身動きができなくなるのじゃないか、と思ったくらいだ。

一巡したが、窓も裏口も施錠されていてどうしようもない。

「裏口にも鎖錠がついているのかな?」

「鎖錠はないけれど差込錠がついています。あのひと用心深いから」

われわれはまた家を半周して裏口の扉の前まで行くと、はめ込みになっているガラスの片隅を割って手を突っ込み、差込錠をはずしてどうやら家のなかに入ることを得た。わたしたちは敏子の名を呼びながら夢中になって部屋を覗いて廻った。そしてまもなく、リビングルームのソファの下にくずおれている犬飼敏子の屍体を発見したのである。あお向けになって胸にナイフが刺さっていた。黒いガウンを着ているので着衣の血はそれほど目立たなかったが、白いカーペットは朱に染っていて、その凄惨な様子にさすがのわたしも眼をそむけた。

「まあ敏子さん」

入口に立った相良愛子は呟くようにいったきり、後はマネキンのように黙りこくって突っ立っていた。

10

後で判明したことが二つ三つある。

刃物による自殺者にしばしば見られるというためらい傷が、犬飼敏子の胸に二個所発見された。遺書はない。相良愛子の嘆きようはただならぬものだったが、二人は従姉妹（いとこ）なのだと聞いて納得した。どちらも両親を亡くしているので、従妹を失った愛子は完全な孤独となってしまったのである。だが葬儀の日の彼女は泣いている暇などなくて、弔客の応対にてんてこ舞いをしていた。敏子の机のひきだしから、あの結婚詐偽師の写真が発見された。騙されたとは解っていながら、しかもなお思慕の情を絶ち切ることはできなかったらしい。愚かな女だというものもいたし、不憫（ふびん）な女だというものもいた。

もう一つ、洋服だんすのなかから一着の赤いタウン・ドレスが紛失していた。これは故人の親友が申し出たことから判明したもので、犬飼敏子がカクテルパーティに出席するために貸してやったのだそうだ。そのパーティは四日前に終っていたが、敏子は電話で、つぎの日曜日には返しに行くからそれまで待っていて貰いたい、と語ったという。手のすいた刑事が近辺の質屋を当ってみたが発見できず、目下のところは、行方不明のままになっている。敏子が着たがっただけに、フォーマルななかに思い切り大胆なデザインが試みられた、なかなかセンスのいい服で、持主は何とかして取り戻したいと語っていた。

それはともかくとして、敏子の死でフロリスト殺しは解決し、弁護士の姪は無事に釈放されることとなった。他力本願の解決といえばそれまでだけれど、わたしは弁護士から期待した以上の報酬をもらった上に、アメリカ式の、お盆みたいにでかいビフテキをご馳走になった。これで暮しのほうもひと息つける。

弁護士と別れたわたしが数寄屋橋の三番館ビルを訪ねたのは、事件が解決した後のあの解放感をもう少しじっくりと味わいたかったのと、ちょっとばかり呑み足りなかったせいであった。

小さなエレベーターから降りてバー『三番館』に入っていく。消防署長に税務署長、葬儀屋の若旦那に大学の助教授、デパートの仕入れ部長に銀行の貸付部長……。職業は千差万別だが気心の知れた呑み友達の顔がそろっている。

みんなが顔を見、片手を挙げて挨拶をしてくれた。わたしもVサインでそれに答える。そしてフロアのほうにはゆかずに、カウンターの前のスツールに腰をおろしてギムレットを注文した。

「承知いたしました。ただいまのVサインとお呑み物から判断しますと、事件が解決したようでございますね？」

仕事中のわたしは好きな酒を断ち、女の子が呑むようなヴァイオレットフィズだけを注文する。だが普段はギムレットのような強い酒しか相手にしない。

わたしはうす緑のカクテルをじっくりと味わいながら、その事件なるものを語って聞かせた。犯人の自殺によってケリがついたのだから、べつにわたしが解決したわけでもないけれど、たまにはバーテンの頭脳を借りずに解決のついた事件があることを、披瀝してみせたかったのである。

達磨のような顔のバーテンは磨き上げたグラスを更に入念に磨きながら、わたしの話に耳を傾けていた。そして聞き終ると、ご苦労さまでした、これは自分の奢りですといってホワイトホースのダブルをそっとわたしの前においてくれた。

「わたくし、ちょっと引っかかるものがあるのでございますが……」

わたしはウイスキーを呑みながら眼で頷いてみせた。

「さしでがましいことを申しますが、その女の方が借りた洋服はどうなりましたのでしょうか」

「だからどこかの質屋にでも預けたのじゃないのかね」

「仮りにその方がお金にお困りになったとしても、たかだか一着の服を預け入れたところでほんのはした金にしかならないと存じます。それにだいいち、人さまから借りた大切な服を無断で質入れするような、そんなルーズな性格の方だとも思えませんが」

「そうねえ、その点は同感だな。わたしが会ったのは一度きりだが、服装も言葉づかいもキチンとしていた。だが、だとするとあの服はどうなったのかな」

バーテンは依然として磨く手を止めない。

「親友の大事な服をあのひとが勝手に処分するわけがないと致しますと、彼女以外の人物が持ち出したものでございましょうね」

「そんなことをしたら当人が黙ってはいまい」

「ですからすでに犬飼さんは抗議することのできない状態にあった……、つまり屍体となっていたのではないか。そう手前は考えますので」

「待ってくれよ。とすると、彼女が自殺した後で泥棒が侵入した……。いや、そんなことはないやな。わざわざ忍び込んで洋服一着しか盗んでいかないという、そんなしみったれた泥棒なんているわけがない」

「はいさようで。でございますから、その未知の人物は泥棒ではありませんので。たまたまその時点で、一着の洋服だけが必要だったことになります」

いつのまにかバーテンのペースに乗せられていた。この達磨みたいな顔の男は一体何を考えているのだろうか。

バーテンは剃り痕の真っ蒼な顔を心持ち私のほうに突き出して、一層小声になった。

「ただ一着だけ必要だったと申しますと、それは自分が着ること以外には考えられませんのですよ。つまり、その未知の人物は女性だったことになりますわけで」

「なぜ必要なんだろう」

「自分の着衣が破られたか汚れたかして、そのままの恰好では外に出られない、という場合が想像されます、はい」

わたしは黙って考え込んだ。敏子の派手な服をそのまま着て逃げたとなると、犯人は若くて小柄な女性であると断定せざるをえない。今回の事件の関係者のなかでこの条件に当てはまるのは、相良愛子ひとりしかいなかった。事件は解決したものと思い込んでいただけに、わたしの自信は先ほどから揺れつづけている。

「破られるというと――」

「つまりその、犬飼さんと争った拍子に、でございますね、犬飼さんにしてもむざむざ殺されるわけには参りませんから、それこそ必死で抵抗をします。犯人の服も引き裂かれたでしょうし、刺した際に返り血を浴びたことも考えられます。このまま外に出たのでは怪しまれてしまいます。幸いにどちらも小柄で体つきも似ております。ですから洋服だんすを開けて眼についたワンピースを着た、ということでございましょう。ツウピースというものは着用するのにやや時間がかかります。ですからワンピースを選んだのは当然のことでございまして……」

と、バーテンはここでも博識の一端を見せた。いわれてみれば確かにそうだ。

「ただ、それが犬飼さんの服ではなかったことを、あの人が友人から預かっていた服であることを犯人は知りませんでした。それが運のつきと申しますか……」

自殺に見せかけるためにためらい傷をつけたのだろう、とバーテンは説明した。

「それじゃ訊くけどさ、動機は何だろう」

「さあ、それは存じません。表面は仲よさそうに見えたが内心では憎んでいたのか、莫大な遺産がございましてそれを独占しようとしたのか。わたくしは単に、相良愛子の犯行説も成立し得ることを申し上げたかっただけで……」

自信に充ちているくせに、バーテンはいつも慎重で遠慮ぶかい。出過ぎることが嫌いなたちなのだ。

「はじめから犬飼さんを殺すのが目的だったのでございましょうね。渋谷の事件は、犬飼さんが自殺する理由を設定するためと、もう一つはそれを隠れ蓑として身の安全をはかるためではなかったかと思いますので……。あのもぐりのサラ金業者と関係がなかった相良愛子には、塔原菊子を殺す動機が一つもございませんし、ひいては、容疑圏外に立つことができますですから……」

自分にかかわりのないヌード写真を探し出して焼いたのも、彼女の演出だったことになる。あの野郎、虫も殺さねえツラしやがってとんでもないアマだ。わたしは気を落ち着けようとして、残った酒を一気に喉の奥にほうり込んだ。胃袋がキュッと熱くなる。

しかし興奮した頭の中身のほうはもっともっと熱くなっていた。

「事件当夜のことでございますが、今晩訪ねていくから外出しないで待っててちょうだい、とでもいえば犬飼さんはその申し入れを信じて家にいたでしょう。その結果、自宅で独りテレビでも見ていた犬飼さんには、アリバイがありません。そこであの女はおためごかしに、自分と一緒にいたことにしてはどうか、ついては神田まで歩いたというふうにしたほうが真実味があるのではないか、などと持ちかけたのでございましょうね、犬飼さんはそれをあの女の好意だとばかり思っていたのではないでしょうか」

「多分ね。わたしもそんな印象を受けたから」

バーテンの説明を拝聴していると、すべてについてお説ごもっともといいたくなる。が百パーセントそれに同調できないのは、犬飼敏子の家のドアに鎖錠がかかってあることだった。窓が完全に施錠されていたことも、裏口に差込錠がかかっていたことも、わたしが確認している。バーテンのいうように相良愛子の犯行であるならば、犯行後の彼女は何処から逃げたのか。

ふっと黙り込んだわたしが何を考えているか、頭のいいバーテンに解らぬ筈もない。

「一つうかがいますけど、その晩の相良愛子はどんな靴をはいていましたでしょうか。華奢なハイヒールではないと存じますが」

「そう、革のドタ靴みたいなやつをはいていた」

だるまが眼をほそめ白い歯を見せた。

「手前の考えでは、逃走する際の相良愛子は玄関から出ていったものと存じますが」

「しかし鎖錠がかかっているから、ドアは五センチ程度しか開かないのだぜ」

「いいえ、鎖錠をはずしたまま外に出ればよろしいので。その後で、あたかも鎖錠がはまっていたような恰好で、ポーチに立ったまま手を扉のなかに突っ込みますと、鎖を適当な位置にガムか何かで固定しただけのことでして」

「そんな筈はないよ。こちとらがドアを開けようとしたら、ガクンとなったきり開かなかったぜ」

「お言葉を返すようでございますけど、横に立っていた相良愛子がドタ靴で踏んばっておりましたわけで。ドアが開かなかったのはそのためだと考えられるのでございます」

「しかし鎖はピーンと張って……」

わたしの反論は次第に弱々しくなってくる。

「前もってどの程度開けたら鎖が張りつめた状態になるかを測ってポーチの上に印をつけておいたに違いございませんで。その位置に靴をのせて待機していたものと存じます」

その目印はもうあるまい、消す機会は幾らでもあったのだから、とバーテンはいう。

それにしてもあの弁護士の目玉は何処についているんだ。わたしは自分のことを棚に上げて心のなかで毒づいた。

この百貫デブ！　水ぶくれ！　コレステロールのかたまり！

「皆さんが裏口から入って犬飼さんを探していらっしゃるときに、あの女はふたたび表へ廻って玄関から入りますと、今度は本格的に鎖錠をかってガムを取り除いておいた……。手前はこう想像するのでございますが」

「おそらくそうだと思うね。われわれはほかのことに気をとられて夢中だったから、彼女のことなんか無視していた。後からついて来たものとばかり思っていたんだよ」

わたしは声を落して憮然として呟く。

あの弁護士は姪が釈放されればそれでいい。犯人が誰であろうと知ったことではない、といった筈である。

ふとわたしは、この情報を弁護士に伝えるよりも、デカ長に知らせて、彼に花を持たせてやろうと思いついた。彼がいかにも自分で推理したように見せかければ、総監賞をもらえるかもしれない。

デカ長は大いに感激し、わたしに感謝することだろう。恩を売っておけば、他日それがわたしにはね返ってくるのは解り切ったことだ……。

わたしは肥満した法律屋のことは忘れて笑顔になった。

「バーテンさん、恩に着るぜ」

「いえ、どういたしまして」

「わるいけど皆さんに好きなものをご馳走して上げてくれないかな。勿論バーテンさんもだ。あんたの好きなカクテルは何だったっけ?」

解説

山前 譲（やままえ ゆずる）
（推理小説研究家）

銀座のバーテンダーの謎解きが鮮やかなシリーズの全短編が、『竜王氏の不吉な旅』を最初に光文社文庫で発表順にまとめられることになった。この『マーキュリーの靴』はその第二巻である。さらに第三巻『人を呑む家』、第四巻『クライン氏の肖像』と続き、全四巻で完結する。

シリーズ短編集を刊行順に列記すると、①太鼓叩きはなぜ笑う（一九七四・八刊　四編収録）、②サムソンの犯罪（一九七六・二刊　七編収録）、③ブロンズの使者（一九八四・七刊　六編収録）、④材木座の殺人（一九八六・九刊　六編収録）、⑤クイーンの色紙（一九八七・九刊　五編収録）、⑥モーツァルトの子守歌（一九九二・十二刊　七編収録）となる。

一九七二年から一九九一年まで二十年近く書き継がれたことから、作者にとって愛着のある探偵役だったことは明らかだろう。論理的な推理を堪能できるのはもちろんだが、バーテンダーに相談する私立探偵、そしてその私立探偵に仕事を依頼する弁護士といったレギュラー陣のデフォルメされたキャラクターや、三番館の和やかな雰囲気とそこに集う人たちも大きな魅力となっている。鬼貫警部や星影龍三の活躍とはまったくテイストが異なるのだ。

本書には『サムソンの犯罪』から五編、『ブロンズの使者』から四編、そして『クイーンの色紙』から二編と、全十一編が収録されている。

弁護士が私立探偵に調査を依頼し、その調査に行き詰まると三番館に駆け込んで、ヴァイオレットフィズを半ダース注文する（五杯だったり十二杯だったりする時もあるようだが）。それで苦境を察したバーテンダーがこれまでの調査の結果を聞き、おもむろに推理を披瀝する……。

という基本的なパターンはここでも変わりはないけれど、ストーリー展開に色々と工夫があり、舞台もさまざまだ。ある作品では私立探偵が台湾へ旅したと書かれている。奥さんには逃げられてしまったけれど、それなりに稼ぎはあるらしい。探偵事務所を訪れた弁護士の皮肉と嫌味はいっそう冴え渡っている。そして「X・X」がダイイング・メッセージの謎だったりと、ミステリーとしてマンネリにならないようにという創作姿勢も窺えるにちがいない。

『ブロンズの使者』の「あとがき」にはこう書かれていた。

本格物と呼ばれる謎解き小説は元来が難解なものなのだ。読者は脳をもみほぐしながら一行一行を丹念に読み進むことによって、作者が用意しておいたミスディレクションや伏線に気づくことが出来、面白さが倍加される。

「相似の部屋」はその意味で内容が硬質であるが、我慢しておつき合い願いたい。室内の構造や家具の配置にいたるまでそっくりの二つの部屋をトリックに使った作品には、幾つかの前例が数えられる。本篇はそれをひとひねりしたところがミソだ。

巻末の初出誌と底本一覧で明らかなように、本書収録の十一編は「X・X」までの九編と、残りの二編というふたつのグループに大別できる。前者は一九七五年から翌年にかけて集中的に発表され、後者は四年ほどのちの一九八〇年に発表された。ちょっと極端な執筆ペースではないだろうか。

一九七五年には六編の短編が書かれ、翌七六年には九編の短編が書かれている。それに加えて、連載の『朱の絶筆』に書き下ろしの『戌神はなにを見たか』と、二長編を発表した。この二年はじつに旺盛な創作活動をおくったと言える。ところが一九七七年からの三年間では、『沈黙の函』と『王を探せ』の二長編が書かれたものの、短編は一編も発表されなかったのだ。シリーズの第三短編集の『ブロンズの使者』がまとまるまでに時間を要したのはそのせいである。

ファンはそうした短編の空白期間を嘆いたのだろうか。いや、そうした暇はなかったのである。うっかりすると見逃してしまいそうなくらい、かつてないペースで鮎川作品が刊行されていたからだ。

角川文庫は一九七四年九月刊の『黒いトランク』を最初に、長編を次々と刊行していたが、一九七八年十月からは推理ドラマ『チェックメイト78』と連動する形で、「鮎川哲也名作選」と銘打った短編集のシリーズをスタートさせている。ひと月に二冊刊行されたこともあり、そのハイペースには驚かされた。残念ながらこの企画は中途半端な形で終了してしまったが、それまで短編集に収められていなかった作品も収録されている貴重なシリーズである。

一方、立風書房からは「鮎川哲也短編推理小説選集」全六巻が並行して刊行された。こちらはデビューの頃から近作まで、鮎川短編の世界を俯瞰(ふかん)するものである。「夜の冒険」と「X・X」はシリーズ短編集に先だって一九七九年二月刊の「鮎川哲也短編推理小説選集」の第六巻、『写楽が見ていた』に収録されている。

その選集では各編ごとに簡単な自作解説が付されていたが、「夜の冒険」の項によれば、私立探偵のキャラクター設定は〝読売新聞の社会部でサツ廻りを担当していた人から聞いた話に依った〟とのことである。また「X・X」の項では、ダイイング・メッセージの作例の多いエラリイ・クイーンを引き合いに出して、〝私もダイイング・メッセージ物は嫌いではないから、クイーンをよく読むし、自分でも幾つか試みている。出来ばえはともかく、書いていても楽しい〟としていた。

他に既刊短編集の文庫化などもあって、書店には鮎川作品がたくさん並んでいたのである。まさに嬉しい悲鳴をファンは上げていたはずだ。時は第二次オイルショック、経済活動の自粛が取り沙汰されていたが、鮎川作品の勢いは出版界にとって頼もしかったことだろう（そうした社会情勢の一端は「マーキュリーの靴」で描かれている）。そして、刊行にあたっては旧作に手を入れることも多く、作者にしてみれば短編を書いている暇などなかったのではないだろうか。その出版ラッシュが一段落してのシリーズ再開が一九八〇年のことだった。

「マーキュリーの靴」と「タウン・ドレスは赤い色」は両方とも密室状況を扱っていて、シリーズに新境地を見せている。『ブロンズの使者』の「あとがき」によれば、〝E・クィーンとディクスン・カーが歓談したときに、最も興味あるテーマは消失物だという点で意見が一致したという。わたしも消失テーマは好きだから、「マーキュリーの靴」を書いた〟という。

つづく「タウン・ドレスは赤い色」はM・A・デフォードの短編「奇妙で悲しい物語」からトリックのヒントを得たと、土屋隆夫氏との対談で語っていた。読み比べてみるのも一興だが、冒頭のレコードにまつわる細かな話題がいかにも鮎川作品らしい趣向と言えるだろう。嬉々として執筆している姿が目に浮かぶに違いない。とくに註には熱がこもっている。

レコード収集にいっそう励んだせいでもないのだろうが、一九八一年はまた短編が一作も書かれず、その後も一年に数作のペースとなってしまった。三番館のバーテンダーがヴァイオレットフィズを作る機会も減ってしまったのである。しかし、作者はその数少ない作品において少しでも新味を織り込もうとするのだった。なお、次巻にはいわゆるボーナストラックが収録されるので楽しみにしていただきたい。

初出誌と底本一覧

①割れた電球「問題小説」一九七五年五月号
②屍衣を着たドンホァン「野性時代」一九七五年七月号
③走れ俊平「小説サンデー毎日」一九七五年八月号
④菊香る「問題小説」一九七五年十一月号
⑤分　身「小説推理」一九七六年二月号
⑥百　足「問題小説」一九七六年三月号
⑦夜の冒険「週刊小説」一九七六年三月十九日号
⑧相似の部屋「問題小説」一九七六年八月号
⑨X・X「週刊小説」一九七六年八月三十日号
⑩マーキュリーの靴「瑠伯（ルパン）」一九八〇年七月夏季号
⑪タウン・ドレスは赤い色「別冊小説宝石」一九八〇年十二月号

＊①②③④⑤の底本は『サムソンの犯罪』（徳間文庫・一九八二年五月）、⑥⑦⑧⑩は『ブロンズの使者』（徳間文庫・一九八七年三月）、⑨⑪は『クイーンの色紙』（光文社文庫・一九八七年九月）、すべて著者の生前に刊行された本を使用しました。

光文社文庫

本格推理小説集
マーキュリーの靴　鮎川哲也「三番館」全集 第2巻
著者　鮎川哲也

2023年3月20日　初版1刷発行

発行者　三宅貴久
印刷　KPSプロダクツ
製本　榎本製本

発行所　株式会社 光文社
〒112-8011　東京都文京区音羽1-16-6
電話 (03)5395-8149　編集部
8116　書籍販売部
8125　業務部

ISBN978-4-334-79507-8　Printed in Japan

組版　萩原印刷

鮎川哲也のチェックメイト
倒叙ミステリー傑作集

黒い蹉跌(さてつ)

白い陥穽(かんせい)

探偵や刑事が推理や捜査を重ねて、殺人の真犯人を探したり、殺害方法を解明するだけがミステリーではない。反対に、犯人の立場から殺人を描いたのが〝倒叙もの〟と呼ばれるミステリーである。これらは一九七八年にテレビ放送されてヒットした倒叙推理ドラマ「チェックメイト78」の原案となった本格ミステリーの巨匠の選りすぐりの短編を収めたアンソロジー！

光文社文庫

光文社文庫最新刊

- 晩節遍路　吉原裏同心(39)　佐伯泰英
- 春を嫌いになった理由　新装版　誉田哲也
- 死刑囚メグミ　石井光太
- そのひと皿にめぐりあうとき　福澤徹三
- エンドレス・スリープ　辻　寛之
- 馬疫　茜　灯里
- マーキュリーの靴　鮎川哲也「三番館」全集 第2巻　鮎川哲也
- 肌色の月　探偵くらぶ　久生十蘭　日下三蔵・編
- はい、総務部クリニック課です。　私は私でいいですか？　藤山素心
- やせる石鹸(下)　逆襲の章　歌川たいじ
- 狐舞　決定版　吉原裏同心(23)　佐伯泰英
- 始末　決定版　吉原裏同心(24)　佐伯泰英
- 生目の神さま　九十九字ふしぎ屋 商い中　霜島けい
- 翔べ、今弁慶！　元新選組隊長 松原忠司異聞　篠　綾子
- 夫婦笑み　父子十手捕物日記　鈴木英治
- 無縁坂　介錯人別所龍玄始末　辻堂　魁